U0040119

大 學 叢 書

新 聞 編 輯 學

二次修訂本

荊 溪 人 著

臺灣商務印書館發行

謝序

民國三十六年夏，我在米大與明大新聞研究院進修，相繼完成學位後，自美返國，一到南京，就奉命到中宣部工作，接任新聞事業處長。同時馬主任星野先生邀我兼任政大新聞系教授，以後一年多的時間，我一面忙於策劃宣傳業務，一面執教，雖然到政大的時間不多，但我很願意多和青年朋友接觸，就在那時候，認識了荊溪人——他是我執教那一班的班長，他勤勉好學，敏於任事，尤其在編輯與採訪課業方面，成績優異，冠於全班同學，給我很深刻的印象。

三十八年五月，大陸變色，我奉命接辦《新生報》，我進《新生報》的第一件事，是引進新人，加強編輯部的陣容，正好荊溪人和他的未婚妻朱芳，隨政大遷校到廣州，我就申請了兩張入境證，將他們接來臺灣。荊溪和政大其他同學進入《新生報》的，約有十七人之多，泰半在編輯部工作，他們爲《新生報》拼命努力，耗盡心血，消磨青春，埋首苦幹，可說是報社的無名英雄，在《新生報》輝煌的黃金時期，他們是最強勁的生力軍。

荊溪在《新生報》的苦幹肯幹，各級主管都很稱道。他夜間主編要聞版，白天繼續研讀新聞學術。當他從政大新聞研究所畢業後，取得碩士學位，升任了採訪主任。四十六年間，高雄《新生報》南版虧損纍纍，陳叔同主任和王啓照副主任，認爲高雄分社缺少一位編輯部的主導人選，請調荊溪南下，當時我徵求他的同意，他說：「那裏需要我，我就到那裏去。」我非常感動，派他到高雄擔任總編輯的工作，不到一年，報紙内容與廣告發行均大有起色，三年下來，《新生》南版已淩駕《中華》南版以上。有一次，我到南部嘉勉他的努力，他笑笑說：「這是天時、地利、人和的緣故，因爲高雄是有港口的都市，發展無窮。老師能看中高雄設分社，已註定南版會發達起來的」。不久，《新生》南版改爲《臺灣新聞報》，荊溪擔任第一任總編輯，使《新聞報》成爲全國性的大報。

荊溪在編採工作上，有豐富的經驗，工作之餘，不忘刻苦自學。他因爲家累很重，沒有到美國去留學，他常引爲憾事。一九八一年，他帶了一批朋友，到洛杉磯來辦《國際日報》，該報編排新穎，甚得僑胞讚賞。他去國前後，均在世界新專執教，造就了很多新人，成爲一位名教授了。這也是我致力新聞教育的共鳴和知音，引爲莫大的欣慰與榮耀。

荊溪教授的《新聞編輯學》是一部新聞理論與實踐的結晶，他不僅廣涉新聞學術著作，更具有數十年豐富的實際編輯工作經驗，因此可說是一部完整的實用編輯學。我個人雖常博覽新聞學專著與學刊，但必須坦承缺乏長期從事編輯實務的歷練。過去國內許多新聞學名著作者，如徐寶璜與陳望道諸教授亦多是紙上談兵，缺乏實際工作經驗。任白濤編了一本《實用新聞學》，戰時我主持《新湖北日報》時，曾禮聘他來擔任總編輯，但他不能夜間上班編報，到了看大樣時，才校讀一些標題，就算是劃行了。至於有些自命爲世界新聞史學權威者，祇是東抄西襲，摭拾一些資料而已，根本不懂讀英日文報紙，更遑論歐洲德義俄文報刊。我讀了荊溪教授這本書，深深感到做學問必須苦學實幹，才能啓發新智，成爲引導後進的範本。

近代民主思潮勃興，電腦科技猛晉，新聞事業也正與時俱進，因此，新聞教育必須與時代相互呼應。荊溪教授專精編採學術，他這部《新聞編輯學》已在國內發行十版之多，爲大專新聞系科之必修課程，他今天着手增修，以迎合「報禁」開放後新聞編輯的新思潮和新科技，更深具意義與價值。

隔海聞訊，至感欣忭，特撰序以賀之。

謝然之

民國八十二年五月於美國

增修版自序

拙著《新聞編輯學》，早於民國六十四年（一九七五年）在世界新專執教時，即編印成書；至民國六十七年，經重行增訂，商由商務印書館出版，前後已達十版。七十年赴美創辦一華文報於洛杉磯，該書依舊在臺發行。七十六年間，因國內外華文報興革極多，中文電腦排版亦逐漸被報紙採用，乃將該書重新修訂，商務以「修訂版」印行，著者對商務當局及編輯部之厚愛，不惜工本助我出書，銘感五中。

由於時代的演進，報業也不斷隨科技之發達而進步，傳播理論和技術，亦日新又新，深感《新聞編輯學》有再度增修之必要，其理由有三：

第一，自民國七十七年元旦，臺灣地區「報禁」開放，新聞自由之進展，一日千里，新聞編輯的理念，也與過去大不相同。隨着新聞自由的泛濫，報業又缺乏自律，有識之士，莫不引爲隱憂。因此有增修本書，充實編輯倫理的觀念，使莘莘學子切實明瞭編輯倫理的重要。

第二，電腦排印書報，已爲國內外華文報業普遍採用，今後華文報編採工作，亦將逐漸進入

「個人電腦」（ＰＣ）時代，因此編輯技術亦有更新，本書爲適合學生對編輯技術之學習，乃重作適當增修，增加將來就業機率。

第三，世界新專改制爲傳播學院，亦爲全國唯一的新聞獨立學院，本書爲求完全適用於大學新聞教學，必須使內容更充實，更能追上新思潮和新科技，乃作大幅度的修訂，全書增修爲四百餘頁，以爲大學新聞系兩學期四學分之用。

最後，感謝恩師謝然之先生作序介紹，同時對商務印書館之協助，再申謝忱。

荊溪漁父於花園新城

一九九三年五月

自序

民國三十四年間，我在青年軍服役，同志們因我常寫些不成氣候的東西，慫恿我主編壁報和刊物，使我對新聞工作，發生了興趣。三十五年復員還鄉，依照政府規定，我可以到南京中央政校（政大前身）二年級法政系攻讀，但母校（中央幹校）蔣教育長在我的簽呈上，批了兩行發人深省的話：「什麼都可優待，學業不能優待，從大學一年級讀起。」回到南京，一起復學的同學大家商量改系，我原來學的地方自治，大家主張我應該修學新聞，就這樣，我就在政大新聞系註了册。

我讀新聞學，正如舊式的婚姻一樣，感情是「婚後」慢慢培養起來的。誰知到大學三年級時，共軍已逼近京畿，我隨校播遷，經杭州、上海到廣州。三十八年仲夏，間道進入臺灣，由謝師然之聘用於《新生報》。當時我對編輯學術，祇在書本上讀到一二，毫無概念，更不必談經驗。但我的職務是地方通訊版助理編輯，主編、編輯主任和副總編輯，都熱心指導我。上班第三天晚上，主編有事，要我代他拼版，記得那是「最長的一晚」。從七時半開始，我就戰戰兢兢，閱稿、改稿、製題、算字數、發稿，並且將當天出版的報紙，放在案頭，發一則稿子，便將它畫在報紙上，發完稿，報紙上已畫得無法辨認，我再另覓一張報紙，用紅筆重畫版樣，然後拿了版樣，進場拼版。

這一晚雖然緊張，但卻非常值得懷念，因爲我已突破了學習編輯的難關，以後，主編就要我和他隔一天各自拼一次版，四個月後，我就被升任編輯，獨自主編「文教體育」版。以一個大學尚未真正畢業，到報社祇有四個月的青年，就要主編一個版，這可以說是我的機遇，也是注定我從事編輯工作的生命歷程的開始。

我在《新生》、《新聞》兩報，工作達十八年之久，祇有在民國四十四年、五年間，做過一年十個月的記者工作，當時在政大新聞研究所深造，晚間要住在木柵鄉間，我常利用課餘採訪。在研究所第二年，要寫碩士論文，因爲很久便仰慕成師舍我是編報的高手，就拜請他老人家指導我的碩士論文，最後決定寫《新聞標題的閱讀心理》，研撰經年，成師認爲尚有可取，終於通過碩士學位。在這兩年中，一面工作，一面研究，一面還要兼顧家庭，每天祇有五小時睡眠的時間，但對編採學術的研究，雖不說到醉心的程度，卻也的確頗有心得了。研究所畢業後，在報社擔任採訪主任、副總編輯，到四十九年十二月，出任《新聞報》總編輯，之後，一直到民國六十年十二月，連同在其他民營報擔任總編輯職務達十一年之久。在這漫長的編輯工作中，任何版（包括副刊）我都編過，有一次「亞二型」感冒流行，編輯多已病倒，我曾同時編過要聞、社會和經濟三個版。我已深愛編輯工作，覺得在這工作中，才能找到自己的存在。

從民國五十四年起，我一面在報社編輯部工作，一面到世界新專教《新聞編輯學》課程。六十一年三月，應成師之約擔任世界新專編採科主任，才脫離夜生活，但每週協助成師處理《小世界》週刊的編務，指導學生實習，不啻重溫舊夢，興趣盎然，更感編輯學術，決非雕蟲小技，乃以教育與經驗互相印證，撰《新聞編輯學》一書，初版於六十四年十月問世，作爲世新「編輯學」課程的教材。

去歲，商務董事長王雲老，編印《人文科學大學叢書》，內列新聞學術者十二種，爲國內創舉，亦開研究新聞學術的先河。主編爲同窗至友士毅兄，囑我增訂原書，得士毅兄之鼓勵，每於課餘秉燭夜讀，將原書從頭改寫，增撰幾達一倍有餘，但意猶未盡。

本書輯成，賴謝天衢、朱傳譽、李明水、魏瀚、賴明佶諸兄協助甚多，或與討論內容綱目，或助提供資料，併此致謝。

荊溪漁父於翠谷

一九七八·五·一

目錄

下編　新聞編輯的新趨勢

上編

編輯學概述

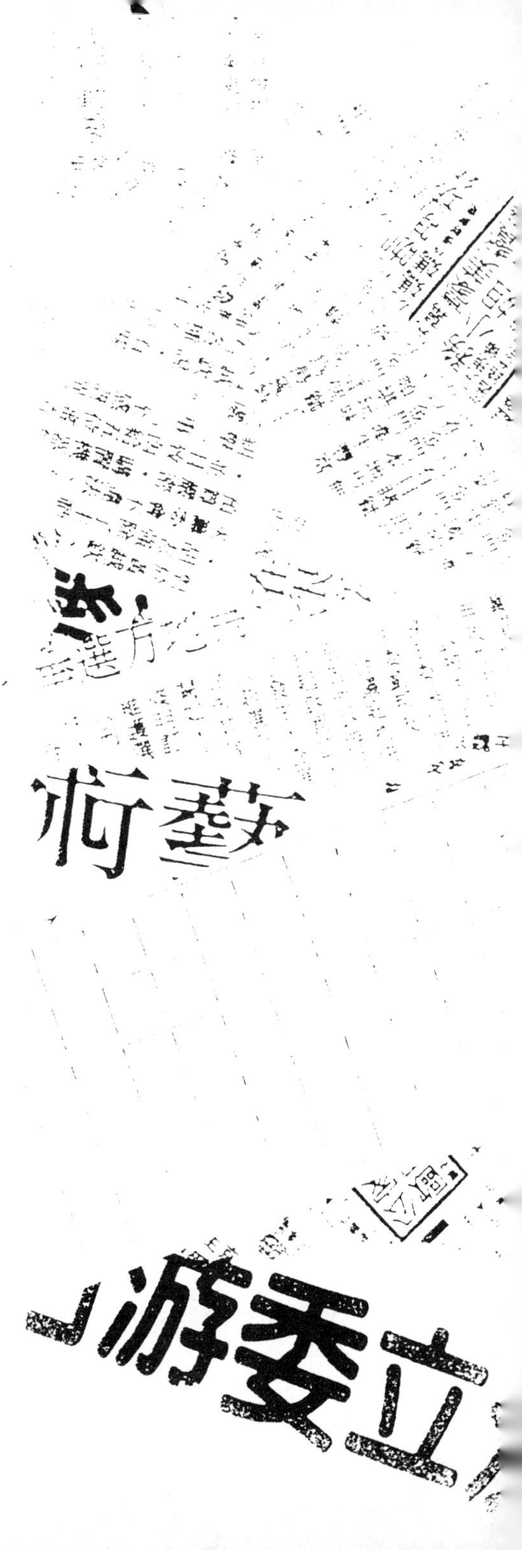

第一章 編輯學與新聞編輯

第一節 編輯的由來

在人類的歷史上，編輯學是一門很古老的學問。祇要有記載的史實，便需要編輯，否則，斷簡殘史，不但容易散失，而且無法連串成一貫的思想。

最古的編輯人，就是史官。最早的史官，是給帝王做起居注，今日帝王朝議，史官記下朝中的每一件事和每一句話；明天帝王出巡，他便記上日期和事實；他日帝王選妃，再記上日期和事實；甚至帝王臨幸，生兒育女，無不一一記載。這些帝王的「日記」，日久成籍，便成爲歷代的歷史。

我國自三皇五帝以來，就有史官。由於工具和文字的殘缺，最早是將歷史刻在竹簡上，之後便寫在布帛上。那時候的歷史，當然是愈簡明愈好。因此，當時的編和輯，不過是順着時間，一塊一塊竹簡連串起來，一塊一塊布帛重疊起來，用不到「編輯」這一門學問。到了春秋戰國時代，天子和諸候都置太史和史官，專修帝王之事外，並記各國的史實和民間的大事。當時的史官，已理解了歷史的任務，但卻並不知道編輯的方法。孔子作《春秋》，「筆則筆，削則削」，這種精神，是當時最新穎的編史之法。由於這種精神大行，春秋之書，齊太史之簡，晉董狐之筆，成了歷史上謳誦史官不屈不撓大無畏精神的最高評價，而引爲今天編輯人從事編輯工作的最高情操。同時，「筆則筆」和「削則削」，也是編輯工作最早的基本精神，如果祇筆而不削，不能去蕪而存菁，那只是作一種紀錄，談不上編輯。

太史之官，秦漢併入太常。因爲春秋時代，諸子百家齊鳴，人文思想怒潮澎湃，是中國學術思想最輝煌的時代。秦併天下，深恐思想不易控制，暴政無法孤行，始皇乃從法家之言，焚書坑儒；有漢以來，罷黜百家，獨尊儒學，也是集中思想，便於行政。因此，當時的史官地位，由此一落千丈，史官不過是編輯之官。秦代百家受到迫害，不得不轉入地下；漢代百家被黜，也不得不流入民間。所以民間爲了保留學術，學者設帳授徒，整理書籍經典，各成版本，筆削註釋，便成了編輯學術的濫觴。

秦漢的官派編輯，除了太史併入太常之外，實際上編輯國史之權，已由御史大夫來擔任。當時的御史，是天子的秘書，丞相的副手，大權在握。直到有唐以後，御史才卸除編輯的責任，專進諍言。其實，御史雖不編國史，他那冒着生命危險上諫下諷，和今日編輯的責任，仍不謀而合。

唐代設太子文學，官位在三品以下，總輯經籍，這是名副其實的編輯。到了宋代，便成爲史館編修，事更專門；明代置翰林院有翰林、修撰、檢討、編修之職，管國史文籍，清代因之，且編《四庫全書》，這是歷史上最後，也是規模最大的一次官方編輯工作。

直到清代末年，西學東漸，具有近代形式的中國報紙問世，但當時仍沒有編輯的名稱，兼負撰文、編輯工作的是主筆。一直到民國初年還沒有編輯之名。後來報紙的工作愈分愈細，日本和歐美的報社制度也逐漸爲我國報館採用，主筆、訪員、編輯各司專職。於是，編輯的名義、意義、工作和學術，也一一確立。至於目前官方的編輯，名稱因官等和職責而不同，有編纂、編撰、編修、編輯等，有的編國史、文典；有的編期刊、年報；有的編資料、新聞；有的編書籍、文告。但他們的工作，都可納入編輯範圍之內。

第二節　編輯學的意義

有人認爲：編輯是一種技巧，而不是學術，因爲編輯工作上談技巧的多，而且這種技巧可以從經驗中得來的。這一種說法，否定了編輯的學術價值，便使我國的編輯學滯留不前。偏重於技術的學術，往往是先有術而後有學，因爲這種學問是從技術中探討而來的。

一、何謂編輯學？編輯學是一種社會科學，它根據邏輯學、心理學、社會學、文字學、修辭學和美學，將文字予以整理，製作標題，表達思想，來增進人類的文化的一種科學。爲什麼說它是社會科學的一種呢？如果是社會科學，便不應該技術性多於學術性。這裏必須加以說明的，編輯的技術是一種指導性的，而不是直接施工在技術上的。例如我們在編書的時候，寫明這一頁書是多大的版面，每行幾個字，一共排幾行，標題用幾號字，文字用幾號字，……這些，是一種指導，排字技工就遵從這種指導，完成這一技術。這正如我們建造一座大廈，工程設計的圖說是一項建築學問，工匠根據圖樣去造房子才是技巧一樣。

今日的編輯學，有很多原則和原理，這些原則和原理，是不容破壞的，一旦否定了這些原則，雖然依然可以出版一本書，一份報紙，但在版面上，書版上會留下不可彌補的錯誤，甚至讀者會看不明白你所編書報的內容；一旦忽略了這些原則和原理，出版物的價值便失去依據。

二、編輯學的定義：「編輯學是一種社會科學，它有系統的整理文字，製作標題，表達思想，引起美感，易於傳播，進而爲增進人類文化的一種學術」。

編輯學是一種社會科學，在上文中已予敘述，它和社會科學的關係，在下一節中也將予以說明。在編輯學中，對於邏輯和文字之學，最爲重要。所謂「有系統的整理文字」，就是指運用邏輯的方法，將文字作有系統的整理。有清一代，由於受到異族的統治，思想不得發抒，清代的學術界，便將功力用之於文字訓詁之學，但對中國文字的整理，修辭的注意，對我國文章的作法和體裁上，有很大的影響。進入民國，新文學興起，揚棄了中國古文的嚴謹態度，所以在近代書報的出版上，不但文字不合邏輯，編輯也缺乏系統，這是時下最大的毛病。近代美國有「語意學」的專門學問，中國人也逐漸講究新文學的結構，殊不知編輯學的最重要之處，就在「有系統的整理文字」，減少文字上的錯誤（因爲不能做到絕對沒有錯誤），是編輯的重要任務。

製作標題，也是編輯上很重要的一部分，標題之對文章，有畫龍點睛之妙，一篇好文章有了好的標題，它們便相得益彰。在沒有編輯學術之前，沒有人注意到標題的重要性，所以古人編書常以抽象的字句，作爲標題。例如在《論語》中的標題，「學而第一」的「學而」兩字，是「學而時習之……」的首二字，它以文章的第一、二字爲標題，既不能代表全文的意義，也不能點出文章的重點。再推演到清末民初，就以一百年前的上海《申報》爲例，它的地方通訊版上也沒有恰當的標題，而以地名標在新聞的前面，例如《開封》的標題下，就是開封地方的新聞；《桂林》的標題下，就是桂林地方的新聞。這種做法，就是近代地方版偷懶的編輯，也常會故技重施。

表達思想，是作文的重要目的之一，而編輯學術對標題和文章的表達思想方面，更有助益。往往有一篇很好的文章，文字優美，洋洋灑灑，但不一定有正確而良好的思想，即使作者有思想，沒有經過編輯的整理，往往會表達不出來，文章的華麗和冗長就讀者來說，一無是處。我們以《讀者文摘》爲例，美國的《讀者文摘》是全世界最暢銷的期刊，她摘用其他報刊原來沒有人注意的文章，但經過《讀者文摘》摘刊後，這篇文章便風行全球，這就是用編輯的方法來表達了文章的思想；其次，美國在新聞寫作上，近二十年來崇尚「深入報導」，所謂「深入報導」，也是將有新聞性的資料，加上專訪，增進新聞寫作的「可讀性」，來滿足讀者的求知慾望。這也是用編輯的方法，來表達新聞寫作上的思想。

引起美感，更在編輯學上有顯著功效，沒有經過適當編輯的書報，從版面上給人的感受，是平淡無奇的。近年來，印刷術逐漸改進，印刷術和美學的關係已密不可分，因此，我們編輯學運用美學的地方也愈多。至於易於傳播，更是由於編輯的醒目和合理，得到讀者的認同和欣賞。

經過有系統的文字整理，製作了標題，表達了思想，引起讀者的美感時，不知不覺中，編輯對人類文化的貢獻，就在默默中增進，所以編輯學是社會科學的一種，它是「學」而不僅僅是「術」，因而得到明證。

第三節　編輯學與其他社會科學的關係

編輯學既爲社會科學的一種，它和其他社會科學，必然有密切的關連，相互的影響。同時，編輯學是一門新興的社會科學，它更將借重其他已具科學基礎的社會科學的原則、原理和方法。

一、**編輯學與邏輯學**。邏輯學是一門古老的社會科學，逐漸演變爲今日的數學理則學，使邏輯的原理更爲嚴謹也更爲實用。邏輯在編輯上的應用，可以說是密不可分的。它不但應用在每一篇寫作的文字裏，同時也應用在標題的製作中和新聞的處理上。例如當同類的新聞發生時，要將其歸併。新聞版面的區分，標題次序的排列，更要合乎邏輯。文字的語氣、語意和文句的層次分明，用字是否恰當，沒有邏輯修養的編輯，就難免要將一份報紙，一本書刊，編得雜亂無章了。邏輯學是編輯學的依據，沒有邏輯就不成編輯。

二、編輯學與心理學。書籍報刊是社會教育的工具，宣傳傳播更是近代文化宣揚的不二法門，爲了要閱讀的人接受，編輯學必須洞悉閱讀的心理。所以，心理學上很多法則和原理，正是編輯學上要應用的。筆者早年曾撰《標題製作的心理因素》一文，立論標題製作最重要的是心理因素。心理學在採訪學中應用最多的地方，是新聞的寫作，而在編輯學中應用最多的地方，就是標題的製作。

三、編輯學與社會學。文字的傳播，是人類行爲語言的一種，人類的行爲語言很多，如文字、圖畫、光線、態度、動作、暗示等，其中以文字的行爲語言爲最具體，最易於表達，也最能保存。而行爲語言是社會學研究的範疇。再如社會的變遷，傳播工具的進化，人與人間關係的改善，莫不影響編輯學的法則和原理。

四、編輯學與修辭學。在編輯學中，接觸最多的是文字，而文字的美化，更非修辭學莫屬。當我們讀《莎士比亞》的時候，文字的優美助長了文情並茂，而決不是普通文字可以表達出來的。

編輯學是改良文章的風采，它和修辭學的目的相同，所以修辭學在編輯學的應用上，是隨時隨地都分不開的。

五、編輯學與美學。美學在美化人生，而編輯學在美化版面。不論書報、雜誌，給讀者第一個印象，不是內容如何，而是美不美觀。新聞編輯學上的文字排列，標題製作，版面分佈，以及花邊的運用，照片的修剪，漫畫的穿插，都要運用美學的知識。

綜上所述，不論是新聞編輯學或綜合編輯學（書籍、年報、期刊、雜誌和副刊），都和其他社會科學有極密切的關係，尤其是新聞編輯學，在處理政治新聞的時候，要涉及政治學；在處理經濟新聞的時候，要用到經濟學；處理軍事、文教、體育、社會新聞的時候，更要有軍事的常識，文化的素養，體育的體認和刑法、民法的概念。因此，編輯學和其他社會科學是有相當關連的一門科學。

第四節　新聞編輯學研究的範圍

在新聞編輯學中，顧名思義，是討論有關新聞方面編輯的問題，與綜合編輯學有別。近年來，討論新聞編輯的書籍，也逐漸出版，各有其長。但對新聞編輯過去的成就回顧得很多；對現有新聞編輯的討論，卻着重在理論上，而不重視實際編輯技術；對未來新聞編輯的改進，則都未涉及。實際上，新聞編輯和印刷有密不可分的關係，如果印刷工業不斷進步，而新聞編輯卻墨守成規，則產生的差距便是新聞編輯落後的里程紀錄，對從事新聞編輯工作者來説，是一個決不容忽視的問題。

要明白新聞編輯研究的範圍是什麼？先要弄清新聞編輯學的內涵，新聞編輯學是「編輯學的一部分，它研究有關新聞的處理，標題的製作，圖片與新聞的關係，校對的方法和拼版、印刷的技術，是出版報紙過程中的一種重要的學術。」

一、新聞的處理

在新聞的處理方面，可分爲兩部分，一部分屬於採訪的，一部分屬於編輯的。屬於採訪部門的，是有關新聞的分類採訪和寫作；屬於編輯方面的，當然是新聞的分類編輯了。新聞編輯也和其他科學一樣，由於社會的進步，分工愈分愈細。目前國內各中文報紙，莫不以分版爲能事，各類新聞，各有版別，一方面便於閱讀，一方面也便於處理。

近四十年來，臺灣中文報紙的進步，是我國報業最輝煌的時代，因此，新聞的處理，由於分版的細密，而分工也更見專精。臺灣各報的版面，大別分爲國內外要聞版、國際新聞版、省市新聞版、社會新聞版、藝文新聞版、體育新聞版、經濟新聞版、地方新聞版和各種週刊和副刊。尤其是第一版爲國內外要聞、第二版有社論、第三版爲社會新聞版、第四版爲國際新聞版，已成一種風格，讀者要閱讀這些新聞，一索即得，新聞既經分類，在新聞的處理上也必須分工。一般報社，新聞記者時常更換，而新聞編輯卻常對一類新聞處理二、三十年，這種敬業精神亦唯有編輯能夠如此。

二、標題的製作。新聞編輯的標題製作，可以說千變萬化，從文字到題型，往古來今，可以說沒有一則新聞標題是完全相同的。他和編輯書版雜誌所不同的地方，就是它不但要和其他書版、雜誌同樣的製題，更重要的，它要表達出新聞的內涵，吸引讀者閱讀。因此，討論新聞標題，是新聞編輯學中是很突出的一部分。坊間有一部有關新聞編輯學的著作，其討論標題幾及全書的一半，對標題製作的重視可知。在國外，專門討論標題製作的專書，更是屢見不鮮。

三、圖片和新聞的關係。在新聞版面上，促進版面的活潑，非採用新聞圖片不可；增加新聞的生動，也非配合新聞圖片不可；安排版面的美觀，更非有新聞插圖不可。但圖畫編輯是屬於綜合編輯的一部分，而新聞圖片的處理，卻是新聞編輯的一部分。在報紙上，圖片必須與新聞配合，沒有新聞的圖片是不會被採用的。中文報紙對新聞圖片的重視，往往不及外國報紙，目前各外文報紙的第一版，幾乎每天必有一張重要新聞圖片相配合，而我們中文報紙的第一版爲廣告所佔，版面篇幅有限，並不是每天都有新聞圖片見報，這是中文報一項重大的缺失。

四、校對的方法。嚴格說起來，校對應該有校讎學，但報紙的校對，已與新聞編輯合而爲一，密不可分。所以與其另立科學，不如合併研究，方可收互相印證之效。校對方面，不重理論而重方法，因爲校對不得其法，便容易發生錯誤，而且浪費時間。在新聞編輯中，分秒必爭，如因校對而使出版時間延誤，新聞編輯的成果，便會付之東流。所以，校對的方法，列入新聞編輯研究的範圍之一。

五、拼版和印刷的技術。排字、改排、拼版、製版、印刷都屬於工務範圍，但與新聞編輯的關係也很密切。一位從事新聞編輯工作的人，如果不明白編報印刷的過程，就會在工作上發生很多窒礙。其中排字、改排和拼版，更是新聞編輯常常要親臨現場指導。中國報壇先進中，唯有《世界日報》社長成舍我，對新聞編輯和印刷的關係，最爲重視。當年成社長所訓練的新聞編採人員，除了能編輯採訪之外，都會自己動手排字拼版，這種全能的新聞工作人才，如今已百不見一。而更令人擔憂的，往往一些新聞編輯，竟不知報紙的印刷過程。因此，所表現在報紙版面上的，不是版面面目可憎，便是錯誤百出。

總之，新聞編輯是一件繁重而複雜的工作，除了編輯學理論外，更需要各種特殊的技術，互相配合，才能將一張新聞報紙，處理得妥妥貼貼、頭頭是道，這就是我們要研究新聞編輯學的最大目的。

第二章　報紙的風格

一張報紙的塑造，固然有很多因素，但最主要的要靠新聞編輯的構想。這種構想，不但要發揮新聞編輯的才華，同時也要適應當時的潮流，切合讀者的需要，才能形成一種特殊的風格。一張報紙，正和一個人一樣，它如果沒有風格，就等於一個人沒有優良的風采一樣，它是很難得到讀者喜愛的。有些新聞學者談論到報紙的風格就好像人的人格一樣，其實這中間仍有區別。我們不能將一張作爲社會公器的報紙，做成像一個人而予以人格化，因爲和人格所對稱的，應該是報格，而報格不過是報紙風格的一部分，是講報紙的格調，不涉及報紙的風貌，所以，我們說報紙的風格，應該比作一個人的風采，因爲人格是孕育在人的風采之內的。

報紙的風格是怎樣產生的?如何評估的?不外有五個因素。第一是報紙的立場，第二是編輯的方針，第三是編輯權的歸屬，第四是報紙的版面和型式，第五是新聞自由適應的程度。

第一節　報社立場

每一家報紙，由於其背景不同，而有不同的立場，一張沒有立場的報紙，等於是一個沒有作爲的人，它是不會受人歡迎的。近年來，美國有一些過分標榜自由的報團，他們揚言不可偏愛某一方面，因此而有OP—ED（Opposite Editorial）的說法，放棄了他們原有的立場，要站在讀者的中間，他們的言論搖擺不定，他們的新聞是是非非，使讀者無所適從。不論是資本主義的國家，社會主義的國家，自由民主的國家，或專制獨裁的國家，報紙之有立場，幾乎已是天經地義。讀者也會不屑於沒有立場的報紙。

報紙的立場，因其背景的不同而互異，例如在共產國家中，看不到民營的報紙，因爲共產國家是採取嚴格的控制，不准有違背共產主義的報紙存在，所以所有的報紙，採取一致的立場，也只有一個政策，就是宣揚共產主義。又如資本主義國家，表面上看來報紙是自由的，但大的報團都控制在資本家和資本集團的手裏，報紙的立場，一定傾向於資本家和資本集團的利益。此外，屬於黨的報紙，不能違背黨的意旨；屬於工會的報紙，不能不偏於工人的利益，以此類推，沒有一個報紙會沒有立場的。

編輯政策和編輯方針的釐訂，要以報紙的立場爲依歸。在我國出版事業的官方登記中，開宗明義要填寫出版物的宗旨，這一宗旨，就是報紙的立場。在臺灣登記出版的出版物，過去一直是以「發揚中華文化，奉行三民主義，推行國家政策」爲主要的宗旨，所以在大前提下，各出版物的宗旨，已不容置疑是全國上下完全一致的，這固然是愛國心的激發，也是編輯政策的大一統，但對新聞自由來說，卻是一大諷刺。

報禁開放後，臺閩地區每日出版的日晚報，共有一百餘家，大別可以分爲六大類：第一類是黨營報兩家，如《中央日報》、《中華日報》；第二類是政府機關報三家，如《新生報》、《臺灣新聞報》和《新聞晚報》；第三類是軍營報紙六家，爲《青年日報》、《臺灣日報》（臺中）、《金門日報》（金門）、《馬祖日報》（馬祖）、《建國日報》（澎湖）和《忠誠報》（北縣）；第四類是民營報紙，經常出版的有七十餘家，其重要的如《聯合報》、《中國時報》、《聯合晚報》、《中時晚報》、《自立晚報》、《自由時報》、《中國日報》、《中國晚報》、《臺灣時報》、《民眾日報》、《大成報》、《臺灣立報》、《大明報》、《太平洋日報》和《更生報》（花蓮）等；第五類是專業性報紙，如《國語日報》（語文）、《民生報》（生活）、《經濟日報》和《工商時報》（經濟）等；第六類是英文報兩家，爲《中國日報》和《中國郵報》。

因報社立場而延發的新聞的編輯政策而言，黨報的編輯政策必須絕對遵從黨的意旨，推行黨務工作，服務羣眾，宣導政令，重視文教體育活動，淨化社會新聞。至於各機關團體的報紙，他們的編輯政策，也符合他們各別的立場，爲某一機關或某一團體作宣傳。有關軍報的編輯政策，是兼顧軍方和政令的宣導，他們的編輯政策，較之黨政報紙更爲保守，摒除掉一切足以損及軍方和政府形象的新聞。說到民營報，在一般人的心目中，編輯政策一定是非常自由的了，其實不然，因爲民營報沒有依憑，財務上必須靠自己賺錢來養活自己，所以，民營報以讀者的興趣爲編輯政策，他們須以很高的代價，去換取可讀性很高的社論、專論、通訊、圖片和新聞；也必須迎合讀者，不能放棄社會新聞；更不能不顧到廣告的收入。最後談到地方報，每一地方報在所在地有其權威性，所以他們的編輯政策必須反映地方輿情，鼓吹地方建設，推行民間的文化運動。在臺灣的地方報，偶爾也有落入地方派系的報紙，但一般的編輯政策，都能配合地方的需要。

總之，報社的立場，是指示新聞編輯人員一些處理新聞的原則。但很少報紙將立場明示出來，它是自然形成的，使報紙的編輯人員都能瞭解那種不成文法的立場而不能違背。

以臺北出版的《聯合報》爲例，它的編輯政策明示了它民營的自由報業的立場，以供參考：

《聯合報》是民營報紙，揭櫫「民主、團結、進步」之義，作爲發表言論的方針。處理新聞，當然也要遵循此原則。

我們深信：國家民族的前途，以民主爲唯一出路，並以團結爲促進民主的條件，以進步達成國家統一的要求。

我們並確認：報紙是服務社會的公器，報人應盡報國濟世的天職。四十多年來，《聯合報》是政府的諍友，是人民的喉舌，爲國家現代化作鼓手。

我們的編輯政策是：

一、宣揚自由民主的價值，力促政府維護自由，實踐民主，奉行法治，以建立自由民主法治的社會。

二、反對極權統治，排除民主障礙，支持一切的民主行動。

三、闡揚文化道德，介紹科學新知，鼓勵生產建設，推動國民精神及物質生活的進步，以奠定國家富強康樂的基礎。

四、客觀報導新聞，獨立評論時事，忠誠服務大眾。刊載文字之撰述與選擇，絕不含任何私人不當目的。

五、深入了解大眾生活，充分報導地方新聞，以表達民間願望，溝通隔閡。明辨善惡是非，而後知所揚抑。

第二節　編輯方針

編輯方針是根據報社立場而釐訂的，編輯政策是原則性的指導，而編輯方針是具體性的執行，它所表現於報紙上的，使這一份報紙產生一種特色。我們時常說，某一報紙的特色是什麼，這所謂特色，就是該報的編輯方針。

編輯方針的釐訂，是報社當局和編輯部主腦人士的責任，由於編輯方針的決定，也就是決定了報紙的特色。根據編輯方針，作爲編輯計畫，再由各新聞編輯去執行，久而久之，報紙的特色就自然形成。試虛擬某一家黨營報社編輯方針，有下列八點：

一、遵奉黨的指示，配合黨政宣傳，協調黨政輿情。

二、結合海內外知識分子，團結華僑，厚植中興大業力量。

三、淨化社會新聞，報導社會進步與民生樂利的新聞。

四、重視文化教育和全民體育，培養健康思想。

五、以服務讀者爲最崇高的理想。

六、促進工商發展，報導經濟動態。

七、發行各種週刊，以滿足讀者求知慾望。

八、提倡新文學，識拔新作家，創造知識的、趣味的、雋永的副刊。

這一家黨報的編輯方針既定，它便會形成一種特色，第一，這一黨報的政治新聞能受到讀者的信賴；第二，它的國際新聞一定能以海外學人動態爲主體；第三，它不刊載誨淫誨盜的社會新聞；第四，它重視文化教育和體育新聞；第五，對地方的服務比各報爲強；第六，它擁有嚴正而有趣味的副刊。

在臺灣各報，各有其長處，就政治和國際新聞而論，以《中央》、《聯合》、《中時》爲勝；就省政新聞而論，以《新生》、《新聞》爲佳；就經濟新聞而論，當推《經濟日報》和《工商時報》；就文教體育新聞而論，《中華》、《青年》、《國語日報》和《民生報》，各有千秋；而社會新聞之報導，無出《聯合》、《中時》之右者；消閒娛樂生活則推《民生報》和數家晚報。各報的特色各異，也就是因爲各報的編輯方針不同的緣故。但有些報社有特殊的編輯方針，例如有一時期各報的錯字太多，有一家報社爲消滅錯字，定下一條編輯方針，凡讀者捉出一個錯字，免費贈閱該報一個月。又如某報因爲營業情形不好，定下一條編輯方針，地方新聞的刊載以各地發行份數的多少而定取捨。又有些報紙的新聞視廣告而定輕重，這種做法雖各報有其自由，但報紙的風格也就等而下之了。

第三節　編輯權的歸屬

何謂編輯權，編輯權是決定新聞取捨的權力。在報社的組織中，擁有決定性權力的人，不外有五種，第一種是報社的財力支持者，董事會和董事長；第二種是法定負責人，報紙的發行人；第三種是報社的行政首長，社長；第四種是編輯部的負責人，總編輯；第五種是掌握報紙生命源泉的業務部門負責人，經理。其中發行人和總編輯，是登記證上的法定負責人，照例說，他們是應該擁有編輯權的人，但事實上，有些報紙根本沒有發行人的地位，有些報社也不給總編輯權力，因此常常形成編輯權旁落的現象。如果依照出版的法律而言，編輯權的歸屬，應該屬於發行人和總編輯。如果發行人不負實際責任，而能信賴自己所聘用的總編輯的話，編輯權應屬於總編輯。

編輯權之爭，發生在世界各國的新聞事業中，目前在日本的報壇，由於新聞工作的分工細密，編輯權又有落入各類編輯人的手中，類似集體執行的型式。因此，日本報業當局，往往無法決定自己所領導的報紙，往往不知道明天的報紙上，將有那些新聞會對自己不利。茲將五種不同編輯權的歸屬，分別討論於後：

第一種編輯權歸屬於**經營報社的財團機關**。報紙的經營完全與資本家或政客的利益一致，如果是獨資經營的報紙，則報紙將成爲私人的工具，而不是社會的公器了，更談不上許許多多新聞的道德、法規和社會的責任了。例如臺北某大民營報，有一次由經營某一事業的鉅子投資，買下該報的一半股票，不出半月，連續撰寫社論和發表新聞，攻擊政府信託單位所採購的原料，影響國內的民族工業，違背了扶植民營企業的原則。事實上，政府保護這一項企業，已有二十年之久，這一大資本家從赤手空拳被保護成數十億財富，但一旦進入報紙，就以投資者的態度來干涉編輯權，這是非常危險的事。

第二種編輯權屬於**發行人**。因爲編輯權被資本家壟斷，遇到有作爲的發行人或總編輯，依舊不會被剝奪的。因爲一張報紙的真正歸屬，不是董事長而是發行人，當董事長攬權的時候，他可以向主管機關申請暫時停刊。而董事長要奪權的武器，是控制報社的經濟，在法律上他不能使報紙停止發行。因此，擔任報紙發行人的人，在出版法中有資格的限制，不是任何人都可做發行人的。發行人的資格除了要受過高等教育外，還有政治意識的判定，雖然法無明文，但當核准登記時，都在考慮之列。因此，報社發行人的享有編輯權，則是天經地義的。但是，發行人畢竟是報社主持人之一，首腦人物掌握編輯權，往往會流於爲所欲爲的流弊。因爲發行人除了自動變更其他地位外，沒有人可以強制取消其發行人的地位。因此，有一些公家經營的報社，將發行人置於董事會之下，發行人的權力行使，要經過董事會的通過，發行人權力的變更，也要經過董事會的同意。儘管如此，在變更出版登記時發行人拒絕蓋章，依然是變更不了發行權的。由於這一特殊的權力不能轉移，所以，報社的編輯權如歸屬發行人，將如虎添翼，對社會對報社來說，都非常不安全。

第三種編輯權歸屬**社長**。報社的社長是行政執行的首長，他應不應該享有編輯權？這是一個非常嚴重的問題。有的報紙以社長爲當然代表人，例如各公營和黨營的報社，董事長及發行人是虛位制，而祇有社長掌握了報社的一切權力，當然，他們也不會放棄編輯權。他們不但干涉編輯方針，而且自訂方針，交給總編輯去執行。他們不但要事先看社論，也要事先查新聞，將編輯權完全由其獨攬。有某一公營報社社長，爲了私人人情的請托，決定要扣發一則學生殺傷老師的新聞，他不但扣發自己的新聞，還要求總編輯與各報連絡，一齊不要見報。社長如此干涉編輯權，經常可見。在一家民營報社中，社長可隨時任免總編輯，其實不必大費周章。所以，民營報的總編輯要維護不容侵犯的編輯權，事實上是非常困難的。

第四種編輯權歸屬於**編輯部的負責人**。這是編輯權最理想的歸屬，因爲總編輯是合法的編輯人，他又是編輯部的領導人，他必須有專業性的學識和技術，也是從記者、編輯、採訪主任或編輯主任等遞升上來的，充分明瞭新聞的責任。同時，他的任免操於報社當局，因此他不可能濫用編輯權。近年來，由於工商業的發達，編輯部門不能堅守原則而犧牲編輯權的事，當然不是沒有，但畢竟公正不阿的總編輯，還是比隨波逐流的要多，否則，新聞便一無價值，報紙就不堪一讀了。

第五種編輯權歸屬**經理部負責人**。這是工商業發展中的畸型現象，會促使經理部門的業務人員鉗制編輯部。例如各報紙推銷人員要兼地方記者，工商服務部門承攬廣告的人要美其名曰「工商記者」，這都是一種侵權的行爲。甚至有很少數的報紙，版面上頭條新聞的決定，要看那一則新聞的廣告大小爲轉移，這是編輯權旁落的最大悲劇。

編輯權對一個報社來說，是靈魂之所寄，喪失了編輯權就等於喪失了靈魂，這份報紙對社會來說，是不會有益處的，反而會危害社會，因此，編輯權對報紙的風格和前途，有絕對的影響。

第四節　版面和型式

報紙的版面，就是以新聞的分類不同，便於讀者閱讀，而分成若干不同的版面。過去在大陸時，由於報紙沒有篇幅的限制，可以每天出版半張，也可以每天出版十張，所以各報的版面，都沒有予以固定。例如上海《新聞報》，它的第一版是廣告；上海《大公報》，它的第一版是四號字排的社論一篇；有的省分裏的報紙是全版新聞。政府遷臺之後，對新聞用紙略有限制，規定報紙的篇幅不得過多，過去各報的篇幅以三大張爲限，因此報紙的版面是十二版。每日出版三大張的報紙，由於廣告過多，實際新聞和副刊的版面不到十個版。這十個版面，大致可分爲國內外要聞版、省市新聞版、社會新聞版、國際版、教育版、體育版、藝文版、娛樂版和地方版，然後就是專刊，週刊和副刊。中國自有報紙以來，副刊一定在新聞版的最後，所以俗稱爲「報屁股」。

歐美的報紙版面，與我國報紙略有差別，最主要的特點是他們有社論版，我們沒有；他們不強調任何新聞，祇要是大家所關心的重要新聞，一定是第一版的頭條新聞。而我國報紙第一版的新聞不是政治新聞便是國際新聞，很少以社會新聞或體育新聞刊在第一版最重要的地位。歐美的報紙除了新聞版面處理的不同外，他們也有新聞專版，但祇有本市新聞版、體育新聞版和社交新聞版，不會再將所有新聞各別分版。而日本的報紙，則與我國報紙的版面相似，祇是「副刊」版面，是我國報紙的唯一特色。

報紙的型式，大別有大型報和小型報（Tabloid）兩種，歐美的報紙，大、小型式的報紙幾乎平分秋色，但世界上銷路最多的報紙還是小型報紙，如《紐約每日新聞報》（*New York Daily News*）日銷四百五十萬份。在日本以大型報風行，在我國也幾乎沒有小型報（現行祇有《立報》、《國語日報》和《忠誠報》）。

大型報是對開報，就是將一大張白報紙對折裁開，印刷成對開的一大張，稱爲大型報，目前國內的報紙都是；小型報比大型報小一半，就是四開報，將一大張白報紙分摺爲四，印刷成的一小張，稱爲小型報。大型報的好處是氣派大，標題大，新聞容量多，廣告大；小型報的特色是易攜帶，便閱讀，精寫精編，消費低。

在歐洲風行小型報，而且都用中縫裝訂，送發訂戶，這在美洲和日本是沒有的。閱讀習慣了小型報會覺得大型報累贅，同時也浪費篇幅。

這兩類報紙的型式，是逐漸演變而來的。新聞史上最早的報紙是手抄的，型式的大小沒有一定，但都不會超過四開。換句話說，在手抄時代的報紙，一定是小於今日小型報的篇幅。之後，發展成爲新聞信、政府公報，型式的大小，也都限於和普通書信、公文一樣大小，也沒有超過小型報的篇幅。所以，真正構成近代報紙的型式，當大別分爲大型和小型兩類。

依照常理的判斷，既然報紙的發軔是來自手抄新聞、新聞信和公報，那麼，應該先進化爲小型報（四開），再發展爲大型報，但在新聞史上的記載，並不如此。近代報紙型式的產生，卻是先有大型報，然後小型報才以異軍突起的姿態，來奪取大型報的銷路。

世界最早的日報是德國的《來比錫新聞》（*Leipziger Zeitung*），一六六〇年創刊，現已停刊，是對開大型報；英國先有倫敦《泰晤士報》（*The Times*），一七八五年創刊，是大型報，然後到一九〇三年，才由北岩爵士創辦《每日鏡報》（*Daily Mirror*），是小型報；美國先有大型的《紐約時報》（*New York Times*—1851），而後才有小型的《紐約每日新聞》（*New York Daily News*—1919）。由此可見，報紙型式的演變，不是逐漸擴大的，而是時代需要所使然的。

中國報紙型式的演變，也是先有大型報上海《申報》和《大公報》，直到抗戰期間，因白報紙生產的缺乏，小型報才一一問世。但到臺灣以後，各類小型報如曇花一現，目前除《國語日報》專業性的一份小型報外，幾乎所有日報已都是一樣的大型型式。臺灣報紙型式如此規律性，主要的原因是受廣告的影響，因爲臺灣報業是依靠廣告來平衡的，而不是發行的收入所可支持的。

報紙型式演變的結果，兩類報型在世界各國分佈的情形，各有不同，美國小城市中，獨立性的小型報很盛行；英國的小型報不多，但發行的數字卻遙遙領先；歐洲各國的小型報多裝訂成册，別具風格，而且在德、法、義、西和瑞士，小型報的數量幾乎佔到三分之一，約八百餘家；獨立國協和中共，目前都以大型報報型出版；亞洲國家中小型報不多見，日本除專業性報紙外，多屬大型報。目前全球日報發行單位共有九千家左右，總銷數爲四億一千萬份。發行單位上，小型報約佔四分之一，發行數字上，小型報卻佔三分之一。

第五節　新聞自由對報紙風格的影響

最後一種決定報紙風格的因素，就是「新聞自由」。

談到「新聞自由」，由於思想、觀念、環境和尺度的不同，「新聞自由」的適度，對報紙的風格就有不同的影響。在自由主義盛行的民主國家中，認爲「新聞自由」是人類與生俱來的自由的一部分，不必強求而自然存在；而在政治權力有約制的國家中，認爲「新聞自由」是有限度的，不可充分付予人民的；至於獨裁、專制的國家中，認爲「新聞自由」是洪水猛獸，決不可任令人民自由運用的，否則，就會影響到政治的統治權。

一張風格超特的報紙，它是不可沒有「新聞自由」的。換句話說，「新聞自由」受到限制，報紙的風格也會受到影響。但「新聞自由」也不是放任的、絕對的，因爲放任的、絕對的「新聞自由」，就會出現不受約束的報紙，報紙成爲放任的，其後果就不堪設想了。

適度的「新聞自由」，是報紙最佳的風貌；也會建立報紙最好的風格。

什麼是適度的「新聞自由」？

一、充分滿足讀者「知」的權利。這裏的「知」，是指真知，而不是謠言，不是傳言，更不是不正確的新聞，也不是有害於讀者的新聞；不是渲染的、誇大的、和有違道德和善良風俗的僞「知」。

二、在法律前人人平等的新聞報導。不損害讀者的權益，不損及社會的安定，不危害國家的安全。「新聞自由」沒有超越「法律」的自由。

三、不爲「政治服務」的新聞報導。在獨裁和專制的國度裏，報紙是「政治的工具」，或是「宣傳的機器」；在自由、民主、法治的國度裏，報紙是第四階級，它不爲「政治服務」，它是政府、議會、人民以外的另一個階級。

在自由中國地區，新聞自由是有約制的。自民國四十年六月以來，報紙的張數有限制，報紙、電視、廣播和通訊社的登記證，都不核發，形成了所謂「報禁」。民國七十七年元旦，政府開放「報禁」，各報可打破張數的限制；民間各財團和政黨，也均籌出新報，使自由中國的報業，晉入一個新階段。

但「報禁」開放後，卻發生了新聞自由脫序的現象，因爲沒有適當的法律規範，新成立的報社又以自由報導來作爲報業競爭的手段，致使臺灣的新聞事業，有「製造業」、「販賣業」和「修理業」之譏。這種放任的新聞自由，對報紙的風格，已構成一定程度的影響，是毋須置疑的。

第三章

新聞編輯與報導

新聞編輯處理的對象，就是新聞及其報導，一切在新聞版面上所表現出來的，都屬於新聞編輯處理的範圍，因此，新聞編輯必先明瞭新聞報導的本質，及其涉及的有關事物，否則，在處理新聞的時候，難免舛誤百出。但新聞報導的範圍至廣，僅就評論、法律、宣傳、廣告及公共關係諸端，以溝通新聞編輯的觀念，進而處理新聞，當可得心應手。

第一節　新聞報導的原則

新聞報導有其一定的原則，這些原則不但記者在寫作新聞的時候要遵守，編輯在處理新聞的時候更要注意，報紙爲了爭取更多的銷路，常常會忽略這些原則；記者爲了增強新聞的可讀性，也會忽略這些原則。但在新聞編輯的責任上來説，他們必須堅守這些原則，才能使報紙保持風格，成爲社會的公器。新聞報導的原則不外有四：一、確實，二、迅速，三、客觀，四、趣味。

一、確實。新聞報導首重確實，不確實的新聞便得不到讀者的信任。確實的含義可分爲兩方面，它的第一種意義是新聞的報導必有事實爲依據，這就是指一般正確的新聞。如果新聞報導與事實有出入，或則全係空穴來風、道聽塗説，那麼，這就不是新聞，而是謠言，謠言是不可以傳播的，所以報紙決不可刊載沒有事實的新聞。確實的第二種意義是「適宜於刊載」的新聞，才是確實的新聞。《紐約時報》創刊百餘年來，在它的報頭的左上方，就有「All the news that's fit to print」的一句格言，這就是説《紐約時報》所刊載的新聞，都是「適宜於刊載」的新聞。例如臺北某報，曾刊載一則誹聞，報導某一中級主管員的女兒，其夫婿赴美留學，她因看病的關係，與一婦科醫生發生了誹聞，後經醫生之妻和解了事。該新聞是兩個家庭間的誹聞，未經法律程序，也未公諸於世。在我國刑法上，有夫之婦與人通姦，是告訴乃論，所以記者無權去揭發這一誹聞，這就是「不適宜刊載」的新聞。又如民國卅八年大陸淪陷前，中共曾發動各大城市學生舉行「反飢餓」運動大遊行，全世界的通訊社和報紙，都刊載這些新聞，當時有遊行的照片爲證，應該是千真萬確的新聞。但實際上，沒有一個學生是「飢餓」的。事實既不正確，新聞當然也跟着錯誤，這就是「不宜刊載」的新聞報導。在新聞編輯處理新聞的時候，就要對每一則新聞的確實性，密切注意，決不可掉以輕心，使報紙常將一些不確實或不全確實的新聞刊出，久而久之，就會影響報紙本身的信譽，也會使國家、社會和個人無形中遭受到莫大的損失。

二、**迅速**。新聞報導要求迅速，就是要保持新聞的鮮度，愈新鮮的事，對讀者愈具有吸引力，「可讀性」也就愈高。但新聞的發生，並不等於傳播，有的新聞發生了很久，但因爲沒有傳播，所以它依然保有鮮度。例如月球的存在，已經有幾十億年，但人類登上月球後，才揭發了月球的真面目，將幾十億年來存在的事實，加以傳播，便成爲新聞。又如在二次大戰期間，有很多政壇秘辛，等到某政要下野後，撰寫「回憶錄」，才一一將之公諸於世，這些過去聞所未聞的事，當然還是新聞。因此，新聞的鮮度，在其傳播的速度上而言，而不是在發生的時間上而言。新聞編輯應該注意到所有的新聞，是否是經過最高速度的傳播而來的。

三、**客觀**。新聞報導要求客觀，是天經地義的事，新聞記者不可有自己的主張，來改變新聞的事實。但真正客觀的新聞報導，可說是絕無僅有，而在報導的時候，應以公正的態度來力求客觀，而處理新聞。因爲新聞的發生，都有它不同的背景，記者的採訪，不可能將每一背景都描述出來，而且在採訪的時候，難免不受各種不同力量的影響，這些影響都會有損及新聞的客觀性。其次在傳播的時候，又由於各種傳播媒體立場不同，又影響到絕對的客觀。每一傳播媒體，不論是個人或機構，都不會傳播與它不利的新聞，所以要求絕對的客觀，實有困難。例如以色列和阿拉伯之間的糾紛，埃及突破了過去和談不成的障礙，直接進行以埃會談，從耶路撒冷和開羅發出的報導，仍多持自己的立場，記者除了依據不同的立場發佈不同的新聞報導外，別無他法，要求他們要客觀報導，祇是在這兩個國家不同的立場上，符合各該國家的「客觀」而已。所以，新聞編輯對於「客觀」的觀念，必須要維持，而在處理這些新聞的時候，就要衡量不能絕對客觀中的客觀因素了。

四、趣味。新聞報導尤重趣味，沒有趣味的新聞，不會得到讀者的欣賞。美國的名記者羅勃·尼爾（Robert M. Neal）曾說：「有趣味的新聞，才能得到讀者的讚美和感嘆！而新聞的要素無他，趣味，趣味，還是趣味。」甚多英美的報紙，爲了迎合讀者的口味，千方百計報導有趣味的新聞，甚至不惜流入激情主義（Sensationalism）。趣味的範圍很廣，而最不足道的是低級趣味。由於讀者的成分不同，而一份報紙的趣味必須雅俗共賞。趣味不能影響社會的善良風俗，趣味不能揭人陰私，趣味也不可損害無辜，如果能遵守這些規則，處處以報紙的風格爲念，趣味就能使人會心微笑，雋永而有價值。新聞編輯必須要有選擇趣味和增進趣味的修養，尤其在標題製作上，更能使新聞報導躍然紙上，趣味無窮，這樣，才能使報紙深得讀者之心。

第二節　新聞報導與評論

新聞和評論有嚴格的分野，新聞是客觀的報導，評論是主觀意見的發表。爲什麼報紙上有了新聞，還要評論，就因爲單靠新聞，不能滿足讀者求知的慾望，也不能達成解釋新聞的目的。所以，我們常說新聞是「報」，評論是「導」。今天英美的報紙，都有言論專版，藉以引導讀者，完全瞭解新聞的本質。但在我國的報紙，沒有評論專版，所以編者和讀者的意見，無法交融，不免喪失了報紙發揮輿論的特殊功能，甚爲可惜。

在報紙上，評論的範圍很廣，在讀者的意見方面，有「投書」和「來論」；在報社的意見方面，有「社論」和「短評」；在專家的意見方面，有「專論」和「專欄」。評論的處理，都屬於主筆，所以有些報社中，新聞編輯與評論的處理完全隔絕，往往會形成新聞與評論脫節的現象。一旦新聞與評論不能配合，便顯得報社意見的不能統一，不免使讀者發生懷疑，久而久之，報紙便會失去讀者的信任。而更有甚者，新聞與評論脫節，會演變成嚴重的政壇誤會。在吳國楨主持臺灣省政時代，就曾對《新生報》發出過怨言，他曾不滿地說：「《新生報》在新聞上捧我，評論上罵我。」

今天臺灣的報紙，不注重評論，所以有些公營報紙，以評論國際事件爲能事，卻對自己國內的重大事件，噤若寒蟬。如果報紙不重視評論，評論之對報紙就形同虛設，聊備一格的評論，不會在讀者的心目中生根，這就是國内報紙的缺失之一。

處理評論雖屬主筆之事，但評論版面的處理，仍應屬於新聞編輯，在絕對重視編輯權的今天，有人主張新聞編輯有刪改評論的權力，當然，這種主張，往往爲主筆或撰稿人反對。但在新聞發生瞬息萬變，新聞傳遞一日千里的今天，新聞編輯如不能刪改評論，必會使新聞和評論發生失調或矛盾的現象。

聞名世界的大報，都以「新聞翔實，言論公正」爲號召，例如倫敦《泰晤士報》、美國《紐約時報》、《芝加哥論壇報》、《基督教科學箴言報》及我國抗戰時的《大公報》、臺灣光復初期的《公論報》等。評論之可貴，在深得讀者之心，報上的評論，就是讀者想說的話，這才是掌握了言論的要訣。同時，新聞記者要有洞燭先機的秉賦，所論必須言中，才能使讀者解惑。而評論中的先決條件，要分析新聞的報導，分析愈深入，研判便愈正確；研判愈正確，立言便愈有價值。所以，新聞報導與評論之間，有著密不可分的關係。

報紙雖然應該重視評論，但新聞報導和評論不可混爲一談，新聞報導和評論分開，幾乎已是近代新聞學上的一致意見，亦是要求記者不得在新聞報導中發表評論，更要求編輯不得在新聞標題上遽下論斷。對於新聞報導和評論應截然劃分的主張，列舉於後：

美國編輯協會道德信條第五項：「……新聞之記述與意見之發揮，各有其分際，不可混淆。……」

美國記者協會道德信條亦指出：「……明確劃分新聞報導與意見表達，新聞報導不應含有批評的言論和偏見。……」

日本新聞協會報業信條第二項第二款：「記者報導新聞，決不可摻入個人的意見。」

我國報業道德規範第二項「新聞報導」第一款：「……新聞中不加入個人意見。」

美國《基督教科學箴言報》編輯政策第八條：「……新聞欄屬於新聞，而非屬於意見，除非意見也成爲新聞來報導。」

美國赫斯特系報團的編輯政策：「不要在新聞欄内斥罵，並且永遠不要抱怨或攻擊。」

英國《泰晤士報》的編輯方針指出：「報紙的責任，要堅持事實與意見的區別。」

臺灣《聯合報》的編輯政策第四條指出：「客觀報導新聞，獨立評論時事，……」

臺灣《中央日報》的編寫手册中有關「標題製作」項中第五點指出：「不要在標題裏表露編者的態度或意見：……」

以上所述，我們可以確定，新聞報導和評論，決不可混爲一談，新聞報導要保持客觀的立場，評論發表要堅持獨立的原則。

第三節　新聞報導與法律

新聞報導崇尚自由，但過分強調自由的新聞報導，就與法律發生衝突。在民主社會裏，必須崇尚法治，即使以新聞自由爲標榜，卻也不能忽視法律的規範。在法律之前，人人平等，新聞記者也沒有免受法律制裁的特權。在「中華民國報業道德規範」中第二項「新聞報導」第二款明白指出：「新聞報導不得違反善良風俗，危害社會秩序，誹謗個人名譽，傷害私人權益。」該款中「違反善良風俗」屬於「新聞道德」，「危害社會秩序」屬於「社會責任」，「誹謗個人名譽」

屬於「誹謗人身」，「傷害私人權益」屬於「揭人陰私」，茲分述於後：

一、**新聞道德**。新聞報導違反善良風俗，雖然不一定涉及法律的責任，但卻使記者良心難安，這是屬於「新聞道德」的範圍。有些報紙爲了取悅於讀者，大量刊載黃色、緋色、黑色的新聞，雖然沒有觸犯刑法，但卻使社會風氣窳敗。例如民國四十五年間，臺灣若干民營報，以刊載大幅社會新聞，運用大標題來吸引讀者，某公營報曾以縮小複印該民營報第三版的傳單，分贈每一家庭，傳單上試問讀者：「這樣的報紙適合你的子女閱讀嗎？」報紙是社會公器，對維護善良風俗，責無旁貸。而且中外國情不同，國內報刊常喜採用外國通訊社的照片，不久前臺北某民營報刊載一張照片，是「紐約最風行的舞姿」，照片上一位上空女郎，由一男士埋首在她的乳溝中，雙手抱住女郎的臀部，婆娑起舞。這一照片或將是攝於舞廳，舞客與貨腰女郎起舞，恐非上流社會之舞會，因爲上流社會的舞會，禮貌最重要，男女之間，常保持距離。如臺北報端刊出這一照片，國人便以此爲時髦，對社會風氣的影響，將有多大？

新聞編輯對於新聞和照片的選擇，標題的製作，都應顧慮到社會善良的風俗。如果新聞的報導過於渲染，過於激情，編輯情不自禁，再製上一個曖昧的標題，則新聞固足以吸引讀者，卻傷風敗俗，莫此爲甚。

二、**社會責任**。涉及社會責任的新聞報導，可分爲社會的秩序和安全兩方面。一九五六年間，美國密歇根大學新聞學院院長施伯特博士（Dr. Fred S. Siebert）首先提出「社會責任」

說，他以此來遏止新聞自由的放任主義，他說：「因爲在政府的壓制力逐漸消退以後，而新聞事業又不斷兼併集中，如果不對新聞工作者課以社會責任，就會發生新聞專權的現象。」所以他主張以新聞自律的機構，來補救這一缺失。當新聞的報導危害到社會的秩序，而又不能以法律來制裁時，必須由各專家學者組成的自律機構，予以道德上的批判。例如新聞記者爲了採訪獨家新聞，將新聞當事人和其他報社記者隔離，「招待」在一個秘密的地方，影響到其他記者的採訪自由；又如在報端刊載不實的新聞，損害到當事人的利益，但又不構成誹謗時，這些「事出有因，查無實據」的行爲，是不構成犯罪，卻有社會責任。

我國憲法第十一條有明文規定：「人民有言論、講學、著作及出版之自由」，但憲法第二十三條也有相對規定：「以上各條列舉之自由權利，除爲防止妨礙他人自由，避免緊急危難，維持社會秩序，或增進公共利益所必要者外，不得以法律限制之。」換言之，如妨礙到他人自由，發生緊急危難，社會秩序遭到破壞，公共利益有所損害時，新聞自由就要受到法律的限制。

在「出版法」中，也有明文規定，該法第三十二條、三十三條及三十四條中，涉及「內亂罪」、「外患罪」、「妨害公務罪」、「妨害投票罪」、「妨害秩序罪」、「妨害風化罪」；或對尚在偵查審判中之訴訟事件，進行評論；或在戰時對政治、軍事、外交之機密有所洩漏而危害地方治安時，除依刑法、軍法、總動員法處理外，主管官署將視情節之輕重，對出版物採取行政處分：㈠警告，㈡罰鍰，㈢禁止出售、散佈、進口或扣押沒入，㈣定期停止發行，㈤撤銷登記。

在「刑法」中，新聞報導應受其約束，如「刑法」第二章第一〇〇、一〇一、一〇二、一〇七、一〇九、一一一和一一二條「內亂罪」及「外患罪」；第三章第一一六、一一九條「妨害國交罪」；第七章第一五三條的「妨害秩序罪」；第十六章第二三五條的「妨害風化罪」；第二十七章第三〇九、三一〇、三一一、三一二、三一三、三一四條的「妨害名譽及信用罪」，都將處以有期徒刑或罰鍰。

三、誹謗人身及揭人陰私。我國沒有單獨的誹謗法，而誹謗人身時，是引用刑法的處罰，所以，對新聞報導而言，並不嚴重，因此要嚇阻報章對人身的誹謗，效力極微。在國內報章中，涉及誹謗之事，可說隨時隨地都有，而要成立誹謗的罪行刑，卻罕見事例。所以有人認爲，要遏止報章進行人身攻擊，一定要提高刑法中對誹謗罪的罰鍰和刑期。我國刑法對公然侮辱人者（或侮辱已死之人），處三百元以下之罰金；對損毀他人名譽爲誹謗罪者，處一年以下有期徒刑，拘役或五百元以下罰金；對已死之人誹謗者，處一年以下有期徒刑，拘役或一千元以下罰金；而散佈流言損毀他人信用者，反而處二年以下有期徒刑，拘役或併科一千元以下罰金。以上這些處分，對報章和新聞記者而言，實嫌輕微，與大英國協各聯邦中的誹謗法相比，相去實在太遠了。例如在一九七八年初，香港高院判決一宗誹謗案，香港《秘聞週刊》刊載一篇武俠明星金童的太太藝人呂有慧「要求婚外自由」的報導，呂女控告記者後，高院查證事實，指記者作不實報導，比「狼入羊羣」還要可惡，處港幣十五萬元的罰款。

我國刑法對「誹謗罪」不但處分過輕，而且還有下列五點，可以不罰。㈠對所誹謗之事，能證明其爲真實者；㈡因自衛、自辯或保護合法之利益者；㈢公務員因職務而報告者；㈣對於可受公評之事，而爲適當之評論者；㈤對於中央及地方之會議，或法院及公眾集會之記事，而爲適當之載述者。以上這些「不罰」的條件，都列舉在「刑法」第三一〇和三一一條中，如依照這些「不罰」的條件，新聞報導便很難觸法受罰了，可見我國法律，是如何惠及新聞自由了！

在法律之前，人人平等，所以新聞記者不可以「第四階級」自居而超越了法律的約束，這是新聞編輯應有的認識。因此，在吾人處理新聞的時候，處處要有法律的觀念，時時要以守法自勗，這樣，新聞報導才不致影響道德，妨害社會秩序，或攻擊人身和揭人陰私了，否則，新聞報導不但與世無益，反足破壞社會的安寧，將不齒於讀者。

第四節　新聞報導與宣傳

宣傳（Propaganda）一詞，在國人的印象中，常有不健康的觀念，即如《辭源》所釋：「傳播己派之理想或己國之情形，以普及於大眾也。鼓吹之法不一，或文字，或演說，要皆伸此抑彼，務期動人，使之助己。」但自民國以來，鼓吹自由思想，推行民主政治，揭櫫科學救國，反對極權政治，端賴宣傳。所以，宣傳有好壞之分，好的宣傳是有崇高的理想，作確實的傳播；壞的宣傳是爲一己的利益，作虛僞的傳播；至於不好不壞的宣傳，就是一般商業和事務上的傳播，雖然對宣傳者有利可圖，對被宣傳者也沒有害處。無論如何，「宣傳」本身並無不當，「宣傳」必賴傳播工具，所以，新聞報導和宣傳，先天上已結了不解之緣。

自從「公共關係」盛行於世之後，宣傳資料多如牛毛，已有使新聞報導防不勝防之感。所以，與其要將新聞報導與宣傳的界限劃分清楚，倒不如講求新聞報導如何善用宣傳資料，使之成爲一則動人的新聞，而不被宣傳所利用。不論中外報業的道德信條，對宣傳污染新聞報導的事，都儘量防範。日本新聞協會的報業信條主張「新聞不受人利用以達其宣傳的目的。」美國編輯人協會的道德信條也主張「報紙若爲任何私人利益作宣傳，違反公利，則有違誠實報導之宗旨。」中國新聞記者信條第一條就指出：「……決不爲個人利益、階級利益、派別利益、地域利益作宣傳。……」

美國報業鉅子赫斯特，他雖擁有很多的報社，但他對宣傳的看法，也有偏見。他認爲：「報紙的職責是刊登真實的新聞和意見，而宣傳則是不誠實的意見和歪曲的事實。」事實上，美國的報業發展較早，美國的民主政治也較普及，每當競選開始，候選人用各種宣傳方法，使新聞報導落其彀中而不自覺。歸納起來，記者將新聞報導爲人作宣傳的事實，不外有三：㈠將宣傳資料冒充新聞刊出；㈡新聞記者明知某些宣傳是虛僞和欺騙的，但仍去採訪，去報導；㈢新聞記者接受金錢，撰寫宣傳報導。

將宣傳資料冒充新聞刊出，是一些偷懶的記者或沒有採訪經驗的記者所常犯的毛病，新聞編輯不可不察。在臺灣，有些事業機構爲達到宣傳的目的，大搞「公共關係」，常接待記者前往參觀，備有很多宣傳資料，記者如不深入探討，運用現成的宣傳資料，撰成專訪或特寫稿件，各報一旦刊出，大同小異，讀者閱讀這些用宣傳資料寫成的報導，一無新奇之處，實際上已不發生宣傳作用。所以，身爲新聞編輯的人，一定要辨別什麼是宣傳？什麼是新聞？宣傳而有新聞價值的，一樣可以報導；一味自我宣傳而與大衆利益無關的，便不必予以報導。

明知某些宣傳是虛僞和欺騙的，但記者仍去採訪，去報導，這也是時下報章的弱點之一。例如某女歌星要成名，甚至要當明星，宣傳人員爲她製造新聞；什麼落髮出家，什麼與名人發生感情糾紛等；又如某過氣的名女人，人老珠黃已不能見報，但仍不甘寂寞，下嫁某名學者。記者對於這些新聞，不問其爲宣傳與否，採訪時往往不厭其勞，報導時更不厭其詳，浪費報章篇幅，惡性新聞驅逐良性新聞，莫此爲甚。

至於記者接受金錢作有害的報導，則更不可原諒。在地方選舉中，報章雜誌爲某候選人所收買，常有所聞。如果是全國性的大報，候選人雖不能左右報紙，但仍可以金錢使記者運用他的宣傳資料來轉變成爲新聞報導。還有一些電影公司，經常以宣傳費支付，使記者爲其執筆。至於其他商業機構，也不惜爲宣傳付出龐大費用，或轉變爲廣告，或轉變爲酬應，這都是以達成新聞報導爲目的的作法，所以，對於這一類的稿件，新聞編輯尤應注意審閱。

有崇高的理想，正確的目的，作平實的宣傳，仍是新聞報導的好材料。因此，我們不能以其爲宣傳而扼殺新聞的價值。例如行政院新聞局和臺北市政府，爲達成宣傳政府施政，曾以「政府爲你做了些什麼？」爲主題的宣傳手册，其中不乏有新聞價值的報導，而它的價值在使國民和市民知道施政的真相，不誤解政府沒有爲納稅人做事。同時，政府也定期舉辦新聞記者招待會，將政府的施政報告給記者，也讓記者有訪問施政的機會，這些都是正常的宣傳途徑，都無害於正常的新聞報導。

第五節　新聞報導與廣告

新聞報導與廣告，不容混淆，這是中外各報一致公認的原則。但近年來工商發達，廣告的素質也逐漸提高，報業仰賴廣告支持的成分，也越來越濃，因此，廣告侵蝕新聞版面的嚴重性，日益增高，這在新聞編輯來說，實是不容忽視的一件事。在中國報業道德規範第七項第二條中規定：「廣告不得以僞裝新聞方式刊出，亦不得以僞裝的介紹產品、座談紀錄、銘謝啓事或讀者來書的方式刊出。」但今日臺灣報刊所見，若干新聞報導已成爲變相的廣告。臺灣有些經濟工商專業性的報紙，它們是新聞報導與廣告混淆的始作俑者，直至今日，這些報紙有三分之二的新聞報導，都與廣告有關，甚至副刊中的文字，也脫離不了廣告的宣傳。民國六十一年以後，臺灣各報也均以變相的方式，用新聞報導來招徠廣告，而執筆的記者，稱之爲工商記者，甚至連臺灣光復時，即創刊歷史悠久、風格甚高的黨報和政府報，也闢「工商新聞」專版，以報導工商界的動態，在新聞報導中，並不排除工商經濟性質的新聞，但像時下工商新聞作廣告性的報導，卻嚴重違反了新聞報導與廣告不能混淆的原則。

廣告對新聞報導的影響，有三種不同的方式：一、以新聞報導代替廣告，二、廣告模仿新聞的編排，三、以廣告威脅新聞報導。

第一種「以新聞代替廣告」的方式，在表面上看來，毫無廣告「面目」，但實質上已完全是廣告。不但介紹商品特性，而且還有價格，並刊載了訂貨的地址和電話，如果說這也是新聞報導，實是欺人之談了。（見下頁附圖）

第二種「廣告模仿新聞的編排」，近年來也非常風行，尤其是中藥廣告，動輒長篇大論，多則佔用整幅版面，少則用一個邊欄的方式刊出。民國六十三年十一月，中華民國新聞評議會曾通過決議，勸請各報對於這一類的廣告，要在顯著地位標出「廣告」兩字。起初各報尚能遵守，在標題下方或文字最後，用六號字標出「廣告」兩字，但後來又將這兩字刪除了，正式混矇作爲新聞刊出。

第三種「以廣告威脅新聞報導」，這類廣告大客戶，在報紙長期刊登廣告，一旦產品發生問題，就以取消廣告爲威脅，要求緩和新聞報導甚至不要刊登新聞。例如臺灣報紙對電影有批評，電影公司便以廣告爲要脅，引起各大報的反感，近年來已不刊登大幅電影廣告，也是爲求得新聞報導的獨立性。

早在一九五四年間，英國報業評議會有一篇報告中曾指出：「新聞報導登載的地位和方式，應由新聞編輯來獨立判斷，不受廣告經理的影響。」這是廣告在報紙上的刊載方式，甚至可不可以刊載，新聞編輯都有權來處理，而不是廣告經理來決定。早在臺灣光復之初，各報第一版的廣告，碰到有國家重大新聞發生時，新聞編輯可以不通知經理部，逕行抽去第一版若

小天使遊覽車

光銓新產品 拓展內外銷

【臺北訊】春節送禮，老少咸宜的玩具－R/C無線電遙控模型車及R/C高級遙控船，是光銓企業有限公司所出品，過年展示期間，特價優待。並歡迎批發商與貿易商合作外銷。

據該公司負責人許照吉表示：除了上述兩種屬於較大兒童的玩具外，還有「小天使」遊覽車，可供較小兒童玩耍，小天使遊覽車是由一個載客火車在鐵軌上行駛，到站時「小天使」會自動滑落在火車上，到下一站「小天使」要下車時會自動經由一個滑梯再到站牌候車，可愛的「小天使」是贈給幼兒的最佳禮物。

光銓公司玩具計有數十種，這許多玩具並均具有教育、裝飾、玩樂時的好伴侶，在室內是高貴的裝飾品。該產品各百貨公司、玩具店均有售，現並於商展期間中展示。

商展期間，遙控車三百五十元，有紅、橙、白三種顏色，遙控船售一千三百元，小天使遊覽車二百五十元。有意購買者可前往參觀，有意批發或合作外銷者可逕洽該公司。

該公司的產品，臺北市內歡迎電話訂貨，打電話服務就來，外縣市的讀者可逕往郵局匯款至該公司，並另加掛號郵費十四元，收到後立刻寄上。

展示地點：臺北市林森北路四一〇號，該公司地址在臺北市復興南路一段十三號，服務電話：七一一三四四二、七一一三〇六九號。（麗）

干欄廣告，但近年來，報紙廣告在編輯之前已由經理部決定，編輯祇能在廣告佔據後剩餘的版面中來編報，尤其是各報的第一版，名之爲重要新聞版，往往廣告佔去了五分之三，留下不到二塊豆腐干大小的版面，供新聞編輯去編載全世界、全國的重要新聞，新聞編輯卻不能要求削減廣告，以便對讀者有所交代；讀者也祇好忍受報紙上的巨幅廣告，而讀不到足夠的新聞報導，這就是今天廣告侵蝕版面，間接嚴重損害讀者權益的事實。

新聞與廣告在版面上應有一定的比例，對讀者來說，應該是三分之二的新聞報導，三分之一的廣告版面，最多也不能超過五分之二，但今天臺灣較大的民營報紙，他們的廣告版面已接近二分之一。

報業經營企業化，是報紙邁向自給自足的必具條件，但報紙決不可以營利爲目的，一定要顧及讀者需要，讀者需要的是報紙的內容，有精彩而可讀性高的新聞報導，有深得我心的意見發抒，有生動活潑的圖片配合。有新知廣袤的專欄報導，有雋永啓發的副刊文字，有印刷精美而編排新穎的版面，有誠懇快捷的服務，而不是內容貧乏、廣告充斥、天天遲到的報紙。這些，大部分的責任，都落在新聞編輯的肩上。

第六節　新聞報導與公共關係

公共關係（Public Relations）是一門新興的社會科學，近年來由於工商企業的發達，資料通訊運用的普及，公共關係的研究更見活潑，以至各行各業，甚至政府機關，莫不重視公共關係。

研究或從事公共關係的人，他們必須瞭解新聞報導的重要性，如果從事公共關係的人，不諳新聞報導，那麼，他們的公共關係一定搞不好。同樣善於報導新聞的記者和編輯，如果不諳公共關係，新聞的報導也將大爲減色。因爲新聞報導所涉及的，不外是政府與民間的關係，各級政府間的關係，公民營企業與民間的關係，報紙與讀者的關係，新聞當事人與讀者的關係，在這大千世界裏，數不清的各式各樣的關係，橫的關係，縱的關係，老的關係，新的關係，都是編織成新聞報導的材料。換句話說，每一則新聞報導，都會涉及公共關係，編輯對這些關係不能洞察利害，不能明辨真僞，不能去蕪存菁，新聞報導便會大打折扣。

新聞編輯在新聞報導和公共關係的關係上，必須建立三個觀念。

第一、雙向傳播。過去報紙報導新聞，都是一面倒的「單向」傳播，編輯把新聞傳播給讀者，和政府把政令宣達給民眾，後者祇有接受的份，沒有反應的權。但今天的讀者，都已「民智大開」，單向傳播勢必落伍，編者也決不能將新聞報導強加諸於讀者。這一觀念的建立，編者在編發新聞的時候，就要考慮到讀者接受的程度。例如記者採訪了一則「氣功可治百病」的新聞，儘管說得頭頭是道，但編輯要顧慮到讀者會有什麼「疑問」，這些疑問，必須要責成記者向新聞的發佈體去求得證實，如果不可能，就是單向傳播，這樣的新聞讀者不會接受的，編輯就不應該採用。

第二、平衡報導。在新聞報導中，涉及有糾紛的新聞，對於相對的兩造當事人，要作平衡報導。所謂平衡，就是「不偏不倚，允執乎中」的意思，這對新聞報導來說，是非常重要的。例如中美貿易談判，當美方指責我國貿易有不當行爲時，美國的記者就以他們本國的利益，發佈了有利於美方的新聞，當我們收到外電，如果立即採用，雖然編輯不要擔負「賣國」的罪名，但至少已傷害了從事對美貿易的同胞。當這種新聞發生後，編輯必要求「平衡」，看看我國的貿易當局有什麼話說，將國內的意見，同時在報端報導出來，這就是「平衡報導」。在公共關係上，「平衡報導」是非常必要的，否則就會使報社的公共關係惡化。

第三、資訊運用。在今日的新聞報導上，運用資訊已是非常普通的事，如果單憑一則簡單的新聞報導，無論如何無法滿足讀者的求知慾，而且也有損新聞報導的完整性。唯有一則運用資訊以補新聞報導的不足，才完全符合公共關係的要求。假如報導一則財政部長易人的新聞，舊的部長卸任的原因，要用資訊來充實；新的部長過去有過什麼建樹？爲什麼會得到選任？新部長到任後有那些問題要處理？也要用資訊來充實新聞報導。而這些資訊，往往是建立公共關係的橋樑。

此外，民意測驗和民意調查，也爲各大報廣泛使用於有爭議的新聞中，以民意的導向，使讀者有所遵循，而民意測驗和調查，也是報紙編輯上拓展公共關係的另一途徑。

第四章　新聞編輯的任務

報社的經營與一般企業不同，雖然它也和一般企業一樣分產銷兩大部分，但報社所生產（編印）和銷售（發行廣告）的不是純粹的商品，如果將報紙當商品去銷售，它就不會每天有繼起的生命，而且報紙的生命，日新又新，永不折舊。所以，我們應該將報紙當做有生命的產品去看待，因爲它的生命，就是文化的延續。

由於這種不同的使命，報社的組織也有別於其他企業，報社新聞編輯的任務，也有別於其他企業的工作人員。

第一節　報社的組織

中外報社的組織，不盡相同，當然，近代我國報社的組織，是摻雜了歐、美、日本新聞機構的組織型態，由於國情不同，利弊互見。我國報社的組織最大的特點，就是編採分工，採訪獨樹一幟，編輯不予干預，編輯我行我素，採訪無從置喙。反觀歐美日本，都採「編採合一」，由編輯去指揮採訪，因此，編輯的地位崇高。而我國由於採訪獨立，逐漸形成「外勤主義」，國內都聽到有「名記者」，卻絕沒有聽到「名編輯人」。茲將美國、日本及我國的報社組織，分別介紹於後：

一、美國報社的組織（美國甘奈特報團）

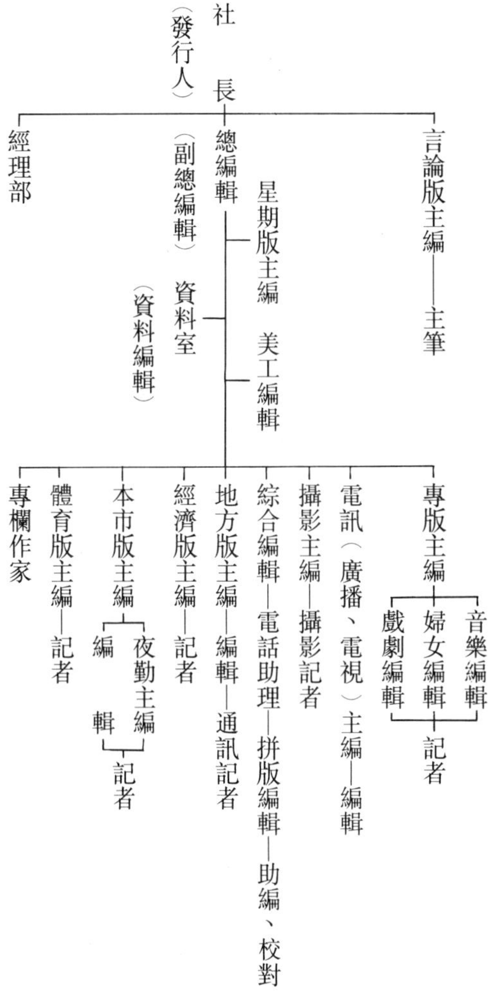

二、日本報社的組織（朝日新聞社）

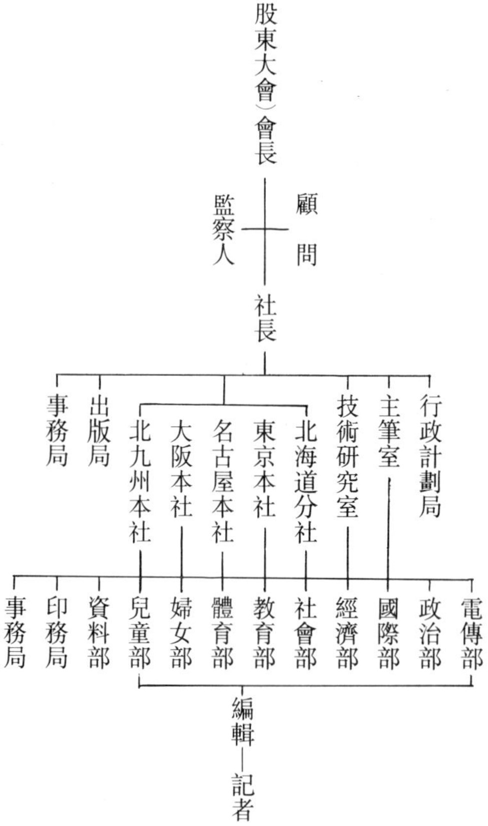

三、我國報社的組織

發行人——社長

- 總主筆（主筆室）——主筆（組言論委員會）——專欄組（接受採訪主任之指導）
- 編輯部——總編輯（副總編輯）
  - 編政組——負責編輯部行政工作，如收發文件、稿件、給付稿費、工作考勤等。
  - 採訪組——指導記者負責採訪新聞。
  - 編輯組（主任）
    - 新聞編輯室
      - 國內外要聞版編輯
      - 國際新聞版編輯
      - 省市新聞版編輯
      - 文教新聞版編輯
      - 社會新聞版編輯
      - 體育新聞版編輯
      - 經濟新聞版編輯
      - 地方新聞版編輯
      - ——主編——助理編輯
    - 校對室——校對長——校對
    - 副刊編輯室——各種週刊、專刊和副刊編輯
  - 電訊組——收取外電、國內外記者專電、電報收譯、機件管理
  - 編譯組——翻譯外電
  - 地方組——國內外、地方記者採訪之指導及通訊稿件之整理
  - 資料組——資料圖書之搜集、剪輯、整理、分類、編目等
- 經理部——總經理（副總經理）

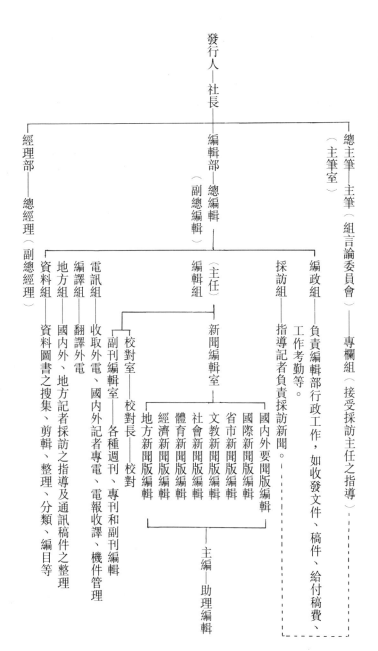

四、中外報社組織利弊得失之比較。從上面列舉美、日、中三國報社不同的組織來看，各有利弊。美、日報社採取「編採合一」的制度，由主編指揮記者採訪，不會形成「外勤主義」，而且各版可發揮特長。例如美、日報社的言論版和體育版，是最受讀者歡迎的版面，言論版中的專欄作家，受編輯部的管轄，所撰文章反映讀者心聲，切中時弊。體育版生動活潑，與讀者的意願打成一片，而體育記者都由體育版主編指導採訪。我國報社主編不能指揮記者，採訪主任不諳編輯工作，編採不能融通，在版面上的表現就大打折扣。但我國報社編採分工，在客觀上利多於弊，例如近年來美國和日本的報社，常受左傾編輯所利用，言論和新聞報導有失公正，因為報社的主編不接觸外面的實際情況，「盲目」的指揮記者去採訪，導錯了方向，而有強姦民意的現象發生。例如日本承認中共以後，雙方談判締訂所謂「日中（共）和平友好條約」，從一九七五年至七七年間，已停頓了近三年之久，但日本報紙卻一味鼓吹，影響政府的決策，製造民意，報紙已失去了公正的立場，結果將使國家的安全受到危害，而日本報人猶不自知。

不論古今中外，一個報社的制度，必須有制衡和仲裁的機構，所以在報社主持人和編輯部之間，應有新聞評議（或比較新聞）的機構存在，隨時檢討新聞的得失，就可避免「外勤主義」或「編輯專權」的缺失。

第二節　編輯部的業務

國內報社的編輯部，分爲編輯行政組、編輯組、採訪組、地方組、電訊組、編譯組和資料組七組，其中編輯行政純屬事務行政，與新聞編輯無關，編輯組的工作在本章第三節中要詳細討論，而其他各組與新聞編輯有密切關係，它們的業務都是以支援編輯組來完成編報工作爲主，茲分別討論於後：

一、**採訪組業務**。採訪組對報社來說，是非常重要的一個部門，它是新聞來源的一個工作單位，不但是報社的耳目，也是編輯部的前鋒。採訪組主要的任務，是採集新聞，由採訪主任或組長負責指揮督導採訪人員（記者），分類採訪新聞。通常採訪組分爲幾個小組，如政治、經濟、文教、社會、體育等，大凡視各報版面的需要而分組；同時還有機動記者，從事臨時突發和重大新聞的採訪。一旦發生重要新聞，常進行集體採訪；如有專題採訪，就作有計劃的組織記者去發掘獨家的新聞。

採訪組的業務和主要任務有八：㈠遵循編輯方針，從事新聞的採訪工作；㈡視版面需要，充分提供新聞稿件；㈢互相提供新聞線索，爭取獨家新聞；㈣嚴格比較各版新聞，絕不遺漏重要新聞；㈤把握截稿時間，新聞隨採、隨寫、及時交稿；㈥蒐集參考資料，以供編輯部及報社當局參考；㈦撰述新聞要符合新聞寫作原則和報社的要求；㈧與編輯組密切聯繫，從事改寫和機動採訪。

二、**地方組業務**。採訪組負責中央及本市新聞的採訪，地方組負責外埠新聞的採訪。一般報社中國外派駐記者的採訪，常由總編輯直接指揮，所以地方組的業務，是以國內或一個地域以內爲限。地方組記者名稱不一，在各大都市中稱爲特派員，特派記者；在縣市政府所在地，稱爲特派記者或駐在記者；在鄉鎮稱爲記者或特約記者；在各單位稱爲地方記者。一般報社對外埠的記者，採取薪給制、固定稿費制和以稿計酬制三種不同的待遇，所以地方組的記者，一般素質較差。地方組的業務除了蒐集新聞外，最重要的是審核稿件。

地方組的業務和主要任務有五：㈠通訊網的佈置，必須週密、靈活、節約；㈡經常對各地記者密切聯繫和指導；㈢嚴格審核稿件，評量其新聞價值；㈣對有新聞性而寫作不佳的稿件，予以改寫；㈤與地方版編輯密切連繫。

三、**電訊組業務**。報社的電訊組，由於通訊器材不斷更新，電訊組的重要也日益增強。它在電訊方面的搜集有三個範圍，第一類是外國通訊社新聞電稿的收集，凡是與報社訂有合約的外國通訊社，應一天二十四小時，不斷從電動打字機（Teletype）上，收錄其電訊。第二類是本報在各地駐外機構的無線電傳真（Facsimile）稿件，在特定的時間內，各地將其傳真到總社電訊組，分地區收錄。第三類是全球重要廣播的收聽和錄音。

電訊組的業務和主要任務有五：㈠隨時檢查電訊機件，不得發生故障；㈡與編譯組連繫，選擇各通訊社的稿件，以適合本報需要；㈢收聽廣播改寫爲通訊或新聞，或送編輯部爲參考資料；㈣各地傳真新聞的整理，發送通訊組；㈤注意外電及廣播稿的內容，向採訪組和通訊組適時提供新聞線索。

四、編譯組業務。編譯組以翻譯外國稿件，以充實報刊國際新聞及專欄報導爲主要任務，通常在國內報社編譯組以迻譯英文稿件爲重，再輔以日文稿件，因爲報社所用外國專稿，英文報刊已非常豐富，而且報社亦不必採用英、日文以外的報章參考。外國通訊社的外電，多屬英文，因爲英文電傳迅速，全球各國報刊普遍採用，我國亦不例外；而且外電稿量充裕，可自由選擇。電訊組將外電送達編譯組後，由編譯組主任或指定一資深編譯選稿和分配工作，要密切注意時間性和新聞性，所以每一位編譯不但要中英（日）文造詣很好，還要注意每日新聞發展的趨向，才能正確迻譯國內所需要的國際新聞和專欄報導。

編譯組的業務和主要任務有五：㈠譯撰本報國外特派員的專電，可適合國內要求改寫，不直譯；㈡選譯外國電訊，譯集國內所需要的國際新聞稿件；㈢選譯國外最新雜誌有關我國和國際重要新聞的特寫和專訪稿；㈣統一外國國名、人名、地名的譯名；㈤注意國際社會新聞及花邊新聞的譯撰。

五、資料組業務。報社的資料室，是知識的寶庫，不論新聞寫作，社論撰述，人物照片，都要靠平時一點一滴收集資料，到需要資料補充的時候，才可以得心應手。資料室不完整、不充實，決不能產生高水準的報紙。資料的重要，正是「養兵千日用在一朝」，資料業務對編輯部來說，是極爲重要的一個部門。很多報社不投資資料室，虛應故事一番，是很不明智的。資料組就是一個圖書館，而且有比圖書館更重要的剪報資料，對學術研究和報紙編輯上，可說是無盡的寶藏。由於新聞内容廣泛，且有連續性，剪報資料的分類比圖書分類更複雜。而且各報的剪報資料的分類方法，各不相同，要自行設計最實用的分類，易於收集，易於保存，易於運用，否則，便不能發揮資料的功能。

近年來，資訊發展一日千里，資訊由電腦貯存，代替記者自我保存資料的有限性。例如美國《紐約時報》，一九八五年已在德州完成一座「資訊中心」，將有關新聞資料，都貯存在資訊中心的電腦庫中，用專線接通紐約總社。當某一新聞發生時，直接用電話接通資訊中心，傳遞所需資料，顯現在紐約總社編輯部的螢光幕上，立即與新聞配合，打入電腦排版機予以應用。

資料組的業務和主要任務有七：㈠蒐集各種參考圖書、雜誌、期刊和中外報刊，編製索引；㈡每天選摘剪貼各種新聞資料，予以有系統的整理分類，以供隨時查考；㈢逐日摘記國内外大事及本報新聞提要；㈣蒐集中外人物照片，並編製簡歷卡片；㈤配合新聞版面，撰寫資料性特稿；㈥配合採訪組、編輯組、編譯組，提供新聞資料；㈦繪製地圖，配合新聞運用。

第三節　新聞編輯的責任

新聞編輯的責任，簡言之，要編好一份報紙，使讀者喜於閱讀，減少錯誤，以提高報紙的品質。新聞報導在未經處理前，稱之謂原始材料，精采的原始材料經過不善的處理，就會使明珠蒙塵，顯不出它的精采來；粗糙的原始材料經過妥善的處理，也會脫穎而出，增加它的光彩。

新聞編輯要達成任務，善盡責任，要注意下面十點要求：

一、依照編輯方針處理新聞，並符合新聞道德，使所編報紙適合大眾，成爲社會公器。

二、從眾多新聞來源中，選擇適合於讀者閱讀的新聞，注意其價值，但不忽略其趣味，不任意遺漏新聞。

三、必須每天閱讀各主要報刊，尤其與本身處理有關的新聞和參考資料，不可忽略。

四、對於每一則新聞從發稿到拼版，要注意美化，富於吸引力，充實其內涵，成爲一則完美無疵的新聞。

五、詳閱原稿，親校重要新聞，詳細審閱大樣，注意標題用字，查對一切數字、地名、人名、時間，儘量減少錯誤。

六、注意時間的把握，從發稿、截稿、補稿、拼版到閱大樣的時間，一一紀錄，以明責任。

對記者來說，時間是第二生命。

七、發稿必須控制字數，非必要刊登的稿件，決不搶發於先；必登的稿件，決不因字數已發足而割愛，對人情托稿，儘量避免，以免受人利用。

八、如非必要，不改排、不補稿、不改編，不挖新聞、不重新拼版，不在大樣上作太多的修改。

九、新聞編輯對版面應負主要的責任，宜注意檢查下列事項：

1.標題方面——有無缺字、倒字、歪字、錯字、別字、漏字？標題和內容有無不符？

2.拼版方面——上下有無接錯？標題有無誤置？行間有無誤接？有無跳行？刪節新聞有無補正？有無刪去與標題有關之文字？在同一版面上有無重複的新聞？

3.圖片方面——預留圖片地位是否相符？照片與說明是否相符？兩張照片在同一版面上有無誤置？

十、新聞編輯一定要親閱大樣，清樣，才完成工作。

第四節　新聞編輯的分工

從總編輯到校對，都與新聞編輯的工作有關，在新聞編輯室中，必須每一部門健全，每一同仁負責，才能使編輯工作發揮效率，茲分別討論其分工情形於後。

一、總編輯的工作：一個報社的總編輯，對這一報社的盛衰有非常重大的關係，因爲編輯部等於一個事業單位的生產工廠，產品的優良與否，是這一事業單位命脈之所繫。報紙的內容，完全靠編輯部門的調製，而總編輯的工作，正如工廠中的總工程師一樣，必須由他精心設計，才會產生一張有內容的報紙，而使這張報紙能卓立於世。

總編輯的工作分爲五大部分：

第一是設計。釐訂編輯政策和編輯方針，決定這一報紙最高的指導原則。這一政策和方針，經過討論而獲得報社當局的修正批准，就要嚴格執行這一指導原則。所以，總編輯在設計和釐訂編輯政策和編輯方針的時候，就要發揮他的智慧，採擇一種構想，舒展他的抱負。如果一位總編輯沒有他自己的看法和做法，常常仿照其他報紙的作法，那麼，這一報紙的前途就可想而知了。總編輯第一項重要的工作，就是決定他的報紙要走什麼樣的路，一般性的還是專業性的？早報還是晚報？大型的還是小型的？讀者的對象是那一羣？廣告和發行的政策孰重？這都是在設計工作中必須考慮的問題。

第二是指導。有了設計的藍圖，編輯部的工作人員召集齊全以後，要有工作的指導。新聞編輯工作不同於其他行政工作，也不同於其他事業工作，往往一個機關，一間學校，或一個生產單位，祇要有了藍圖或計畫，便可以展開工作或生產，但新聞編輯工作是沒有固定形式的，新聞的發生更是千變萬化的，總編輯必須根據隨時發生的不同情況，去指導他的同仁工作。例如要採訪些什麼重要的新聞？每一版的頭條新聞應如何安排？注意那些國際電訊？地方記者要如何集中力量去採訪剛發生的地方突發新聞？駐在某一國的特派員最近的工作如何？今天的廣告版面是否過多？工廠的進度能不能配合準時出版？要資料室準備那些資料？甚至副刊、校對等工作，莫不要隨時指導，才會使一張報紙健全起來。

第三是新聞的裁決。每天發生的新聞，千千萬萬，一般已有類別的新聞，編輯主任會作適當的分配，但有些性質兩可的新聞，必須總編輯予以裁決。例如內政部、教育部和經濟部共同召集一項建教合作的擴大會議，來解決生產單位的人力資源問題和專上學校的就業問題。這一新聞可以放在要聞版，也可以放在教育版，也可以放在經濟版，但任何一版的主編都無法決定，必須總編輯裁決。處理這一新聞的原則有三：第一，如在會議中有高級長官指導的談話（如副總統、行政院長等），重視建教合作的問題，則首長指導部分刊要聞版，其餘刊在教育版；其次，如這一會議有三部會派員出席，由內政部長主持，則刊省市新聞版，如由教育部長主持，則刊教育版，如由經濟部長主持，則刊經濟版；第三，如這一會議討論的重點，是解決各工廠的人力資源，則刊經濟版，如重點在解決專上學校學生的出路問題，則刊教育版。無論如何，類似這些裁決，都須總編輯決定。再如發生突發新聞，應該如何處理，也必須總編輯方可裁決。

第四是審稿。各版主編對於有疑問的稿件，必須由總編輯來審稿。例如發生一件駭人聽聞的貪污案件，牽涉到某些要員，這一新聞的發佈，記者報告消息來源絕對正確，但牽涉之廣，使主編無法立即發排，因爲當這種新聞發生時，總編輯必須衡量各方面的關係，如政治的、經濟的、社會的安定和秩序問題，以及這一新聞的影響與後果。又如某地發生一件軍人情殺案件，軍機墜毀事件，這些有損政府威信和軍譽的新聞，也要送總編輯核閱。其次各版編輯在發稿時，主要的新聞稿要送給總編輯審閱標題，因爲每版重要新聞的標題必須工整無瑕，同時，各版各編各的，標題型式或會雷同，總編輯審度各版情形，來斟酌改寫標題。最後，總編輯要核閱各版的大樣，主要是審閱標題，新聞的轉接，有時候要抽換不適當或重複的稿件，還要改正錯字。每一張大樣均要總編輯簽字後，方可付印。

第五是編輯行政。舉凡工作考核、工作人員的調度、稿費之支出等，均需總編輯核定。總編輯並要經常出席報社內外各種集會，編輯部每月應舉行會報一次，還有外界招待會也不得不應酬，這些都屬於行政上的工作。

二、副總編輯的工作：副總編輯是輔助總編輯，處理編輯部的日常工作，有的副總編輯兼編政組主任，當然，他負責協助總編輯處理編輯行政；有的副總編輯兼編輯組或採訪組主任，那麼，他負責編輯上或採訪上的指導；有的副總編輯兼資料、地方、通訊、電訊、編譯和副刊，主要各自處理其兼職，不過另加副總編輯銜，以增加其責任和待遇而已。例如有一家報社，歷時已久，老員工多不願退休，該報副總編輯有十四人之多，但均各以兼職爲主。

真正擔任副總編輯而處理新聞編輯的，有的報社以版面爲主，一位副總編輯指導二個以上的版面，負責裁決稿件，審閱稿件、調配版面和看大樣。有的報社副總編輯負責分稿，有的報社副總編輯還要兼編一個要聞版。總之，副總編輯是協助總編輯處理其所指定的工作，而產生連繫和合作的效果。

三、編輯主任的工作：編輯主任主要的工作不外有三，一是負責分稿，將來自各方的稿件、通訊社的稿件和自己記者撰寫的稿件集中起來，視其性質，配合版面，分給各版新聞主編的人。二是改寫，遇有較重要新聞、外稿和自己記者採訪的稿件如有出入，應請採訪組證實和修改，如有類似之處則交有關編輯加以整理或改寫。三是初步淘汰不適合刊載的新聞，例如完全相同的稿件，商業宣傳的稿件，寫作太差的稿件和過分渲染的稿件。在一個編輯部中，編輯主任還要擔負各版連繫的工作，及考核新聞編輯的適應性，並要與其他單位主管，尤其是採訪組和地方組，密切連繫。

四、各版新聞編輯的工作：各新聞版中，有的報社設一位主編，一至三位助理編輯；有的報社祇有一位主編，視報社的實際需要而定。不論主編和助編，對他們所編輯這一版面的性質必須明瞭，對這一類新聞必須熟悉，並有充分的能力和知識，來處理這一版的新聞。主編的工作是閱稿、改稿、製題、設計版面、拼版、校大樣，也就是新聞編輯的本分工作，必須由各版編輯來完成，主編還要指導編輯和助編，分配工作，核閱他們處理的稿件。

在歐美和日本的報社中，各版主編的工作尚不止於此，他們還是各該版面中採訪記者的指導人（或主管）。例如城市版主編（City Editor），本市新聞的記者都歸他管；體育版的主編（Sports Editor），所有的體育記者都歸他指揮。我國的編採制度不同，主編的責任也就減輕了。

五、助理編輯的工作：助理編輯的工作，是做編輯或主編的助手，他要擔任最基本的工作，完全依照編輯和主編的分配與指導來工作。主要的工作有初步閱稿，改稿或改寫，處理次要和不重要的新聞，製作小標題，計算字數，協助拼版，初校大樣，及主編和編輯臨時指定的工作。

六、校對長和校對的工作：報上所刊的每一篇稿件，都需經過校正，校對的工作愈精細，報紙的錯字愈少，一個報社編輯組的校對長（科長），雖然他的地位相當於編輯，但他的責任卻非常重。校對長要負責校對同仁工作的調配，複校和閱看大樣，並要考核每一位校對的能力。校對長必須要從有能力有經驗的校對中擢拔，他的工作往往一生都不變，因爲別的校對可外調記者、編報，但校對長卻常守住工作崗位，因爲沒有適當的工作好調配。一位資深的校對長常被編輯部視若至寶，不肯調動他的工作。至於一般校對，至少要有高中以上的程度，有良好的國學基礎，才能勝任。近年來，校對由大學新聞系畢業同學來擔任的，已屢見不鮮，而研究所畢業的學生，也有不少從事校對工作。由於中國文字太多，所以錯誤也多，如果沒有良好素質的校對，一張報紙一定會錯誤百出。所以校對的工作重要，責任重大，但待遇卻很微薄，這也是今天中國報業編輯工作上的一個死結。

中編

新聞編輯實務

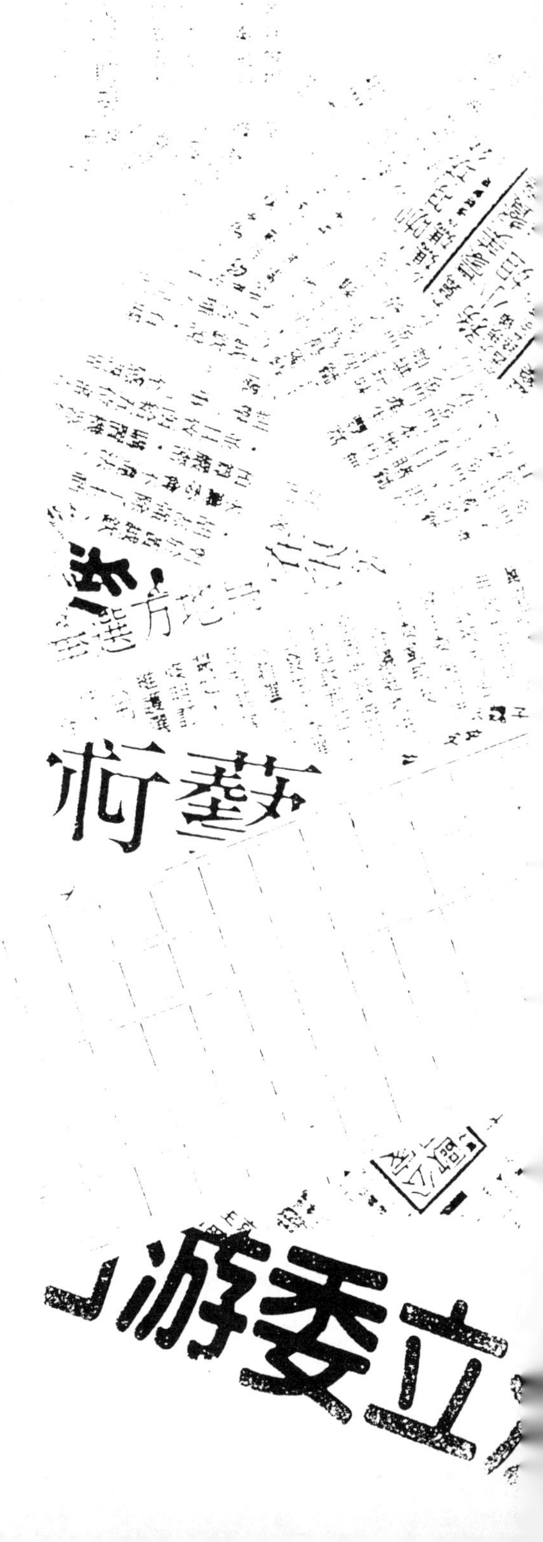

研究編輯學，除了理論之外，最重要的還是技術。在學術的立場上來說，往往偏重於理論而貶低技術，甚至有人以爲技術不過是「雕蟲小技」，不值得多加討論；因此，有人不主張將編輯稱爲學，而祇能列於術。殊不知任何一種學問，都要以技術做基礎，否則理論便無從建立。近代科學發達，自然科學的理論和技術合一，仍不失爲是自然科學。所以，在編輯學上也是一樣的，不應該將理論和技術分開。何況，編輯學和純正的社會科學不同，它是實驗重於言理，應用重於推理。固然，編輯的技術要以學理做基礎，但編輯的學理如沒有技術來實證，便未免流於空談，而無補於實際。

編輯技術由於時代的進步，歐西新聞學術的發達，印刷技術的改良，審美觀念的不同，也已今非昔比。在二三十年前，擔任編輯工作的人，並不注意編輯技術。他們大都是學校裏學文學的人，甚至是專門研究國學的人。那時候對一位編輯人的要求，最重要的條件是國學根基好，能寫一筆好文章，就可以做編輯了。如今，時代畢竟不同了。今天從事編輯工作的人，不但要有水準以上的中西文學基礎，而且要有豐富的時事常識，廣博的社會科學知識。而最重要的，他必須知道中國字體的變化，標題的製作，版面的美觀……等，而這些，就是本篇所要討論的新聞編輯實務。

第五章 報紙的版面

研究新聞編輯的實務，首先需要認識報紙版面，不論任何型式的報紙，第一個接觸到讀者眼簾的，就是版面。一個報紙的版面，不論其大小，都由若干部分組成的，它包括報頭，報眉，欄別。一般讀者，祇注意到報紙版面上所表現的新聞言論和廣告，而身爲新聞編輯者，就要認識清楚版面上的一切內容。

第一節　報頭和報眉

每一份報紙，必須有「報頭」，所謂報頭，就是包含報紙的名稱，出版人，出版地，登記證字號，發行期數，及報社各部門的電話。今以臺灣出版的《聯合報》爲例，它的「報頭」是：

依照我國現行「出版法」第十三條規定：「新聞紙或雜誌應記載發行人之姓名，登記證號數，發行年月日，發行所，印刷所之名稱，及發行所在地」。如《聯合報》的報頭，它的內容有報紙中文原名，英文譯名，發行人姓名，發行張數，零售價格，發行期數，登記證號數，郵政登記號數，地址，公司各單位電話等十項。國內其他報紙還有社長姓名，也有些報紙略去印刷所的名稱和地點。

附圖：「報禁」開放後，八十年初已有一百零五家日晚報上市，經常出版的有下列各報，集刊其報頭如下圖。

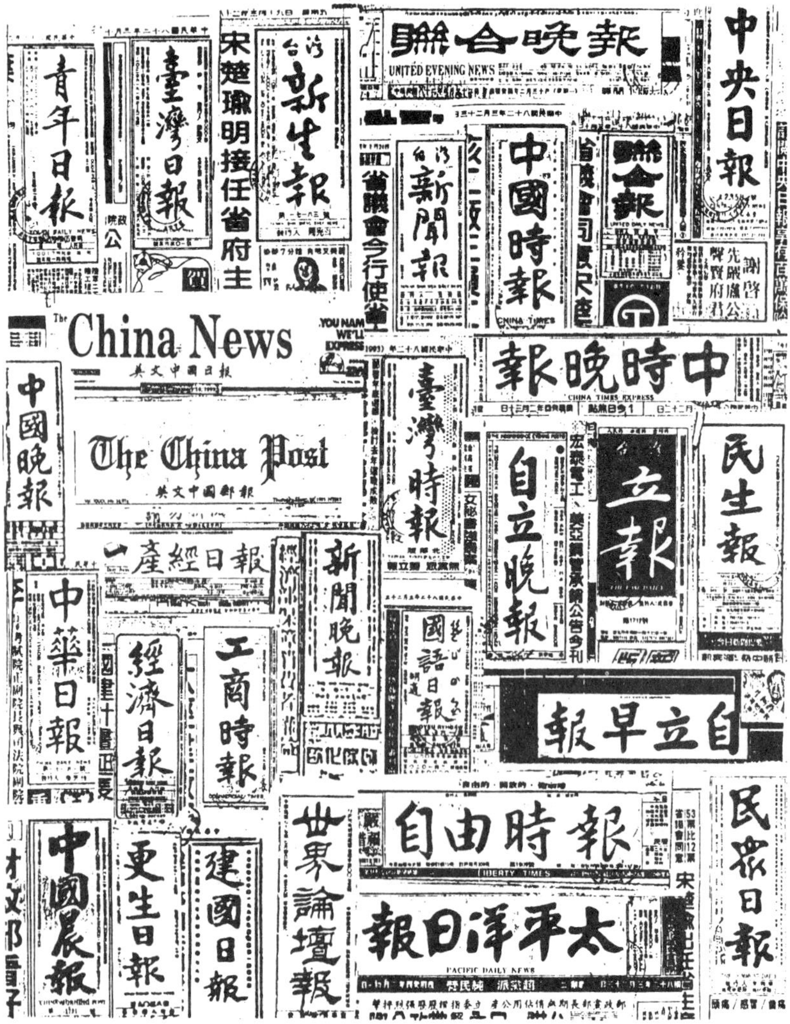
青年日報
臺灣日報
台灣新生報
聯合晚報
UNITED EVENING NEWS
中央日報
台灣新聞報
中國時報
聯合報
The China News
英文中國日報
中時晚報
CHINA TIMES EXPRESS
中國晚報
The China Post
英文中國郵報
臺灣時報
自立晚報
立報
民生報
產經日報
中華日報
經濟日報
工商時報
新聞晚報
國語日報
自立早報
自由時報
LIBERTY TIMES
民眾日報
中國晨報
更生日報
建國日報
世界論壇報
太平洋日報
PACIFIC DAILY NEWS

中文報的報頭以直式爲多，英文報的報頭均爲橫式。對開版面的中文報均用直式報頭，菲律賓僑報《大中華日報》則爲橫式；小型報（四開）以用橫式報頭爲多，報頭的橫直以美觀爲原則，必須在版面上相稱。

報眉是指版面「天線」上邊的文字，包括出版的年月日，報名（標準字體），農曆日期（第一版，其他各版無），星期序，版名或版別。報眉均以橫排，多自右至左。有些僑報的報眉不在版面「天線」上邊，而排列在版面的左右邊，不排報名，而排版別和版名，然後排出版日期和星期序。

版面的上端爲「天線」，下端爲「地線」，有的報紙版面四面加邊線，但大部都祇有天、地線。

第二節　版面和篇幅

目前全球各國流行的報紙版面，分爲兩種，一種是對開的大型報，另一種是四開的小型報。國內各報多採用大型報的版面，就是一大張白報紙，對半裁開，再分兩個版面，實際上一個版面的大小是四開。這一版面寬十五英寸，高二十二英寸，大型中文報的基本欄版直分二十橫欄，每欄一英寸高，以上半版爲新聞，下半版爲廣告，如下頁附圖。對開的大型西文報，版面大小相同，全版橫分八直欄。

小型報爲四開版，就是一張白報紙分爲四小張，每一個版面的大小實際上是八開，這種版面的寬爲十英寸，高爲十四英寸，直分十三橫欄。小型報的報頭多爲橫排，約佔二英寸高。西文小型報版面大小相同，橫分五直欄，報頭多用橫排。

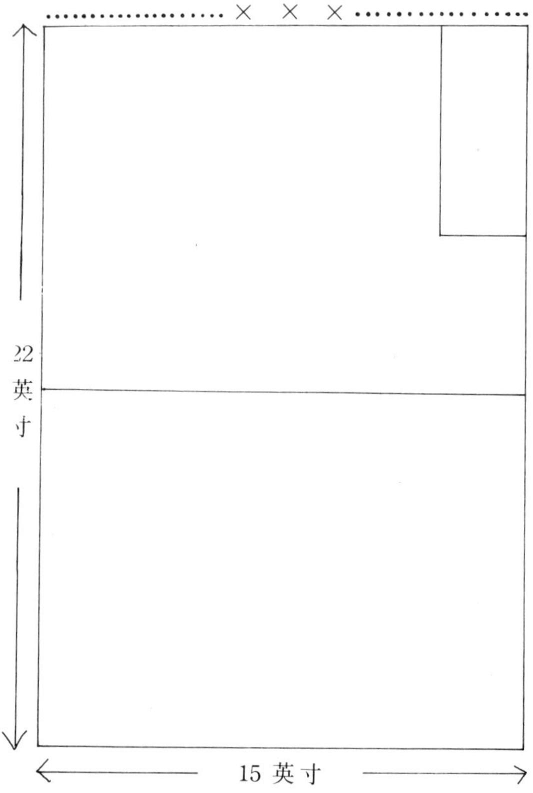

中外報紙的摺法不同，中文報均單獨摺疊，每張報紙的外頁爲第一、四、五、八、九、十二版，內頁爲二、三、六、七、十、十一版（以三大張計）。而西文報則以重疊爲序，如三大張報紙，第一張爲第一、二、十一、十二版，第二張爲三、四、九、十版，第三張在最裡面，爲五、六、七、八版，香港出版的中文版，也和西文報的版別一樣。

大型報的篇幅，每版約可刊載二萬字（連標題在內），小型版的篇幅，每版可刊出九千字。

第三節　版別和名稱

爲了編輯的方便，每一個版別必須有一個版名，雖然近代編報，不一定用版名，但相沿成習，大凡在一個地區，必定有固定的版面性質。例如美國報紙的第四版，大多爲言論版，歐洲報紙的第三版，常闢作言論版。我國報紙的第二版刊有社論，我國報紙的最後幾版，必爲副刊版。

國內各大日報的版別，均以新聞性質分類，臺灣出版的報紙，在「報禁」開放前，限爲三大張，第一版爲要聞版，將當天發生的國內外最重要的新聞，刊載在第一版；第二版大多數報紙爲國內新聞版，包括中央及省政新聞，包括中國大陸新聞在內。國內各報的第二版，均刊載社論一篇或兩篇。第三版爲社會新聞版，不論國內、國際間的重要和突發新聞，刑案和天然災害，社交及人情味新聞，多刊載這一版，祇有《中央日報》和《青年日報》的第三版，不以社會新聞爲標榜，容納省政、議會兼及社會新聞。第四版以下，各報不盡相同，而且時有更換，類多以體育、文教和地方新聞充之；第七版以下，以各種不同名稱的專刊或副刊爲主。

自從民國七十七年（一九八八年）「報禁」開放後，各版的張數已不再限制爲三大張，可以一大張以上，十大張以下，自由伸縮，這樣一來，各報視財力、發行、和廣告，作適度的調整，目前每日發行四大張的有《自立》報系、《太平洋時報》、和《大成報》等；五大張的有《中央》、《新生》、《青年》和《臺灣日報》等；五大張以上的有《民生》、《聯合》、《經濟》、《工商》和《中時》等。因爲篇幅不同，內容也各異，版面的分配就各不相同了。茲將「報禁」開放後，《聯合》、《中時》、《中央》、《新生》和《立報》五種報紙的版面內容，介紹於下，以供參考。

一、《**聯合報**》：一版要聞，二、三版焦點新聞，四版政治觀察，五版生活，六、七版社會新聞，八版國際焦點，九版國際新聞，十版大陸新聞，十一版民意論壇，十二版廣告，十三版臺北要聞，十四版大臺北都會新聞，十五版體育新聞，十六版產經理財，十七版經濟市場，十八、十九、二十版分類廣告，二十一版綜藝焦點，二十二版影視廣場，二十三版影視資訊，二十四版廣告，二十五版婦女家庭，二十六版繽紛，二十七版聯副，二十八版廣告，二十九版文化廣場，三十、卅一版廣告，卅三版鄉情，卅四版消費，卅五、卅六版廣告，卅七、卅八版旅遊休閒，卅九、四十版廣告。

二、《**中國時報**》：一版要聞，二、三版焦點新聞，四、五版綜合新聞，六、七版社會新聞，八版深度報導，九版意見廣場，十版綜合新聞，十一版經濟新聞，十二版廣告，十三版臺北焦點，十四版臺北綜合，十五版臺北生活，十六版國際新聞，十七版體育新聞，十八、十九版分類廣告，二十版大陸新聞，廿一版廣告，廿二版文字廣告，廿三版投資證券，廿四版廣告，廿五版影視焦點，廿六版影視文化，廿七、廿八、廿九版分類廣告，卅版家庭，卅一版人間，卅二版廣告，卅三版旅遊，卅四版寶島，卅五版寰宇，卅六、卅七、卅八、卅九版廣告，四十版休閒趣味。

三、《中央日報》：一版要聞，二、三版國內要聞，四版社會脈絡，五版文化新聞，六版國際新聞，七版大陸新聞，八版體育新聞，九版財經新聞，十版證券，十一版生活，十二版輿論，十三版大臺北都會，十四版電影廣告，十五版專刊（現代婦女、青春樂、醫藥保健），十六版中央副刊，十七版長河，十八版家庭生活，十九版分類廣告，二十版娛樂。（每週六贈「文化藝坊」一冊，每週日贈「星期天」一冊）

四、《新生報》：一版焦點新聞，二版政治要聞，三版國內熱門，四版省政新聞，五版社會萬象，六版綜合新聞，七版全球瞭望，八版財經走廊，九版影視廣場，十版文化工商，十一版廣告，十二版旅遊（上）、新生兒童（下），十三版副刊，十四版文教、體育，十五版文化點（上）、交通安全（下），十六版北部新聞，十七版東部新聞（臺中，高雄新聞換版），十八版廣告，十九版股市繽紛，二十版文字廣告。

五、《立報》：立報爲國內唯一綜合性的「小型報」，四開四張共二十個版。一版要聞，二版兩岸，三版華夏人物，四版國際圖文，五版國際新聞，六版社團新聞，七版大臺北版，八版名家專欄，九版政治焦點，十版、十一版廣播族，十二版新士族，十三版新兩性，十四版地方版，十五版科技，十六、十七版銀髮族，十八版文藝薈萃，十九版廣電情懷，二十版藝術。

綜觀以上五版，有四方面值得注意：㈠各報都強調焦點或綜合新聞，㈡各版新聞分版類似，變化在副刊和專刊，㈢廣告多的報紙，張數才多，新聞內容並未增加，㈣售價除《立報》外，大型日報均爲每份十元。

以上各報版面，每三月或半年，均重新調整，今刊各版，謹供參考。

第四節　版面的設計

國內報紙的版面設計，頗多雷同，沿習已久，不易更弦易轍，因此常被批評各報缺少個性。報紙版面的設計，最主要的就是要有自己擁有的個性，否則，讀者衹要閱讀一份報，不必再訂閱其他各報了，所以版面的設計，必須別出心裁。

版面的設計，有四個原則：

第一、表現特色。什麼是特色？就是這份報紙的讀者對象是那一階層？簡言之，這份報是辦給什麼人看的？世界各國有很多著名的報紙，例如《基督教科學箴言報》，《紐約前鋒論壇報》，《華爾街日報》、《每日鏡報》、《小巴黎人報》，不論它們是大型報還是小型報，但看到它們的版面，就有令人與衆不同的感覺。版面的特色，就要表現出這一報紙的性格，而不必去模仿其他的報紙。國內的報紙也時常改版，但甲報調整版面後，乙報不久也跟着調整。甲報重視社會新聞，乙報也步步跟進，這種競爭，是最笨拙的競爭。報紙的版面，必須表現自己的特色，走自己的道路。例如黨報，要符合黨的宣傳；機關報，要合於機關的要求；民營報，要崇尚自由報導，每一份報紙，先要認清自己的任務，找尋到自己的讀者羣，才能決定各版的內容。如果我們要辦一份高水準的報紙，言論必受重視；如果我們要辦一份通俗性的報紙，就不可曲高和寡。當然，專業性的報紙更要注重專業，而不必在一般性的新聞上與他報互較長短。在設計版面的時候，爲了要表現報紙的特色，先要認清自己的讀者羣，使報紙能真正爲自己的讀者提供最佳服務。報紙屬於讀者，才不會被讀者拋棄；而要吸引住讀者，就要表現自己的特色，這是互爲因果的，而且不容忽視的一個重要原則。

臺灣各報都喜歡採用「綜合性」的特色，並且誤解爲如不是「綜合性」，便夠不上大報的資格，這種觀念，是辦報的一大障礙。由於「綜合性」，便失去了「特色」。近年來，臺灣各專業性的報紙，陸續發行，如臺北的《國語日報》，以語文爲特色；《經濟日報》和《工商時報》，以財經工商爲特色；臺北的《民生報》，以生活、娛樂和休閒爲特色，都有相當的成就。

第二、重視新聞。不論是綜合性的報紙，還是專業性的報紙，它必須重視新聞，不作旁騖，除副刊，專頁外，將各個版面的重心，都要放在新聞上。近年來，有些人標新立異，主張「報紙雜誌化」，以求取代雜誌的市場，這是非常錯誤的想法。報紙當然也分版分類編輯，但分版分類編輯必須主動，而不可被動，今天報紙各版缺少獨特的新聞，就是沒有主動的採訪，而是被動的接受這一類新聞，編輯別無選擇。

美國有三種新聞性的雜誌，聞名於世，都屬週刊，它們就是《時代雜誌》（*Time*）、《新聞週刊》（*Newsweek*）和《美國新聞與世界報導》（*U.S. News & World Report*），它們所報導的新聞，經常超越報紙，而報紙也經常轉載它們的新聞，這就是主動採訪所致。如果報紙不重視新聞，另闢蹊徑，就會使讀者失望。

爲什麼讀者重視新聞，因爲這是一個知識爆發的時代，也是一個科學的羣眾時代，讀者必須要了解在他週遭的一切事物，報紙不能給讀者滿足「知的權利」，他們又何必閱讀報紙？新聞報導的範圍愈來愈廣，有客觀的報導新聞，有中立的解釋新聞，也有主觀的意見新聞，報紙的版面上，新聞愈多，就愈有價值，缺少新聞的報紙，就不會受到讀者愛戴和重視。

第三、合乎邏輯。報紙的版面，不可凌亂，每一版的次序，要合乎邏輯，視新聞重要的程度，來決定版面的次序。版面次序的邏輯原則有二：㈠迎合讀者的需要而定，㈡指導讀者的需要而定，國內的報紙，都採用後者的邏輯，就是強迫讀者接受報紙所指導的新聞輕重，而不理會讀者的需要，所以，國內報紙的版面次序，是新聞編輯所認定的新聞輕重，依序羅列。這種邏輯，便將遠離讀者的新聞，列在重要的先頭版面；卻將接近讀者的新聞，反而排列在次要的版面上。這是編者自我的邏輯觀念，優點是發揮報紙的高水準目標，缺點是讀者的興趣被抹煞。

合乎邏輯的版面設計，要將愈接近讀者，與讀者生活有密切關係的新聞版面，應該排列在重要的版面上，使讀者最容易閱讀到。在邏輯上，報紙的版面應先排新聞，再排專刊，最後是副刊和廣告；而在新聞版面上，要聞版不盡是國家大事和世界大事，而應該是當天發生最受讀者重視的新聞。所以，美國的社區報和地方報，常以本市新聞、體育新聞爲重要版面，他們將離他們愈遠的新聞，排列在較不重要的版面，這是合乎邏輯的，也對讀者有益的。

第四：美觀大方。版面的設計，要求美觀大方，這是近代美工編輯受到重視的原因。報紙的版面，正如人的外表，讀者收到報紙，尚未讀其內容，必先見其版面，如果版面侷促，編排淩亂，印刷模糊，紙質粗糙，字體拙劣，都會影響到報紙的美觀和大方。

新聞編輯的工作，對報紙版面的美觀大方，有直接和密切的關係。從新聞的選擇，字數的計算，標題的製作，拼版的計畫各方面，都會影響到版面。例如報紙行與行間的間隔，必須勻襯，不宜任意增加隔條而將不足的行數排開；也不宜任意抽去隔條，而將過多的行數擠緊，都會破壞報紙版面的美觀和大方。

近年來，很多中文報紙非常注意美術標題和新聞照片的排列，其目的亦爲增進版面的美觀。所謂美術標題，就是用繪製圖案及網線複製的標題，以增加版面的美觀，但這種標題，不能多用，祇有頭題及邊欄，在一個版面上也祇可運用一兩個，否則就破壞了版面的嚴整性，反而失去美的感覺，也嫌不夠大方。

第六章　字體的鑑別

中國文字，歷史悠久，所以字體的變化，也比較複雜，而在中文報紙的版面上，主要以中國文字組成，所以對字體的鑑別，不能不加以探討。這裏所討論的中文字體，是限在新聞編輯技術範圍之內。因爲在印刷學術上，這是一項專門的研究，在編輯工作上不需要如此深入。

目前新聞編輯上所用的中文字體和字號，分爲傳統用字和電腦用字兩種：傳統用字已有一個世紀的歷史，而電腦用字是從七十年代日人創製的「照相中文打字」演化而來。傳統用字較簡易，但在字號上的規格卻不標準，它是以「點」（Point）來計算的；電腦用字是以「級」（Degree）來計算的。現分別介紹於後：

第一節　中文字體

傳統中文字體用之於報章雜誌的，並不太複雜。目下中國所通行的字體，共有四種：一、老宋體，二、仿宋體，三、正體，四、方體（又稱黑體）。（見附錄一）

附錄一：報章常用各種傳統用字字體一覽

中央	八行老宋（超號字）
日報社	六行老宋（特號字）
輿論權威	五行老宋（初號字）
新聞總匯	一號正楷
發行最廣	一號老宋
廣告效宏	二號方體
歷史愈久	二號正楷
銷數愈大	新二號老宋
讀者愈廣	二號長宋
廣告愈多	三號方體
效力愈宏	四號正楷
中央日報	四號方體
自由中國	四號老宋
第一大報	四號長宋
信譽最佳	老五號方體
服務最好	老五號
中央日報	六號老宋

老宋體是最普通也是最基本的字體，俗稱宋體，從鉛字上最小的八號字，到最大的八行字，都有老宋體，而在一般報章雜誌上所用的，祇是從六號字到八行字。仿宋體在報章上不常用，通常多用老五號、四號、三號三種。因爲仿宋體筆畫清勁，用之於小標題以增版面美觀，用之於大標題卻反而無力。正體字又稱楷書，現行在報章上的是從四號楷書至一號楷書。正體字筆姿秀麗，惜字體常不完整，而且鋼模多變體，有時不但不能增美觀，反而有損版面嚴整性。方體字俗稱黑體字，筆力最重，在版面上最爲突出。遇重要的主題，常被採用。自老五號至一號字，都可能在報上出現，而最常用的是二號方體。有些報章採用八行的木刻方體字大標題，固然可以增加新聞的份量，但天天採用，便不免令人怵目驚心了。

電腦用字的字體，種類繁多，除了傳統用字的四種字體外，又有圓體、空體、隸書和疊體……。

如**附錄二**：右起自上至下：正體、細圓體、中圓體、粗圓體、圓空體、隸體、疊圓體、細明體、中明體、粗明體、細黑體、中黑體、粗黑體和特黑體。

電腦用字每一種字體，都可拉長、壓扁，也可左斜、右斜，每種字體可演化出十二種之多。

附錄二：電腦用字字體一覽

石井中明朝體是寫
石井中明朝體是寫研的字體石井
石井中明朝體是寫研的字體石井中明朝體是寫研的字體石井中

石井粗明朝體是寫
石井粗明朝體是寫研的字體石井
石井粗明朝體是寫研的字體石井粗明朝體是寫研的字體石井粗

報用特粗明朝體是
報用特粗明朝體是富潤美麗的照
報用特粗明朝體是富潤美麗的照排字體報用特粗明朝體是富潤

石井中粗黑體是寫
石井中粗黑體是寫研的字體石井
石井中粗黑體是寫研的字體石井中粗黑體是寫研的字體石井中

石井粗黑體是寫研
石井粗黑體是寫研的字體石井粗
石井粗黑體是寫研的字體石井粗黑體是寫研的字體石井粗黑體

岩田粗黑體是富潤
岩田粗黑體是富潤美麗的照排字
岩田粗黑體是富潤美麗的照排字體岩田粗黑體是富潤美麗的照

報用特粗黑體是富
報用特粗黑體是富潤美麗的照排
報用特粗黑體是富潤美麗的照排字體報用特粗黑體是富潤美麗

石井楷書體是寫研
石井楷書體是寫研的字體石井楷
石井楷書體是寫研的字體石井楷書體是寫研的字體石井楷書體

娜爾M是寫研的字
娜爾M是寫研的字體娜爾M是寫
娜爾M是寫研的字體娜爾M是寫研的字體娜爾M是寫研的字體

娜爾D是寫研的字
娜爾D是寫研的字體娜爾D是寫
娜爾D是寫研的字體娜爾D是寫研的字體娜爾D是寫研的字體

娜爾E是寫研的字
娜爾E是寫研的字體娜爾E是寫

娜爾O是寫研的字
娜爾O是寫研的字體娜爾O是寫

曾蘭隸書體是寫研
曾蘭隸書體是寫研的字體曾蘭隸
曾蘭隸書體是寫研的字體曾蘭隸書體是寫研的字體曾蘭隸書體

斯波是寫研的字體
斯波是寫研的字體斯波是寫研的

●淡古體 ↓
是美麗的視覺

●新圓空心體 ↓
是美麗的視覺

●綜藝体 ↓
有線電視的經濟面

●新書体 ↓
公視轉播介壽館音樂會

←粗圓体
香港立法局直選

←細圓体
親北京左派連線十三位候選人全軍覆沒

←細圓体
六福
民紡

→粗黑体
小心致命的吸引力！

細圓体→
美國調低重貼現利率

粗圓体
央行不排除再

←粗隸体
陽帆有清秀佳人為伴

●●空心體 ↓
文字是美麗的視覺

行書体→
文字是美麗的視

中隸体↓
美國有線電視經營

→中明体
支持民運
逢迎北京

正体→
聖恩創新設計「名畫感性窗簾」

→粗明体
遊大陸有44種選擇

←粗圓体
北京幫「三大將」

清新的玉山　專業的銀行
↑粗黑体(中)

「中國古拉格」←細明体(中)

粗圓体→
新台幣升值突

細圓体→
美國調低利率刺激走勢

電腦字体鑑別

通理一：不論新聞和標題中的用字，在同一行列中，字體和字號必須相同。

例如：

立院討論私立學校法

昨完成立法程序

例外1.用作標題的提要，以使文字突出而引起注意者。例如：

所得稅法修正案通過

起征點：再提高一萬元

寬免額：較前增加三成

2.由於每行字數之限制，不得不採用大小不同之字體者，但如能避免，仍應避免。例如：

私立學校法 施行細則

政院院會通過

下學年度使用

3.為求標題新穎，刺激，但亦不能常用。例如：

火　火　火

臺中一場大火

造成百人死亡

4.報紙特有的規定：例如：

中央日報　讀者

參加副刊座談

5.美術標題。例如：

女友戀情　剪不斷

醋勁大發　命歸陰

卡拉OK店　龍蛇雜處　深夜出兇案

少年潘正義　被刺不治　一嫌犯被捕

解釋：字體在同一行列中，應力求劃一。因在編排上，可減少困難；在版面上，可無雜亂之弊，而增美觀之效；同時，劃一字體可減少錯誤，提早出版。

通理二：在同一新聞標題中，主題之字體，必須重於其他輔題。

例如：

草嶺潭命案審結
彭必成仍處極刑
嫌犯惡性重大不容寬究

解釋：字體之輕重，指表現在版面上，易於引起注意者爲「重」，不必特別引起注意者爲「輕」。在各類字體中，以仿宋字最輕，正體次之，老宋較重，方體最重。

第二節　字號的配置

字體，是指用字本身的體型，已如上述。字號，是指用字本身的大小。在中文字中，字號的計算，沒有一定的標準，所以，凌煙閣的字號不同於文華閣的字號，甲報的字號有異於乙報的字號，這對於編輯技術的發展上來說，是一重很大的障礙。近十餘年來，我國印刷界人士對此已有很大的改進，漸趨於統一。但在印刷排版上，字與字之間不能有毫釐之差，所以中文字號標準化，是一件非常迫切也極有意義的工作。而一般有識之士，更主張引用美國和日本的鑄字標準，以點（Point）爲單位，來統一各種中文字號。

在傳統用字的中文字以點數標準制來計算用字的大小，可分爲三部分：一是計算字面的大小，稱之爲「點數體」（Point Body）；一是計算字面的深度，稱之爲「點數線」（Point Line）；一是計算各種（西文）變體字的寬窄度，稱之爲「點數組」（Point Set）。其中第一種「點數體」和編輯技術有密切的關係，其他是印刷上專門研究的了。點數標準制計算鉛字大小的方法，簡言之，是以一英寸的長度，平均分佈七十二個點子，一點代表一個單位。

根據這種點數標準制來計算，中文鉛字裏一個八號字，等於四點；七號字等於一個半八號字，也就是佔六點；六號字等於廿個八號字，就佔八點；新四號字等於三個八號字的面積，就是十二點；三號字等於四個八號字大小，應爲十六點。

但自從電腦用字經日本人創製以來，採用「級數制」，「級數制」是以公分爲單位，和以英吋爲單位的「點數制」，發生了換算的麻煩。既然傳統用字以「點」和英吋爲計算單位，一英吋等於七十二點；在電腦用字以「級」和公分爲計算單位，一公分等於四十級，因此，一點（Point）等於多少級（Degree）？可以下面的公式計算出來。

$$1\ \text{Point} = \frac{1}{72}\ \text{inch} = \frac{2.54 \times 40}{72}\ \text{Degree} = 1.4\ \text{Degree}$$

從九〇頁表中看來，傳統用字的點數和電腦用字的級數，已差堪相符。字數如經統一標準後，這對編輯工作來說，當有莫大的幫助。

12級〔8P〕		照相排字級數別樣本1照相排字級數別樣本2照相排字級數別樣本
13級〔9P〕		照相排字級數別樣本1照相排字級數別樣本2照相排字級數別
14級〔10P〕		照相排字級數別樣本1照相排字級數別樣本2照相排字級
15級	〔5號〕	照相排字級數別樣本1照相排字級數別樣本2照相排
16級		照相排字級數別樣本1照相排字級數別樣本2照相
18級〔12P〕		照相排字級數別樣本1照相排字級數別樣本
20級〔14P・4號〕		照相排字級數別樣本1照相排字級數別
24級〔16P・3號〕		照相排字級數別樣本1照相排字
28級〔20P〕		照相排字級數別樣本1照相
32級	〔2號〕	照相排字級數別樣本1照
38級	〔1號〕	照相排字級數別樣本
44級		照相排字級數別樣
50級		照相排字
56級	〔初號〕	照相排
62級		照相排
70級		照相排
80級		照
90級		照
100級		照

傳統中文字號	點數	換算級數
八　號	4 pt	7 級
七　號	6 pt	8 級
新六號	7 pt	10 級
六　號	8 pt	12 級
新五號	9 pt	13 級
五　號	10 pt	14 級
新四號	12 pt	18 級
四　號	14 pt	20 級
三　號	16 pt	24 級
新二號	18 pt	28 級
二　號	21 pt	32 級
新一號	24 pt	38 級
一　號	28 pt	44 級
新初號（四行）	36 pt	50 級
初　號（五行）	42 pt	56 級
特　號（六行）	50 pt	62 級
特大號（七行）	60 pt	80 級
超　號（八行）	72 pt	100 級

字號辨別清楚以後，便要識別版面上的欄數（段數），和每一欄（段）的字數。現行報紙上通用的字號最小是六號字，也就是新聞內容的字號。六號字等於八個點，那麼，一欄（段）排九個六號字，就等於七十二點，也就是一英寸高。這是在「報禁」開放前，臺灣各報所採用的標準欄數。過去在大陸發行的報紙，每欄起碼在十字以上，而且是採用新五號字，各報也都不劃一。如果要迎合鉛字的點數標準制，目前的九字一欄是值得提倡的。但在「報禁」開放後，各報分別採用十二字（六或十二級），十四字，十六字一欄，雜亂而不統一。

因此，這裏就以每欄九個六號字的標準（高度爲一英寸），來討論字號的配置與排列。

通理三：各類字號之排列，切忌在欄別中頂天立地。

例如：

奢侈浮華壞習慣
咖啡一盃五百元

解釋：除新聞內容所採六號字短欄外，各類字號，均不宜在欄中塞滿，而應上下各留天地。六號字排長欄，必須上下空一個六號字，才顯得這條新聞的價值有別於其他新聞。標題字的上下左右，更應多留空地，才顯得標題的突出。

例如：

兩性地位不平等
為家庭暴力根源
解決之法・提高女權

【中央社波士頓五日專電】美國一位研究家庭暴力事件的專家說，兩性在工作場所的平等地位，有助於防止家庭中的打老婆事件。

新罕布什爾州立大學研究學者史特勞斯說：「社會上兩性地位不平等，助長家庭中的不平等與暴力，其現象之一，是婦女因為經濟上的壓力，使她忍受暴力的婚姻。」

他說：「儘管最近在開創兩性平等地位上，已有一些進展，但是丈夫為一家之主的觀念，仍然根深柢固。」

結果，他說，許多丈夫相信，他們擁有的地位，意味一旦夫妻雙方無法達成協議時，他們有最後決定權。

史特勞斯說：「要是吵鬧、理論、發脾氣，或乞求等手段都無效，則很可能訴諸男性凌駕女性之上的一種手段——動武。」

他敦促大眾體認雙性地位的不平等，為家庭暴力的一個危險因素，呼籲人們支持女權，鼓勵男女在工作上同工同酬，作為邁向解救困於暴力婚姻中的女性的一步。

> 通理四：新聞標題中主題中所採用字號，必須大於其他輔題的字號。

例如：

花非花·霧非霧·夜半來·天明去

毒梟黑狗林形踪飄忽

紅歌女XXX涉嫌窩藏重犯被傳詢

附表：各類字號在各欄別中最大極限所能容納字數表：（括號內爲電腦用字級數）

字號 ＼ 欄別 字數	一欄	二欄	三欄	四欄
六號（十二級）	九	十七	廿六	卅五
五號（十四級）	六	十二	／	／
四號（二十級）	五	十	十五	／
三號（廿四級）	四	八	十二	十七
二號（卅二級）	三	六	九	十二
一號（四四級）	二	四	六	八
初號（五六級）	／	三	五	六
特號（六二級）	／	／	四	五
超號（一百級）	／	／	／	四

五欄	四四	／	／	／	十六	十	八	七	五
六欄	／	／	／	／	／	十二	十	八	六
七欄	／	／	／	／	／	／	十三	十	八
八欄	／	／	／	／	／	／	／	十二	十

第三節　字號的換算

中文字體和字號種類繁多，大小不一，而在新聞版面上，有一定的空間，不容混淆，新聞編輯必須熟嫻字號的換算。有的報社，將這一責任委諸打排技工，這是不對的，新聞編輯指導排字拼版，所以字號的換算，必須正確，而且事先不換算清楚，會發生錯誤，不能貫徹新聞編輯人的意圖，直接影響到版面的計畫。

傳統中文字號的換算，以六號字爲基礎。

一個超號字（八行）等於：九個六號字，八個新五號字，六個新四號字，五個四號字，四個新二號字，三個新一號字，二個半一號字，二個新初號字（四行）。

一個特號字（六行）等於：六個六號字，五個新五號字，四個新四號字，三個三號字，二個半二號字，二個新一號字，一個半新初號字（四行）。

一個初號字（五行）等於：五個六號字，四個五號字，三個四號字，二個半三號字，二個二號字，一個半一號字。

一個新初號字（四行）等於：四個半六號字，四個新五號字，三個新四號字，二個半四號字，二個新二號字，一個半新一號字。

一個一號字等於：三個半六號字，三個新五號字，二個四號字，一個半新二號字。

一個新一號字等於：三個六號字，二個半新五號字，二個新四號字，一個半三號字。

一個二號字等於：二個半六號字，二個五號字，一個半四號字。

一個新二號字等於：二個新五號字，一個半新四號字。

一個三號字等於：二個六號字，一個半五號字。

一個四號字等於：二個新五號字。

一個新四號字等於：一個半六號字。

以上的換算，並不百分之一百正確，但其差數極微。

電腦中文字號有一定的級數，它從傳統的六號字起標，分別爲十二級、十三級、十四級、十八級、二十級、二十四級、二十八級、三十二級、三十八級、四十四級、五十級、五十六級、六十二級、七十級、八十級、九十級、一百級，超過一百級者均以十進位，報紙用標題字，最大爲一百六十級，大約有二英寸高了。

至於電腦中文字號的換標，可以下列公式代之：

每行字數×級數÷新字數（已知）＝新級數（未知）

例如一個中文標題，引題的字數是十四字，級數是五十級，主題爲十個字，應用多少級的字？代入後爲：14×50÷10＝70。因此，主題用字爲七十級。

由於電腦中文字體有不同的變化，它可以拉長，來適應寬度空間不足的情況；也可以壓扁，來適應高度不足的情況。拉長就是長一、長二和長三，每拉長一度，字的寬度就減少十分之一，它的壓扁就是平一、平二和平三，每壓扁一度，字的高度就減少十分之一。所以當欄内容納不下時，電腦字體可以伸縮，字號就有了新的變數。

第七章　欄（段）與框

對開大型報的一個版面（等於四開）區分爲二十欄，每欄的高度是一英寸，中間排九個六號字，這是「報禁」開放前臺灣各報的標準欄。「報禁」開放後，各報欄數不一，但以一英寸爲基本欄，容易換算。《聯合報》、《中央日報》和《中國時報》，大部分版面是十二字一欄，以九字一欄每版二十欄計，該報業是每版十四欄。改欄後欄的間隔，不用半個字的中線，改空一個半字。

第一節　欄的意義

欄（Columns）又稱「批」（皮），也稱「段」，是指版面上的區隔，以求編輯及閱讀上的便利，我國報紙的分欄，最早爲每版分爲四欄，如《察世俗每月統紀傳》，之後分爲六欄，八欄，十欄，十六欄，十八欄，二十欄。

報紙分欄，不外有三重意義：第一，便於編輯，編輯在處理新聞字數的時候，一定要有一個規格，才能將一則則的新聞，編輯到版面裏去，而且要整齊劃一；第二，便於排版，如果報紙不分欄，字的長短起迄，將無從着手，版面亦將凌亂不堪；第三，便於閱讀，過長的文字，不易閱讀，沒有順序的文字，也不好閱讀，祇有在欄的規律下，才能逐一閱讀。

所以，欄是版面的規格，由於欄的確定，才能拼合成一個版面。

第二節　欄的變化

欄的基本字數，是每行九個六號字，但如果全版二十欄，不起變化，便會顯得單調和呆板。但欄的變化也是有規則的，它在下列的情況下，可以變化。

一、配合標題的變化。除了短行標題外，二欄以上的標題，就使欄起了變化，因爲標題的排進，欄必須切斷。目前國內的報紙，自二欄題到八欄題為止，八欄以上的標題，絕少用到。除標題本身的變化外，文字配合的變化有二：

1.全長的變化。就是題和文都是一樣的高度，例如全二，全三（圖一），全四，全五等，六欄題以上的文就不用與題相等的長度，因為目力不及。

央行撥款五億
貸給中小企業

【台北訊】中央銀行同意由中長期基金撥款新台幣五億元，透過台灣中小企業銀行貸放，以輔導中小企業發展。

這項放款，是由台灣中小企銀轉向央行融通，由央行逐筆審核。貸款對象為合於中小企業輔導準則的製造業、加工業及手工業；商業、運輸業及其他服務業不包括在內。

貸款用途限定為資本支出，期限不超過七年，每戶最高額度新台幣二千萬元；利率向央行轉融通為年息百分之九點六八，業者向台灣中小企銀以擔保放款利率計息。

圖一

2.盤文。當標題和文字不等的時候，採取盤文的標題，直題盤文有三種不同的情況，一是題長文短，如題五文四（圖二），二是題文相等而將文作不同的分法，如題四文二（圖三），三是直題不規則，不是與欄數相符的長度，必須盤文，如全四題二（圖四）。以上的變化，欄的字數，也有一定的計算，如全三的字數，應排二十六字，上下各空一字。全四應排三十五字，上下各空一．二五個字。四分二應排十八字。橫題與文字的配合，標題不必符合欄數，但文字要將標題包起來，標題和文字合計，必須配合欄數，橫題的改欄，有全二題，全三題（圖五），全四題，全五以上的橫題，甚少運用。

在改欄的時候，還要注意到欄與欄的間隔，目前各報均爲半個字，這半個字，也應計入，否則便不能拼版。計入後，全二爲十八個半字，全三爲二十八個字，全四爲三十七個半字，全五爲四十七個字，以此類推。

二、花框改欄。遇到花邊新聞或重要而簡短的新聞，常加以花框處理，以便在版面上顯得突出。花框的處理，必須改欄。花框的改欄，不論標題和文字，都是不規則的，但以整個花框而言，還是符合欄的規格。只是在框的內部，可以

沈昌煥在國大報告外交

發揮自立自强精神

必能完成復國使命

【本報訊】外交部長沈昌煥，昨天上午在國民大會第六次會議中强調：國家民族的命運掌握在我們自己手中，不論國際環境如何險惡，只要我們自己有信心，肯苦幹、能團結，發揮自立自强的革命精神，必能開拓光明前途，完成復國建國的使命。

國民大會第六次會議，昨天上午舉行第三次大會，由孫亞夫擔任大會主席，沈昌煥部長提出外交報告。

圖二

陽明海運拓展貨櫃運輸

新建四艘多目標船

六月起陸續駛美東

【本報訊】陽明海運公司新建造的四艘多目標船，預定六月一日起行駛遠東地區到美國東岸的貨櫃定期航線。

「春明」、「夏明」、「秋明」、「多明」四艘多目標船，是由中國造船公司建造，其中「春明」、「夏明」已在一月卅一日下水，將於五月底及六月交船，其他兩艘將陸續於七、八月交船。

這四艘多目標船，載重二萬八千五百噸，可裝載廿呎貨櫃八百二十六個，也可裝載雜貨，但是將全作爲貨櫃船用。

陽明海運公司爲配合貨櫃航線的開闢，已於日前邀請日本三井倉庫株式會社四位高級職員，就發展貨櫃運輸及貨櫃場棧管理，作專題演講，以吸取三井公司在貨櫃方面的經驗。

貨櫃航線行駛港口爲：高雄、神戶、橫濱、薩瓦納、巴鐵摩、紐約等港，目前暫定每月一航次，等四艘船全部加入營運，則每月兩航次。

圖三

任意編排。如一〇二頁圖是五分二上下加框，而框中的標題又是不規則的，它外圍的欄數等於五欄，應爲四十七個字，兩條花邊爲一個字，花邊內各空一個字，花邊外各空半個字，分二的間隔是一個字，這樣，應去掉五個字，文內每行應排二十一個字。

三、**邊欄應改欄**。處理邊欄的時候，欄的字數必須變化。所謂邊欄，是指四欄以上的特寫、專訪，和相同的新聞集合在一個欄內發表，在版面上與單條的新聞有別。邊欄的標題，不必拘泥於欄數，但標

強暴搶劫

罪大惡極

張善昆池進甫

昨被提起公訴

【台北訊】涉嫌於二月十日結夥在台北市新生北路搶刼，並強暴林姓女子的張善昆、池進甫，昨天被台北地檢處依懲治盜匪條例及陸海空軍刑法提起公訴。

檢察官劉瑞村在起訴書中指出：張善昆（十八歲）、池進甫（十九歲）二人分別因妨害風化、竊盜罪嫌被判處感化教育仍不知悔改，於一月八日共同自輔育院乘隙逃脫，潛至台北市，二月十日下午一時卅分，前往台北市新生北路三段十一巷口伺機搶刼，適有單身林姓女子自外歸來，進入該巷四十四號，張善昆隨即衝入二樓樓梯口，池進甫在樓下門口把風。張善昆先拔出預藏扁鑽抵住林女胸部，搶走新台幣二千元；隨後又將林女押至四樓陽台施暴。事後，張善昆在台北市自強隊道交付二百元給池進甫。案經林女報警，將張善昆逮捕；池進甫仍在逃。

圖四

題的長度，必須與欄別相埒，不能超過邊欄總高度的四分之三。如一○三頁圖是一個八分三的邊欄，不是一篇專文，而是將同類新聞歸併處理。標題爲六欄高，文字每行爲二十四字。

四、副刊和專刊。報紙副刊和專刊，欄與欄的間隔，不用半個字的中線，而用半個字的空條。如欄的高度予以變化後，則用一個字的間隔。各報副刊，均予改欄，例如《聯合報》副刊每行爲十二字，其他連載的小說，分別以十六字，十八字，二十二字來處理。《新生報》的副刊每行爲十四字，其他連載文字以十八、二十、二十一字來處理。

國大三次大會

聽取外交報告

檢討國是並提建議

【本報訊】第一屆國民大會第六次會議第三次大會，昨天在陽明山中山樓中華文化堂舉行，由主席團第二組薛岳、于斌、孫亞夫、張伯謹、鄭逢時、韓德勤、吳鴻森、葉秀峯、李壽雍等主持。

上午的會議由孫亞夫擔任主席，會中聽取外交部長沈昌煥的外交報告，隨即進行檢討國是及質詢與建議。

國民大會代表甯實、王勉、王星華、吳常熙、王孔安、方治、段克和、李洛九、蘇友仁、劉介宙、后希鎧、李序中、烏爾貢布等先後發言提出多項建議，張希文、張國鈞、李鴻超、官桂英等提出書面意見。綜合他們的建議主要的有：

—統一駐外機構的指揮，並每月舉行會報，推展總體外交與實質外交。

—多用外交專才，提拔職業外交家，以因應多變的外交環境需要。

—推展非正式的民間外交，爭取友誼，開展對外關係。

—靈活運用外交人員輪調制度，以提高行政效率。

—有效運用，配合國際性的機構，拓展多方關係。

圖五

美將出版新書

敘述造人經過

試管一男嬰 已經十四月

如非最大騙局 就是最大突破

〈合衆國際社西雅圖二日電〉「西雅圖通報者郵報」今天說，此間J・B・李平克特出版公司，已宣佈出版一本新書的計劃，該書內容是敘述在實驗室以男子的細胞，製造一個目前已十四個月大的人類男嬰的經過詳情。

該報說，李平克特公司在二月十二日出版的「出版家週刊」上刊登全頁廣告，表示普受推崇的科學作家羅維克的新著「照他的形像——人的無性生殖」，將於六月五日出版。

該報說，曾發起大衆利益委員會的兩位華盛頓科學作家，已呼籲卡特總統、國會聯席會議主席和聯合國秘書處，對這本書和其中聲言該書是「本世紀的科學調查報導」之事展開調查。他們說，李平克特公司的宣佈，「若非本世紀最大的騙局，就是本世紀最重大的消息。」

研究以結合基因製造新生命形式而舉世聞名的華盛頓大學遺傳和微生物學家法爾柯博士說，利用取自人身上的一個細胞，使它成長而複製成一個完整的人的理論性專門知識，已存在多時，但他未聞美國境內有人從事此類實驗。他說：「如果此事屬實，將造成極大的風潮。」

李平克特公司主管哈契森拒絕討論該書內容，但表示該公司支持該書內容屬實的聲言。無法找到作者羅維克答覆有關本書的問題。

該報說，涉及這項實驗的科學家、嬰兒和其他人名，以及實驗地點均未透露。

大衆利益委員會發起人之一黎福金說：「美國總統必須決定，這種知識是否能予公開傳佈。」

謝主席關切高速路車禍
派員慰問傷患死者家屬
林金生至現場囑妥為處理善後

【本報中興新村二日電】北基高速公路重大車禍案，省府謝東閔主席至為關切，今日在臺北指派社會處長許水德、交通處副處長李紹偉代表，前往基隆慰問傷患及死者家屬。

謝主席同時指示交通處，查明車輛肇事責任，依法儘速處理。

臺北至基隆段高速公路上，一日下午公路局直達車與裝載水泥大卡車相撞，造成了廿五人輕重傷，六人死亡。

許水德等於下午二時趕往基隆，慰問傷者與死亡家屬，輕傷每人致贈慰問金一千元，重傷二千元，死者每人四千元。

許水德處長於下午二時到達基隆後，立即由公路局基隆站長涂自強陪同，前往省立基隆醫院，慰問受傷住院人員。同時告訴省立基隆醫院院長郭進財，要好好照顧他們。

然後，許處長轉往八堵礦工醫院慰問住院的車禍傷者。礦工醫院院長陳博光，向許處長說明救治受傷的工作進行十分順利，重傷者經過緊急動手術後情況良好。許處長希望醫院妥善醫療。下午四時十分，許處長由八堵順道返回臺北。

【基隆訊】交通部長林金生，昨天上午十一時五分，由省公路局長胡美璜陪同，到高速公路車禍現場勘察，指示公路局，對住院療傷旅客需妥善照顧，同時應加强駕駛人安全教育。

林部長指示公路局，對不幸罹難旅客須依規定處理。對於駕駛人加强要求勿超車、超速或違規行車，以維行車安全。

【本報訊】省公路局昨（二）日說：該局對於北基高速公路七堵附近，於一日下午四時十五分發生車禍，造成重大傷亡事件極表遺憾，公路局除將對死者家屬從優撫卹外，並檢討肇禍原因，加强駕駛員對行駛高速公路特別訓練及車輛機件檢查，以期確保行旅安全。

公路局表示：當車禍發生後，公路局長胡美璜卽率同副局長熊裕生及運務處長蔣在鏁等有關人員，親臨車禍現場指揮搶救，並將受傷旅客分別送往基隆省立醫院、八堵礦工醫院及濟仁醫院治療，然後胡局長又携帶慰問金及禮品分別到各醫院慰問，並致贈每一死者家屬慰問金新臺幣二千元，重傷者一千元，輕傷者五百元，以表慰問之意。另外又特別囑咐醫院要盡量利用最有效藥物治療，一切費用由公路局負責，並派專人駐各醫院照顧，希望使受傷旅客能早日康復，死亡者墊借喪葬費協助安葬。

交通部長林金生於昨日上午十時，由公路局局長胡美璜及道安會報梁執行秘書陪同親至車禍現場勘察，除指示公路局妥為處理善後外，並呼籲各駕駛人員在高速公路行駛時，要特別注意交通規則，以免再有類似事件發生。

公路局遵照林部長指示，決定今後對行駛高速公路之班車駕駛員，加强訓練與教育，並錄製高速公路行車特性及駕駛員應注意事項等卡通影片，以電視傳播駕駛訓練分別講習，建立駕駛員對高速公路行車應有之觀念，並加强平時車輛檢查、保養及修護。

公路局說：此次車禍之發生，依據現場痕跡及紀錄卡研判，肇事的公路局客車，行駛至肇事地點，其車速為八十公里，依照高速公路行車里程規定，尚未超速，可能由於當時前面小貨車及客車，變換車道跟車距離維持不當及情況判斷不清所致。

第三節　欄的換算

在傳統的檢字排版中，編輯僅處於指導的地位，一切欄的變化，盤文加框，橫題盤文，改排字數，都由檢排技工擔任，但在中文電腦排版裏，編輯就沒有這樣輕鬆了，版面上邊欄、盤文加框和橫題盤文，都要編輯事前精確計算，才能由打字員下達指令。

一、**欄的換算**。在處理欄的變化時，先要熟悉欄的換算。

欄別	不加框字數	加框字數	欄別	不加框字數	加框字數
短欄	九字	七字	六分四	十三字	十二字
全二	十七字	十五字	六分五	十一字	十字
全三	廿六字	廿四字	七分二	卅二字	卅一字
三分二	十三字	十二字	七分三	廿一字	廿字
全四	卅七字	卅五字	七分四	十五字	十四字
四分二	十八字	十七字	七分五	十二字	十一字
四分三	十二字	十一字	八分二	卅六字	卅五字

全五	四十七字	四十五字	八分三	廿四字	廿三字
五分二	廿二字	廿一字	八分四	十八字	十七字
五分三	十五字	十四字	八分五	十四字	十三字
五分四	十一字	十字	八分六	十一字	十字
全六	五十五字	五十三字	九分三	二十七字	廿六字
六分二	廿七字	廿六字	九分四	二十字	十九字
六分三	十八字	十七字	九分五	十六字	十五字

註：本表欄高每欄仍爲一英吋（九個六號字或十二級字）

二、**橫題盤文**。製作橫題盤文，先將標題的大小決定，計算它高佔若干字，寬佔若干行，才可決定盤文欄數和字數。例如：橫標題高爲十一個字，寬爲三十行，則盤文至少爲二欄高、或三欄高。如係二欄高，則題下盤文應爲高六字，題旁盤文爲全二十七字，然後轉短行爲每行九個字。

三、**邊欄的處理**。如標題和文，均爲短行的倍數，不必盤文，祇要以前頁附表，決定欄的分法而排若干字。如標題爲不規則的，則有各種不同的方法。茲舉兩例如後：第一種爲標題下盤文。例如：標題爲五欄高，十二行寬，文長一千五百字，邊欄如後圖型式，其盤文應如圖下說明。

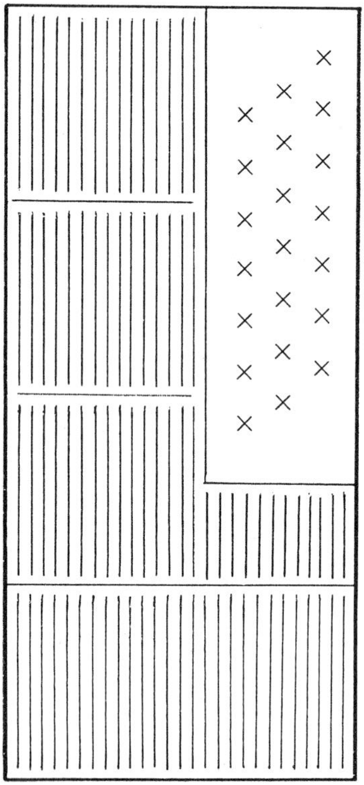

(一)本欄爲八分四，每行十八字
(二)題高五欄，寬十二行
(三)文長一千五百字
(四)盤文：(1)十八字卅行
(2)九字十二行
(3)十八字四十二行

第二種爲題排中，題爲五欄高，十二行寬，文爲一千三百字，邊欄如左圖型式，其盤文如圖下說明：

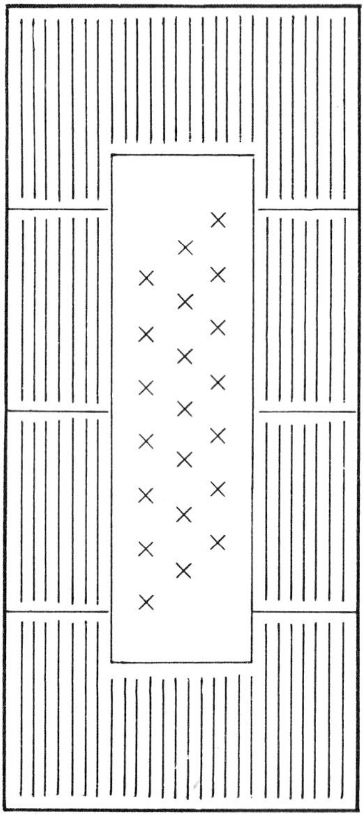

(一)本欄爲八分四，每行十八字
(二)題高五欄，寬十二行
(三)文長一千三百字
(四)盤文：(1)十八字七行
(2)十二字十二行
(3)十八字四十二行
(4)十二字十二行
(5)十八字七行

欄的變化，複雜多端，視編排美觀與花巧而定。在傳統排字中，必須全部重新改排；在中文電腦排版中，欄的字數變更，不需重新打排，祇要按鈕改欄，瞬間即能完成，這是印刷技術上的一大進步。

第四節　花邊的運用

在新聞編輯中，運用花邊的目的，在增進版面的美觀，襯托出新聞的特性，和引起讀者的注意。當讀者在閱讀的時候，注意力常會集中到有花邊的地方。但爲了要引起注意而濫用花邊，卻爲編輯之大忌。所以，運用花邊當講求技巧，以免有損版面的美觀，如運用得宜，則對於字體、字號、標題、版面，可以收牡丹綠葉之效。

花邊的運用，大報是通常比較嚴肅，小報常常喜歡花描。如果一張日報，每版都漫無限制的亂用花邊，一定不會得到好評，所以，如果不是真正的花邊新聞，仍以不用花框爲上乘。其次，新聞版面對花邊新聞的運用和副刊版面又不同，，副刊因爲標題少而文字多，不用花邊來襯托，便不見得活潑，精於編副刊的編輯對於運用花邊，也會別出心裁，甚至在方塊文章和文章標題上，多巧妙地運用花邊，這也是受人注目和歡迎的編法。

通理五：在同一新聞版面中，花邊新聞的運用花框，最多不要超過三則。

解釋：花邊新聞的發生，固然不能加以限制；但花邊新聞的編輯，卻可加以靈活運用，不一定每一則花邊新聞，都要加上花框。如在同一版中有三則以上的花框，不免使版面瑣碎、混亂，且有損版面的美觀。

通理六：在同一新聞版面中，避免花邊的重複運用。

解釋：花邊的運用，有對文字部分上下加花邊，也有對標題部分加上花邊，當然更可以連標題和文字都加花邊。但不論何種方式加花邊，在同則新聞中，要運用相同的花邊，在不同的新聞上而在同一版面中，要避免重複的花邊。

通理七：花邊的採用，視其新聞性質而定，必須符合而增進新聞性。

解釋：新聞的性質不同，採用的花邊也各異。例如論文、文告及較爲嚴肅性的新聞，雖不是花邊新聞，而爲要促起注意，並且全版也無其他花邊新聞，則對於這類性質的文字或標題，採用「雙線花邊」。這種雙線花邊，表示正直、端莊。如採用其他花邊，反而有失價值。如哀喪新聞，則宜視其當事人的身分，而用適當的「粗黑線花邊」，如其人的死亡，足以引起社會人士的普遍哀思，則以粗黑線繞其遺照，或框住整個新聞文字。如其人之哀喪僅少數人關懷，則在標題右旁豎一粗黑線花邊即可。

附錄：花邊及花字的種類

(甲)條形花邊

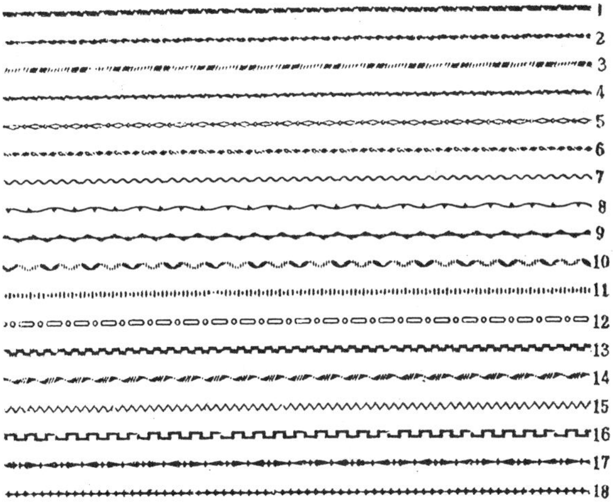

(乙)鉛字花邊

第五節　框的製作

在本章第二節中，已略述花框和欄的變化，進而討論框的製作。由於新聞或邊欄加框的目的，在引起讀者的注意而增進閱讀的興趣，所以框的製作，亦屬編輯技術之一。

先談框的分類，框以欄分有：1.短框，2.二欄框，3.三欄框和三分二框，4.四欄框及四分二框和四分三框，5.五欄分二框，五分三框，和五分四框，6.六欄分二框，六分三框，六分四框和六分五框，7.七欄分二框，七分三框，七分四框，七分五框和七分六框，8.八欄分二框，八分三框，八分四框，八分五框和八分六框，9.九欄分二框，九分三框，九分四框，九分五框，九分六框和九分七框。

其次，加框的花邊新聞可分爲上下加花邊框，三面加花邊框（另一面爲照片），和四面加框。亦有非常突出的單面加花邊和框中有框的製作。

標題在花框中的排列，也是增加花框的美觀和生動，普通花框都用「單直題」或「單橫題」；其次用「前橫直題」或「T形橫直題」，「上下雙直題」或「上下雙橫題」；比較複雜的是「上下雙直題」和「上下雙橫題」再加「貫中直題」；還有一種是「工」形題。茲將以上九種花框的形式，繪製如下九圖。

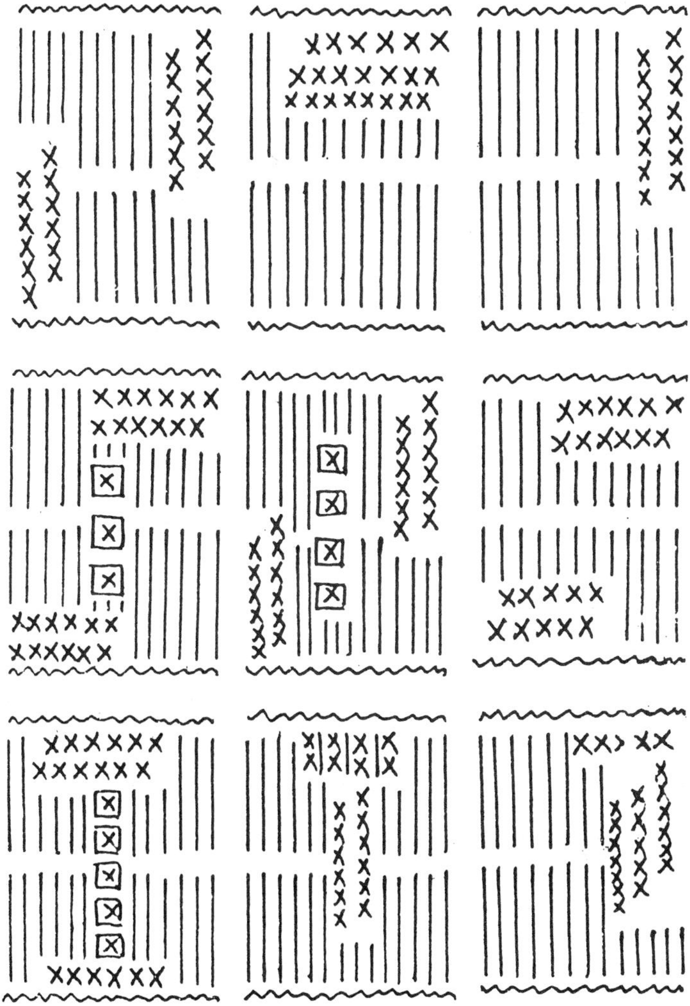

第八章　編輯符號與字的辨正

在新聞寫作中，祇重視文章的作法，忽略了標點符號與字的辨正，殊不知中國的文字，歷史悠久，數千年來，已有嚴格的法則，不論符號和用字，自成一格，不容錯誤。尤其在大眾傳播工具中，錯用符號、單字或字彙，將貽害無窮。標點符號的作用，在使文章的段落和層次清楚，文章的語氣明朗，以達到表現思想和感情的目的；用字的正確，在使文章能表達它真正的意義而不被曲解，所以，要寫好一篇好文章，必先注意標點符號和用字。

第一節　標點符號

我國的標點符號，是民國八年教育部公佈的，共分爲十二種，除「書名號」和「私名號」在報紙上不用外，常用的有下列十種：

一、點號「，」　分開串連的字句，文意沒有中斷，用點號。

二、句號「。」　一小段文句的意思已說完了，用句號。但句號並非「·」，實心的「·」是小數號或外國人名號，如「九一·二三」，「羅伯·甘迺迪」。

三、頓號「、」　亦稱爲「頓點」，文句中有幾個連在一起的名詞，可用頓號將其分開，如「國民大會主席團主席決定爲：谷正綱、黃少谷、張其昀……」。但一個完整的短句，已成爲臨時的專門名詞，則不必分開，如「中日韓菲四國五強籃球賽」，不必寫成「中、日、韓、菲四國、五強籃球賽」。

四、分號「；」　分號的用法，比較一般符號難，在沒有把握時，不如用句號來代替。在一連串的句子中，相對稱的，相平行的，相重疊的，就用分號來把它們分開。

五、冒號「：」　冒號是總結上文，或總起下文。通常用於書信、文告開頭的稱呼語下面，和說話的引號上面，而間接引用他人的說話或意見，則不用冒號，而用點號。例如：他說，他不能同意。而不用：他說：他不能同意。

六、引號「」『』　直接引用他人的說話，用「」號，在引號中再用另一個說話或專門名詞時，中間用雙引號「『』」，在引號中的話，必須與說話的人的話，一字不易。被引用說話的標點，要點在引號內，引號括出的專門名詞，標點要點在引號外。

七、問號「？」　表示疑問的句子，用?，但有時會用錯，例如：「他不知父親爲什麼要他，」要用點號不可用問號。而「父親爲什麼要　他呢？」就要用問號，不可用點號。

八、括號（　）　用來解釋或補充文句中意思不足的地方，新聞稿中儘量少用。

九、驚嘆號「！」　表示強烈的情緒、願望、祈求或命令，但絕對不用「!!」「!!!」「?!」等符號。

十、破折號「—」　佔一個字的破折號，用於複合名詞中，如「千里達—托貝哥」，也可用來代替「至」，如「臺北—臺中」。佔兩個字的破折號，表示忽然轉變一個意思，或代替括號，在兩個破折號中解釋文句。

第二節　編輯符號

編輯用符號，常因個人的見解而異，各報的習慣也不同，但有一個原則，就是必須被排字工人看得懂。編輯符號，可以分爲三部分，一種用於整理原稿，一種用於製作標題，一種是校正錯字，現分別介紹於後：

一、整理原稿用符號

帽子：每一則新聞開頭，必有一個「帽子」，就是發稿者的註明。例如【本報訊】、【中央社訊】、【本報巴黎航訊】、【本報特譯】、【本報綜合報導】……等。這種「帽子」，應用紅筆上下括弧勾出。

標點：全部採用新式標點，每句以紅筆點出。

刪字：不要的字以紅筆塗去。

刪文：刪去一段或數段文字，以紅筆將此段文字畫一個大框，中以紅筆打一個大「×」。所刪文字不要剪去，以便查考責任。

另行：原稿段落不分，或分得不對，編輯要將一段文字另行排出時，用紅筆在另行起頭的第一字上畫出「ε—」的符號。但表示另行而不必低一字，如文告的第一句「全國同胞們！」不要低格，則用紅筆在要另行頂格的第一字上，畫出「↑」符號。

復原：已用紅筆刪去之字，再用紅筆在字旁畫「△△△」，表示復原。如整段或數段文字均需復原，則在被刪的整段文字前上方，用紅筆寫出「以下照排」四字。

接文：在前文與後文中已刪去一段文字，爲避免漏排起見，用紅筆在前文最後一字，畫一個「↙」符號，箭頭連到後方的最前一個字，表示連接。如前文最後一字的位置低於後文最前一字，則用紅筆畫一「⌒」符號，將後文最前一字勾下來。

顛倒：文中有字顛倒，或上下句必需互換，則用紅筆將要顛倒和互換的字和句，畫一個「S」符號。

未完：前發一稿，尚未結束，而續稿尚未譯出，爲爭取排版時間，則用紅筆在前發稿最後一字或一句下，畫一「↓」，表示待續。

結束：一次發稿已完全結束時，不必用符號，分次發稿而待全文結束時，用紅筆在最後發排的稿子後面畫一「✓」符號，表示完了，不必再等稿。

續稿：從前一個版面轉到後一個版面，前稿必需用紅筆在文後註明「（下轉第×版）」；後稿也必需在文前用紅筆註明「（上接第×版）」。如第二天續刊第一天的稿子，在第一天稿後用紅筆註出「（未完待續）」；在第二天稿前用紅筆註出「（續昨第×版）」。

補稿：前稿已發排，電訊或新聞又發生新的變化，舊稿不必取消時，補稿上用紅筆註明：「上接××題」。

二、製作標題用符號

字號：標題寫出後，用紅筆畫一「／」，指出需要的字號。

「㊀」或「⦶」——表示老宋體一號字。

「一正」或「|正」——表示正楷一號字。

「初」，「特」——表示老宋體初號或特號字。

「㊁」或「(‖)」——表示老宋體二號字。

「三仿」——表示仿宋體三號字。

「二方」或「‖方」——表示方體二號字。

「㊂或(|||)」；「⊗」；「㊄」——均表示老宋體三號、四號和五號字。

除了正楷、仿宋、黑體需註出「正」、「仿」和「方」字外，其餘均屬老宋體。

題型：用以說明標題的大小、形狀和所屬版別。

「六—五，一版」——表示這一則新聞的標題是六欄長，文字是五欄長，屬於第一版。

「三—一，四版」——表示這一則新聞的標題是三欄長，文字是短欄，屬於第四版。

「題貫中」——表示標題要排在文字的中間。

「短，二版」——表示這一則新聞的標題和文字，都是短欄，屬於第二版。

「三分二，題貫中，五版」——表示這則新聞的文字要將三欄改爲二欄，也就是文排一欄半，標題排在中間，屬於第五版。其他如「四分三」，「五分二」，「七分三」等，以此類推。

「全二」或「二長」——表示標題和文字都是二欄長，其他如三長，全四，以此類推。

「上下框」或「二框」——表示這則新聞要加花邊，「上下框」表示標題和文整個上面加一花邊，下面加一花邊。「二框」表示四週都加花邊，文題都排全二長。爲了明瞭起見，在標題和文上下或四週，再用紅筆畫出亦可。

三、校對用符號。原稿排出初樣時，一定有很多錯誤，所以要由校對初校、再校和清樣，在初校、再校和清樣上，校對採用的符號和編輯類似，而若干在編輯上用不到的，列舉於後：

「ℓ」多餘一字或數字。如：「排字字房」

「～」歪倒字。如「我們」

「S」上下顚倒。如「地天」。

「錯正」錯字。如「阿利山」。里

「○」遺漏一字或數字。如「大山」雪

「く」空一字。「總統」。

「∽」對調字。如：「天公爲下」。

「⊓⊔」下移號。上升號。如：

(一)「行政院……」↓

(二)「↑完成立法程序」

「↑」緊接號。另行號。如：

(一)「臺灣省↑政府……」

(二)「謹向閣下致誠摯的敬意」

第三節　字的辨正

我國文字，源遠流長，有許多古代通用的字，現代反而有別；有些古代有別的字，現在又已通用。報紙用字，既要尊重源流，亦應兼顧通俗。而且，報紙上用字用錯，以訛傳訛，將來便貽害無窮，不可不慎。現將比較容易發生錯誤的字，辨正於後：

偏（偏勞，偏愛）　遍（普遍，遍地）

藉（藉口，憑藉）　籍（書籍，籍貫）

淒（淒風，淒涼）　悽（悲悽，悽慘）

游（上游，游泳）　遊（遊玩，遊擊隊）

刺（刺繡，行刺）　剌（潑剌，跳躍聲）

貌（容貌，禮貌）　猊（狻猊——即獅子）

歧（歧途，歧異）　岐（岐山，地名）

綴（綴句，點綴）　輟（輟學，中輟）

穫（收穫）　獲（捕獲，獲得）

場（操場，會場）　埸（音易，疆埸）

眈（音丹，虎視眈眈）　躭（音丹，躭誤，躭擱）

炙（音志，薰灼）　灸（音久，針灸）

筋（筋骨，腦筋）　筯（音助，筷子叫筯）

疆（疆界，疆域）　彊（同強）

弦（弓弦，琴弦）　絃（絃樂）

贊（贊成，贊許）　讚（讚美，稱讚）

晃（搖晃，同幌）　幌（幌子）

暄（寒暄）　喧（喧嘩）

謾（謾罵）　漫（散漫，漫山遍野）

蓬（蓬勃，蓬鬆）　篷（船的帆）

度（度日，度量）　渡（渡河，引渡）

迨（等到，以後）　殆（危殆，大約）

渝（此志不渝，變更）　逾（超過，逾越）

墮（音惰，墮落）　墜（音綴，墜下）

彩（彩色，光彩）　綵（結綵，剪綵）　采（同採及彩）

戍（音恕，防守）　戌（音虛，地支十一位）　戊（音勿，天干五位）

慝（音特，邪惡）　匿（音膩，藏匿）

厲（嚴厲，厲害）　勵（獎勵，勵行）

券（獎券，證券）　劵（同倦）　卷（卷宗，考卷）

暱（音膩，親暱）　礪（磨礪，砥礪）

砭（音邊，針砭）　貶（音扁，褒貶）　眨（音詐，眨眼）

贏（音盈，輸贏）　嬴（音盈，姓）　羸（音雷，羸弱）

響（影響，響亮）　嚮（嚮往，嚮導）　晌（音賞，晌午）

彌（彌月）　瀰（瀰漫）　弭（清弭）

複（重複，複選）　覆（答覆，覆沒）　復（復仇，復習）

除了以上字的辨正外，錯字和別字，或由於「同音」而別，或由於「形的傳染」，或由於「義的誤用」，常成爲報紙的致命傷，一旦用錯，不可收拾。最常用錯的別字，舉例如下：

「和藹」誤爲「和靄」　「伺候」誤爲「侍候」

「家具」誤爲「傢俱」　「收穫」誤爲「收獲」

「偶爾」誤爲「偶而」　「知識」誤爲「智識」

「首飾」誤爲「手飾」　「交代」誤爲「交待」

「畸形」誤爲「崎型」、「畸型」或「崎形」

「火併」誤爲「火拚」
「必需」（不可缺少）誤爲「必須」（應該）
「鋌而走險」誤爲「挺而走險」
「盧溝橋」誤爲「蘆溝橋」
「委靡」誤爲「萎靡」
「裝潢」誤爲「裝璜」
「倚賴」誤爲「依賴」
「渺小」誤爲「緲小」
「流連」誤爲「留連」
「破綻」誤爲「破錠」
「突出」誤爲「特出」
「鄙人」誤爲「敝人」
「狡猾」誤爲「狡滑」
「蠟像」誤爲「臘像」
「剪綵」誤爲「剪彩」
「牴觸」誤爲「抵觸」
「擔心」誤爲「躭心」

中文的成語，也常易用錯同音的字，下列括弧中就是用錯的字。

再接再厲（勵）　功（公）德無量　茫（盲）然無知
變本加厲（利）　勵（厲）精圖治　暴殄（珍）天物
正顏（言）厲色　察言（顏）觀色　疾言（顏）厲色
和顏（言）悅色　循循（諄諄）善誘　諄諄（循循）告誡
戰戰兢兢（競競）　風聲鶴唳（淚）　草菅（管）人命

秣馬厲（礪）兵
好高騖（務）遠
不省（醒）人事
淬礪（厲）憤發
詭（鬼）計多端
面黃肌（飢）瘦
耳鬢廝（撕）磨
摩（磨）拳擦掌
徇（循）私舞弊
固（故）有文化
俯首帖（貼）耳
日暮途（圖）窮
並駕齊驅（趨）
夜（日）以繼日（夜）
鬼鬼祟祟（崇崇）
仰天長嘯（笑）

傳令嘉（加）獎
食不果（裹）腹
昏迷不醒（省）
發憤（奮）圖強
貽（遺）誤大局
膾（噲）炙（灸）人口
深（申）明大義
一鼓（股）作氣
相沿（延）成習
身敗名裂（劣）
繁文縟（褥）節
鼎鼎（頂頂）大名
甘冒不韙（諱）
含沙射影（影射）
毛骨悚（聳）然
政簡（減）刑清（輕）

無則加（嘉）勉
不言而喻（諭）
發人深省（醒）
賈（鼓）其餘勇
趨炎附（赴）勢
專心一志（致）
必（畢）恭必（畢）敬
內疚（咎）神明
蠅營（蠅）狗苟（狗）
初出茅廬（蘆）
自出心（新）裁
如火如荼（茶）
重彈（談）舊調
三令（申）五申（令）
世外桃源（園）
偃（掩）旗歇鼓

首（手）屈一指　天之驕（嬌）子　嬌（驕）生慣養

以下的字彙和成語，雖可通用，但仍最好用原來的字彙和成語（括弧中爲仿造成語）

計劃（計畫）　日（目）不暇給　躬（恭）逢其盛

橋樑（橋梁）　不堪涉（設）想　故（固）步自封

公佈（公布）　既往不咎（究）　信口開河（合）

身分（身份）　按部（步）就班　每下（況）愈況（下）

週末（周末）　莫名（明）其妙　與狐（虎）謀皮

沉沒（沈沒）　雨過天青（晴）　走投（頭）無路

一付（一副）　骨瘦如豺（柴）　名不副（符）實

部分（部份）　怵（觸）目驚心　水長（漲）船高

第九章　原稿的整理

我們對於編輯工作有了基本的認識，便要進一步體驗實際的編輯工作，也就是開始實踐編輯的事務。在編輯的事務中，是要將每一則新聞和每一個稿件，整理編排出一個系統來。在一般的認識中，祇以爲不過將稿子發給排字房排好印出來便完事，殊不知從原稿到印出報紙來，其間要耗費不少編輯工作者的心血。編輯的實際工作，第一步就是原稿的整理。所謂「原稿」，就是尚未經過修飾的原始稿件，這些稿件，和第二天見諸報端的新聞，大不相同。在原稿上，可以有含糊不清的地方，可以有字句不通的謬誤，也可以有錯字、別字。但第二天報紙上，卻不容許有一點之誤，一字之差，一句之錯，這種修正功夫，就是編輯的職責。

原稿的整理，是一件複雜而繁瑣的工作，編輯完成了這一步工作，就等於將全部編輯工作做好了一半。能夠將原稿整理得清清楚楚，有條不紊的，必定是一位優良的編輯。所以，我們認清了原稿整理的重要，便要對每一件原稿中的一個字一個標點都不放過，細細整理。整理原稿有二大目的：第一，發現原稿裏的錯誤，加以改正；第二，擷取原稿所包含的主要意義，以作標題。往往有一些編輯，看輕了整理原稿的重要性，這是莫大的錯覺。在日本各報的編集局中（等於我國編輯部），專設有整理部，他們集中很多編輯的精力，專門整理原稿。在歐美各報社中的編輯部門，也專設有「改寫」的編輯人員（Rewriter），就是將蕪雜的原稿透過改寫而成爲動人的新聞稿，這也是整理原稿的另一方法。我國對於整理原稿的工作，都是由編輯自理，所以，往往有「原稿雪片飛來，光陰又如白駒過隙」之感，在來不及整理的情形下，粗讀一遍了事，這便是國內報紙上錯誤較多，新聞不夠嚴謹的緣故。因此，編輯要編好一張報紙，非有如履薄冰的心情，審慎從事不可。

第一節　稿源的鑑別

新聞版面上所用原稿，大別爲新聞稿和專欄稿兩種，其中以新聞稿較爲複雜。新聞稿的稿源，以本報記者所採訪的爲主，通訊社稿爲輔，外稿則大都僅作參考。專欄稿則包括評論、專訪、投書等，其中有的屬於編輯範圍，有的屬於言論範圍，編者對於言論部門的稿件有無刪改之權，要視報社的政策而定了。

茲將新聞稿稿源的鑑別，列表於後：

新聞稿源

- （本報訊）——包括本報記者採訪稿、外稿、政府公報稿的改寫。
- （本報××訊）
  （本報××專電）
  （本報××航訊）——本報外埠記者所採訪的專電和通訊稿。
- （××社訊）——通訊社稿。
- （××社××電）——外國電訊稿，及通訊社電訊稿。

很多報社，不願多用通訊社稿，以「本報訊」爲重要稿源，因爲本報派出很多記者，本報記者寫的稿子，一定比別的稿源爲可靠，這是無可厚非的。但有些記者，在採訪不到新聞的時侯，常將外稿改寫爲「本報訊」，而不經查證。所以在鑑別原稿的時侯，新聞編輯一定要注意原稿中的語氣，和新聞的真實性，以及新聞中可疑之點，而決定這一則「本報訊」是否出於統一發佈稿的改寫。

其次，關於同一則新聞，要鑑別原稿的可靠性，再決定採用與否，必須將兩則以上的同一稿作，加以比較。例如我國「赴美特別採購團」的新聞：

在下面兩則新聞中，有三處不同之點：①團員人數不同，第一則稿爲三十四人，第二則稿爲三十六人；②停留美國的時間不同，第一則稿爲一個半月，第二則稿爲四十天；③採購項目不同，第一則稿的農產品共爲三千六百一十萬噸，而第二則稿僅爲六十萬噸。第①②兩項有小數字

一、【本報二十四日臺北電】國貿局昨天會商決定，我國第二個赴美採購團，決定六月九日啓程前往採購，行程約一個半月，預計採購約四億美元物資。

國貿局今天邀集有關業者會商赴美採購事宜，會中決定，採購團六月九日啓程，預定七月廿日結束，將前往十五個主要的州採購，計採購工業設備及原料三億美元，包括石油化學設備、電力設備及原料、以及各種有關的機械等。

農產品方面，將採購約一億美元，包括黃豆八萬一千噸，玉米卅萬噸，小麥一千五百萬噸，大麥五七二萬噸，以及棉花一千五百萬噸。

此次採購團仍將由國貿局長邵學錕率領，團員共卅四位。

二、【本報訊】我赴美特別採購團第二團，已於昨（廿四）日組團完成，預定六月九日啓程，將分組在美進行就地採購工作，以縮短中美貿易的差距。

國貿局昨日下午邀集各有關機關及工商業者代表開會，商討組團事宜，決定採購項目及日程等項後，已推定國貿局長邵學錕擔任團長，團員陣容龐大共三十六人，預定六月九日啓程，將在美停留四十天，進行分組就地採購工作，採購金額將達四億美元，較第一次採購二億七千萬美元大幅增加，項目包括大宗物資農產品，機械設備及工業原料等。其中以大宗物資黃豆、玉米、小麥、大麥約六十萬噸值一億五千萬美元爲最多，對於充裕供應，穩定市價，平衡中美貿易均將有裨益。

的差別，並不重要。而以一億美元購買三千六百一十萬噸的農產品，每噸平均價格僅三元美金，這是不可能的，因此，第一則稿爲不可靠，編輯應決定採用第二則稿。

在今日的報紙上，很多新聞有矛盾或不真實處，但編輯不細心鑑別原稿，就不會發現，以致誤刊在報上。如果農民和農產品商人不察，以爲政府要採購三千六百一十萬噸的農產品進口，會使市場引起波動，後果便嚴重了。

第二節　閱　稿

整理原稿的第一步工作，便是閱稿。當原稿陸續到了編輯的手中，編輯在沒有編稿之前，首先要將原稿大約看一遍，以確定原稿的性質和用途。在閱稿的過程中，編輯應注意三件事：**第一，判斷原稿的正確性**，以作爲新聞取捨的依據；**第二、衡量原稿的重要性**，以作爲定題的依據；**第三、注意原稿的相似性**，以作爲歸納整理原稿的依據。例如：有一件原稿是報導一件風化事件，但此一事件尚沒有進入法律程序，記者報導是根據一些傳聞而撰的原稿，新聞來源也不是正式機關或當事人，而且這風化事件又涉及若干地方上有名望的人。這類稿件，很容易構成「誹謗」，所以，應將它列入「存疑」的原稿中，以待記者或其他有關機關證實，暫不可以發排。又如：某通訊記者寫的地方新聞，純爲私人捧場，說某某鄉長老來得子，將於下月初大宴賓客，預料將有一番盛況云云。這類原稿，並不是重要新聞，應將其列入「備用」的原稿中。再如甲地報導推行交通安全的宣傳，乙地也報導推行交通安全的宣傳，則應將這種同類的原稿，歸併在一起，統一整理，列入「待用」的原稿中。這種，閱稿的工作就可告一段落。換句話說：編輯要使每一件原稿，都有一個下落，而決不含糊從事。在整個編輯工作沒有結束之前，原稿也不要輕易拋棄。編輯最忌也最易犯的毛病便是意氣用事，當閱到看不順眼的稿子，便往字紙簍裏一丟了事，這是不對的。我們必須要使每一件稿都有一個交代，往往偶一疏忽，便遺漏掉重要的新聞。

將原稿核閱後，加以分門別類，編輯對全盤新聞已經有了一個概念，這個概念，非常重要，這是整個版面調配上的一個決定性的概念。所有的原稿，並不是一次全部到齊，而是陸續不斷的增添和修改，一直要到截稿爲止。在這種陸續不斷增添修改的情形下，編輯必須要諳記分門別類的情形，那麼，新到的原稿才可以和已有的原稿有條不紊地「歸檔」。同時，到着手改稿的時候，才能有充分的準備，應該先改那些稿子，不致於浪費精力。因爲在編輯工作上，保存精力是做好工作的先決條件。

第三節　改　稿

改稿的工作，是要在很短促的期限內，完成一件很複雜而且極嚴正的工作，當然是非常艱辛的事，而在整理原稿中，改稿是非常重要的一件工作。修改一件新聞稿件，與改學生的作文完全不同。當然，新聞稿也需要潤色，也要求通順，但它的要求，尚不止此。新聞稿最重要的，它要有新聞性，它需要開門見山地說出事實的本身，而不崇尚累贅的形容，深奧的修辭和轉彎抹角的描寫。所以在編輯的筆下，必需要本「削則削」的精神，大刀闊斧地去改稿，編輯多花一分鐘時間，將稿子改得暢通，可以省去讀者幾十萬分鐘的時間。如果編輯秉著替學生改作文的精神去改新聞原稿，他將浪費整個一夜的時間，也許改不出一條新聞來。不能做到「削則削」，儘量要保存作者（記者）的原稿，這樣編報是編不好的。而要根據報社的編輯方針、客觀的環境、公正的立場，對原稿的修改，養成一種超然的態度，合則留，不合則去，沒有感情，也不遷就，祇知有新聞，不知有寫新聞的人，這樣改稿，才能產生正確而充實的新聞。

其次，對於同類似的稿件過多時，要改寫（Rewrite）。改寫分爲兩種：第一、綜合改寫。近年來，我國的報紙在改稿上犯了兩樣嚴重的毛病。每遇重要節日或重要新聞的發生，在一個標題的新聞中，都以類似的新聞並列，要讀者自己去綜合新聞的內容，在編者而言，固然節省了很多時間；但對讀者來說，卻浪費了更多的時間。

例如：下面有三則新聞，是報導以色列和巴游在黎巴嫩南部的衝突，錫登的「路透電」是中立的報導，「美聯社」貝魯特的新聞是黎巴嫩官方發表的，特拉維夫的「路透電」是以色列官方的新聞公報，三則同一性質的新聞，如都刊在報上，便需要讀者去綜合分析。

【中央社錫登十六日路透電】據目擊者報導，以色列今天使用坦克，向黎巴嫩南部發動大規模攻擊。

目擊者說，包括坦克和裝甲車輛的以色列機械化部隊正在向阿克布地區前進。

他們說，攻擊行動自上午六時（臺北時間十二時）開始，七十五分鐘後仍在繼續進行中。

他們看到以色列部隊向該地區的克發薔巴，克發哈納和哈巴瑞雅等村前進。

報導說，以色列坦克在該地區遭遇巴勒斯坦游擊隊的强烈抵抗，無法奪得對通往克發薔巴村道路的控制。

克發薔巴村是過去五天來，以色列不時砲擊的目標。

目擊者說，昨天以色列部隊曾一度進入該村北部，在經過激烈的戰鬪後撤出。

該村居民昨天在紅十字會安排的停戰下，撤出該村。除了防守的巴勒斯坦游擊隊外，該村實際上已成廢城。

【美聯社貝魯特十六日電】黎巴嫩砲兵在對以色列攻擊黎巴嫩南部由少有報復行動中，今天轟擊邊界對面的以色列坦克集中處。

國防部的公報說，黎巴嫩砲兵也曾轟擊以色列最北城鎮麥杜拉的以色列砲兵陣地。

這是一年多來黎巴嫩首次攻擊以色列境內的目標。迄今爲止，在黎境南部作戰的是巴游。

以色列指揮部證實「阿拉伯砲手」曾轟擊麥杜拉。

黎巴嫩的公報說，二十分鐘的轟擊是報復以色列對黎巴嫩南部周巴村的砲擊。

【中央社特拉維夫十六日路透電】軍事發言人今天說，以色列軍隊昨晚在黎巴嫩南部境內另一次衝突中，摧毀一座橋樑，並擊斃四名巴勒斯坦游擊隊。

在哈蒙山北部山坡上發生的遭遇戰，是在克法蕭巴村附近進行，以色列軍隊昨晚進入該地進行突擊。發言人說，在衝突中兩名以色列士兵受輕傷。以色列軍隊俘虜一名巴游份子。

這三則新聞中，就以「喬巴村」的譯名而論，三則各不相同，分別譯爲「喬巴」、「周巴」和「蕭巴」，由此可見，不作改寫，錯誤便太多了，不但使讀者混淆不清，也浪費很多篇幅。遇到這種情況，應該改寫成下面的「綜合報導」：

【本報綜合報導】據外電報導，在以色列北部、黎巴嫩南部首次發生大規模的軍事衝突，以軍坦克車和機械化部隊於十六日上午六時（臺北時間十二時）開始，正向黎境的阿克布地區推進；黎巴嫩的砲兵，也轟擊邊界對面的以色列坦克集中處。

據目擊者報導：以色列的坦克在該地區遭遇到巴勒斯坦游擊隊的强烈抵抗，無法奪得通往克發喬巴村道路的控制。克發喬巴村是過去五天來，一直遭受以色列砲擊的黎巴嫩村落。又據報導：以色列部隊曾一度進入該村北部，但經過激烈的戰鬪後已撤出。國際紅十字會爲了村民的生命安全，已安排該村居民離境，除了巴游的戰鬪部隊外，喬巴村已成廢墟。

在這一次戰鬪中，以色列部隊摧毁一座橋樑，擊斃四名巴游份子，另俘虜一名巴游，以軍亦有兩名士兵受傷。

第二、對於國外通訊社的電訊原稿的處理，如不加以改寫，常會失去我國自己的立場。不論任何外國通訊社，他們的立場無疑是對他們有利的。例如AP或UPI，他們的通訊當然是一個美國記者的看法，來看中國人的事，他們也不會和我們的立場一樣，如果我們採用他們的新聞電訊原稿，而不加以處理，則難免使讀者發生錯覺，有時候爲使人疑問：「此間是中國還是美國？」例如有關臺灣地位的新聞，外國通訊社常常報導「臺灣是美國防衛體系中的重要一環」，又說：「臺灣是美國重要海外基地之一。」看了這種新聞，我們實在不應沾沾自喜，但有些報紙，還會受寵若驚地用大標題標出來，不知良知安在！我們應該在新聞改寫中來糾正這些觀念，或用互相印證的編法，就是將綜合報導刊在前面，外電接在後面，用括號括出這些話，來澄清那些不明不白的觀念。

最難改的稿件，莫過於章節不清，文理不順的稿件。因爲很多記者寫稿，既無計劃，又無腹案，甚多「神來之筆」，還會臨時湊數。一些不合邏輯的文句，往往令人改不勝改。在排字房

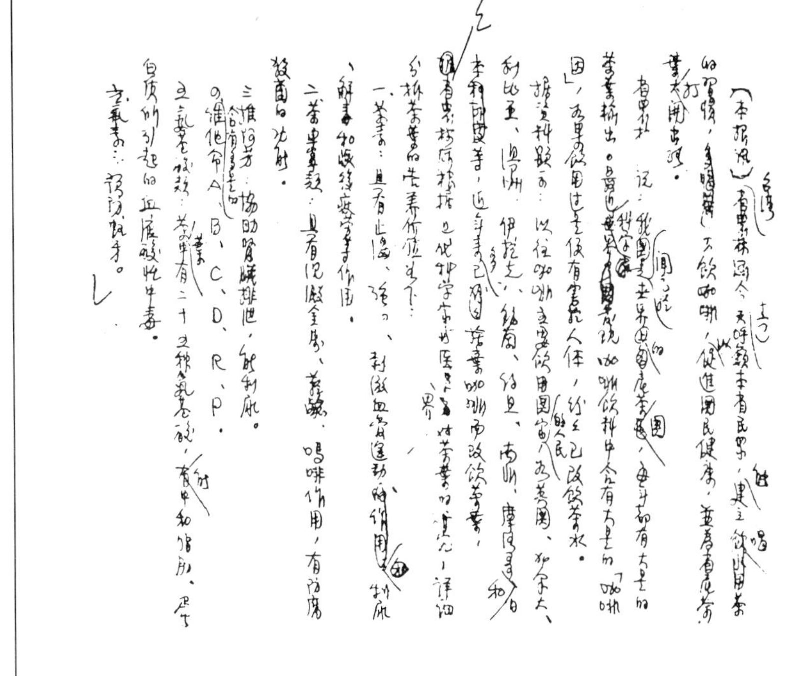

裏，非常不歡迎塗塗改改的稿子，因爲一張原稿，幾經塗改，往往面目全非。如果原稿改得太多，就不如教助理編輯或記者，全部重繕一遍，我們改稿，最好用紅色的墨水，紅色既明晰，同時蓋在黑色或藍色的字上，仍可看到底稿，萬一改錯，也可復原。

此外，改稿時還得注意衡量新聞的重要性，決定佔多少篇幅。過多時要刪節，材料不足時要補充，所以，不論刪節或補充，都要將類似的原稿互相比較，而決不能採用一種原稿便相信其全部，結果難免發生「偏見」。在補充的時侯，要運用資料，這容以後討論。最後，也是改稿的最重要的一部分，便是把握時間。編輯桌子上的稿件，常常會雪片飛來，不允許我們將每一件稿子細細推敲，而必須當機立斷，決不可拖泥帶水，慈悲爲懷。否則，不是結稿誤了鐘點，便是拼版時版面無法容納，往往改稿時一念之差，便會招致說不盡的困惱，而使那一晚的編輯工作全盤失敗。

茲將改稿的實例附錄如上圖。

第四節　製　題

標題是新聞的靈魂，它的重要性，在版面上來說，是無與倫比。在原稿整理的過程中，進入標題製作的階段，可以說是一個最高潮。新聞性能否充分表現？能否吸引讀者？全靠標題來傳神，所以對於這一步工作，編輯要集中全副精力，運用所有智慧，做到正如軍事學上所謂：「集中一點而攻擊之」的要求。

標題的製作，在本書第十章中，要作更詳盡的討論。至於製作的原則，先在這裏加以說明：

第一、標題的內容要與新聞的內容一致。標題如與新聞的內容大相逕庭，固所不許，即使稍有出入，亦不可以。「題不對文」，是編輯工作最大的忌諱。而有些編輯，往往爲了發揚自我，而犯上這種毛病，這是不對的。如果要標題和新聞內容相切合，就要注意下列各點：

㈠不要加入主觀的評論。例如：

日與中共建交
必將自食惡果
田中政府行徑人神共棄

解釋：這一標題雖是事實，但犯了主觀的毛病，如果在標題前再加一肩題「蔣院長發表談話：」，便可消除掉主觀的毛病。

㈡不要模稜兩可，最重要的是用肯定或否定的「字彙」。例如：

夾竹桃易植花繁
或將有害人畜
臺中農場牛羣遭殃

解釋：這一標題。犯了「模稜兩可」的毛病，主題「或將」兩字，使讀者不能決定，到底夾竹桃是不是有害人畜？在子題中，臺中農場僅有一頭牛食夾竹桃葉死亡，不可用「牛羣」這都是不肯定的「字彙」。

㈢不要斷章取義，以一概全。例如：

國中校長二百餘人

涉嫌協助「冒貸案」

有關單位透露驚人內幕

解釋：在司法單位的調查中，雖有國民中學校長二百餘人，被「冒貸案」主嫌所利用，但標題一出，會使讀者誤解二百餘國中校長都不廉潔了。這種斷章取義，以一概全的做法，是標題大忌。

㈣避免舞文弄墨。例如：

知你流水無情

悔我落花有意

少女失足家長領回

解釋：這一標題，毫無內容可言，不過套古人「落花有意隨流水，流水無情逐落花」的成句，硬弄成兩行標題，這是文人辦報時代的最大毛病，近代報紙上，仍時有可見。

㈤少用虛字。例如：

春寒止漲亦喜訊也
似平非平其世事乎

解釋：在這一標題中，「亦」、「也」、「似」、「其」、「乎」都是虛字，因爲虛字用得太多，明明物價已止漲回跌，反而引起讀者的懷疑。這一標題，是昔年左傾報人爲中共張目的手法。

第二、標題的題型要配合版面的計劃。在一個版面上，全是題二文一固然不美觀，但標題太花，也有損版面的風格，並且增加拼版時的困難，浪費有用的時間，在一個新聞版面上，變化題和題貫中的標題，不宜用得過多。它們與直題的比例，大約是一與三之比，標題貫中，對天地左右的盤文，不宜過窄也不宜太肥，貫中的標題總在文字三分之二以上，才可運用，而每欄有一百五十字左右，最爲適宜，過此限度，就要臃腫不堪了。

第三、標題要簡明扼要。新聞標題的效用，以幫助讀者閱讀爲目的，假如讀者看了標題仍不知新聞內容的大要，那當然是一個失敗的標題。一個標題，如果做不到擷其精，摘其要，便沒有什麼可觀的了。在字數方面，也以少爲勝，最好不要超過四行，避免累贅。一個標題，包括眉題或肩題，用以啓發主題，也稱爲引題；其次是主題，是標題的主要部分；還有副題或子題，是解釋主題的。有這三部分便是一個非常完整的標題了。如果再拖泥帶水，加上一些不必要的附題，實在是不足取法的。例如：

馬侃將軍指出

如美放棄臺灣基地

亞洲防衛將被突破

美重視遠東不應與共黨勾結
更應積極援助中南半島各國

解釋：「馬侃將軍指出」橫題，稱之爲「眉題」、「如美放棄臺灣基地」，稱之爲「肩題」；「亞洲防衛將被突破」稱之爲「主題」；其他兩行稱爲「副題」或「子題」，如標題超過些即使再增加一行，就太累贅了。

所謂扼要，就是「一語中的」。固然，能夠做出令人拍案叫絕的佳構，當然最妙，但實在不是每一個標題都能如此的。既然可遇而不可求，我們就要從珍惜標題的每一個字着手，不浪費筆墨，則標題也一定大有可觀。但標題和做詩不同，有的編輯常將標題套入詩句，做得恰當時，當然受人歡迎，做得不當時，或強要押韻，便不免酸氣沖天了。標題可以模仿詩句，但它的簡約，應有詩的精神；它的推敲，也不妨有詩的功夫；但它的智慧，卻是偶發的，不要爲了要做一個像詩句的標題，便搜索枯腸，或削足適履，那太不值得了。而不如老老實實根據文情來作題，反而合乎編輯上的要求。

標題在題意上要簡明，在處理更要俐落。所標的字號，決定的欄數，註明的版別，都要使排字房和其他工作的人一目瞭然。如果在斟酌字句的時候，用字有所刪改，也要改得清楚；如改得太多，應該謄寫一張標題，而不要滿紙塗鴉，結果反而排錯了標題。

第四、標題型式大小的決定。有下列三項原則：

㈠視版面的大小，而決定標題的大小，當版面大的時候，標題的尺度要放寬；當版面小的時候，標題的尺度要縮緊。

㈡視新聞的多寡而決定標題的大小。新聞多的時候，標題的尺度要縮緊；當新聞少的時候，標題的尺度不妨加以放寬。

㈢視新聞的內容，而決定標題的大小。這是三項原則中最重要的決定性，視新聞內容而決定標題的大小，不外有下列五種因素：

1.新聞內容是具有對政治、經濟、教育、社會、軍事……等有重大影響的，標題必須要大。例如國家的決策、政策、社會的變革、以及經濟影響民生的新聞。

2.新聞的內容能引起讀者興趣的，標題必須放大而要吸引讀者。例如科學的發明、反常態的新聞和人情味很重的新聞。

3.新聞的內容與讀者有切身關係的，標題可以加重。如天災、人禍、考試放榜等。

4.新聞的內容涉及重要人物的，標題也要明顯。如總統文告、外國政要訪問、內閣改組等。

5.新聞內容涉及重要節日和慶典的，標題要予以重視。如國慶及重要工程的竣工等。

第五、標題的製作，要爭取時間。前面已經說過，報紙的編輯工作，時間最爲重要。決不允許爲了製作一個標題而浪費太多的時間去推敲，而要隨機應變，當機立斷。假如嫌粗製的標題不佳，不妨放在一邊，先發其餘的稿，再等一會兒思緒清晰了再去改那一個標題，而不要讓一個未盡滿意的標題躺在桌子上發呆，反而影響製作其他標題的時間。總之，標題的製作，要又快又要好，失去了時間，仍不能算得到了一個良好的標題。

第五節　定　稿

照一般通常工作，當標題做好之後，原稿的整理工作已全部完成，即可發排。但在發稿之前，最好以一分鐘的時間，將整個原稿再檢查一遍，名之曰：定稿。

定稿的第一步工作，是檢查標題有沒有什麼錯誤？包括用字，筆誤，字數計算，字號標錯或漏標字號，欄數，版別的漏寫或誤寫，很快地檢查一下。

第二步工作是新聞原稿的檢查，最主要的是與標題有關的一段內容和標題是否完全切合？有時往往會忙中生錯，用以做標題的一段文字，卻已在改稿時刪去了！這樣就會變成文不對題；有時候標題和內容雖僅有一、二字的出入，也不可不推敲。例如：

蔡少明說回扣
冒貸案問題多

蔡少明說回扣
此其中問題多

上面兩題，將「此其中」改爲「冒貸案」，就更明朗化，因爲「此其中」太含糊。

定稿的第三步工作是字數的計算，在原稿的整理工作中，字數的計算非常重要，如果字數計算不確，便要產生下列的惡果：㈠拼版時發生困難；㈡每則稿件字數少計，排出毛胚過多，浪費時間；字數多計，打排出字數過少，將拼不滿版；㈢重要的新聞因字數不確而被擠掉；㈣影響整個版面的計劃和美觀；㈤引起排字房和編輯工作間的誤解。字數的計算，通常有三種方法：

㈠字數計算法：每欄（段）以一千字計算，連標題的算法爲：一欄標題不必計數，二欄標題二百字，三欄標題三百字，四欄標題五百字，五欄標題七百字，六欄標題九百字。以上標題字數的折合，再加上原稿字數的總和，就等於版面總欄字數的總和，其公式爲：

標題字數折合的總和＋原稿字數的總和＝版面總欄數×1,000字

這一種計算方法，稱之爲毛估，容易而不十分正確，要有豐富的編輯經驗，才能應用自如。

㈡比例計算法：每欄字數以一千字計算，減去標題折合的總字數爲二成五，原稿按實字數連同標點佔七成五，其公式爲：

原稿總字數＝版面總欄數×1,000字×75%（標題不計數）

這一種計算法，常常會發生字數不足現象，所以要略多發，但多發稿不要超過百分之十。

㈢行數計算法：這一種方法，是以行數計算，先用鉛皮做一條編輯尺，即將大樣剪一條貼在尺上如下：

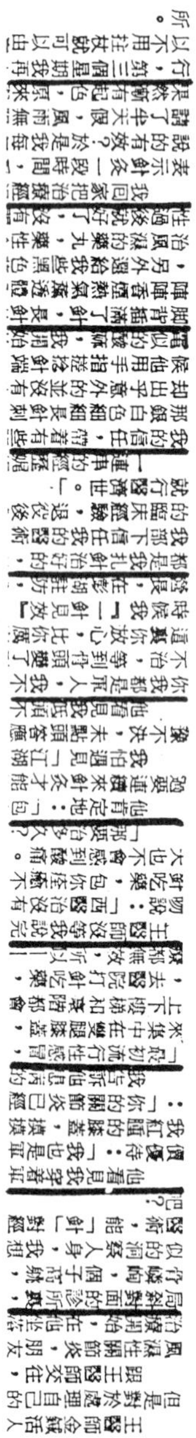

在這編輯尺上每五行用紅筆劃出，每欄爲一百二十行。標題的折合爲：一欄題不計，二欄題

爲二十行，三欄題四十行，四欄題六十行，五欄題八十行，六欄題一百二十行。文字的計算，每二十字一行的原稿紙，每九行折算成二十行，其公式爲：

標題行數折合的總和＋原稿行數的總和＝版面總欄數×120行

這一種方法計算比較正確，已爲報界新聞編輯普遍採用。

第六節 改編

原稿整理完畢後，並不一定工作結束，在下面三種情形下，還必須改編。

第一、連續性的新聞有新的發展時，必須改編。尤其在國際新聞中，這種現象更多。近年來，國內重要新聞，也常常採用陸續發稿的方法。例如記者採取分類新聞的寫法，常常將一個新聞，分做幾個階段或幾個部門來寫出。例如立法院上午院會和下午院會的新聞，分別寫出，而下午院會，往往是上午院會的繼續發展。如初步發展的新聞稿先到，編輯已經發排；而下午更進一步發展的新聞稿又送到，如重要性大於前者，便必須將前題改編。

第二、變更版面計劃時，必須改編。例如先準備將一些同類的新聞，排成邊欄，發下去的是文三分二。後又來了一個專欄稿件，要將前發邊欄改成新聞編法，這就變更了版面的計劃，前發新聞稿必須改編。

第三、在物色不到更重要的新聞時，要將原發某稿的標題改大，必須改編。同時，有更重要的新聞發生，要將原發某稿的標題改小，也必須改編。又如本來當天尚未發現重大新聞，爲爭取時間，稿件都已發下，等到最後，還沒有更重要的新聞，於是將已發下的較重要某稿，改編爲頭條新聞。

改編是萬不得已的事，不必輕易嘗試，因爲改編工作要影響出報的時間，改編的方法，是要排字房打一張小樣，重新核閱標題和原稿，予以改編。如原稿不必更動，則重做一標題，拼版時換進標題即可，總之，改編是要儘量避免才好。

第十章 標題的製作

標題的製作，是一種綜合的「藝術」，因爲它包括了排列的美觀、字體的變化、文字的技巧、和標題的意境。有些新聞編輯認爲，製作標題是「遊戲文章」，因此忽略了標題製作的原理，神來之筆或可一揮而就，雖能逞一時之快，卻不能盡標題的功能。要製作優美的標題，新聞編輯必須有豐富的常識，高深的文學修養，多年的編輯經驗，再加上不可捉摸的靈感。一則良好的標題，要文題切合，天衣無縫，恰到好處，才能令人激賞。一則寫作平平的新聞，如果賦予一個引人入勝的標題，就會產生畫龍點睛的效果來，所以，標題和新聞間的關係，正如牡丹和綠葉一樣，出色的新聞和出色的標題，才會相得益彰。

第一節　中文標題的特色

中國文字和其他各國文字不同，所以中文標題有它的特殊風格，這些風格是其他國家文字所組合不出來的。近年來，有一些中文報編輯喜歡學時髦，模仿日本和英美報紙的標題，破壞了中文標題的美感，也抹煞了中文標題的特色。中文標題有那些特色？

第一、排列靈活。中國文字是方塊字，它可以自上至下，自右至左，也可自左至右，不受排列上的限制。但日本字有平假名、片假名之分，左右橫排也不一致，不能靈活運用；英文字更是寬狹不一，尤不適宜直排。西文標題是千篇一律橫排，至多在行數上有些重疊，在欄數上有所延伸，標題的本身，卻排不出花式來。在中文標題中，不但可排直題和橫題，也可橫直互用，更有工字題、T字題、和コ、冂型題，又可在大標題後的文字中做插題，這種運用，外國報紙是萬萬做不到的。

第二、字體的美觀。中文標題字體繁多，這些字體，也代表中華民族深遠的文化，目下一般華文報所常用的標題字體，傳統的有宋體、正體、方體和仿宋體四種；電腦的至少有圓體、黑體、明體、正體、空體、新書體六種，再配以傳統的字號有十五種，電腦的字號有二十一種，分別搭配使用，當有百餘種或然率的不同變化，可構成非常美觀的標題，遠非其他文字的報紙可及。

第三、講求對稱。中文標題的特色之一，是講求對稱，文字和字體上的排列組合，必以對稱和一致，來構成美的藝術。而對稱的標題，是西文和日文所做不到的。日本的標題，常以大小不同的字體，夾雜排列，又多少不拘的字數，隨意製作。雖然在編製標題時，不必去多加構思，但卻破壞了標題對讀者的吸引力。

1.日式標題

財政部長李國鼎報告今年財政偏重收支平衡

2.西式標題

Lee Said Finance PolicyNeed Balance

3.中式標題

今年財經政策
力求收支平衡
李財長昨在立院報告

日式標題是以敘事爲主，不求形式美觀，而且字體不一。在抗戰時期，物力維艱，若干地方報紙，缺少鉛字，常以小字代替大字，今已沒有這種現象，如果在一行標題裏大小字夾雜，便沒有編輯的藝術了。在西式標題中，由於簡化，沒有指出財政部長的名銜，僅以「李」字代表，含意不明。而中式標題，不但製題對稱，增加美感，而且人、事、時、地、因、果的新聞因素，都交代得清清楚楚，遠非日式、西式標題所可企及。

自從電腦字體字號傳入後，中文標題的對稱之美，起了極大的變化，各報已不再重視中文標題對稱之美，都以一長行或一橫題爲主題，再附以說明，標題文字不再簡潔，標題型式亦不再講求對稱，中文標題的特色，將喪失殆盡，令人不勝憂慮。

第四、文字內涵優美。中文標題不但外貌美觀，文字的內涵也非常優美，因爲中國文學的內容豐富，中華民族的文化悠遠，在文字的表達上，美不勝收。尤其中國文字的修辭，詩詞元曲語句的借用，再加上一些雙關語、暗示語、啓發語，更非其他文字製作的標題可望其項背。中文標題除了在編輯學上的意義外，它可說是一種藝術的結晶，任何一種文字都不可能表達出來，而且使讀者讀了標題，不得不去細閱內容，這就充分發揮了標題的效用。（見附圖）

炎黃子孫心切切
江東父老意綿綿
義士歸來細訴劫後餘生事
氣球飛去帶走多少相思意

精神病患笑呵呵
狂歡飛越杜鵑窩

臺北療養院匠心獨具
醫護和病患共度耶誕

第五、適用於各種花邊新聞。在花邊新聞中，中文標題更容易發揮它的特性。在日文報和英文報中，花邊新聞的插排，由於標題的單純，往往不能在紙上躍然而出，而在中文報中，就大不相同。在中文報花邊新聞的標題中，常是其他文字所不可能表達的。因爲中文標題不論橫直、中插、重疊，都可在花邊中表達出來，花邊新聞的運用，在中文報中比西洋報紙爲多，就是中文標題的適應性比較大的緣故。

中文標題雖有以上的特色，但也無可諱言的，也有它的缺點，例如在文法結構上、排列規則上、和版面限制上，往往使中文標題不能自由發揮。

在文法結構上的缺點，就是中文標題忽略用動詞，純用名詞或形容詞作一行主題，屢見不鮮。如下圖：「盧溝橋」是名詞，「畔」是副詞，「一聲」是形容詞，「槍」是名詞；「英勇」是形容詞或副詞，「抗日」是專門名詞，「八年」是副詞，「長」是形容詞，兩行主題中，沒有一個動詞。這個標題，雖非常生動。但在文法的結構上，仍有缺點。

盧溝橋畔一聲槍

英勇抗日八年長

紀念七七抗戰四十週年前夕

抗戰元老追述當年抗日戰爭

其次在排列的規則上，西洋和日本的標題，可以不限字數，可以自由轉折，而中文標題卻不能用同一字號做成長短句，也不可將一句話攔腰斬斷，作爲兩行排列。中文標題在同一行中要用相同的字號和字體，所以，它的容量也是一定的，爲了適合這容量，難免有「削足適履」之譏。還有西文常用橫旗標題（Banner Headline），就是橫跨全版的標題，由於中文直排，這種橫旗標題祇有用全一欄或全兩欄，在我國報紙上是難得一見。

在版面的限制上，中文標題也有很多規定，如拼版不能通線，就要用標題來補救；上下標題不能重疊和對題；又如新聞的轉版，照片的放大，常妨礙到標題的發展。其實，這些也不過是我國編輯人的保守觀念而已，假如中文報紙能衝破一些文字上、文法上、排列上的習慣，中文標題的製作，將更爲活潑而生動了。

第二節　中文標題的種類

每一個標題，由於內容、形式、大小、輕重的不同，所以在表達上也有異，從這些不同上，分門別類，可以說洋洋大觀，目不暇給。一個完整的標題，可包括五部分，就是：眉題、肩題、主題、子題和副題，除主題外，其他合稱爲附題。眉題和肩題的作用，是「提示」和「形容」，主題是標題的「本體」，子題和副題是「說明」或「敘述」。

通理八：每一標題，必須有主題，主題中必須有動詞。

中華青棒技藝高强
明晨出戰布羅瓦郡
世界大賽三天打完九場
美西入圍爭奪勝部冠軍

解釋：在每一標題中，切勿將主題隱藏起來，主題不論在字體或字號上，都應該重於附題。
例外：標題的主題中沒有動詞，也不是沒有例外，但雖然沒有動詞，都有隱伏的動詞在內。

例一：（三十七年上海《大公報》）

國民黨提名總統候選人
蔣中正居正
副總統候選人爲孫科李宗仁

例二：（五十二年臺灣《公論報》祝壽題）

海內外同胞齊聲歡呼

總統萬歲萬萬歲

他領導我們北伐抗戰安內攘外

他建設臺灣爲三民主義模範省

以上例一中，主題是兩位人名，但中國文字的巧合，居正的居字，亦可作動詞解，所以在這個標題中，有隱伏的動詞。在例二中，總統萬歲是一句口號，看起來沒有動詞，但動詞是省略了，一個完整的句子，應該爲「總統是萬歲萬萬歲」。否則，就假借在標題的肩題中，如果主題不用明顯的動詞，而仍能顯出鏗鏘有力的話，才能成爲獨立的主題。不過這種沒有明顯動詞的主題，仍是偶拾得來，而不可常用，當然，最好避免不用。

沒有肩題的獨立主題，也必須有動詞，否則便不成爲主題，如附圖上。除非這個主題是借用比喻或成語，但非萬不得已，最好避免，如附圖下。

大量增建國宅
政府計劃自下年度開始
每年建國宅二萬五千戶

月色溶溶
人潮洶洶
昨夜秋容清徹
到處有人賞月

中文標題的種類可分爲下列四類：

一、從形式上分類。標題從形式上分，是最基本的分法，因爲每一個標題，必有一個固定的形式，標題的形式雖然複雜，但仍可歸納爲下列六種：

1.直題：直題有三種，最爲單純。

單行直題用於作特寫、專欄和提要的標題，例如：

從舊律及現行法看冥婚
・楊仁壽・

雙行直題多用於作子題，或用於插在文中的題目和詞句對稱的標題。例如：

瑪茂哈德
是華貴的一國王后
是勤勞的一位農婦

三行以上的直題，多用於花邊新聞的標題。例如：

人生如夢亦如朝露
夢露自殺未留遺言
赤裸伏臥來去空空

2.梯形直題。是中文標題中最常用的標題，在我國報紙上，十之八九的標題屬於這種形式。它是從肩題到子題，都以相等的距離，緣梯而下。例如：

統一發票獎額少
顧客可要可不要
不索不開・能逃則逃
改進之道・獎金提高

蘇俄「侵美」
「感冒」之至

兩週內將擴大蔓延

日本近十六萬人被感染

（合衆國際社亞特蘭大廿七日電）蘇俄型流行性感冒終於在美國出現，儘管目前沒有疫苗，但衞生官員說，抗病毒的藥，治療這種流行性感冒可能會有一點效果。

美國國家疾病防治中心當局昨天說，這種在懷俄明州斜陽的中學生中已有人感染的病毒，預料在兩週內會在全美各地蔓延。

抗病毒的藥中，最有名是是阿曼達丁（Amantadine），如果每天服用，對防止感染任何A型流行性感冒，有高度的保護作用。

這種一度沉寂的流行性感冒，去年五月侵襲中國大陸，然後在十二月初在蘇俄出現，香港及其他國家也有感染這種流行性感冒的。

3.梯形橫題。就是將直梯形題橫排，標題橫排的目的，一是增加版面的美觀，二是使標題有變化，三是適應新聞的字數。過去我國報刊很少採用，但近年來橫排的標題愈來愈多了，甚至一個版面上重疊橫題有四五個之多。例如上圖。

4.橫直題。標題用橫、直混合編排的，共分三種：一種是用梯形橫、直題混合編排，如一五八頁附圖上；第二種是直並行排列，如同頁附圖中，第三種是用橫並行排列，如同頁附圖下。

橫直題的交互排列，有其理由也須遵守一定規則，用梯形橫直題時，由於相對字數不同，卻有雙重意義，也使標題格外能吸引人。用直平行題和橫平行題時，視版面的需要，而標題的字數較多，卻又不夠分排兩

水門案餘波盪漾

美國
報界
發起
自律
運動

打破匪美建交流言

美政重對承
國府中華諾

僑商黃雙安
迎娶白嘉莉

森林王子
銀河摘星

行，便採用並排的方式，但並排的字彙，不可割斷，必須兩字或兩字以上並排時，語氣均可單獨斷行。

中文標題爲什麽要用梯形排法？因爲中文是方塊字，它可以直排直讀，也可以橫排直讀；它可以直排橫讀，也可以橫排橫讀。如果不用梯形排列，就弄不清該是直排橫讀還是橫排直讀了，而梯形排列的唯一功能，就是避免錯誤。

5.點題。點題用處不多，凡有特殊顯著而欲引起讀者注意的，多用點題。例如天氣突然轉冷，冷得出奇，爲了報導冷的特性，新聞標題可用點題一個字「冷」。還有集合同類事物新聞彙編，也用點題。因爲這些新聞，分開來編內容類似，合起來編不好作題。（見下題）

火

【本報訊】臺北市昨（十七）日發生火警四起，經及時撲殺，幸均無重大損害。茲分誌於后：

6.對稱題。對稱題是爲了要求標題變化，增進版面的美觀而作，它的種類很多，但其基本作法，是互相對稱排列。如附圖上的T形題，附圖中的雙梯形題，附圖下的工形題都是。

自由價比愛情高

盛明德隻身來臺
懷妻女大陸受難

吳梅邨另有隱情
沙烏地臨陣換將
朱撫松重作馮婦
大韓國武去文來

切切意・深深情

電視臺三家對壘
連續劇各展絕招

悠悠恨・悠悠思

二、從標題的大小上分類。標題的大小，是衡量新聞的輕重，調劑版面，合於編排的方式而定。在一個版面中，標題的大小有一定的比例，例如最大的頭題，每版祇有一個，其他標題的大小，就視版面的大小而定了，這留待討論拼版的一章中再詳細研究，僅先討論依大小分類的標題形式如下：（註）本段所談標題大小，均以九字一欄的標準欄爲依據。

1.六欄題。在國內報紙上，除了有特殊重大的新聞外，最大的標題就是六欄題。在六欄題中字號的用法，通常用超號（七行字）或特號（六行字）作主題，最小的字號，不得小於二號字，而且即使用到二號字，也避免用正字體。在邊欄中，六欄的標題最大用初號字（五行字），平常多用一號字。

在六欄題中，由於新聞內容的多寡和排列方法的不同，可分爲題六文五、題六文四、題六文三、題六文二和題六文一欄半等。如附圖爲題六文三。

嚴總統昨嘉勉三軍大學

造就人才貢獻國家

運籌帷幄決勝千里

蔣緯國上將呈佩劍致敬

【中央社臺北九日電】嚴總統今天上午由參軍長黎玉璽上將和參謀總長宋長志上將陪同，巡視了國軍最高學府—三軍大學，以及政治作戰學校。

嚴總統於上午九時抵達三軍大學，受到校長蔣緯國上將和三軍大學軍政幕僚長及各學院院長的歡迎。在志淸

術教育融爲一體，造就最高軍事人才。軍事是整個國防體系的一部份，軍事之外的政治、經濟、外交、文化、教育都與國防有密切關係，如果國防進步，可以帶動其他方面的進步。三軍大學造就的軍事人才，不僅運籌帷幄，決勝千里，對國防有貢獻，對整個國家也有貢獻，

2.五欄題。五欄題用於中型版面的頭題，大型版面的前置題，二題或版面中部地位重要新聞的標題，和專欄題。用字以特號爲最大，但僅用一行主題。通常以初號字和一號字爲主題，組成

的字號以初號、一號、二號三種，不能用小於二號的字。

五欄題內文字的排列可分爲題五文六（盤文）、全五、題五文四、題五文三、題五文分二、題五文二、題五文分三（文十五字）、題五文分四（文十一字）等。如附圖爲題五文三。

> **服務金融機構不知自愛**
> **冒領客戶存款二千餘萬**
> **高市四信合社職員張啓文等被訴**
>
> 【高市訊】高雄市四信合作社前金分社職員張啓文冒領客戶存款二千三百萬元案，昨經高雄地檢處董明正檢察官偵結，張啓文、王修身、李淑媛等三人分別被依僞造文書、侵占、業務詐欺等罪嫌提起公訴。
> 董明正檢察官起訴時特別指出：張啓文服務金融機構，不知

3.四欄題。四欄題是用於中型版面的頭題（六欄至十欄的版面），但第一版的版面雖小於十欄，頭題亦不可用四欄。大型版面的中部版位標題和專欄，也常用四欄題。在作頭題字，四欄題可用最大字體爲初號，並可與爲一號、二號字組成，三號字祇可偶爾用之；在作中題時，可用一號、二號和三號字組成，初號字祇可偶爾用之。四欄題最小的字號用到三號字。

四欄題內文字的排列可分爲：題四文六，題四文五（以上均爲盤文，常用作頭題的前置

題）,題文全四,題四文三、題四文分二、題四文分三（十一字）、題四文一等。如附圖爲題四文一。

紀念 國父逝世五三週年

省市今日集會植樹

表揚造林有功單位

【本報中興新村十一日電】臺灣省各界紀念 國父逝世五十

:臺北、新竹、苗栗、南投、臺南、屏東等縣政府。

林開發處。②縣市部分:宜蘭、桃園、臺中、彰化、雲林、澎

分:①文山林管處育苗成績優異,②大甲林管處種子園經營管

4.三欄題。三欄題爲較常用的標題形式,一般次要的新聞,常用三欄題標出,在小型版面中（六欄以下）,三欄題亦可用作頭題,但三欄頭題以橫題爲佳,可採用初號字,如用直題,則主題祇可用一號字。在一般三欄題中的字號,最好以一號字作主題,初號字極少用,如用二號字作主題,必須雙行。三欄題是以一號、二號、三號、四號字組成,最小的字號爲四號字。

三欄題內文字的排列可分爲:題三文四（盤文）、題文全三、題三文二、題三文分二（一欄半）、題三文一等。如下頁附圖爲題三文四。

兩艘輪船相撞
船身互有損壞
肇事責任高港局處理中

【高市訊】高雄港內昨日中午兩艘大型輪船相撞，兩艘貨船均有損壞，現正由海事評議會評定肇事責任。

高雄港務局說：一艘巴籍黃金建築家號原木輪，昨（十）天下午一時十六分左右，預計開往印尼，當出港行至第一港口防波堤外時，與由基隆進高雄港的貨輪隴豐號相撞。

5.兩欄題。二欄題是版面中的基本標題，也是用得最多的標題。在兩欄題中，最大的字體以一號爲宜，最小的字體可用到五號，通常是以一號、二號、三號和四號字組成。但在二欄橫題爲用作小版面（四欄）的頭題時，可用一行初號字主題；如用作「點」題時，在全二中也可用初號字。二欄題內文字的排列，可分爲題二文四、題二文三（以上盤文見附圖）、題文全二和題二文一四種。

社會安定·經濟繁榮·人口激增
寸土寸金·墓地難找·問題重重

【本報記者吳秀麗專稿】由於社會繁榮，經濟穩定，臺灣的人口逐年的增加，造成了目前寸土寸金的情況。有關一大片公墓墓地的找尋，自然也更形困難。就以臺南市來說，在光復之初，臺南市全部人口只有十幾萬，

踏墓，經過這麼長的一段時間，先埋葬的「墊底」住「地下室」，「後來者居上」，二樓三樓一直「蓋」下去，教後代子孫如何「慎終追遠」？墓地不能擴大，死人卻年年增多，這是一個嚴重問題。

南市現有六家葬儀社，都是營業性質，只需到市府工商課辦理登記，到稅捐稽征處納稅即可，對於他們的業務，市府「管不著」。

葬儀社現在都是採「一貫作業」，而且消息都十分靈通，競爭也相當激烈。如壽衣包租（南市現只有一家壽衣工廠），要定製壽衣也不簡單，葬儀社乃有包租業務，給死者化妝、穿衣、入墓、出葬、「牽亡魂」，乃至介紹花圈、靈車、樂隊等都包括在內。

葬儀社與花店、棺木店都互通消息，據悉：葬儀社替棺材店介紹一副棺材，約抽三成；介紹樂隊，通常是一

6.不規則題。上列各種標題，都是以欄的整倍數組成的，而不規則的標題，是突破了欄數。用不規則的標題以橫題爲最多，其次用之於邊欄中。因爲標題雖不規則，它連帶文字的組成，仍要合於欄的倍數。雖然不規則標題可增加版面的美觀，但在製作和排版時，費時較多，所以不宜多用。

不規則題內文字的排列可分爲：文九分五的三倍題和二倍題，文九分四的三倍題和二倍題，文八分五的三倍題和二倍題，文八分三的二倍題，文七分五的三倍題和二倍題，文七分四的二倍題，文七分三的二倍題，文七分三和文七分二題，文六分五的三倍題和二倍題，文五分四的三倍題和二倍題，文五分三的二倍題，文五分三題，文五分二題，文四分三的二倍題，文四分三題，及文三分二題等。一六三頁左圖爲八分三的二倍題（四十九字）。

7.一欄題。又稱短行題，不重要而須刊載的新聞，多用一欄題，並用作拼版時轉接，及調劑版面。一欄標題的用字，最大爲二號字，用於橫題或「點」題。最小爲五號字，一欄直題常以三號、四號和五號字組成。

三、從版面位置的輕重上分。由於新聞的重要性不同，標題在版面上排列的位置也不同，重要的新聞和標題，常在版面中賦以顯著的地位。在我國報紙的版面上，是以右上方的位置爲最重要，左上方次之，其次是版面的中央位置，右下方，最不重要是左下方，以排廣告爲原則。見下頁附圖。

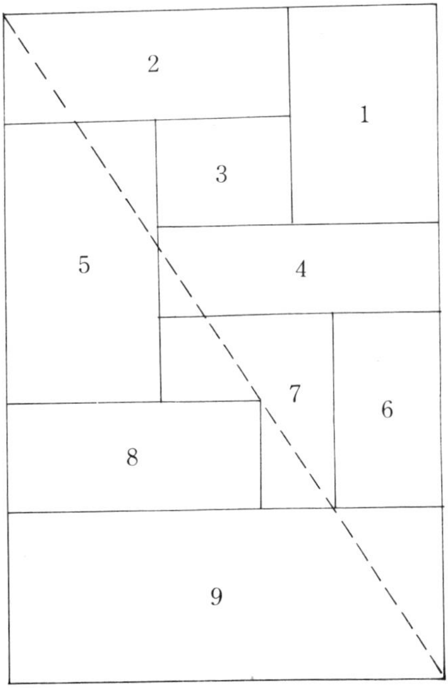

註：虛線為廣告線，數字代表重要性的次序，9為廣告。

從版面位置的輕重上分，標題可分為七種：

1.頭題。所謂頭題，每一版面上祇有一個，它所佔的位置，是版面上獨一無二的，也是最重要的位置，使讀者閱版時，第一眼就看到它。所以，頭題不但要佔最重要的位置，也應有最大的標題和最能吸引人的標題用語和用字。

2.前置題。俗稱「題前」，就是指安置在頭題位置以前的地位，一般與頭題並稱為「雙頭題」，以表示它的地位與頭題同樣重要。在兩則重要新聞不分軒輊時，往往選擇其中之一，作為前置題。前置題標題的主題字號，常比頭題主題小一號字。前置題通常以邊欄的方式編排，如果不用邊欄方式，頭題一定用橫題。前置題也常用花邊與頭題隔開，有的前置題用上下加花邊的方式處理。但最重要的，前置題不可有駕凌頭題以上的氣勢，否則，就不必用前置題來處理了。例如行政院長在立院作施政報告，同一天，總統接見美國記者，發表重要談話。則將後者作前置題處理。

3.額題。富於刺激性的新聞，但並不適宜作爲頭題和前置題，爲了強調其新奇，引起讀者注意，而編排在頭題和前置題的上面，作橫貫全欄版面的全二或全三處理，標題均採用橫題。在過去的中文報中，認爲這種編法是旁門左道，近年來則常出現。

4.二題。緊接着頭題拼版的，便是二題，二題新聞的重要性，僅次於頭題，前置題。二題也常爲頭題之續，或與頭題有關連，當然還是獨立性的居多。一個中型以上的版面，二題常作三欄以上的標題。如版面不超過四欄，頭題本身是全三或橫題全二，二題就要作二欄題了。有時二題也會有短行出現，這種二題，完全是頭題之續，稱之謂假二題。在假二題之後，必然還有一個標題較大的真二題。

5.大邊題。就是大邊欄中的標題，通常大邊欄是特寫或專訪，標題以單行的長題來處理。但有時大邊欄是一則新聞或數則同類的新聞組成，大邊欄就成爲版面上的另一特殊新聞版，這時大邊欄裡就要有一個新聞標題或幾個新聞標題了。在大邊欄中的新聞標題，應用四欄以上的標題。

6.中題。中題是排列在版面的中間部位，比較次要的標題，但題型也在三欄以上，中題可靠大邊欄，也可以花邊加框處理。

7.小邊題。在版面的右下方，或版面的下方，闢成小邊欄中的標題，如排列在頭題以下，不可緊靠頭題，如因版面篇幅較小，小邊題必須緊靠頭題下方時，則標題必須拼在邊欄的中部，以免對題。小邊題的字號和標題的大小，必不可超過大邊題。

四、從標題的內容上分。標題的內容，是構成標題最重要的一部分，因爲內容確切、用字妥當，才是標題成敗的決定因素，由於內容的不同，標題的性質就不同，現將它分爲敘述題、解釋題、疑問題、感嘆題、諷誦題、暗示題、假譬題和模仿題八種，分述於後：

1.敘述題：敘述的標題，是最常用的一種標題，十之七八的標題，都是屬於敘述式的，因爲這種標題的特點，是直接反應新聞的內容，使讀者讀了標題，就可以瞭解這一新聞的實質。例如：

新聞評議委員會

昨呼籲新聞界

遵守記者信條

2.解釋題：解釋的標題，是使讀者瞭解新聞的內容，滿足讀者求知的欲望，但在作解釋的時候，不可加入主觀的評論，祇是根據新聞內容作進一步闡明，讀了標題就可瞭解新聞的本質。例如：

我經濟快速成長
生產毛額去年增加三成
國民所得已達五百美元

3.疑問題：疑問的標題，旨在引起讀者注意。當然，新聞的內容也有未能解決的因素在內，所以在標題上表示懷疑。例如：

「冒貸案」抽絲剝繭
多少國中校長涉嫌
有作保有被騙有的眞貪

以上將疑問和解釋綜合起來，稱之爲疑問解釋題，具有雙重性格。例如：

所得稅繳多少？
五萬元收入可免稅
起徵點再提高一倍
寬免額又增加一萬

4.感嘆題：感嘆的標題，也是引起讀者的注意和同情，增加新聞的可讀性。但在不值得感嘆的新聞內容下，如硬作感嘆的標題，反而會使讀者反感。所以這種標題，不宜常用。

例如：

日本投降了！

又如：

傅作義認賊作父
一世英名付東流

5.諷誦題：諷誦的標題，是借物借事來諷刺現實，引起讀者共鳴。這種標題是有特殊目的的，尤其在貪墨成風、殺伐成性、侈靡成俗的社會裏，更需要諷誦的標題。例如下面兩則標題：

春寒料峭易感冒
代表蓬拆不思蜀

一杯咖啡五百元
杯中自有顏如玉

6.暗示題：暗示的標題，也是有目的的，但它不像諷誦這樣明顯，僅出於暗示某一標的。因爲諷誦題容易涉及誹謗，而暗示題可以避免誹謗。昔日上海市長吳國楨，與名媛韓×清頗有交往，上海《正言報》以暗示方式，使吳市長對該報的報導，雖標題上有暗示，亦無法干涉。例如：

東方飯店昨開幕
韓××主持剪綵
吳國楨市長也來了

7.假譬題：假譬題是假借成語或別的用語到標題中來，一語雙關，令人拍案叫絕。過去有一親共失意政客，流落香港，爲社會人士所不恥。後中共爲吸引僑資，開放華僑返鄉掃墓，該政客亦潛返大陸，港報借用北方常用的「三字經」，嵌入標題中，既予辱罵，又極切合文意。後人有祝壽等過分渲染的新聞，都用假譬題以警之。例如：

國府前廣西省主席
黃××掃他媽的墓

8.模仿題：模仿的標題，是指模仿外國或其他報章的形式，例如模仿日本的「直幡標題」，模仿美國報紙的「橫旗標題」（Banner headline）。日本的標題是大小字體混雜，成一條條長直的幡旗形標題。美國的「橫旗標題」是橫跨全版的大標題，是「黃色新聞」時代的產物。國內報刊也偶然用通版的標題，但中文報的通欄標題，要用就是九個字高（一英寸）的一全欄，不若外文報的通欄標題，不受欄數的限制。嚴格説來，中文報的欄是橫列的，西文報的欄數是直列的，如果西洋用通欄橫標題，中文報就應用通欄直題，但在中文報中卻從來沒有產生通欄直題。

第三節　標題的功能

報紙要有標題，就因爲標題有它的作用，這種作用，也就是標題的功能。簡言之，標題之於新聞，其作用也等於題目之於文章，它最基本的作用，就是指出新聞的大要，但它真正的功能，應有下列五點：

一、**明示內容**。新聞裏報導些什麼，讀者急於明瞭，由於新聞過長，讀者一時不易明白全部內容，便先要靠標題來指示出來。標題所明示的新聞內容，包括有三部分，第一是內容的要點，雖然新聞的內容，都寫在導言（Lead）之中，但畢竟不能將寥寥數字作爲導言，而標題就是濃縮的導言，美國學者稱之爲「導言的導言」（The lead of lead）。第二是內容的中心意義，每一則新聞都有它的中心意義，但讀者閱讀新聞全文後，並不一定瞭解，所以在標題中，要顯示出這一中心意義來。第三是內容的重要程度，由於標題的大小，字體的輕重，用字的表達，可以顯示出新聞內容重要的程度來。

二、**便於閱讀**。在工業社會裏，讀者非常忙碌；但在求知的慾望下，讀者又必須讀報，讀者在百忙中翻閱報紙，不可能每一則新聞都去閱讀，他們祇能依靠標題來按圖索驥，從標題上來探索需要閱讀的新聞。爲了便於讀者閱讀，所以標題的最基本要求，就是要使讀者對標題的意義能完全理解，近代標題的製作又要求通俗，而不尚艱深難解，如果常在標題上掉文，不能使讀者理解，便失去了標題的功能。

三、**引起興趣**。引起讀者的興趣，也是標題的功能之一。本來讀者不知道什麼新聞是他們所喜愛的，但當標題的內容入目，爲了好奇和興趣，便要去閱讀新聞的內容。例如近年來按摩業走入歪途，理髮小姐以此大賺外快，一些潔身自好的女理髮師，不願自貶身價，要另組工會。新聞編輯將這一則新聞的處理，着重在「馬殺雞」上，實際上「馬殺雞」是英文 Massage 的譯音，但國人常以此想入非非，年輕的學生問老師，老師答不出來，而引出理髮師的苦經來。標題中寫出：「馬兒爲何會殺雞？學生問倒了老師」。因此使讀者看到標題，引起了閱讀新聞的興趣。

四、**表現風格**。在新聞寫作上，不能用評論，也不可主觀，但標題並非新聞本身，標題用字如有意見，也不影響新聞本身的寫作立場。雖然主觀的標題，也受到評議，但標題有主觀的意見，反而表現了報紙的立場和編輯的方針，也就是表現了報紙的風格。有些嚴肅性的報紙，標題大多採用敘述題或解釋題，有些趣味性的報紙，標題多採用諷誦題和假譬題。此外，標題和花邊的運用，橫題和直題的比例，都可以看出一份報紙的性質。

五、美化版面。新聞版面上如果沒有標題，將不成爲報紙；如果版面上的標題千篇一律，將成爲一張死氣沉沉的報紙，或是「面目可憎」的報紙，要報紙的版面美觀，必須運用標題的變化，標題的變化愈多，變化得愈活潑，版面也就愈美觀。

綜上所述，一言以蔽之，標題是報紙的主要內容，它的功能超越了新聞的本身，如果沒有標題，讀者將無法閱讀報紙，報紙的價值也就一落千丈，甚至無人問津了。

第四節　標題製作的法則

由於時代的不同，製作標題的原則也大有改變。五十年前，一般報紙的標題總脫不出舞文弄墨的窠臼，而今天報紙上的標題，已依循了新聞的原則，以新的姿態展示於讀者之前。在這些原則下製作的標題，祇有一個重要的成就，就是今天報上每一個標題，不是屬於編者個人，而是屬於讀者全體。

今日新聞標題製作的基本原則，不外有五：

第一要客觀。近代新聞報導，首重客觀，假如新聞的本身很客觀，而標題有偏頗，其影響將如何不良！所以美國名編輯人魏斯萊（Bruce H. Westley）說：「標題要和新聞一樣客觀。標題裏每一個字，都有助於新聞的報導。」

美國名報人林恩（Mary J. J. Wrinn）也曾指出：「標題對於新聞本身，不加意見，不置批評，不隱藏，不偏袒」，美國編輯人凱斯（Leland D. Case）說得更好：「不要依照你自己的意見，在標題上做結論。」

客觀的標題，能使編者置身事外，立場超然。編者能夠置身事外，才能達成公正的新聞道德標準。十九世紀末葉，當普立茲和赫斯特掀起有名的「發行之戰」時，雙方在標題上痛下功夫，美國名編輯人勃朗（Brown, C. H.）批評他們在標題上的競爭，失之於公正，也就是不夠客觀。他說：「『指名』（Calling Name）是宣傳要素之一，但一張報紙不能落於宣傳家的故技，偶一不慎，將損害到某一個人或團體的名譽。因此，編者要拿出良心來做標題，標題最好不要離開真正的事實。」

但標題的客觀與主觀，祇是衡量一個標題製作，有沒有切合原則的要求，至於在效果上，客觀的標題往往遠不及主觀的標題來得刺激。所以，符合原則的標題，並不一定是最好的標題；不合原則的標題，也不一定是最壞的標題。如下面的實例：

客觀的標題：

郵資調整價格

平信限時信加一倍

國外航郵幅度較小

主觀的標題：

郵政去歲賺了四億

郵資今竟調高一倍

公用事業不應領導漲價

第二、要切題。要求標題切題，並不是一件容易的事，由於編者的觀點不同，社會的環境不同，沒有一件新聞報導，會在各報有相同的標題。凱斯說：「標題以新聞的事實爲限」；魏斯萊說：「標題要直接從新聞的事實中得來，新聞的精華要保存在標題內」；派克（George W. Parker）說：「如果讀者看了標題之後，還要再讀新聞，才能懂得標題所寫的是什麼，那標題便徹頭徹尾的失敗了。」

一則新聞的標題和一篇文章的題目，有相同的功效。除了標題的內容要與新聞完全切合外，如果文不對題，也一樣是編輯上的大忌；當然，新聞的標題和內容不一致，會產生很多笑話。近年來由於報章編輯工作的不夠嚴謹，常會發生一些令人遺憾的錯誤，不切題的標題，當然是其中之一。有時候，新聞的標題和新聞是截然兩回事，發生的原因不外有二：第一種錯誤是編者閱稿疏忽，標題所寫與新聞迥異。例如某報刊載一則社會新聞，報導一位歸國華僑遇上了「仙人跳」，結果標題將被告和原告弄錯，竟標出「歸國華僑仙人跳，一對夫婦入圈套」。華僑原是被害人，結果在標題上成了害人精，但新聞中卻一點也沒有寫錯。第二種錯誤是發生在工場裏，有些報紙檢字和排字是分開的，而極大多數的報紙，檢標題的人不一定是檢本文的人，而負責拼版的人，往往會將類似的標題弄錯，便會發生文不對題的毛病。

從理論和技術上，都會發生不切題的毛病，因此，在製作標題的時候必須注意四點：㈠新聞中沒有的字和字彙，最好不要做入標題中；㈡不是新聞中最重要的部分，不要在標題中引用；㈢不要將自己的意見摻入標題；㈣不要受環境（包括政治、社會、記者）的影響。

標題的正確性，據明尼蘇達大學教授查恩萊（Chornley）的分析：在新聞版面上所發生的錯誤，約有百分之二十七，而其中屬於標題上的錯誤，僅佔千分之十七。在抽樣統計中，名稱的錯誤有七十七件，事實的錯誤有五十四件，故事的不完整有十七件，排字的錯誤有十件，而標題的錯誤僅九件。雖然如此，假如在一千條新聞中，標題的錯誤有十七條之多，情形也很嚴重了，因爲標題的錯誤，常常是致命而無法挽救的錯誤。標題的切題，要做到「見題如讀其文」，這可以說是標題成功的最基本條件，同時，能依據事實做標題，再選擇正確的字句，便可以避免不切題的毛病，尤其中文用字，差之毫釐，失之千里，更不可以不審慎。

第三要簡明。艱澀的標題，往往辭不達意，喜歡舞文弄墨，不一定就迎合人心。美國名報人白斯頓（George C. Bastian）和凱斯都曾強調說：「簡明的標題，才能使讀者易於瞭解，自然標題（Natural headline）是最好的標題，即使流於幼稚和平凡，也不足爲病。」

第四要美觀。美國名編輯人麥克尼爾（Neil Macneil）說得好，「編輯術是藝術，也是科學；是評述，也是創見。一個編輯必須有高度的公共責任感，也要有美好的藝術修養，才能使新聞表現得生動而美觀。同時，一個編輯更須有豐富的學識和經驗，才能公正的衡量新聞的真正價值，而定其取捨，最後，他才能主宰標題的藝術。這是一種最深奧的藝術，由於它（標題）的表現，才能得到讀者的重視和讚嘆！」

標題的美觀，決定了標題生命的一半。任何一位讀者，對於面目可憎的標題一定會棄如敝屣。

第五要誘惑。有了美觀的標題，祇能使讀者有光顧的可能，而不能主動的、積極的，甚至強迫性的來爭取讀者，所以，必須具有誘惑力的標題，才能緊緊拉住讀者。

標題要有誘惑力，祇有兩種方法，一是引起注意，二是要生動，一般說來，被動的語氣往往沒有主動的語氣來得生動。標題要能引起注意，最直覺的是字體的變化，其次是排列的突出。例如用黑體字就比用正體字有吸引力，用重複的印象就比單一的有吸引力。用一個字的標題，加一個「？」或「！」，都是引起注意的方法。例如《紐約時報》晚刊，登載艾森豪決定競選的新聞，標題就是一個斗大的字「可」和一個大「！」號（Fore!）。

至於生動，就是編輯在製作標題的時候，要把握住新聞中具有興趣的事實。祇要有事實存在，強調一個特點，往往使新聞價值大增。

第五節　製作標題的要訣

標題的製作，是一種綜合性的「藝術」，而「藝術」的可貴，在基本的法則之外，就靠存乎一心了，因此，有些標題全憑一時靈感，信手拈來，卻能妙筆生花，但這種靈感，卻有賴學識、修養和經驗去培養，而且，必須掌握住一些要訣，才能製作出出色的標題來。什麼是標題製作的要訣?不外乎「**活**」、「**簡**」、「**切**」、「**快**」四個字。

第一，從標題的形式上而言，「活」是最重要的一個要訣，如果標題在版面上過於呆板，給讀者第一個印象，便是庸俗和拙笨，一個虎虎有生氣的版面，全靠一個個「活」的標題配合和點綴起來的。製作標題要達成「活」的要訣，應把握住三個要素，一是字體的變化多，二是花邊的運用巧，三是標題的形式配合好。

首先看字體的變化，有一些經驗豐富的編輯，往往對字體有成見，有的認爲要使版面清秀，應多用宋體和正體；有的認爲要使標題突出，應多用黑體字。實際上，在一個版面中，應該視輕重和勻襯，採用各種不同的字體，不應多用清秀的字體而使版面軟弱，也不應多用粗重的字體而使版面混濁。國內有一家晚報，動輒在頭題上採用方黑體字，不免使人怵目驚心。

其次是花邊在標題上的運用，固然，一個版面上運用花邊太多，會發生龐雜的毛病而感到小家氣，但在標題上點綴一二，也不無可取之處。有些比較嚴肅的報紙，常不願在標題上運用花邊，卻不知道一個加花邊的標題，不但與連文帶題加花邊有異曲同功之妙，而且可以濟花邊新聞之窮。因爲一則文字過長的花邊新聞，如果連文帶題一起套在花邊加框裏，便會臃腫不堪，更會形成版面上的「割據」局面，發生拼版技術上的困難。而在標題上加花邊，卻可使標題本身更爲出色。

至於標題的形式配合得恰到好處，更是使標題「活」起來的不二法門。有些固執的新聞編輯，不願版面有什麼變化，這是保守而不進步的見解，他們的理由是，讀者閱報成了習慣，每天在一定的地方，給他一定的內容，讀者不會有陌生的感覺，但卻忽略了讀者天天閱讀標題形式沒有變化，配合版面又不靈活的報紙，難免會日久生厭起來。也有的新聞編輯堅持各版的頭題，決不用橫題。正如我國初有報紙的時代，根本不明白標題的作用，所以不重視標題形式上的變化。但近代報紙的標題觀念，已與過去大不相同，新聞編輯必須挖空心思，推陳出新，以期在版面上出奇制勝。標題上形式上的「活」，就是橫直題配合得宜，標題在版面上分佈勻襯。但如爲了更「活」，濫用橫題，也是不對的。

通理九：橫題的應用，不宜過多，在版面上與直題的比例是不超過一與三之比。

解釋：版面上橫題的數量不能超過三分之一，因爲中國文字適於直排，拼版時橫題容易發生障礙，過多的橫題不能保持版面的平衡。

第二，從標題的用字上而言，要力求做到「簡」字，「簡」字說來簡單，但用在標題的製作上卻十分不易，祇有學識經驗豐富的編輯，才能作出簡潔的標題來。在製作標題的時候，必須完全了解新聞的內容，才能做出題文相符的標題來，如果編者未能完全理解，怎能使讀者理解呢？例如臺灣光復初期，棒球運動沒有現在風行，報社的編輯也不盡懂棒球，標題不好落筆，某報有天刊出：「安打漏打犧牲打．上壘跑壘還盜壘．昨日一場棒戰亂糟糟」。像這樣的標題，讀者看了不知所云，雖然字意簡單，但卻沒有說出新聞的本意，簡而不明，仍不算「簡」。

其次在新聞標題中，切忌舞文弄墨，當年抗戰勝利時，重慶有一家報紙，刊出日本投降的新聞，標題的主要部分卻是「橫行亞洲今安在，櫻花依舊笑春風」。日本投降是仲夏初秋之際，怎麼樣也扯不上春風，如果諷刺日軍敗落，應該是春風來笑櫻花，可見有些新聞編輯，亂用成語，曲解文意，怎能作成「簡」的標題呢？

爲求標題達到「簡」的目的，除了用字的意義外，還有字數和行數的排列，也應有一個限制，標題每行字數的限制，不能超越欄內可容量的極限，行數的限制就要編輯自求約束了。

通理十：每一則標題的行數，最多不要超過五行。

解釋：一則標題，切忌行數過多，一則五行的標題，所採用的大小字體已將超過四十字，讀者讀完這個標題，已相當吃力。而且超過五行的標題，已排列成四方形，臃腫不堪，有損版面的美觀。

第三，在標題的内容上而言，要做到一個「切」字，「題意切合新聞内容」，這是新聞編輯應該永誌勿忘的一句話，這並不是說，標題的用字都要與新聞内的用字完全相同，但也不可與新聞内的用字大相逕庭。尤其在摘用新聞中當事人說的話作標題時，更不可變更原文中的任何一個字。

很多新聞編輯常在標題中加入自己的意見，在標題中評論新聞，這是最危險的事。標題評論新聞，對知識程度高的讀者，不致受到編輯的愚弄；而知識程度低的讀者，就難免爲報紙所左右。在新聞報導要求「公正」的原則下，這是不足取法的。例如：下列標題所報導的新聞，是一名學生向記者展示英文作業，標題據「導言」而製成，但在這一新聞的後段，老師曾在電話中發怒，認爲真是荒

活生生的教學
赤裸裸的作業
英文教授偏愛花花公子
市面缺貨苦了莘莘學子

唐無聊，是學生故意作弄老師，標題卻一字不提。

標題要切合新聞內容，編輯必須讀完新聞全文，才可以下標題。切不可讀了新聞的導言，就在標題上下斷語，如果寫作導言的記者聳動聽聞，編輯就會跟着導言，錯斷文意。

通理十一：標題中所用文句，要切合文意，不可加入編者的意見。

其次，要達到切題的目的，中文標題的斷句，也是一大忌諱，由於字數的限制，不能兩行恰成對稱，就要設法改變題型，增減字數，或另排字號，但切不可斷句。斷句錯誤，會將題意完全改變。

通理十二：新聞標題不可斷句，在兩行以上的標題中每行均應獨立完整。

解釋：斷句有兩種，一種是將一整長句斷列爲二；一種是依詞意而斷句，後者尚可適用，前者斷斷不可。

爲了要切合文意，標題中如非必要，要避免運用標點符號，因爲標題中常用的符號是「驚嘆號」和「問號」，這都是編者意見變相的揉合。除了標點符號外，標題中也儘量少用虛字，因爲虛字也會左右題意。例如中日圍棋比賽，我方棋士屢遭敗績，某報標題爲：「應勝不勝令人扼腕，非敗而敗豈天意乎」，一用虛字，就發生了編輯的意見，是製題原則所不許的。

第四，從製題的技術上而言，要求一個「快」字，不論編輯或記者，速度是新聞報導最重要的因素，往往落後一步，失之千里。所以在製題上，必須講求速度。如果我們製題像做詩一樣，字字推敲，句句推敲，結果報紙的出版就要延誤了，所以編輯人員必須有急智。

要達到製題迅速的目的，要注意三方面：第一，平素要培養文學的修養，在文學上，要有相當基礎，則製題時才能將中國的文字運用自如。其次，要每天注意自己所編一版的有關新聞，參閱其他各報同樣版面的標題，互相引證融會，日久了便自然會產生共鳴的因素，以後製題便會得心應手。第三，如果一時做不出滿意的標題來，不妨擱置一旁，先做其他新聞的標題，變換一下緊張的情緒，文思便會慢慢地恢復過來。

製題的要訣很多，這裏不過略舉其大端，所謂「運用之妙，存乎一心」，各有各的要訣，這裏提供的「活」、「簡」、「切」、「快」，可供互相參證。

第六節　標題製作的成敗因素

標題製作的成功與失敗，當然沒有絕對的標準。因爲由於文化的、環境的、主觀的和感應的程度不同，有些人認爲是成功的標題，極爲欣賞；另一些人卻認爲是失敗的標題，一無可取。例如早年本省籃球比賽頗爲風行，女子籃球改打男子規則時，臺北市記者組成「老爺隊」，向當時極負盛名的純德女籃隊挑戰，結果以四十五比十七，記者拜倒石榴裙下，某報的標題是這樣的：

三軍球場精彩一仗
昨夜陰盛陽衰
老爺敗下陣來
初上陣時純德半推半就
漸入佳境記者一敗塗地

這樣的標題，有人拍案叫絕，有人卻認爲有傷大雅，所以，製作標題的成敗，至少應從三個標準上來衡量。

一、**讀者的標準**。標題的製作是給讀者閱讀的，所以讀者的標準最爲重要。如果標題連讀者都不歡迎，還有什麼成功可言。但近代討論報紙的功能時，很多人主張報紙應有自己的立場，不應一味迎合讀者。同時，如一味迎合讀者，讀者認爲一無新奇之處，不免久而生厭。不過，報紙要以標題來吸引讀者，這是大家所公認的，所以，我們製題時，仍要以讀者的標準爲轉移。讀者的標準有二：

1.正確。標題正確，是使讀者相信，不懷疑新聞報導的內容。所以在標題中不可故弄虛玄，使讀者發生懷疑。正確的標題，要具備三個條件。一是文句要簡明，因爲簡單而明白的字句，不會使讀者曲解新聞的意義，也容易表達正確性。二是要言之有物，如果讀完標題，毫無實質（如下題），讀者所得的，祇是空空洞洞的開會。至於開會的重要內容，和有代表性的提案，卻沒有標出來。這樣的標題，不能說它不正確，也不能說它不簡明，但對讀者來說是不會有一點興趣，在編者來說，祇是敷衍塞責而已。三是不用含糊和模稜兩可的字，標題中每一個字，都要有正確不變的意義，否則便很難使讀者信其正確了。

省議會昨首次會
熱烈討論有關提案
今繼續舉行第二次會議

2.省時。除了正確外，讀者還要求「省時」，在工業社會中，時間就是金錢，現在有絕大多數的讀者，都是看標題而不細讀新聞全文。所以，標題必須使讀者一目瞭然，就要通俗、扼要、易懂。但易懂和通俗的標題，並不是庸俗的標題。易懂的標題必須在結構上、用字上和內容上都易懂，使讀者不需要推敲，也不會費解。如下頁的一個標題，是以玩牌比喻美國對中共和蘇聯的外交政策，但不易懂，如在中間第三行加一句標題，「美對中俄外交政策」，就容易懂了。本來，比喻的用語，最好不做主題，做了主題，副題又不加以解釋，就費解了。

玩玩「中國牌」
還是打「羅宋」
卡特政府意見紛紜

二、**社會的標準**。報紙是社會的公器，要衡量一個標題的成敗，必須符合社會的標準。社會的標準可以衡量一張報紙的風格，也可決定一張報紙的價值。假如忽略了社會的標準，而逞一己的私慾，那麼，不但危害社會，亦必為社會所共棄。標題製作中的標準有三：

1.道德觀。有些標題，常以編輯的判斷，不顧社會上的道德規律。例如在標題中誨淫誨盜，確定當事人的罪刑，都是道德所不許。過去高雄青果合作社發生「剝蕉案」，香蕉出口必經檢驗，某報的標題：「手拿紅包，眼看香蕉，檢蕉人員，不得了了。」在法院沒有開庭審判，就確定別人貪污，這就不免有損道德了。

2.教育性。標題的製作，要顧及教育性，它不但可以提高報紙的品質，也符合了指導社會的目的。有人認為：標題應該客觀，如以教育的目的做在標題中，便會有失客觀。但教育性的標題對社會有益，即使趨向主觀，也是有益於社會的。例如：

一步一步向前邁進
一關一關克服困難
蔣院長推重一位老者人生體驗

3.安全感。所謂標題的安全感，就是對社會來說，不是破壞的，不要標新立異。安全感的標題不一定富於教育性，但教育性的標題一定有安全感，所以兩者是相輔相成的。刺激和誇大的標題，雖然可以得到讀者的欣賞，但大多是不安全的。例如：

一橋跨兩縣．形成三不管
有人要自殺．責任由誰斷
少女橋中投河．難倒雙方警官

三、**編者的標準**。前面所談的讀者的標準和社會的標準，還是比較客觀的標準，而編者的標準，則完全是主觀的標準。編者的標準有二：

1.刺激。前面已討論過，刺激的標題最大的缺點就是缺少安全感，但刺激的標題卻可賦予報紙生命力。英倫有一份《倫敦泰晤士報》（*Londn Times*），它的標題比較保守，日銷僅七十萬份。另有一份《每日鏡報》（*Daily Mirror*），它的標題十分刺激，日銷五百萬份。在報業的經營上，當然取刺激性的標題。一個刺激的標題，不但富有活力，也富有誘力，它的組成，在形式上是大字、大標題；在內容上是取新聞中最引人的一點做標題；在用字上，要儘量用富有刺激讀者的字眼。在編輯上，要將這種標題排列在版面上最容易看到的地方，使讀者受到引誘而讀完這則新聞。例如：

國如斯・家如斯

南開大學一校醫

夜半投湖自殺

領來八尺配給白布

顧了媽顧不到孩子

2.美觀。編者的第二個標準，是美觀的標題才是成功的標題。中文標題最大的特點是對稱，而對稱是美的最高標準，例如人，生來就是對稱的，所以，美的標題也是對稱的。雖然，編者不是個個都是藝術家，但編者卻不可以沒有審美觀念。除了標題本身的美觀外，在版面上還要有均勻之美，由個別美的標題，再組成版面上集體標題之美，才是真正成功的標題。

總之，標題的製作，存乎一心，其成功與失敗，往往在一念之間，而有修養、有經驗、有見解的編輯，才能製成被人欣賞的成功的標題。

第七節　新聞標題的比較研究

標題製作的優劣，必須要比較研究，才能判斷得出來。因爲在標題的表面上，我們可以將其一一分析得出來，而標題最重要的內涵，就是要能「傳神」，卻不是立刻可以體會出來的。什麼標題是「恰到好處」，什麼標題會「妙不可言」，什麼標題能做到「哀而不傷，樂而不淫」？有的新聞寫得很好，如果沒有一個好的標題，記者會非常抱屈；相反的，有一個好標題，能傳新聞中的神髓，才能相得益彰，使人拍案叫絕。

在臺灣的華文報，四十多年來發生很多變化，不論在版面、標題和文字上，都因爲「報禁」開放，社會多元化，電腦中文字體字號的變遷，在新聞標題上的製作，已不可和當年同日而語了。本書在這裏作專題列舉的比較研究，其重要目的之一，是將中文標題的演變，勾出一個輪廓來，使讀者能瞭解到中文標題是從什麼樣的型式轉換過來的，更可以比較評估，今天的變化是演進還是被外文報的標題所演化，是不是將中文標題的特色，已逐步在消弭掉，這是一個非常重要而嚴正的課題。

標題的比較研究，是很有趣味的，而且也會發現，有很多編輯人常有神來之筆。我們選出八則新聞，將《中央》、《中華》、《新生》、《新聞》、《聯合》、《中時》（徵信）、《公論》、《自立》、《香港時報》等報的標題，分別作比較研究。

一、**「美國封鎖古巴新聞」**：一九六六年十月底，蘇聯控制古巴，卡斯楚「革命」成功，甘迺迪總統不得不下令全面封鎖古巴，這是一項重要的國際新聞。在國際新聞的處理中，各報都刊載在第一版要聞版和第四版（《中央日報》第二版）國際新聞版。

1.《中央日報》的標題，幾乎是清一色的採用宋體字，顯不出主題和副題的輕重，也不能表現出中文標題的美觀，而且沒有橫題，變化呆板。

2.《中華日報》的標題較爲活潑，但橫題過多，新聞處理上注意及各國的反應，但漏掉臺灣的反應。

3.《新生報》的標題缺點是太肥大，「美大使謁總統」及「華爾街股票上漲」，是獨具慧眼，但主題不應用「在華爾街上漲」，以「戰爭寵兒」形容股票也不恰當。

4.《新聞報》的標題很平實，但「『警告』俄船將不接受檢查」一句副題，一則含意不明，再則「警告」兩字上括弧加得不妥。

5.《聯合報》的標題有警告性，「大戰一觸即發」，但這一題的上一句「趨向」兩字嫌弱，不如改爲「正面」。「駐臺美軍奉令戒備」，這是全球性美軍戒備的一環，但聯合報能強調這一點，可反映出臺灣的戰略地位。

6.《徵信新聞報》的「美俄走向戰爭邊緣」雖是編者的意見，但比《聯合》的標題要具體而妥切，且有邊欄「封鎖古巴會引起戰爭嗎？」正是讀者所需要知道的。

中央日報

美總統甘迺迪宣佈
實施嚴密封鎖古巴
並已採取七項初步措施
阻俄在古集結攻勢軍力

美代表要求安理會
召開緊急會議
促俄撤出在古一切攻擊武器

泛美理事會開緊急會議
美要求採集體行動
應付古巴軍事集結

美駐全球陸海空軍
奉命採取特別警戒
重轟炸機飛彈部隊均採戒備措施

美國封鎖古巴
普獲各國支持
艾奇遜以特使身份赴法
向北約國說明美國決心

載運飛彈俄船一艘
正向古巴駛去
如不返航美將予以擊沉

俄帝宣佈取消
軍事人員休假
東歐附庸亦採軍事戒備
古巴實施全國總動員

中華日報

美總統緊急宣佈
對古巴實施封鎖

採七步驟令美軍隨時應變

危機當前甘迺迪坐鎮華府

自由世界一致支持
美對古巴強硬措施
魔都電台誣指美國挑釁

蘇俄下令三軍
停止休假退役
華沙公約共軍戒備

古巴飛彈基地
美已攝獲照片
照片中顯示正指向美國
專供發射中程飛彈

美安全會設特委會
專責研討古巴情勢
規定每晨集會星期照常

杜魯門尼克森
支持封鎖古巴
西柏林市長布蘭德
讚甘迺迪果斷決定

英輪船商會宣佈
英船未載運武器往古巴

關他那摩灣
美撤退軍眷

加禁俄機飛古
降落加油

美總統斷然宣佈
對古巴實施封鎖
並令美軍警戒待命
任何國家遭古核彈攻擊
美即對俄還以全面報復

美攝獲古飛彈基地照片
俄人操縱飛彈
目標對正美國
俄並運噴射轟炸機抵古

安理會召開緊急會
處理美對古巴指控
並討論古巴控美封鎖行動

美封鎖古巴
非戰爭行爲
國務院官員強調
交涉之門仍敞開

美國駐歐部隊
進入戒備狀態
美決維持對柏林承諾
華沙公約竟採對抗措施

「戰爭寵兒」股票
在華爾街上漲
倫敦股票劇落商品上升

美大使謁總統
呈甘迺迪演說副本
我支持美封鎖古巴

新聞報

（一）美國對古巴的果敢行動

阻止共黨軍力集結
甘迺迪毅然宣佈
對古巴實施封鎖
載武器往古船隻一律擋回

安理會昨緊急集會
商討古巴問題
俄對美國封鎖古巴行動
「警告」俄船將不接受檢查

古巴與共黨勾結
美洲國家組織
今商制裁措施

美國封鎖古巴行動
我政府表支持
朝野人士讚爲明智之舉

關他那摩美軍眷屬
奉令撤退返美
尼克森等支持封鎖古巴行動
甘氏助選旅行同時宣佈取消

俄軍宣佈
取消休假

全球美軍同時實施戒備
古巴下令動員

飛古巴班機
昨起業已一律停止

美俄趨向衝突・大戰一觸即發

俄火箭防空及潛艇兵員停止退役

誣美封鎖古巴行動是對共黨挑釁

阻俄建立攻勢基地
美國宣佈封鎖古巴

甘迺迪指古巴已有飛彈基地

並已下令準備任何意外事件

甘迺迪演說全文

古巴變成共黨戰略基地

嚴重威脅美洲國家安全

採取封鎖行動前途艱險

為保自由不容徬徨瞻顧

駐台美軍奉令戒備

對美封鎖古巴行動

我國完全支持

柯爾克大使晉謁 總統

呈甘迺迪演說全文副本

蘇俄蓄意欺騙

構成對美挑釁

徵信新聞報（中國時報）

美俄走向戰爭邊緣

俄船載軍火赴古巴圖突破封鎖

美艦隊集中佛羅里達海峽戒備

廿四小時內雙方將遭遇

俄軍取銷休假停止退役

甘迺迪總統斷然宣佈
實行武力封鎖古巴

阻截武器運古必要時得砲擊

下令三軍準備應付任何事變

美對古巴實施封鎖

自由世界咸表贊同

英感震驚但予全面支持

日本認係不可避免步驟

美俄古分促安理會

討論古巴問題

俄酋左林適爲輪值主席

安全理事會昨下午召開

卡斯楚下令

古全面動員

封鎖古巴會引起戰爭嗎？

蘇俄的力量繼續在古巴發展，美國對古巴實行封鎖是必然的行動。美國的海空軍力量足可担任此項工作。問題是：戰爭是否接踵而來？

美對古巴緊急措置

我國深表支持

二、「劉秀嫚當選環球小姐新聞」：這是選美的花邊新聞，由於中國小姐第一次脫穎而出，雖是第四名，也覺得難能可貴。所以臺灣的報紙不但派了記者前往長堤，並且各報報導也不厭其詳。

1.《中央日報》是黨報，它對這一新聞，依然採取淡淡的態度，既無喜悅當然更不渲染，標題平實，無可厚非，所以也沒有採擷它的標題來作比較。

2.《新生報》雖是政府報，但已比《中央日報》的新聞要熱鬧得多。而且，它也製作了一個五欄題，和一個四欄題，但並不能顯出劉秀嫚在邁阿密的風光。

3.《臺灣新聞報》的新聞，反而比《新生報》積極，雖同屬官報，地方報的新聞尺度和編輯的自由裁定要寬容得多。但新聞報的標題，並不刺激，也不引人，祇是以五欄大篇幅和邊欄配合起來，份量上和標題的聲勢上，已超越了官報的最大限度了。

4.《聯合報》畢竟大不相同，六欄題聲勢奪人，配以性感而誘人的字眼，但畢竟這是高級的社會新聞，它的用字，也到「粉紅色戰場」爲止，也不可能再過分了。

5.《徵信新聞報》的標題，與《聯合》有異曲同工之處，但「劉秀嫚揚名邁阿密」，不甚確實。劉姝在國內使國人刮目相看，在世界中名列第四，連加冕禮中的公主地位都沒有，何來揚名之處。《徵信報》製題喜用括弧，這一則新聞的標題中，「週記」、「我的志願」、「我要讀書」都用括弧，而三個字彙的意義卻並不一致。「週記」是一個名詞，「我的志願」是做商人，「我要讀書」又是她的志願，實際上在標題中，不適宜用第一人稱。

6.《公論報》的新聞刊第三版，大部分是改寫電視新聞，它的頭題是橫直題，顯得太臃腫。

新生報

邁阿密群芳爭妍
劉秀嫚再傳佳音
數環球美人名列第四

美麗的常勝軍
劉秀嫚獲得環球小姐第四名榮銜
喜訊傳來一片歡談笑聲
劉家門前昨日車水馬龍賀客盈門

欣聞劉秀嫚得勝
方瑀江樂舜
兩人獲鼓舞
並均已去電道賀

劉秀嫚名利雙收
獲美金千元
她並得到其他各種禮品
中廣今播她的歌唱錄音

青春氣息醇厚
嬌媚逗人愛
中姐評委徐鍾珮
讚譽劉秀嫚秀美

蓬門賓主歡呼聲
一向平靜的劉府驟形熱鬧記
本報記者 劉芳剛

邁阿密我再傳捷報

環球小姐金榜揭曉
劉秀嫚榮膺第四名
阿根庭小姐諾蘭奪后冕
氷島芬蘭巴西佳麗獲二三五名

愛女隔洋傳好音
喜煞堂上兩親家
劉母訪張夫人緊緊相擁
盛讚秀嫚眞是美人胎

蓬門陋室彩鳳棲
——長巷春暖再訪劉秀嫚雙親
新聞報記者李　迪

後台媽媽雪中送炭
魏淑娟慧眼識美人
萍水相逢毅然幫助貧家女成名

劉秀嫚小姐
將赴歐美訪問華僑

中姐選拔會
特馳電祝捷

美龍岡公所籌款
協助劉秀嫚
赴美國升學

劉秀嫚榮歸祖國後
將南來爲三軍歌唱
新聞報記者代表讀者通話
越洋心聲念念不忘將士

天生麗質・人見人愛
劉秀嫚美在嫵媚
四評判委員再作評論

棕櫚灘・粉紅色戰場
劉秀嫚・凱歌越五洋

本報電話專訪
接通海天一線
傳來麗的呼聲
恰似珠走玉盤

烽火故國情
說與她們聽
列國羣釵如好友
美麗的也是和平

首拔一幟
開路先鋒

南京同鄉餞方璚
一帆風順到長堤

最後爭奪美人關
心旌搖搖步姍姍
一紙唱名・直如宣判
乍聞上選・淚落茫然

夢到天邊
昨宵好眠
客中食不甘味
但願依偎娘前

黑色美女綻豔光
壓倒羣花冠環球
阿國甜姐仍謙虛爲懷
自稱當選實出於意外

東方之珠炫耀西方
劉秀嫚揚名邁阿密

青雲得意隔洋聞話選美

興奮疲勞纔獲一夕酣睡

清寒堅潔之美

劉秀嫚的學校生活

本報記者趙慕嵩

害怕裝得鎮靜

當選端賴鼓勵

選舉評判很是公平

請問三圍答來爽快

欣聞秀嫚佳音

方瑀樂舜雀躍

育達校長讚她是好學生

將予全部免費完成學業

身雖參加競選
念念不忘功課

兩則「週記」吐心聲

作文「我的志願」做商人

牛油麵包口味不對

談到志願「我要讀書」

在美忙得發瘋沒閒逛街

想念爸媽恨難立刻回國

有女平地一聲雷

喜到蓬門笑口開

公論報

劉秀嫚當選環球小姐第四名

・本報越洋電話訪問全文刊載第三版・

萬紫千紅芳滿灘
一枝濃艷露凝香

中姐名揚西方
奪得榮譽頭銜

晨起尚未梳粧
賀電已盈門檻

劉秀嫚聲沙啞
比歌唱更動人

不負大家願望
光榮屬於全國
港製白晚禮服出色洋場
劉秀嫚謝國人鼓勵

越洋傳賀意
致謝同胞愛
記取離鄉情叔
當時哭今天樂

邁阿密選美昨揭曉
劉秀嫚當選第四名
她可獲得獎金一千美元
阿根廷小姐諾蘭當選環球小姐

三、「**諧星魏平澳情殺案新聞**」：這是一則轟動的社會新聞，因爲魏平澳是電視諧星，蕭敬人是武俠小說作家，紀翠綾是魏妻，但彼此生活都不嚴謹，在不正常的生活下，對男女關係似乎隨便了一點。

1.《中央日報》對這一則新聞，並不重視，在第二版聊備一格，點綴而已，標題上沒有可觀之處。

2.《新生報》雖是官方報紙，但對這地方性的社會新聞，雖不熱衷，也不放鬆。庭審的新聞，它的標題上是以供詞作來源，調情的字句有許多暗示性，例如「影院暗握手」、「白晝乘虛而入、大開方便之門」、「紅杏自願出牆」等。《新生報》的標題，顯然對本夫魏平澳有利，因爲字裏行間，魏是弱者；但事實上，魏是殺人的人，可見標題可左右讀者的感情。

3.《新聞報》對這一件庭審新聞，在標題製作上比《新生報》還要「重視」，以三版頭題五欄題見報。標題不偏袒任何一方，三角姦殺案各有理由，但在字裡行間，卻暗暗同情紀翠綾。

4.《聯合報》在這一桃色新聞的標題製作上，又與《徵信新聞》平色秋色。在標題上，《聯合報》最會創造名詞，它定此案爲「偷情記」，頭題爲五欄，「落花流水開一庭」，顯得非常蕭灑，本來這一件官司，是雙方好友因偷情而情殺，一個落花本有意，一個流水豈無情，如果不犯殺人公訴罪，他家有暗室生情，誰又管得了？《聯合報》的題意，借詩生意，含蓄而有深情，使人覺得這是雙方情願容忍的事，好像蕭紀兩人的確是「有情人」。《聯合報》的標題，常借用成語，拾來恰到好處。該報三版（黑白集）的小評，題目用「讓法律制裁」，立意公正。

5.《徵信新聞報》的標題，以供詞全文爲處理的對象，三男女主角分三部分，都以二號字兩行，一行正體，一行方體配合。魏平澳的供詞是十個標題，蕭敬人的供詞，有八個標題；紀翠綾的供詞，是十二個四號黑體字的小標題，不醒目也不動人，從略。該報最大的敗筆是「今日春秋」小評，標題是「揍他！」兩字，還加了一個驚嘆號。報紙豈可主動喊打？

新生報

諸星情殺案庭審
紀翠綾否認墮胎
蕭敬人招供誘姦友妻
庭外秩序亂一片打聲

魏平澳陳述識蕭經過
小樓紙板難包火
南北追蹤為隱情
信任朋友不信岳母警告
以為醋意不料原是變心

情牽兩地不高興
一夜未歸夫疑心
酒醉之後直闖蕭府
跪地發誓不承姦情

影院暗握手
次日生亂源
「兩相好」正拍外景
「深閨怨」室內開鏡

紀翠綾說私事
蕭郎白晝乘虛而入
從此大開方便之門
旅社投宿時借用表妹名義
芳心被佔後眞的要求離婚
不承認墮胎
祇承認看病

紅杏自願出牆
一語大動干戈
魏稱被蕭反擊方始揮刀

證詞對魏有利
岳母稱他有禮貌
鄰居說他常帶刀

魏蕭桃色殺人案件

台北地院昨日庭審

魏平澳承認不甘綠巾蓋頂行兇

蕭逸扶傷出庭坦承畸戀

紀翠綾說因受騙失身深表懺悔

魏平澳談與蕭結交經過

礁溪結識相見恨晚

從此生活打成一片

深夜留宿那知引狼入室

六疊斗室兩張床中間一無遮攔

夫婦同去高雄

蕭逸如影隨形

同住一家旅社門戶相對

託友觀察未見眉目傳情

蕭紀出庭噓聲大作

平澳亮相一陣鼓掌

兩相好種下禍根

被告席擠滿記者

她有一段情

盡在不言中

魏知小紀心事重重

影院黑暗拉玉手

香閨白晝抱纖腰

蕭敬人承認先誘小紀

凶案發生前並未吵架

法庭應訊羞道荒唐
嬌慵自承紅杏出牆
庭審紀翠綾兩度起哄堂
孽戀不難渡陳倉六蓆臥室兩張床

蕭故人出言不遜
一記耳光起互毆
避過打來酒瓶揮刀亂刺
蕭帶傷離去未曾倒地

小紀只是刮子宮
女醫否認曾墮胎
岳母愛女婿洩露春光

魏平澳
不准交保

不為丈夫留顏面
亂講主動偷漢子
小紀承認上了蕭妹的當
芳心不悅從此不探蕭郎

律師代提辯訴狀
幷非預謀殺蕭逸
高雄分手・台北碰頭
拔刀自衛・氣極傷人

聯合報

「偷情記」大審・最動人官司

難爲蕭逸紀翠綾
落花流水開一庭
昨三方對簿全日審訊
聽四面楚歌數度被圍

梧桐院落無關防
蔓藤襲上睡海棠
紀翠綾答供直言無隱
深悔當日錯暗室偷香

紀女求下堂
蕭某淚兩行
幹電影的也受感動
難得好友如此熱腸

一葉知秋
疑上心頭
內親紛提警告
歸來欲尋原由

經常帶刀
爲演電影
魏平澳說未想殺他

臥榻之旁人鼾睡
兩床並列一室春
夜深留客住壞的開始
以後成慣例不足爲奇

談判不成動手打
一用拳頭一用刀
原是好友·翻成情敵
深夜兇殺·說來歷歷

情不自禁
醋要獨吞
恨聞丈夫有女友
却與別人搭上手

女醫否認摘瓜
店家指證偷桃

一對黃蝴蝶
飛去又飛回
未必桃花先過渡
乃因蕭郎常問津

法庭擁擠·小紀低頭
諧星進場·目不斜視

魏案庭訊花絮

場外爭端·突破防線
蕭郎起誓·一片哄笑

讓法律制裁

鄰居為小紀作保
魏平澳還押回牢

掌聲打聲交響
庭內庭外白熱

地院初審魏蕭案
三人供詞各翻新
全日調查問爾等是非恩怨
公堂相見原曾是朋友夫妻
「揍他！」

魏平澳的供詞

礁溪拍片識蕭
交密不分內外

他把門兒關了
孤男寡女在室

小紀曾提離婚
岳母指蕭不好

魏紀夫妻南行
蕭某跟着也到

四月十日那天
早歸遇見怪事

回家得到情報
外出借酒澆愁

夜訪景美蕭宅
談判出外再談

問起姦情之事
吵後動手動刀

庭上反覆詳訊
當時怎麽刺的

問起刀的來源
去年買來演戲

蕭敬人的供詞

初由友誼開始
原未打壞主意

曾說願娶小紀
自己知道錯了

戲院中拉手後
兩相好眞正巧

女醫生翻前供非打胎是醫病
紀母曾勸魏別和姓蕭的往來

魏蕭案紀翠綾在法庭供詞

此事二十餘次
否認要紀打胎

十二十三兩日
蕭紀暗約幽會

出事那天晚上
蕭逸細說經過

到了高家門口
蕭說魏就動手

兩人說法不同
庭令魏蕭對質

魏平澳提出
書面辯護狀

掌聲響起平澳為難
兇刀數現蕭逸色變

不漂亮那會有今天
這等事豈可輕易忘

四、「西德突擊隊搶救劫機新聞」。該新聞發生於民國六十六年十月十八日凌晨，一架德航七三七波音機，在羅馬機場被暴徒劫持，押解機員及八十六名人質，降落在索馬利亞摩加迪休機場，暴徒要求西德政府，釋放被西德繫獄的四名恐怖份子。西德政府在索國政府協助下，三十位突擊隊員自天而降，前後七分鐘將暴徒殲滅，救出全部人質，僅德航機長修曼一人，在突擊前已被暴徒槍殺。

這一新聞發生後，臺北各報都以一版頭題及第三(二)版全版處理，爲轟動全球的國際社會新聞，玆分述《中央》、《新生》、《中華》、《聯合》及《中時》各報標題比較於後：

1.《中央日報》在這一新聞的處理上，仍是比較保守，但在第一版上，刊載了三則標題，已佔去了全部新聞的三分之一，其中索馬利亞協助救機的標題，略與第二版重複。《中央日報》是臺北各報中，唯一以第二版（國際版）處理這一新聞細節的報紙，在第二版上，除了以社論「西德政府的果敢決心與行動」配合外，還有八則標題，二版的頭題採用橫題，以各國的讚揚爲主，沒有像其他各報以突擊過程爲主，所以標題的吸引力較弱。德航機長遇害，該報標出是有意以身殉難，而新聞中顯示，爲暴徒囑令跪地槍殺，似無有意殉難情形。《中央日報》二項可取之處：一是將教宗願爲人質的新聞單獨處理，二是以色列事先獲知突擊行動，都以標題標出，可使整個新聞有獨到之處。日本首相的談話，《中央日報》沒有新聞，當然也沒有標題。

2.《新生報》對這一新聞的處理，除一版頭題較平穩，缺少刺激外，沒有社論配合，但有小評可予彌補，而第三版上卻熱鬧非凡，可與民營報一較長短。在標題中，也有若干可取之處，如三版頭條的橫題，採取對稱式；描寫西德突擊隊，用「詹姆士龐德」，增加神秘感；國際民航機構號召罷工，各報均未標出。《新生報》處理日本首相福田的談話，不及《中國時報》。

3.《中華日報》的第一版，沒有刊載這一新聞，沒有社論，也沒有小評，所有的新聞，都集中在第三版，以橫題作頭題，能涵蓋全部新聞的要點，而且非常平實。全版有一個五欄題，四個四欄題，四個三欄題，顯得很熱鬧。但在邊欄的五欄題中，將西德突擊隊的德文名稱做標題，略有不妥，如將「GSG9」改為「西德勇士」，將更合宜。卡特總統等賀電，《中央》作頭題，《中華》僅為三欄題，截然異趣。

4.《聯合報》對這一新聞的處理，不論在標題上和內容上，似乎都無突出之處。在第一版上，祇有一個橫跨上面的引題，說明新聞均刊第三版。三版上也用橫旗標題（Banner Headline），詞意明朗，交代清楚，使人一目瞭然。有社論配合，連社論題目在內，一共祇有十字標題，但將重要的新聞都囊括進去了。兩天後，該報曾迻譯《時代》雜誌的一篇報導，以補不足。

5.《中國時報》的新聞和標題，是最生動也最充實，這是近年來該報努力的重點，每逢重要新聞，常有不落他報之後的感覺。該報從第一版到第三版，共有十七個標題，可惜沒有社論，也沒有小評。該報標題以對稱式的最為出色，而尤以三個邊欄的標題，更有可觀。其中對日本人的調侃，尤為絕例。但西德獄中暴徒自殺，有兩則標題重複，雖一為照片說明，但亦為小疵。

中央日報

不畏暴力・救難成功
西德贏得舉世稱譽
美法以等國領袖電施密特祝賀
唯獨日本官員對此事感受複雜

西德採取突擊行動
救回全部被劫人質
對付恐怖分子　提供嚴肅一課

索馬利亞給予合作
德總理表永遠難忘
慶功會上特別邀索大使參加
施密特電謝有關各方所予支持

西德政府的果敢決心與行動

德航遇害機長修曼
顯曾有意以身殉難
暴徒罪行引發全球憤怒呼聲
紛紛要求共同對付劫機事件

西德反恐怖組織突擊隊
首次出師即建奇功
當年受奧運會事件刺激而成軍
曾受嚴格訓練擁有龐德式裝備

劫機換囚企圖未逞
四名暴徒頭目
在德獄中自殺

劫機暴行全球共憤
空中強盜瀕臨末路

以人截聽電訊
事先獲知西德突擊行動

索馬利亞政府
保持密切合作

教宗慈悲爲懷
曾願充作人質
營救德航旅客

埃及譴責
劫機罪行

摩加廸休機場西德特攻隊建立奇功
天降奇兵・十分鐘・閃電攻擊
眩目炸彈・新武器・制服暴徒

西德突擊隊奇襲成功
被劫持飛機上人質
八十六人全部獲救

九號邊境警衛隊
詹姆士龐德配備
一七六人・身手矯健
特殊配備・不凡訓練

不向暴力低頭

營救被刧客機成功
各國政要咸表欣慰
紛紛致電西德表示祝賀

對付暴徒 不容姑息
根除刧機 防範宜密

突擊成功・有效嚇阻
空中强盜・面臨絕境

乘客浩刧歸來
身心精疲力竭
西德五位內閣部長迎接

西德恐怖份子
四人獄中自殺

國際民航機駕駛員
號召罷工防止刧機

地主國合作
使突擊成功

西德營救刧機
日本官員尷尬
福田首相自說自話

特攻隊突擊前
曾作模擬試驗
經希臘克里特島搭機起飛

中華日報

西德突擊隊午夜閃電進擊獲成功

被刼德航機化險為夷
四名暴徒三死一重傷

全部八十六名人質平安脫離魔掌

西德軍三秒鐘炸開機門
昏瞶手榴彈後
展開血的懲罰
前後七分鐘問題解決了

施密特電各國領袖
感謝支持突擊行動
邀索大使參加慶功會

西德呼籲綁架暴徒
釋放工業家斯勒亞

閃電突擊首奏奇功
GSG9全球矚目
隊員戰技精良・全副龐德式裝備
對付恐怖份子・譽為西德王牌軍

千鈞一髮時機危殆
一擊扭轉乾坤
距暴徒所訂時限僅剩九十分鐘
以色列監聽到西德採神祕行動

西德等拒絕受勒索
國際暴徒已臨絕境
中東與非洲「避難所」大為減少
如再蠢動誠眞無死所矣

德航客機遭刼持之經過

昏瞶手榴彈具威力
六秒鐘動不得
只有輕微傷害

西德軍果敢行動
洗雪納粹污染
再現戰鬥精神
突擊隊奏凱榮歸

獲救人質搭機返國
五天歷刼恍如隔世
追述暴徒槍殺機長經過
修曼被逼下跪・頭部中槍而死

西德軍傳捷報
日官方頗尷尬
福田辯解不能仿效
法務大臣讚揚營救行動

西德強硬手段奏功
卡特總統等紛電賀

獲釋希望因突擊而破滅
西德繫獄恐怖份子
四人自殺三死一傷

索國部隊擔任前鋒
突擊順利完成
電台廣播十名乘客輕傷
暴徒的國籍仍未能確定

聯合報

西德突擊隊救出被劫航機人質

西德勇士閃電作戰・七千哩外解救危機

突擊隊神勇七分鐘達成任務・閃光彈克敵劫機者三死一傷

飛機被刼百餘小時
朝野立場堅定不移

駕駛修曼殉職 八六人質平安

暴徒獄中同黨 三人自殺死亡

邊防精銳第九組
裝備精密零零七

與運事件後編組集訓

無敵特遣隊馬到成功

德以英勇相輝映
劫機暴徒可休矣

卡特比金・馳電祝賀德政府

堅毅果決・堪稱民主的勝利

突擊隊搶救人質

日政要感受複雜

國際狂暴劫機事件何時了？

索馬利亞如是云云

西德專家協助

索軍當先夜襲

突擊英雄凱歸科隆

埃及譴責劫機

中國時報

西德採取強硬行動，武力解決刼機事件！

「恩德比」驚險鏡頭重現・突擊隊直飛索國首都・發動奇襲

「馬拉松」談判原爲掩護・神槍手三十秒鐘射擊・突破危機

混亂中、出現奇蹟

輕鬆面、無異喜劇

暴徒三死一傷・人質卻免於難

乘客被刼途中・居然曾開酒會

德突擊隊遠征索國

閃電進襲刼機暴徒

救回八六人質・擊斃三恐怖份子

結東四天半僵局・僅十人受輕傷

七分鐘閃電攻擊

大動作連續完成

環球新聞媒體配合西德保密

只有特拉維夫電台測知行踪

自絕生路

西德獄中四暴徒

三人斃命一垂危

刼後歸來如慶再生

八十六人脫險・身心疲憊萬分

安抵法蘭克福・羣衆鼓掌歡迎

抗議刼機暴行

國際機員聯盟主席發起

要求全球停止飛行兩天

羞煞日本人也！

同是刼機、處理大不相同

福田赳夫、硬爲軟弱辯護

西德聲告綁匪

釋放工業領袖

機長修曼慘遭殺害

西德總理電慰遺孀

禍由他們起

畏罪自殺了

世界性的「小戰鬪」

抗暴式的「大勝利」

各國元首致電西德祝賀

施密特感謝友邦的支持

事前「長考」拖延時間選擇最佳地點

臨場「讀秒」間不容髮頃刻大奏膚功

西德突擊隊　一舉揚名！

逆襲成功　不讓以色列專美於前

訓練精良　無遜於美國特遣部隊

聊以解嘲

在外國未便動武

在國內照幹不誤

勇者的畫像！

修曼有意犧牲自己

故使飛機落在沙地

集合警察菁英編組待命

配備最新武器彈無虛發

（目前臺灣各報社，均採用平版輪轉機印刷，已揚棄了高熱鑄字、澆版的傳統印刷方法，而用照相曬版。因此，版面的美化和新聞標題採用電腦照相打字的字體和字號，再加以美工，傳統版面的面目已大大改觀。以下四則新聞標題比較研究，就是最新的編排方式。）

五、「臺灣執政黨政治革新新聞」。該新聞發生於民國七十五年十月十五日，執政黨蔣經國主席，公開宣佈廢除戒嚴和開放組黨，在戒嚴令解除措施上，要修訂「國家安全法」；在開放組黨上，修訂「人民團體組織法」，而新的政治團體，必須㈠尊重憲法，㈡堅決反共，㈢與「臺獨」劃清界線。這一宣布，臺北各日報以一、二、三版大部分篇幅，予以刊載。茲分述《中央》、《新生》、《聯合》、《中時》及《青年》五報標題，比較研究於後：

1.《中央日報》在這一新聞處理上，是以一、二版的頭條、社論和三版的反應來翔實報導，共有十四則新聞和專欄，一篇社論，全部約有三萬餘字，這是國民黨的重大宣布，黨報刊載份量，並不為過。

同年八月中，臺灣黨外人士要求開放黨禁，又和「中介人士」會談組黨，都沒有結果，為了解嚴和組黨，行政院長、內政部長和法務部長等，都一再斥責黨外在非常時期，中共大敵當前，奢談解嚴和組黨是不應該的。於是《中央日報》在十月六日的社論，以痛斥黨外與中共隔海唱和的陰謀，要動搖國本。不到十天，國民黨主席作此宣布，《中央日報》十月十六日的社論，便以「大公至誠的號召，積極求進的革新」為題，一反前論，在心態上實在不能平衡。

在《中央日報》的第一版上，頭題以「推動革新和民主憲政」爲主題，沒有明白標示「解嚴」和「組黨」，第二題僅以「國家安全法」爲主，准許「組黨」亦含蓄在副題以內。所有的標題，僅學者專家的意見裏，主題有「戒嚴」和「解嚴」的字樣，其餘一律以「開放」、「民主」、「革新」爲題，可見其慎審的態度。

2.《新生報》對這一新聞的處理，與《中央日報》大同小異，也是強調民主革新，避開「戒嚴」、「組黨」的尖銳字眼。該報以第一、二兩版來刊載這一新聞，全部僅二萬七千餘字，篇幅比《中央日報》少得多。

《新生報》第二版的頭題，是以省議會齊表支持讚揚爲主，事實上，七十餘位省議員中，有十三位黨外議員根本沒有表示意見。《新生報》沒有海內外學者專家的集體意見，衹有兩篇專欄，選定兩位學者發表了個別的看法，當然也是絕對讚揚的。該報社論以「前瞻性」爲主題，不無卓見，因爲國民黨這一做法，尚難立竿見影，必須「前瞻」一段時間。所以，該報還有一則小新聞，不得不重視，就是「實施解除戒嚴，仍須一段時日」，這是實話實說，其他各報都放在心裏，沒有說出。

《中央日報》的標題用字，都以傳統的字體爲多，而《新生報》的標題，已採用電腦照相打字，有粗圓體，有反白體，也有平一（壓扁）和長一（拉長）穿插其間。但《新生報》傳統的版面較鬆弛，所以也看不出多大美觀，倒是標題集中剪貼後，要比《中央日報》美觀一些。

3.《聯合報》以一、二、三版的大部分報導，處理這一新聞，全部有四萬餘字，除了執政黨宣佈的正面新聞外，記者的分析稿有三篇，學者、專家的意見反應佔了全七欄，使人有一種壓力感，來接受這一新聞。

《聯合報》在第二版上，便標明了「適時解除戒嚴開放黨禁」，使讀者對這次國民黨的重大宣告，不必兜着圈子去找真相，這是新聞標題的最重要的條件。但該報在一版的頭題裏，爲適應環境，仍以推動民主革新爲主題，如果在第一版上就標明解除戒嚴和開放黨禁，就是百分之百的民營報做法了。

《聯合報》的標題組合，比較美化，橫題有五則之多，也採用電腦照相字體，使標題美化。言論上除了社論外，三版還有一篇「撥亂反正」的「黑白集」，但大小兩篇評論，仍以歌頌執政黨的開明爲主題，別無新猷。

該報第二版有一兩欄題，「美國務院昨表示歡迎」，這在《中央》、《新生》兩報上，都沒有看到。

4.《中國時報》在這一報導上，除了有海外學者的意見爲其特色外，在標題上、內容上、都落在《中央》和《聯合》之後，尤其在標題上，沒有它平時「先聲奪人」的氣魄，顯得平實得多。不過，在一版頭題上，它比其他各報略勝一籌，因爲它標出了解除戒嚴令，而不是從「政治革新」上迂迴做文章。但第二個主題，仍沒有敢標出「開放黨禁」。如將「修法規範民間社團組織」，改爲「開放黨禁重修社團法規」，這就是十足的民營報了。但《聯合》、《中時》兩報的負責人，都是國民黨人，也就不能在這一尖銳政治問題上，對他們再作苛求。

《中時》的標題，除了一篇欄「邁向競爭性政黨政治之路」和一則「反白」的邊欄標題外，其他不但標題的變化不多，內容也多平鋪直敘。

5.《青年日報》自從脫離了「軍報」的外殼（戰士）後，在編排和內容上，近年來已大有精進，它的標題已不用傳統標題字，都是電腦打字體，而且在結構上、美工上，比其他各報還要高明。

《青年報》一版頭題，似嫌累贅，這是該報的一貫作風，用字太多，標題太長，行數太多，是一版標題的大忌。在一、二兩版的標題中，「向國家負責，向歷史交代」，曾一而再，再而三標出，便顯得有點「八股」了。

中央日報

蔣主席強調本黨大公無私
以開濶的胸襟推動革新
使民主憲政更和諧完美

研訂國家安全法
臺澎地區將解嚴

修正人民團體組織有關法律
以規範政治性團體合法活動

迎接政黨政治演進
杭立武籲保持冷靜

中常會通過
重大革新案

本黨通過兩項議題結論
民青兩黨領袖表支持
民主憲政進展一大步

以國家安全法取代戒嚴令
常會提示立法原則
強調確保國家安全

對本黨通過政治革新決定
旅美學者均感到興奮
惟一切應以國家為重

修正人民團體法及選罷法
規範政治性團體活動
應以四項原則為準繩

邁向更開放的民主
中常會莊嚴的一刻

各國政黨組織等問題
研考會已作研究
提有關方面參考

配合兩重要決定
政院將速研擬法案

大公至誠的號召，積極求進的革新
——中論蔣主席談話與中常會決議的歷史性意義

學者專家讚揚本黨配合時代潮流銳意革新

戒嚴令對確保國家安全著有貢獻

解嚴前有必要制訂國家安全法規

蔣主席對兩大政治議題作剴切談話

證明執政黨致力革新措施適切主動

●中央民代認為充分顯示永遠與民眾在一起精神

寬容・溫和・折衷
謝延庚
一為促成政治改革對朝野的期許

新生報

中常會通過兩項政治革新議題
省市議員齊表支持讚揚
必能助益民主憲政發展

蔣主席強調本開闊無私胸襟
在民主憲政基礎上推動革新

修訂人民組織法選罷法
積極邁向健全法制之途
各界齊表具正面意義值得喝采

執政黨以大無畏的精神
至誠從事兩項政治革新

從取消戒嚴令允許成立政治性社團
談我國民主政治
趙建民

憲政體制民主法治國家安全
應為兩項結論立法研究原則

具有前瞻性的政治革新做法
——執政黨通過國安法令及民間社團組織兩議題

為確保國家安全社會安定經濟發展
動員戡亂時期國家安全法不可或缺
憲法學者耿雲卿就理論與實際予深入中肯闡釋

執政黨中常會決解除戒嚴
民代友黨人士咸認
提昇我國國際地位

實施解除戒嚴
仍須一段時日
鼓勵合法政治參與
克制非法聚眾行動

國安法及民間社團組織
兩項政治革新議題
執政黨昨通過結論

聯合報

適時解除戒嚴開放黨禁

實施民主憲政一大成就

疏解政治暗流提昇形象・國家安定進步裨益良多

和平手段得到的成果，也應以和平方式保持。蔣主席相忍為國、和諧團結的號召，宜多體諒。

貫徹民主憲政・開創國家機運

—執政黨對海內外同胞的有力號召

戒嚴令的法源

本報記者 羅國俊

政府完成制法修法前

戒嚴令等仍續有效

執政黨通過兩政治革新方案

台澎區將解除戒嚴

修法規範政治團體

執政黨邁向一個嶄新的開始

在民主憲政基礎上推動革新

蔣主席強調以前瞻做法為國再創新機

叛亂與結夥搶劫案件

將移交司法機關審判

跨越解嚴前後尚未定讞者

如何適用規定法界有爭論

中介學者今邀無黨籍人士

就解嚴與組黨交換意見

執政黨兩項政治革新

美國務院昨表示歡迎

規範民間社團四原則

解嚴方式有兩種

時機將在選舉後

本報記者 羅國俊

解嚴表歡迎・制法有異議

無黨籍政治人士

續持反對者姿勢

黑白集

撥亂反正

縝密審慎規畫高度折衷成果

保障自由權利誠心邁向民主

本報記者成熙天

研討國家安全法・政治團體合法化

兩大議題重大突破・極具政治號召意義

本報專題組記者群整理

中國時報

蔣主席期勉推動革新
繼往開來向歷史交代

執政黨通過兩項政治革新議題
解除戒嚴令另訂國安法
修法規範民間社團組織

國家安全法立法原則核定
將本諸憲政體制貫徹民主

國安法及人民團體組織法
政院決儘速籌備研擬修訂

我將解除戒嚴令
美國務院表歡迎

關係人民自由及國家安全法令
解除戒嚴後將重新研擬

兩項政治革新議題
黨外表示歡迎
認是開明應變作法

政治團體遵循準繩
維護憲政堅持統一鼓勵合法參與

執政黨通過革新方案
海內外均表一致支持

跨出民主憲政歷史性的一大步
——執政黨通過「解嚴」及「開放組黨」決議案

邁向競爭性政黨政治之路
——本報專欄組籌劃整理

政治發展走向更壯濶開朗的局面

青年日報

蔣主席強調以前瞻眼光進步做法
謀求更大增進再創國家民族新機

中國國民黨中央常會通過兩項政治革新議題
決以向國家負責向歷史交代態度往前邁進

執政黨中央常委會昨通過

動員戡亂時期國家安全法令
民間社團組織革新議題結論

將交政院研擬相關法規草案完成立法程序
在未正式公布施行前現行戒嚴令仍續有效

一心爲國家的長遠利益打算
一心爲全民的永遠幸福着想
一心爲復國大業奠不拔根基

向國家負責
向歷史交代

譚鵬

歷史性的里程碑

胡沅成

新觀念・新做法・爲國家民族前途再創新機

竭誠支持執政黨對解嚴的決定

魯軍

開明的作風・明智的措施

國內學者對兩大政治革新均表示推崇

本報記者集體採訪

執政黨通過兩大革新方案
民青兩黨表支持歡迎

各界人士民意代表咸認邁向新里程

執政黨兩革新方案
美國務院表示歡迎

貫徹民主憲政・開創國家新機運
兩項重大革新・海外學者齊頌揚

六、「**李遠哲獲諾貝爾化學獎新聞**」。該新聞發生於民國七十五年十月十六日，引起臺灣各報「熱烈」報導。臺灣的新聞報導，一直是「一窩蜂」現象，遇有重大新聞，往往用一兩個版面，不厭其詳地加以描寫，以饗讀者。事實上，李遠哲得獎和過去三位中國人得獎一樣（李政道、楊振寧和丁肇中），他們都是華裔美人，在諾貝爾獎申請的候選人履歷上，他們都是美國公民。得了諾貝爾獎以後，都是中國大陸和臺灣兩邊跑，而且也都是中央研究院的院士。所以，過分的宣揚，實無必要。這次李遠哲的背景，和丁肇中差不多，父母都在臺灣，是在臺灣從小學讀到大學的，親和力特別強，所以各報加強報導，也是並不令人意外的。而且各報的報導，都着重在李遠哲的求學精神和治學的毅力上，這也是值得稱道的地方。

1.《中央日報》對這一新聞的報導，突破了過去保守的、傳統的標題製作觀念，在所有的報紙中，它是唯一有十二欄直題的大標題。在第一版到第三版，《中央日報》共有二萬五千多字的報導，標題的字體變化，也揚棄了傳統字體，而採用電腦字體，計有明體、黑粗、隸書、反白、中黑、空心、和正體七種之多。《中央日報》和其他各報一樣，在第一版有一條頭題前的反白標題，以導引詳細的報導在第三版。但該報第三版有兩張照片，是過去李遠哲在實驗室和今天在有新的「分子束」儀器的中研院，照片的說明有一小標題，是「今夕之比」，應該是「今昔之比」，因爲今夕是一個整體名詞，而不是相對名詞，如何比法?這是編者未加詳察，美中不足。

2.《新生報》對這一新聞的報導，也不落人後，不厭其詳。在標題上，也極盡美化的能事，尤其在文句上，尋找「對稱」和「對仗」之功，爲最可喜的現象。因爲當今的標題編輯，往往趨於新潮，唯獨《新生報》尚能「守舊」，發揮了中文標題的特色。

《新生報》的標題上，雖然下了功夫，但卻也犯了掉書袋的毛病，例如「父兮母兮」，這兩個「兮」字，是虛字，入題不妥，使青年朋友費解；「漪歟盛哉」也有不恰當處；再加上「李」夫子作育英才，任重道「遠」堪稱「哲」，其中雖嵌有「李遠哲」的名字，文句本身卻有點說不通。還有「二十稔在國內接受完整教育」，這二十「稔」的「稔」字，是滬語，爲什麼不用通俗的「年」字，也頗費解。

3.《聯合報》在這一則新聞上，的確已卯上了全部功夫。但《聯合報》編者有一傳統習慣，就是喜歡創用新名詞，例如三版橫頭題，第一句是「理化莫札特」，李得的是化學獎，爲什麼要用「理化」兩字；譬如天才音樂家，爲什麼不用「貝多芬」而用「莫札特」？事實上不必創用這種新名詞。

在《聯合報》的標題中，亦多採用電腦字體，而且用長一、長二（拉長）和平一、平二（壓扁）的地方很多，使標題的美觀和字數的整合，有了更開闊的天地，在版面的表現上，優於《中央》和《新生》。其中有兩個標題，更別出心裁，一是「車位！地位！」老美亦有趨炎附勢之舉，但可見老美的「英雄崇拜」和給予「特權」是一特色。二是「博士媽媽，鑽石肚子」，亦是編者具有「巧思」。

4.《中國時報》的報導，比《聯合報》還要熱鬧，全部大小標題有十九個之多，僅次於《中央日報》。在標題的用字上，《中時》是多用傳統字體，穿插了部分電腦字體，標題的美觀程度，較《中央》、《聯合》略遜一籌。但該報對新聞有獨到之處，例如中研院的分子束儀器，被海關扣留不准放行，經李遠哲的震盪後，海關也就擋不住了。又如李遠哲批評國內高等教育的品質太差，都在標題上有貶有褒，給予讀者更大的「知」的領域，也是報紙的職責之一。更如對子女的家庭教育，和父母對子女的潛移默化，忠厚傳家和家庭樸實對子女的重要性，《中時》一點也不放鬆，處處表達在標題的字裏行間，編輯的匠心獨具，更值得讚揚。

5.《青年日報》是後起之秀，也是唯一的軍中大報。《青年日報》的最大特色，是對「真、善」一方面的發揚，但也不放過「美」的追求。它所應用的都是電腦字體，但沒有在第一版刊以引題，全部集中在第三版。該報強調「中國人的驕傲」，且引出前三位華裔科學家得諾貝爾獎的一貫性。在三版頭題中，該報編輯慧眼獨具，以李研究成功歸功於少年時代愛好棒球運動，「分子束」碰撞的發現是偶然得來的，似乎有些「運氣」在內。事實上，人類在科學、醫學和文學上的各項發現，莫不是有「運氣」在內，但「運氣」的基礎，都在學問，一味強調「運氣」，就有投機取巧之嫌，所以，在標題製作上，實在不應太強調「偶然」，而應着重在李遠哲的「篤實」，才不會對青少年起不良的反作用。

該報在中文標題中插上阿拉伯數字，如「李遠哲初步決定12月返國」，如將12月改為「年內」，或將「初步」去掉，改為「下月中旬」，便較妥當。

在「化學元素的形成之動能」有卓越貢獻

我學人李遠哲獲諾貝爾化學獎

●是臺灣大學化學系畢業清華大學化學研究所碩士

●美籍教授赫希巴克與加拿大學人波蘭尼同獲殊榮

中研院院士 李遠哲榮獲諾貝爾化學獎 詳情刊第三版

李遠哲今年大豐收

已獲三項大獎

求學過程成績並非頂尖

實事求是精神奠定基礎

李遠哲各級學校老師回憶說他不是書蟲

認真做實驗在家開音樂會也是棒球選手

得意門生獲得殊榮

師長咸感莫大慰藉

吳大猷不意外認為是遲早之事

中學成績數學理化最好

碩士論文探討「北投石」

出國後研究以「分子束」為主題

為中研院原分所催生規劃同步輻射加速器

熱心關注國內科技發展

默默奉獻精神令人感動

中央日報

父母妻子聞訊興奮驕傲
李遠哲是中華的好男兒
太太說他是好丈夫生活洋溢幸福美滿
老父誇他聰明乖巧從小沒讓人操心過

李遠哲的研究——分子束實驗
林森茂

李遠哲獲諾貝爾獎
俞院長特致電申賀

今夕之比

獲獎即撥越洋電話
李遠哲向父母問安

做事從不假手他人
不服輸是成功動力
●李遠哲語文科技音樂體育都行
●李遠欽說：二哥永遠領先我們

旅美學人很高興
認爲是實至名歸

周應龍與他高中同學
說他德智體羣樣樣好

李遠哲獲獎後會晤記者
認爲榮譽肯定研究
談到獎金處理笑說錢由太太管

李遠哲設計我國第一座
分子束新實驗裝置
中研院昨開箱裝配

李遠哲指國內科技
發展快速很有前途

家中賀客盈門閭里同慶
母校師生騰歡分享殊榮
李澤藩喜孜孜誇愛子求學做事腳踏實地
曾經就讀各校貼海報放鞭炮以學長為傲

新生報

炎黃子孫才智卓越再獲肯定

李遠哲獲諾貝爾化學獎

中研院士李遠哲榮獲諾貝爾化學獎 新聞三版刊

李遠哲獲獎・中研院趕工
當年建議裝分子束儀
年底可完工以爲賀禮

強棒出擊
從棒球散發靈感
小時候玩出概念
李遠哲・好脾氣
與人處・很有禮

憑什麼得獎
就靠分子束
一窺分子碰撞・深究化學奧秘
廿載細心探索・開創科技大觀
二十稔在國內接受完整教育
李遠哲在國外贏得無上美譽

李煥勉敎師「加油」
敎出更多「李遠哲」

閃亮的中國人
十九年・三度膺巨獎
四學人・相互放光芒
靑出於藍・勝於藍
潛心治學・成碩學
往昔諸夫子分說李博士

國內教育・得到鼓舞
龍的傳人・有眞功夫

俞院長邱主席
昨電賀李遠哲

好消息從天外傳來・得獎人自書香產生
父兮母兮・辛勤調出佳子嗣
猗歟盛哉・一門喜有七博士
「李」夫子作育英才・任重道「遠」堪「稱」「哲」

聯合報

理化莫札特・華人增光輝

李遠哲榮獲諾貝爾化學獎

研究交叉分子束法 打開化學新的領域

賀西巴克與波藍義共同分享無上榮譽

中研院院士李遠哲獲諾貝爾化學獎 詳情刊二版

李遠哲獲殊榮為國爭光
俞國華陳履安馳電祝賀
李煥希望教師們培育更多人才
教育部將進一步改進研究環境

放棄保送台大醫學院
狂熱喜愛矢志攻化學
畫家老太爺 喜談乖兒子
爲國爭光榮 佳音如潮湧

車位!地位!
柏克萊校區停車難
諾貝爾得主不一樣

多給鼓勵少責罰
棒球術語解疑難
李教授教學態度認真
受業留學生一致推崇

台灣播種 美國結果!
李遠哲得獎另一啓示
台大孫校長感慨系之

在台受教育 國外露頭角
循循善誘 熱心國內科學發展
天才學生 喜打破砂鍋問到底

博士媽媽 鑽石肚子

愛家愛國愛科學
家書娓娓談心境

紅瓦透天厝 博士的搖籃
畫家老夫婦 牽手護家園

李遠哲博士榮獲諾貝爾獎的啓示

去國廿四載・鄉土情懷濃
希望有一天・偕妻歸故鄉

研究分子束浸淫二十年
成就冠同儕舉世第一流
現正協助國內裝一部碰撞儀

大學時代 瀟脫不羈
連中三元大滿貫
越洋報佳音 父子聊兩句

本報記者賈亦珍

大學四年成績中上俄文最佳
做起實驗昏天黑地晝夜不分
課外活動如魚得水・隨和可親熱愛鄉土

諾貝爾新嶄得主・李遠哲虛懷若谷

歸功台灣基礎教育・裨益學術研究生涯

得獎不會改變生活方式・可為子女樹立良好楷模

中國時報

李遠哲開創化學新領域

三人共同獲得諾貝爾化學獎

賀許巴赫稱他為物理化學的莫札特

中研院院士李遠哲榮獲諾貝爾化學獎

新聞及照片詳刊第三版

研究化學的科學家的共同成就
證明動力學得到整個學界肯定

李遠哲接受訪問 言詞謙遜 關切國內科學發展

書香門第博士家庭
音樂體育他都精通

李遠哲關心國內科學、奉獻良多
得獎前當選中研院士、實至名歸

父為名畫家、八十大壽
子得最大獎、最佳獻禮

胞弟稱讚哥哥、研究實驗極認眞
摯友回憶交往、指他待人很忠厚

李遠哲殊榮

吳大猷嘉許

全體中國人的榮耀

李遠哲夫人、感到非常高興
計劃年底前、偕夫回國探親

李遠哲中學成績
數理化特別突出

院士、動力學、諾貝爾獎、跨越物理化學的尖端

中國時報

李遠哲爲國內設計分子束實驗裝置
主要零組件及設計圖現遭海關扣押
中研院盼儘快放行、俾如期裝配以便完成校正

李遠哲談國內基礎教育
認在大學以後品質稍差
盼充實師資設備趕上先進國家水準

就像打出了界外球
李遠哲從小酷愛打棒球
童年記憶啓發研究構想

俞院長等政要
紛電賀李遠哲

優秀人才多在國外開花結果
爲何留在國內的人無法突破
基礎科學教育漸趨冷門、有志者只好向外發展

致力分子光束研究
李遠哲要精益求精
桂冠加身至感興奮意外

簡陋儀器孕育了大師
一流設備寄望於後起

正常教學培育人才
李遠哲是最佳範例
李煥籲各校應爲國爭光

李遠哲認眞務實、理化界推崇備至
分子束研究專注、科學家實至名歸
求學時刻苦勵志、了解實驗設備條件不好、格外努力
做學問鍥而不捨、被同僚許爲理化莫札特、誠非倖至

合理而嚴格的家教
造就出今之李遠哲
李父暢談教育子女原則

李遠哲獲得殊榮・歸功於國內教育

奠定紮實基礎養成良好習慣・日後研究工作才得以發揮
暢談童年打棒球獲觀念啓發・聯想分子束碰撞如擊壞球

楊振寧、李政道、丁肇中、李遠哲的領悟及突破

代表中國人的驕傲！中國人智慧的表徵！

研究交叉分子光束具有卓越貢獻

中研院院士李遠哲 獲頒諾貝爾化學獎

物理獎由兩德人及一瑞士人獲得

見賢思齊

本報記者

李遠哲實至名歸
吳大猷表示讚揚

李遠哲早已享譽美國！

介入研究領域雖晚・青出於藍更勝於藍

祝賀李遠哲院士榮獲諾貝爾化學獎

李遠哲院士的獲獎，是他個人的光榮，也是中華民國的光榮，是我國教育成功的明證，對於國內學術工作推展更是一大鼓勵。今後，只要大家繼續努力，必能獲得更多突出性的成就。

李遠哲初步決定12月返國

主持中研院分子束儀器安置等工作

喜訊傳抵新竹家中

高齡雙親備感驕傲
李澤蕃五子三女遠哲排行居二

師友印象中優異的李遠哲

鄭華生：是標準的好學生、不可多得的人才
廖俊臣：待人誠懇又親切、樂於鼓勵年輕人
林鍾榮：上課時問題最多、實驗成績拿第一

本報記者 吳蕙芬

李遠哲以追根究柢精神

在化學界大放光芒

本報記者 邱幸文

九、「波斯灣中東大戰新聞」：

一九九〇年八月二日，伊拉克總統海珊，揮軍佔領科威特。一九九一年一月十七日，以美國爲首的多國聯軍部隊，發動「沙漠風暴」行動，大舉攻擊伊拉克，《聯合》、《中時》各以十個版面，《中央》、《新生》、《青年》等報，亦以六個版面，分別報導中東大戰。攻擊是拂曉開始，當天下午《聯合晚報》、《中時晚報》和《自立晚報》，都在一版以特大標題報導，其中尤以《聯合晚報》，動用三百級粗黑體大字「開戰！」（該報橫排，標題自左至右），《中時晚報》以「伊拉克反擊以色列被炸」爲頭題，標題橫跨全版，用粗黑一百五十級長一，至於《自立晚報》用一百二十級反白和黑白相間的大標題「血濺波灣中東大戰爆發」，標題均能奪人心魄。

1.《中央日報》：當天《中央日報》的標題，已脫出傳統中文標題的窠臼，三個版用到通全版的橫標題，主題標出了「沙漠風暴」的行動。《中央》將伊拉克總統譯爲「胡辛」，並撰短文加以說明，而其他各報都用海珊或哈珊（《中時》）。該報使用橫題佔三分之一，也就是直題數的二分之一，已打破了黨報的傳統，目的在吸引讀者閱讀。使用的大多爲黑體字，其次爲明體，以增加戰爭新聞的氣氛。標題字的級數，最大爲一百二十級。

2.《聯合報》：一版用粗黑一百六十級平一「波灣大戰爆發」，橫題是「空襲巴格達陸攻科威特」的粗圓反白，非常醒目。但主題中沒有引用「沙漠風暴」四字，這是聯軍攻擊的代號，不用實屬不智。該報十個版中，橫題和直題等量齊觀，有些版面還是對稱的拼版，標題則都用「長幡」型，完全脫出了傳統的華文標題。

3.《中國時報》：當天亦用了十個版面，有六個版面的頭題是橫題通跨全版。中時選用了一篇「費浩偉專欄」，費是美國教授，中國問題專家，而這次寫的是中東問題。在新聞標題中，《中時》也忽略了「沙漠風暴」的重要性，沒有在主題中標出。而用「沙暴」的縮寫，未免含義不明。《中時》的新聞標題，用字都在一百級以下，粗圓為主體，很少粗黑，完全沒有正楷。

4.《自立早報》：當天用了四個版面，多用黑體字和粗圓體，最大一百二十級，也沒有標出「沙漠風暴」。該報重視我駐中東戰區人員的安全，標題用字尚稱平允，沒有太大誇張。

中時晚報

伊拉克反擊 以色列被炸

聯合晚報

波灣開戰！

聯軍沙暴行動

多國部隊大舉空襲 傳伊空軍全遭殲滅

海珊：戰爭開始

傳伊拉克已發射飛彈還擊

自立晚報

血濺波灣 中東大戰爆發

中央日報

聯軍拂曉出擊　沙漠風暴行動迅雷不及掩耳

第一波：臺北時間昨日凌晨五時五十分，空襲巴格達。第二波：臺北時間昨日下午一時，轟炸科境軍事目標，坦克部隊隨後向科威特推進。

布希在攻擊行動後發表電視演說

別無選擇　唯有武力才能迫使胡辛撤軍

戰地砲聲起　沙漠吹風暴

聯軍發動攻擊　各國一致支持

不忍生靈塗炭　希望速戰速決

聯軍空中轟炸、地面攻擊

伊拉克空軍受重創

科境伊軍開始投降

戰況演變難預料

美官兵相信必贏得戰爭

擁有精密電子系統　堪稱獨門武器

美軍最擅長夜戰

波灣大戰揭開序幕

全球恐懼掀起生化戰

復國在望！

科威特流亡人士喜若狂

伊拉克若有核子攻擊能力

英國考慮使用核武

波斯灣局勢大事記

胡辛準備犧牲50萬部隊，讓聯軍折損10萬人，

伊拉克再下徵兵令

胡辛出現巴格達街頭

視察兩處遭聯軍空襲擊中地點

伊聲稱擊落14架聯軍飛機

曾向沙烏地發射飛毛腿飛彈

邪惡胡辛的撒手鐧

國際恐怖主義陰影籠罩美國人

冀望和平鴿再飛臨

世界各地續見反戰潮

戰機驚天　炸彈動地

伊拉克擋不住「沙漠風暴」

聯軍首波攻擊行動

齊尼：進行得相當好、令人振奮

科技成為左右戰爭勝負的關鍵

人類命運掌握在小小按鈕中

聯軍精銳武器盡出

展開「沙漠風暴」攻擊

以色列早已實施民防備妥防毒面具

巴格達上空火光四射　地面一片漆黑

多國戰機雲集，伊拉克國防部、飛彈陣地、化學工廠及空軍基地遭到重創。

美一架飛機遭伊拉克擊落

法五架美洲虎攻擊機受損，英損失一旋風式轟炸機。

安理會緊急會商戰事

裴瑞茲對攻擊行動表示悲傷

保護愴管最好用

大批保險套上沙場

波斯灣電光石火　精密武器大競賽

從波斯灣戰爭中，我們學到了些什麼？

波灣大戰爆發

多國戰機重創伊拉克
坦克掃蕩遭負嵎頑抗

空襲巴格達 陸攻科威特

15日，日間已批准空中攻擊指令，16日，才在文件上簽名

開戰奏捷 布希：很好，正跟計畫一樣

「我們可以回家了！」

流亡海外科威特人欣喜若狂
湧上街頭清真寺為勝利祈禱

梅傑不考慮暫停攻勢談判

海珊回給布希一封信

生化武器 統統不許動！

伊共和衛隊已被殲滅

四國盟軍 數百戰機

龍捲風轟炸機 美洲虎干擾機 長騎直入幻象出擊 外加一艘巡弋飛彈航空母艦海灣防陣

非常成功 非常鼓舞

錢尼放話：烽火還有得燒

「我如何啓齒告訴各位 我們已面對戰爭？」

裴瑞茲黯然：只能感到悲哀

海珊露面：戰爭才剛開始

伊拉克自稱：擊落敵機14架

飛毛腿砸了 坦克奔埃及

安理會15國代表緊急集會

82%美人認為很快會勝利

南韓支援：韓航客機運輸美軍

中東動干戈 日本增援款

「沙漠之盾」卸下 「沙漠風暴」飆起

「禱告上蒼保佑我的兒子」

海珊親口廣播：大攤牌已經開始

沙漠戰略

禿鷹盤空攻擊 士狼詐死反噬

盟軍戰機未逢對手！

首日戰報 一面倒

巴格達城無人之境？

CNN記者：此情此景 彷彿置身「地獄的中心」

美國飛行官：我做到了，渾身充滿一種放鬆的感覺

「野鼬鼠」：巴格達就像…一棵點燃燈泡的聖誕樹

聯合報

中國時報

沙暴驚天霹靂、血光劃過歷史

聯軍四路空襲伊拉克　飛彈炸彈齊射

聯軍電子反制系統奏效　奇襲成功

費浩偉專欄

「沙漠風暴」狂襲　巴格達噩夢已至

本報特約撰述　費浩偉

盟軍空襲巴格達損失輕微　攻擊行動仍在進行中

似顯示伊拉克空防泰半遭擊潰

盟軍猛轟　巴格達一片火海

CNN停止自巴格達廣播

速戰速決的關鍵

全面掌握制空先發奪人

●伊軍地面雷達失靈火砲還擊已晚

●盟軍戰機轟炸猛炸如入無人之境

F15E在巴格達上空擊落一架伊戰機

美飛行員發現敵蹤時，射出一枚麻雀飛彈命中，只見一團火球墜落，他認為擊落的是一架伊拉克空軍的法式幻象戰機。

捍衛戰士首開紀錄

哈珊透過廣播揚言：伊絕不屈服

伊駐英大使稱不會因美接炸投降　戰時到最後一滴血

錢倪：我們達成高度戰術性突襲

他表示將在適當時機發布傷亡統計、目前評估轟炸結果仍太早

元月十七日

巴人把命運全押在哈珊身上

[illegible]

炮火照亮夜空，二更打起來了。巴勒斯坦人自信民族英雄哈珊一定會獲勝，期待他反擊美帝走好，早一些結束經年累月的苦難。

巴格達高射砲猛轟

射擊來襲戰機，一片火網把夜空照得如同白晝。

錢倪簡報「沙漠風暴」奇襲任務

集中火力摧毀哈珊軍事目標

多國部隊的下一步

●摧毀伊軍後勤補給線

●地面部隊推進科威特

●美英戰士分雙向開拔

●監控化武不能被使用

哈珊部隊的下一步

●核子或生化飛彈上陣

●殘機飛彈仍有力反擊

●引爆油輪以爭取時空

●爆破油井製造煙幕陣

巡弋飛彈登場威力驚人

●電腦自動導航全數命中伊軍目標

●[illegible]

轟炸巴格達　景象眞嚇人

盟軍飛行員返航個個興高采烈，指炸彈丟下去，全城就像一棵耶誕樹，空中鳥瞰如一場烟火秀

兩波攻擊　一千架次

聯軍大轟炸　重創巴格達

「沙漠風暴」行動快狠穩，巨枚巡弋飛彈八成命中，伊拉克總統府、國防部均受創，多處軍事基地設施遭炸毀，盟軍方面美、英各損失一架戰機，華府稱轟炸將持續。

波灣戰爭輸贏 布希人生轉捩點

美政情分析家：如果速戰速決獲勝，聲望可提高；如果陷入泥淖，布希災難將臨頭。

美機夜襲 伊飛彈還擊

波灣大戰爆發

美展開代號「沙漠風暴」行動，向伊拉克飛彈基地、油庫、巴格達市展開猛烈轟炸，伊損傷慘重，但已表示絕不投降

巴格達夜空 火樹彈花彷如白晝

美戰機展開攻擊，伊京廣播及電話中斷，市區一片黑暗

防空炮火槍聲大作震耳欲聾。

若波灣戰局激烈 我駐約人員撤離 將走海路

倪端用與鄭博久取得聯繫，要求人員撤回安曼，若戰況擴大，所有人員則暫留不走。

研判中東戰事
郝院長認將速戰速決

多國部隊向伊開火
百餘架F15自沙出擊

法國會通過對伊用兵
密特朗：將依聯國指令行動

中東戰火果然點燃
巴解擬發動攻擊英美利益目標

美戰機清晨五時五十分自沙出擊
伊首都附近油廠起火

伊議長沙勒談波灣危機
認為是「真主的旨意」

伊入侵科威特大事紀

布希談對伊進行空中攻擊
將摧毀化學核武

美與伊開戰
至少損失一百八十億元

炸彈射中了巴格達市中心
英部隊穿上化武防護衣

妥善因應中東戰事

伊戰機大量被毀
美獲大捷未聞傷亡報導

雖忍波灣人民陷入戰爭苦難
德將竭力儘速結束戰爭

波灣砲聲隆隆
歐市擬召開緊急會議

布希為了信譽．天候提早開火

本土不斷演習化武防禦措施
以軍方指伊會用化武攻擊他們

美及多國聯軍居上風獲勝機率高

外交部執行撤離榮工處及代表處人員
停留約旦或冒險出發面臨考驗

美快速進擊三周內可摘勝利果實

美評論家：布希演說尚稱平穩
指開戰成敗仍有待結果而定
切忌今拒絕透露開戰傷亡情況

伊拉克如擁有核子武器
英國考慮使用核武

防以攻擊敘重兵部署
加強南部國防並擬徵召後備軍人

自立晚報

八「蘇聯發生政變新聞」：一九九一年八月十九日，蘇聯發生政變，戈巴契夫被軟禁克里米亞的一個小島上，發動奪權的是以蘇聯副總統雅納也夫八人保守集團，他們不滿戈巴契夫的改革，要垂死維護蘇共的權力。這一政變，由於民眾和葉爾辛的強力反對，不到一週，戈巴契夫復職，八人集團被捕，葉爾辛爲第一功臣，左右了蘇聯政局。到同年十二月二十五日，戈巴契夫宣布辭職，由葉爾辛整合各共和國，成爲「獨立國協」，蘇聯已正式成爲歷史名詞，蘇共徹底垮台，鐮刀斧頭紅旗，也換了白藍紅三色旗。蘇聯共黨的瓦解，實由於對戈巴契夫最後一擊的失敗，反使葉爾辛坐大。

1.《中央日報》：她以整整四個版的篇幅，來報導這一新聞，又以一個副刊版，來配合描繪戈巴契夫爲「非常之人，非常之事」。《中央》第一版以「戈巴契夫突下台」爲主題，不如《聯合報》「蘇聯政變戈巴契夫遭軟禁」來得恰當。而點出葉爾辛挺身反抗新政權，指責政變違憲，都有慧眼獨具的功能。第三版將戈巴契夫和雅納也夫作一對比，也很有處理新聞的獨到手法。美國總統布希的反應，認爲政變可能失敗，和戈氏下臺，中共暗喜，也抓到了新聞的轉捩點。《中央》還有一特色，就是學者專家的短文（具名的）有十篇之多，而祇有高英茂看到蘇共是垂死掙扎。

2.《聯合報》：一版頭題「蘇聯政變戈巴契夫遭軟禁」，明朗有力。「爬上戰車」葉爾辛籲民眾抗拒，這一「爬」字用得好，顯出葉爾辛的勇氣。《聯合報》對中共的反應，也非常注意，六個版中有六處新聞，而顯示出中共將步蘇共後塵，信守「槍桿子出政權」。該報刊出大陸民運份子嚴家其在巴黎發出的專文，認爲北京當局對軍方更多猜疑。該報又分析戈氏下臺的引爆點，是新聯邦條約。後來政變失敗，使新聯邦條約復活，導致葉爾辛趕走了戈巴契夫，似乎已有伏筆。

3.《中國時報》：《中時》一版以反白引題，指出政變和戈氏下臺，主題不明朗，反以「保守派組八人委員會——執政半年」爲主題，犯了輕重倒置的毛病。《中時》重視經濟層面的反應，第四版以「蘇聯政變風暴席捲國際股市」爲通版橫題，更以一百二十級的粗黑體標出，使各國股市跌停板，金融市場大震盪，卻有獨見。《中時》除了社論外，還有一篇「國際瞭望」，分析戈氏下臺的原因。但另有一則分析性報導，卻指出「戈巴契夫永難翻身」，結果卻並不如此。

4.《香港時報》：《港時》有三個版報導蘇聯政變，一版頭題明朗，以黑白相間的標題，且重點放在葉爾辛號召人民推翻保守派上。又在第三版以「老戈下台難阻民主改革洪流」爲題，更點出了保守派不會成功。《港時》也標出戈巴契夫可能在克里米亞，比各報不知其下落要落實一點。第三版有「戈巴奇夫大事紀要」和「無可奈何別政壇」，都有來龍去脈的交代。該報對全球的反應不多，社論也着重對香港的影響，除了港臺學者專家有片斷的評論外，也沒有刻意標出對大陸中共和對臺灣的反應。

中央日報

蘇聯巨變．全球震撼．影響深遠

全球擔憂冷戰再起　蘇聯民主發展會停止

戈巴契夫失勢消息傳出，世界金融市場紛暴跌，美元和黃金相對飆漲。

戈巴契夫突下台

蘇聯進入緊急狀態

葉爾欽挺身而出號召反抗新政權

葉爾欽譴責政變爲違憲

要求召開人民代表大會並呼籲全國大罷工

國家緊急狀態委員會由八人領導

成員均爲共黨與軍方強硬派份子

戈巴契夫　出身農家推動改革巨輪

雅納也夫　工會領袖躍登權力高峰

梅傑：政權移轉「不合憲法」

表示西方國家目前不會承認莫斯科新政權

葉爾欽與三個共和國的領導人

今將簽署新聯邦條約

企圖控制蘇聯阻止改革

強硬派使出撒手鐧

俄羅斯礦工大罷工

葉爾欽呼籲以非暴力方式反抗新政權

布希外交構想　可能胎死腹中

中東和會的籌劃、限武條約的批准均蒙上陰影

布希暗示蘇聯政變可能失敗

曾與梅傑、密特朗、柯爾通話；他認爲美國會與盟國合作，東西雙方不能恢復冷戰時代，東歐不能讓蘇聯部隊繼續留駐。

蘇聯進入緊急狀態六個月

公報全文：戈氏無法履行總統職責，職權移交副總統雅納也夫

雅納也夫盼儘早安定蘇聯情勢

目前措施絕不影響既訂條約與協定之承諾

俄羅斯人響應葉爾欽的呼籲

五千人聚集議會前

雙方往來著重經濟、文化、體育等層面

章孝嚴：中蘇關係　沒理由倒退

中央日報

戈巴契夫遭軟禁 蘇聯共黨強硬派掌權

成立國家緊急狀態委員會，禁止示威遊行；聲稱將繼續推動民主與經濟上的改革。

戈氏下台 中共暗喜

中蘇漁業諮商 簽訂備忘錄

將在漁業合作、水產貿易等方面進行合作

國內企業 靜觀其變 繼續與蘇貿易

以貨易貨應變彈性空間較大

經建會 金融界 對我經濟、金融影響不大

但臺商「蘇聯熱」可能由蘇政局不穩而冷卻

蘇聯學者 戈巴契夫背負「所有的錯」

蘇聯經濟持續惡化

戈巴契夫被迫去職

—蘇聯與西方國家的關係發展

李本京

蘇共保守派垂死掙扎 終究無法抗拒自由浪潮

高英茂

中共強硬派 溫和派 鬥爭可能加劇

北平西方外交官：莫斯科政變，將引發各派系對大陸共產主義性質與前途的爭執。

改變世界的戈巴契夫

●近山／輯

蕾莎 是裹著黑貂皮的謎團

●戴璇

戈巴契夫崛起於改革 沒落於權力失控

蘇聯瀕臨分裂 保守派演逼宮

本報記者 何水煌 林守哲

非常之人 非常之事

社論

禁止示威遊行　調降糧價

新政權第一令　恩威並施

雅納耶夫向各國信心喊話

持續改革　實踐條約義務

爬上戰車

葉爾欽籲民眾抗拒

發布命令聲稱：依法取得俄羅斯全境管制權　接掌中央政府各機構

蘇聯政變　戈巴契夫遭軟禁

副總統雅納耶夫代行職務　八人委會宣布全國進入緊急狀態　葉爾欽號召反對新領導階層

國家何以致今日？

當權者不仁　沈迷權力遊戲

改走溫和改革路線　惟經濟問題難解

強硬派反撲　可能註定失敗

蘇聯政變　比中共預測提早兩個月

九家報紙除外　禁止一切出版

裝甲部隊包圍塔斯社　電子媒體均遭控制

海珊與格達費政府額手稱慶

分離主義　政經難題

中共也走回頭路？

歐市重新檢討援蘇案

西方銀行界考慮中止與蘇財務關係

戈巴契夫被迫下台及蘇聯政局的困厄

共和國一旦經濟自主　帝國形同瓦解　強硬派奮力一搏

新聯邦條約　戈氏下台引爆點

新領導班子　舊腦袋人物

國家緊急狀態委員會八名成員，係來自強硬保守派及軍系陣營，至少不[illegible]改革派領袖同路人。

布希：戈氏下台令人不安

歐美將凍結對蘇聯援助　北約密切監視嚴新情勢

美蘇裁武條約才簽定　戈氏突遭整肅出局　布希仍將支持改革開放

蘇聯風暴　後冷戰秩序面臨考驗

聯合報

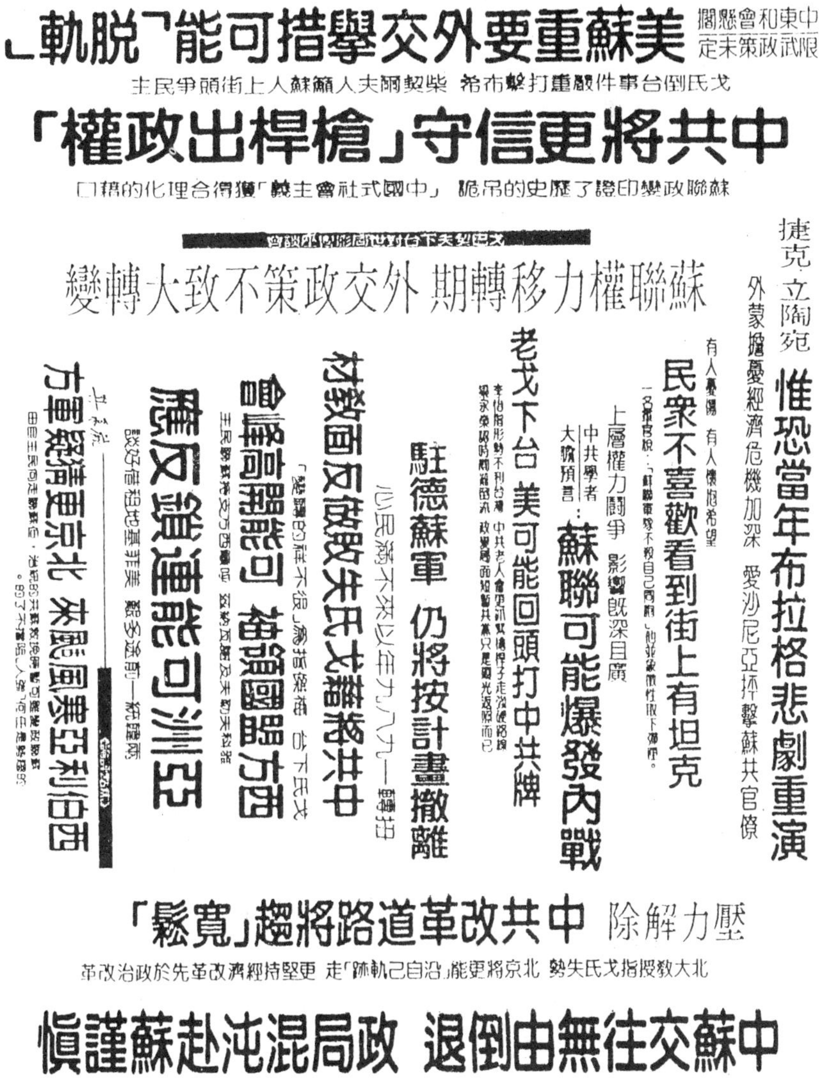
中東和會懸擱 限武政策未定

美蘇重要外交舉措可能「脫軌」

戈氏倒台事件嚴重打擊布希 柴契爾夫人籲蘇人上街頭爭民主

中共將更信守「槍桿出政權」

蘇聯政變印證了歷史的吊詭 「中國式社會主義」獲得合理化的藉口

蘇聯權力移轉期 外交政策不致大轉變

捷克 立陶宛 惟恐當年布拉格悲劇重演

外蒙擔憂經濟危機加深 愛沙尼亞抨擊蘇共官僚

有人憂傷 有人懷抱希望

民眾不喜歡看到街上有坦克

一名記者說：「蘇聯軍隊不殺自己同胞」他並象徵性收下彈匣。

上層權力鬥爭 影響既深且廣

中共學者大膽預言：蘇聯可能爆發內戰

老戈下台 美可能回頭打中共牌

李潔明指形勢不利台灣 中共老人會更抓緊槍桿子走強硬路線

駐德蘇軍 仍將按計畫撤離

中共將藉戈氏失敗做反面教材

扭轉一九八九年以來不滿民心

戈氏下台 被指係為「很不祥的轉變」

西方盟國領袖 可能開高峰會

亞洲可能連鎖反應

兩韓統一前途多艱 美菲基地租借好談

西伯利亞寒風颳來 北京更猜疑軍方

壓力解除 中共改革道路將趨「寬鬆」

北大教授指戈氏失勢 北京將更能「沿自己軌跡」走 更堅持經濟改革先於政治改革

中蘇交往無由倒退 政局混沌赴蘇謹慎

專家指蘇聯被我列入海外經合基金可申請名單，未來有必要再觀察。

中國時報

葉爾辛籲蘇人：全面罷工爭取戈氏復職

登上進駐俄羅斯國會大廈廣場的裝甲車，痛斥保守勢力政變，籲軍隊勿參與，現場五千多人聲援

布希：戈氏遭罷黜有違蘇憲法

雖未提出譴責卻說政變會失敗　七工業國擬暫停經援　中共傾向支持執政委員會

蘇聯爆發政變 戈巴契夫下台

保守派組八人委員會 執政半年

「緊急狀態委員會」宣布戈氏因健康理由去職，總統職由副總統雅納耶夫暫代，蘇聯進入緊急狀態，數百紅軍坦克進駐莫斯科，葉爾辛籲俄羅斯人以全面大罷工抗議奪權並讓戈氏復權。

強硬派唱戰歌 先斷老戈左右手

雅可夫列夫被迫退黨——新思維外交被當毒瘤

蘇共強硬派放出硝煙——阻後路先除謝瓦納澤

雅納耶夫、巴夫洛夫等[illegible]

保守派八強人入主克宮

即起六個月緊急狀態期間將負責職掌國是

台灣股市跌一九七點

東京暴跌一二五七點

南韓跌幅為今年次高

港星泰三地應聲而倒

德國跌幅近百分之十

蘇聯強硬派先下手為強

曾是戈巴契夫所倚重最能信任的人

雅納耶夫「倒戈」一步登天

從一個擺著好看的副總統到代理總統，這一步令人刮目相看。

戈巴契夫垮台對自由世界的衝擊

「人肉戰車」阻擋坦克

群眾聚集示威，紅軍強調不殺同胞並稍晚開撤退

政治風暴籠罩全球 歐陸首攖其鋒

蘇聯保守派若反撲成功，直接影響中歐東歐及明年將成立的歐洲社區，未來中亞加入莫斯科手中，可能引發國際風潮，導致另一個冷戰開始。

克宮外圍 人牆擋坦克

數千群眾抗議戈氏遭罷黜，集結在莫斯科市中心示威，俄羅斯國會總部外亦有十餘部坦克待命，但並未發生衝突。

戈巴契夫去職 世界震驚

歐市、北約將召開緊急會議，英法德義等國領袖表示關切，並譴責政變行動。

中國時報

中蘇共關係 不致因戈氏下台而改弦更張

北大……一致指出，戈氏是蘇聯保守和溫和派兩大勢力之間的平衡人物，此一支柱既往支……惟戈氏雖為北平頭痛人物，雙邊關係非領導人更動所能輕易改變

蘇聯政變衝擊國際股市

從絢爛猝至平淡

將生平寫成傳奇

促成東歐與蘇聯的革命性改革，也因此結束了東西方冷戰。

戈巴契夫無疑是蘇聯歷史上難得一見的傳奇性蘇共領袖。

柯爾要求莫斯科保證戈巴契夫安全

德國放棄國際虛假身段 力促蘇聯新領導層尊重人權保持民主開放

歐洲金融投資市場美元黃金暴漲

倫敦金價每盎司達三六二美元，布命特原油每桶漲至廿一美元

八人「緊急狀態委會」清一色軍事強權硬人士

戈巴契夫永難翻身

全球金融市場掀起風暴

戈巴契夫為何被迫下台？

政變慣例 控制媒體 裝甲車包圍塔斯社

視改革派的莫斯科「迴聲」電台遭到干擾 已被KGB接管

分離主義劃破戈氏美夢

聲譽已達顛峯開始冷凍

中蘇簽署漁業合作備忘錄

雙方同意有關捕魚補給貿易等五項原則 細節仍待進一步磋商

蘇方並邀我代表團於近期內訪蘇

健康不佳＝下台代名詞

一九六四年十月十五日，赫魯雪夫也是因為健康及年紀老邁而下台

，十七年後塔斯社再度宣布戈巴契夫也因健康不佳去職……

軍方及保守派政變後，蘇軍進駐控制媒體

波羅的海三小國 今年冬天來的特別早

立陶宛主席籲民眾起來保國，並盼聯合國出面勿讓布拉格悲劇重演

蘇聯政變老戈垮台進緊急狀態

耶爾辛號召人民 推翻保守派

蘇聯政局影響港股
昨日急瀉三四零點

老戈下台難阻民主改革洪流

雅尼耶夫代理蘇聯總統職
成立緊急委員會控制局勢
老戈下落不明可能在克里米亞軟禁

蘇數百軍車開入莫斯科
封鎖街道包圍新聞機構
數以千計市民聚集議會高呼耶爾辛

強硬分子圖奪波羅的海軍事重地
戰艦封鎖愛沙尼亞港口
蘇軍佔維爾那通訊大樓

港台學者專家發表評論
蘇局突變對世界及香港影響

社論

雅尼耶夫寂寂無名
老戈提拔為副總統
出身俄少數民族獲高等學位

耶爾辛呼籲羣衆罷工
命軍人勿再介入政變
推翻老戈若得逞・恐怖統治將蔓延全蘇

坦克遭血肉人牆阻攔
蘇軍向天開槍圖驅散

無可奈何別政壇！

老戈叱咤政壇六載餘
推動民主結束冷戰・國際聲望創高峯
經改挫折糧食短缺・終於被打入冷宮

戈巴奇夫大事紀要

戈巴奇夫突然被奪權力
嚴重影響西方與蘇關係
西方國家可能中止援助蘇聯經濟改革

香港時報

以上十則新聞標題的比較研究，我們不但可以比出各報製作標題的優劣和得失，也可以看出各報處理新聞的異同，更可以發現中文報標題製作的變遷。

自民國五十六年至六十七年間，我國報業印刷仍在鑄字、檢字、排字、打紙型，澆版等「熱系統時代」，標題是傳統字體字號，型式是梯形題，講究對稱，文字的內涵優美。六十七年後，各報採用照相打字機打排標題，大樣校正後，打出清樣，再以照相製版、曬版的方式，來印出報紙，也就是前半段採用「熱系統」，後半段採用「冷系統」，報紙的版面清晰美觀，標題字已採用電腦字體及字號。七十年後，《聯合報》首先採用全電腦排版，各報亦相繼採用，從標題到內文，已進入全部「冷系統時代」，而傳統的字體字號，已被逐漸淘汰。

從上述比較研究中，可以分出第一到第五的五個新聞事例，是傳統標題時期；而第六到第八個新聞事例，是電腦標題的時期。電腦標題由於打排和製作上的方便，多採用一行或二行題，也普遍採用說明題，標題型式的變化已減少，文字的內涵也不再講究了，而逐漸趨向於日文報和英文報的標題，中文報標題的特色，便逐漸消失，這是得是失，是好是壞，祇有實際體會，以後再作評估了。

第十一章　新聞的處理

新聞的處理，是依據編輯方針而來的。由於各報編輯方針不同，新聞處理的方法也各異。儘管如此，但在一般原則上，仍有其軌跡可循。同時，由於新聞的性質不同，在處理上當然亦不一樣。

新聞依性質分類，可分爲政治新聞、軍事新聞、國際新聞、經濟新聞、體育新聞、藝文新聞、社會新聞和地方新聞八類，目前各報的編輯方針，都以新聞分類分版編輯，所以，本章除一般性的原則外，將分節討論各類不同新聞的處理方法。

第一節　基本法則

處理新聞的基本法則，就是適用於各類新聞的共同法則，這些法則是合於新聞學原理的法則，在新聞處理上共同適用的。處理新聞的基本法則有四：

一、**客觀**。新聞的來源不同，發佈新聞的單位不同，因此，每一則新聞的對象不同，目的也不同。而不論任何新聞的來源、對象和目的，到我們編輯人的手上，便要排除一切不同，在「客觀的原則下予以統一」。

例如某地舉辦一次蘭花品種比賽，有很多蒔花的人，都希望自己所蒔的名蘭入選，於是，某甲送來一則新聞，介紹某種品種的優點，必可入選；某乙也送來一條稿子，介紹他所蒔的名蘭有那些優點，也相信可以入選。類似這種來源不同，目的不一的新聞，編輯就應該將它們合併、簡化，各取其長，指出入選的條件和各種蘭花的優點，將每一則新聞稿件是主觀的語氣完全刪除，這才是可以發表的新聞。

至於有糾紛的稿子，尤其是社會新聞，兩邊當事人往往各執一詞，互相攻訐，在處理新聞的時候，編輯更要符合客觀的要求，如果採用一面之詞，第二天便不免小則要冒「更正」的危險，大則構成「誹謗」的罪行。

二、**簡潔**。今天報紙普及，交通發達，新聞的來源遠超過報紙的篇幅。假如有聞必錄，再增加幾張報紙也容納不下。所以，編輯對新聞的處理必需簡潔。在每一個新聞發佈的單位和個人來說，唯恐新聞發佈不詳盡，因此，就難免犯了嚕嗦和累贅的毛病。而對讀者來說，每一條新聞都要清新可讀，而嚕嗦累贅便犯了大忌。編輯刪削新聞，要去蕪存菁，取捨得宜。如果該刪的不刪，不該刪的卻一筆勾消，這對新聞來說固然是一種損失，而對「簡潔」的要求，反而不易達成了。

三、**達意**。所謂「達意」，就是要將新聞的含意透過標題，完全反映出來而被讀者所易於接受。有時新聞是平鋪直敘的，標題卻是誇張的；有時新聞是奇峯突出的，而標題卻是保守的。這一方面是由於報社有某種立場和苦衷，當然又當別論；而有時由於新聞寫作的技巧和標題製作的要求不能達成「達意」，當然便不能表達新聞的實質。

四、**美觀**。新聞有長有短，有重要有次要，有動人有呆板，所以在處理新聞的時候，不能一成不變。如果除了頭題之外，對所有的新聞都千篇一律地處理，不論它的性質如何，一律排成三長、二短，題二文一，或是兩行主題，兩行副題。如果這樣，不但拼版不易，最大的缺點，便是不夠美觀。新聞處理是綜合性的藝術，它必須要躍然紙上，表現一個完美的，明朗的，動人的，和不令人生厭的版面，要達成這一個要求，就完全靠編輯的處理新聞，是否運用基本的法則？再配合每一種新聞的特質來處理，這樣，才能達到編輯的真正要求。否則，編輯也者，不過是位「發稿先生」吧了。

第二節　政治新聞的處理

所謂政治新聞，包括的範圍很廣，正如政治兩字的含義一樣，如作廣義的解釋，幾乎無所不包。而且在新聞的分類中，政治新聞與軍事新聞、國際新聞和地方新聞，都有密切的關係。例如有關軍事上的決策，是屬於政治新聞，而不是軍事新聞；而在國際新聞和地方新聞中，有不少是政治新聞，但往往不劃入政治新聞的版面中。何謂政治新聞？就新聞版面上來說，政治新聞是重要新聞、國內新聞和省市新聞。

一、**政治新聞的分類**。在處理政治新聞的時候，依其性質而分，可以分爲六類：

1.政府施政：一切政治上的措施，稱之爲施政，這一類施政，有關國計民生，對全民的影響很大，不論其屬於軍事、外交、文化教育、經濟貿易，往往都列爲施政措施的新聞，是重要的政治新聞。

2.重要文告：包括政府首長的告國民書、在議會發表的國情咨文、施政報告、訪問談話、紀念文告、命令和通告等，都視爲政治新聞。

3.議會新聞：這裏所指的議會，是中央民意機關，包括國民大會、立法院和監察院的新聞；地方民意機關，包括省議會和院轄市議會的新聞。議會新聞是政治新聞很豐富的一部分。

4.時人動態：指名人的訪問、報聘、演講、談話，因爲是重要政治人物，他們的一切活動，常受人注目，就構成政治新聞。

5.外事新聞：舉凡國家對外的交涉、訂約、宣戰、謀和、國民外交活動，以及與各國的交往，或其他國家對我國的一些措施，都稱之爲外事新聞。

6.選舉新聞：有關中央和省市的各種選舉，也是政治新聞的重要內容之一，選舉新聞的活動，常作社會版及地方版的新聞處理，但選舉的宣告、投票和結果，卻是政治新聞。

政治新聞的種類繁多，而且不僅有直的影響，也有橫的關連。例如政府宣告免徵鹽稅，接着就在稅制上、鹽民生活上，和鹽的價格上，要有一連串直的反應。又如交通部要修改郵政儲金的辦法，牽及到立法院、財政部、中央銀行等橫的關連，不是某一機關能單獨決定的，這都是處理政治新聞的時候，要不拘於種類，祇要是重要新聞，常列於政治新聞。

二、政治新聞的來源。政治新聞的來源，大致有三方面：一是政府發言人及發言機關所公佈的「公報」；二是通訊社所發的通訊稿；三是記者所採訪的新聞稿。政府所公佈的公報，是有新聞內容的實質，而沒有新聞寫作的形式。所以往往要報社記者加以新聞化，和補充佐證資料。但近年來，政府發言機關已配合新聞界的需要，儘量避免公報形式，而將政治措施用新聞的方式發表。不過，每一種報紙有不同的立場和背景，大多不願直接用政府發表的新聞稿，而將以整理和改寫，這在新聞的立場上來說是非常正確的。關於通訊社的政治新聞稿，編輯便應該判明其立場和背景了，如果予以採用，當然因爲它有特殊的新聞來源而值得報導，但爲了責任問題，最好不要將通訊社稿改爲「本報訊」。我國的情形比較特別，祇有一家國家通訊社《中央社》發佈重要政治新聞。中央通訊社也等於給中央政府做了一次新聞發佈的整理和改寫工作。中央通訊社能對重要的政治新聞擔當責任，因爲他有政治新聞的特別背景和來源。

雖然，政治新聞的來源可以仰賴政府的發佈和通訊社的供應，但記者的採訪，仍是非常重要的。因爲新聞來自官方，等於是一次事先的檢查，在新聞自由的要求下，這不是很適當的新聞來源；自己記者所採訪的政治新聞，不但可以適合報社的立場，爭取讀者所需要的新聞，也可以補救官方的官樣文章，發掘新聞的內涵性，更可以達成新聞報導的要求。

政治新聞的來源既如此複雜，編輯在政治新聞的取捨上，也要特別注意。也許在若干時候與新聞的客觀原則相違背，但由於政治背景的關係而並不絕對相悖，政治因素往往是報社立場和背景之一，祇能要求相對的客觀，而不能強求絕對的客觀了。政治新聞的取捨，首先要注意到新聞的重要性。決定政治新聞的重要性，不外有三個條件，它包括當事人、發佈機關和新聞的內容。例如總統的文告、政要的談話、時人的行動，這些都是因爲發表的人特別重要；又如中央的立法、警備當局的命令，這都是發佈的機關不容忽視。再如有些新聞先發生在立法機關，再發生在監察機關，因爲我國的立法權在實質上高於監察權，因此，在新聞的處理上便不得不厚此而薄彼。

從新聞的內容上來決定取捨的標準，也是一般新聞取捨的標準，政治新聞當然不能例外。我們要看政治新聞的內容，先要看它有沒有連續性，如果這一新聞有繼續發展的可能，雖然在發生的當初沒有被重視，但因爲它繼續在發展，編輯人便不能以尚在發生而忽略它。例如說：有一位政要，要在立法院秘密會中列席報告，雖然這秘密會不一定准允對外發佈，但如果立法當局可以公佈時，便是一則非常重要的新聞，所以，即使是預告這位政要要出席立法院秘密會議的簡短新聞，我們也不可以棄置不顧。

有些政治新聞，不論重要與否，必須予以採用的，不是沒有，而且常常出現於報端。一種是資料性的，例如總統命令，公佈法律生效，和法律規章的條文和細則，雖然有些命令和法律非常冷門，簡直和讀者的生活毫無關係，但這種新聞便於日後查考，仍是需要刊載的。另一種是人情性的，尤其是官方報紙和政府報，常常因爲政壇的人事關係，對於若干不重要的政治新聞，也要予以採用，而發佈新聞的機關，其目的不在使讀者知道，而是對上級「交代」。例如各機關的業務檢查報告，往往列入機密的事，有些機關主管也要借新聞來表功。

三、**編輯應有的準備**。編輯政治新聞，並不是人人皆可擔當的，編輯本身也應具備相當的條件，同時也要準備與政治新聞有關的材料。第一、政治新聞編輯必須有政治上的認識，這一種認識，不祇是政治學上的原則和原理，而是現實政治的常識，包括政治人物背景、黨政關係、政治新聞發展的趨勢等。第二，處理政治新聞要有決斷，因爲我國是一個幅員廣闊、人口眾多的大國，全國的省、市、和特別行政區，組織非常龐雜，在這些單位中的新聞量已很大，再加上中央的措施，即使在要聞、國內和省市版內，全部容納政治新聞，亦必掛一漏萬，所以，編輯必須有判斷新聞的能力。第三、準備工具書和參考資料，如地圖、人名錄、政府組織系統表、機關首長通訊處和電話，此外，還要自己保存一些剪報，和一冊備忘錄，在處理政治新聞的時候，才會得心應手。

四、處理時的注意事項。處理政治新聞，因爲它刊載的版面有要聞、國內和省市三個版面，所以處理的方法也不盡相同，玆分述於下：

1.政治新聞的標題、措辭及版面設計，均應力求嚴正大方，不流於繁雜瑣碎。

2.對頭條新聞的選擇，要依其對國計民生的影響而定，而報紙的本身立場和編輯方針，也要顧及，更不可缺少愛國情操。

3.重要政治新聞採用政府發佈的新聞，其次用《中央社》的通訊稿，本報記者所撰發者，亦必有原始資料爲依附，以供參考採擇。

4.不同政治新聞的版面各版編輯，要有密切的聯繫，隨時交換意見，並互相印證，以免遺漏或重複。

5.每晚應將須注意繼續採訪的新聞，通知採訪組。

6.對於次要文告、法規、演講，應摘要刊載，而避免採用全文，以免版面不能容納其他新聞。

7.議會新聞應注意質詢和決議案的內容，對政府首長自圓其說和推卸責任的答詢，儘量少用。
8.新聞要簡潔，名詞要統一。
9.對同類的新聞，要用綜合編法，對突發的新聞，要有機動性的處理，以增進新聞的可讀性。
10.對於紀念節日新聞的處理，要注意活動內容的特點，力求生動活潑，避免千篇一律的形式。

第三節　軍事新聞的處理

軍事新聞的處理，在編輯工作上也是非常特殊而需要有特殊技巧的。因爲它和政治新聞的性質完全不同，而且對讀者的感受，常常超過政治新聞，因爲軍事新聞的本質，就是有刺激性的新聞。讀者對於刺激性的新聞，要求滿足的慾望特別高，他們如果在報紙不能獲得滿足，便難免對新聞發生懷疑。懂得讀報的讀者，也許會運用靈敏的感覺，去比較和判斷軍事新聞的正確性；而不懂得讀報的讀者，完全要靠編輯的幫助。事實上，懂得讀報的讀者數量畢竟少，所以，處理軍事新聞時，編輯必須有敏銳和精密的頭腦。

一、軍事新聞的種類。在一般人的心目中，軍事新聞就是戰爭的報導，這不過是狹義的軍事新聞，廣義的軍事新聞分爲靜態和動態的兩類。

1.靜態的軍事新聞：舉凡軍事行政、人事、制度、軍中的體育和文康活動、軍事訓練、靶訊、表揚和授勛、軍中科技研究、軍中福利措施、軍民和軍政的關係、以及其他有關軍事方面的相互新聞報導。

2.動態的軍事新聞：如戰爭和其他軍事有關行動，稱之爲動態的軍事新聞。①戰報，來自前方的戰爭消息，②敵情，來自戰地和敵後的情報，在普通無特定對象的情況下，稱之爲敵情或情報。③心理作戰，這是時下最流行的軍事動態新聞，如前線對敵喊話、大陸救災、策動和平演變的心戰，和反共聯盟的國際心戰，都可列入軍事新聞的範疇。

二、軍事新聞的來源。雖然軍事新聞性質特別，但它的來源，仍不外下列四方面：

1.軍方的發佈：軍方所發佈的新聞，類多要而不繁，往往對新聞的本體，毫無解釋。我們不能說軍方不懂新聞的原理，而是軍方顧慮「言多必失」，不如三言兩語，以免遭致困擾。例如：

【××訊】據中美軍方宣佈：美國聯合參謀首長主席雷德福上將，定於三月十二日來華訪問。

又如：

【××訊】陸軍總司令部消息：陸軍所屬飛彈第一營，將於下月成立。至營長人選，目前尚無所悉。

因此，從軍方得來公佈的新聞，在本體以外，需要多方發掘，才能構成一則令讀者滿意的新聞。就如上面所述，雷德福訪華有些什麼任務？有些什麼人和雷德福同來？從那裏來？到那裏去？我國軍方如何接待？他在臺逗留多久？這些問題得不到解答，這新聞是不會有完整性的。

2.通訊社的新聞稿：發佈軍事新聞，各國情形不同。在美國，軍事新聞的發佈是由各軍事機構和部隊的公共關係官員負責，就是P.R.O.（Public Relation Officer）制度，在我國是由《軍事新聞通訊社》（簡稱《軍聞社》）統一發佈。美國軍中的P.R.O.的權力很具體，他們可以發佈服務單位內的任何新聞，而且必使來訪的人感到滿足。但他們也有權力不發任何新聞，他們引導參觀，解釋一切，但對於有軍事機密關係的事，他們會告訴記者「不可發佈（Off the record）」，記者必需遵守這君子協定。在我國，軍中情報官和新聞官的權力沒有劃分清楚，往往將新聞當作情報，情報看作新聞，使得主其事的人，沒有膽識來負這樣嚴重的責任，每一件事要請示後才敢發言，於是平常便根本不發言。近年來，由於軍事新聞通訊社的設置，多少將記者和軍方的關係，拉攏了一大步。

3.記者的採訪：軍事新聞的採訪，與其他性質的新聞截然不同，記者本身固然要有軍事常識的素養，要受過嚴格的軍事訓練，而最重要的，還是要能辨別在什麼時候（When）？什麼地方（Where）？什麼對象（Who）？發表什麼程度（What）的軍事新聞。不必問新聞的結局（How）如何？更不必問爲什麼（Why）如此？但對讀者來説，要在採訪來的包含着新聞四要素的新聞裏，來參透新聞的本質和爲什麼如此？這就是軍事新聞不容易寫的地方。

因此，記者採訪軍事新聞，往往要延伸軍事新聞的本體，不得不採用各種巧妙的寫法，一方面不致洩漏軍機，一方面又可滿足讀者。

例如：

【本報訊】據某權威軍事觀察家指出：美國聯合參謀首長會議主席雷德福上將來華訪問，將與我國最高軍事當局，就目前中美一般共同防禦問題，廣泛交換意見。

這一則新聞，並沒有洩漏任何軍事秘密，也沒有舉出任何實際事實，但在金門馬祖協防疑雲重重的當時，記者提供了中美進一步協防的線索，在新聞的份量上，比軍方的新聞重；在對讀者的滿足上，也比軍方所發的新聞大。

4.電訊：動態的軍事新聞，就有電訊的發佈，電訊都是根據戰報而來的，從戰地直接拍發到後方。這種電報，由通訊社和報社，分別派出隨軍特派員和記者，隨軍採訪。電訊的發佈，沒有絕對的自由，但脫離戰地時，電訊由明碼從普通郵電機構發報，就不必通過軍方的檢查了。

軍事新聞的電訊，都是簡短而有力，將發電時的戰況指出，能迅速傳遞到新聞單位，這是最低的要求。所以軍事新聞是從零星電訊拼合成的一幅整體，如果編輯部門有專門整理這類電訊的人，則對編輯上有很大的幫助，否則，不論前後拍發的電訊，編輯人將它們一一排在報上，往往會使讀者如墜五里霧中，實在不容易弄清楚戰爭的情況。

三、**軍事新聞的取捨標準**。它和政治新聞不同，它的取捨，要看新聞性、機密性和影響力而定。新聞性的重要與不重要，大部分和一般新聞的看法差不多，而軍事新聞特別着重在時間和地點的限制上。在發生軍事行動的特定時間和地點，這一則軍事新聞的價值便特別高；一旦時間過去，地點變更，這新聞的價值便不會再被人重視了。例如：

【××社浙江××通訊】中共自今年二月間開始，在浙贛一帶，徵用民伕二十萬人，趕築路橋機場的擴建工程，以適用於米格十九的進駐。

【××社×日××電】中共得自蘇俄援助的米格十九式機，已於二月十四日，進駐路橋機場。據某軍事權威家分析：這是中共用以對抗來自臺灣的美式F一〇〇噴射戰鬥機者。

以上兩條新聞，它的新聞性很強，但是第一則顯然已時過境遷，因爲通訊不及情報迅速，因此，後者必然壓倒前者。軍事新聞的敏感性，必較普通新聞更高，失去時效的新聞，很少有刊出的可能。

軍事新聞的機密性，也是編輯取捨新聞的重要依據，但軍事機密是不容隨便洩漏的，尤其在戰時，軍機保密更要求每一編輯人遵守。我國「軍機防護法」於民國五十年修正公佈，其中與編輯工作有密切關係的，錄後以供參考：

第一條　洩漏、交付或公示因職務上所知悉或保管之軍事上機密之消息、文書、圖書或物品者，處死刑或無期徒刑。預備犯本條之罪者，處無期徒刑。因過失犯本條之罪者，處五年以上有期徒刑。

第二條　洩漏、交付或公示因刺探收集而得之軍事上機密之消息、文書、圖畫或物品者，處死刑或無期徒刑。非以刺探收集而得之軍事上機密之消息、文書、圖畫或物品，知其爲機密而洩漏、交付或公示者，處無期徒刑。

第三條　知其爲軍事上機密之消息、文書、圖畫或物品，因而以暴行使人交付或竊取者，處死刑或無期徒刑。

第四條　刺探或藏匿非職務上所應知悉或保管之軍事上機密之消息、文書、圖畫或物品者，處三年以上，十年以下有期徒刑。

第六條　未受允准或以詐術取得允准測量、攝影或描繪前款第一項之處所建築物，或記述其內容者，處一年以上，七年以下有期徒刑。因而犯第四條之罪者，處三年以上，十年以下有期徒刑。（第七條以下，與新聞報導無關，故從略）。

凡是屬於軍事保密要求下的新聞，都不得刊載。但是，新聞工作者往往從法律的空隙中，去找取發佈的機會。我國雖有軍機防護法，但新聞記者觸及法律的不多，即使觸法也未見依法處分。這也許在政府看來是尊重新聞自由，其實這是「矯枉過正」的做法。政府根據法律，事先已有規定，爲了國家安全，凡屬國民，當然都該遵守，新聞記者沒有特權，也不應該享受特權。所以，政府藐視頒佈的法律而期取悅於新聞工作者，大可不必，不但官員自虧職守，還要養成新聞界不良的習尚。

例如有些民營報紙，發佈有關軍事機密新聞的尺度，就要比官黨營的報紙寬得多。民國五十一年間，海軍左營軍區有位中將訓練司令自殺，當天沒有查出自殺原因，軍區政治部主任，就請各報不要搶先發佈這一則新聞，因爲對於軍譽、軍機都牽連，並且保證第二天公佈事實和原因。

但翌日，某民營報獨家刊出這則新聞，當其他各報對軍區有所指責時，政治部主任竟說：「民營報我們管不着」。由於這句話，可以證實在軍方的心目中，所謂軍機保密，僅僅是官方的事，也祇要官方和公營報紙單方面遵照便好了。那麼，這種保密有什麼效力，又有什麼價值呢？

四、編輯應有的素養。軍事新聞編輯的必具條件，要受過完整的軍事訓練，所以軍事新聞的編輯，以男性爲宜。第一，他必須具備軍事知識，熟諳軍事術語，同時要瞭解軍聞保密的重要。第二，處理軍事新聞要有綜合和判斷的能力。所謂綜合，就是將複雜的戰報，能予以綜合編輯，採其相同之點，成爲有條不紊的軍事新聞。所謂判斷，就是在眾多的新聞稿和電訊中，判斷何者爲正確，當然，判斷時不可忽略愛國心。第三，要準備必要的資料，如地圖、軍事動態剪報，各軍方首長的名錄和階級，具有機密性的參考資料。

五、處理時的注意事項：一般報紙，沒有軍事新聞專版，而軍中的報紙，又大半是軍事新聞，所以軍事新聞的處理，不必受版面的約束，其注意事項有六：

1.軍事新聞，首重保密，因此，對部隊的番號、兵種、駐地和指揮官的姓名，都不宜刊載。

2.軍事新聞的標題，要嚴正中求生動，生動的軍事新聞標題，往往能使一場戰事躍然紙上，勝則有凱歌氣慨，敗則有不餒的鼓勵。

3.軍事新聞的處理，要特別注意時效，在戰報上，應以後來發生的情況，否定以前發生的情況。

4.軍事戰報要綜合報導，軍中靜態新聞當作一般性的政治新聞或文教體育新聞處理。

5.軍事新聞中的時間和結果，非常重要，人物和地點由於保密關係，列為次要。

6.對敵人要予以誇大的打擊，對自己的部隊，要予以適宜的鼓舞，軍事新聞不能以「客觀」、「公正」等新聞學原理來處理。

第四節 國際新聞的處理

國際新聞，是指國外所發生的新聞而言。在過去，國內報紙對於國際新聞並不十分重視，近年來，由於電訊事業發達，國際情勢變化，我國報紙對於國際新聞的重視，已達顛峯狀態。遍閱世界各國報紙，其對國外漠不相關的事，都很少刊載，唯獨我國，往往不厭其詳，轉載國外的新聞，採取外國的電報。形成這種趨勢，一是國內報紙與報紙間的競爭激烈，國際新聞也勢在必爭一日之長短；其次為新聞自由沒有充分出路，國際新聞多屬外電，不會因國內政治情形而發生糾紛，多用何妨？但很顯然的，國際新聞的數量增加，勢必影響國內新聞的容量。這對研究國際問題的人來說，是有很大的幫助，但對一般讀者而言，卻遭受了莫大的損失。

國際新聞的比重，既為今日各報所重視，衡量今後趨勢，國人對國際新聞的愛好，一定愈培養愈有興趣。因此，對於國際新聞的編輯和處理，也更值得我們詳加檢討和研究。

一、**國際新聞的來源**。大別有三：一是通訊社和外電，二是外國報章雜誌，三是各報駐外記者的專電和通訊。在這三大來源中，以第一類來源，是國際新聞最重要的來源。今天各報所採用的外電，以美國AP（Associated Press）和UPI（United Press & International）的最多，其他如日本的時新社、英國的路透社、俄國的塔斯社、法國的法新社、德國的西德通訊社，或因政治立場不同，或因電訊不合要求，國內各報極少採用。對於AP和UPI的電訊。國內各報社都是自置收報機，採用傳真機（Fex）收報，迅速可靠。目前各大報社每一架電動傳真機每晚收錄外電的字數，約為二十萬字。經過編譯人員的選擇，每晚採譯的外電，約在一萬字左右，所以，外電的充分供應，也是誘惑各報採用國際新聞的原因之一。

關於外國新聞雜誌和週報的專稿，也常被國內日報國際版所譯用，尤其對於中國有利的文章，更會一時洛陽紙貴。這一點，當然是因為國人要滿足自尊心，實則外國報章刊載不利於我國的文章十倍於斯，我們卻不願譯載一字，久而久之，國人難免對國際事務的判斷，有失正確性，這是國際新聞編輯人的一種責任，不要報喜而不報憂，失去了編輯公正的立場。

各報駐外人員自己採訪的稿子，今天除了國際通訊外，可就很少有報社用得起拍發專電的記者。而國際通訊往往不是不關痛癢，談談風花雪月；便是時過境遷，毫無新聞價值。這對於國際新聞版的幫助不多，祇不過是在各報財力不足下，聊備一格而已。

二、**國際新聞取捨的標準**。是依據外電的正確性，新聞內容對我國的關係和影響，視國際事務的重要性而定。每一則外電，因爲都是透過電動收報機而譯取的，其中因爲電波、天候和機械的影響，可能收錯字碼；更因經過翻譯，可能又有出入。所以對外電的閱稿，必須細讀和比較，否則，難免會發生同樣的新聞排在同一版面，祇不過是譯文不同而已。

國際新聞的取捨標準有三：

㈠對國際間有重大影響的新聞，應予採用。例如美蘇舉行高峯會議、世界油國部長會議、各大國內閣改組等。

㈡與我國有密切關係的新聞，應予採用。例如日本採購大量中南美洲和菲律賓的香蕉，影響臺灣香蕉的銷日。

㈢特別有趣味的新聞，亦應採用。例如印度發現二歲巫醫、哈雷慧星淩日等新聞。

我國各報對於國際新聞的容量雖然已經夠多，但對國際新聞的處理，仍不能合乎理想。很多國人都不滿足國際新聞的報導，因爲報導沒有「系統」，往往不知道一則國際新聞的來龍去脈，有時候有頭無尾，有時候突然冒出一則新聞來，不知道過去如何，將來發展又如何，祇知道世界上發生過一件事，爲什麼發生？發生後又怎樣？往往不知而來，無疾而終，這就是今天國際新聞處理上的大缺點。

又如在我們的國際版上，常常可以看到外國通訊社拍來的專電，雖然有損我們國家的利益，但也往往照刊不誤。有時候會使人覺得，這到底是在中國呢？還是在外國？對外國電訊不加融化、改寫，甚至於揚棄，以至今天充斥在我們的國際版中，這不是新聞上的「治外法權」嗎？

三、**編輯應具備的素養**。編輯國際新聞，與處理其他新聞不同，因爲國際新聞包羅萬象，它是以區域來分的，而不是以性質來分的，所以編輯必須有更高的素養：第一，應是國際問題專家，對國際時事，必須全盤瞭解，尤其在國際局勢瞬息萬變的今天，更不能一日中斷對國際時事的注意。第二，要有國際知識的素養和英語的基礎。雖然，到編輯手上的稿子，已經完全譯成中文，但如果編輯不嫻英語，又沒有國際知識，便不會善用國際新聞的稿件。國際的知識非常廣泛，包括地理、歷史、國際關係、國際法和各國名人的名字職位，假如偶有不慎，常常會弄出笑話來。固然，國際版不會有人來函更正，但對一張報紙來說，是一種不光榮的紀錄。英語的基礎，是可以發覺譯文的缺點，正如編輯有中文的基礎，才可以改記者的稿子，同樣，有了英語的基礎，對照各通訊社外電的異同，才能發覺外電的正確性。第三，要有完整的剪報資料作參考，一般報社的資料室都有剪報資料，但國際版的編輯應有一份最新國際問題的剪報資料，以便運用資料來補充新聞的不足。這一點，國內有些報紙在做，但做得並不徹底；當然有些報紙根本沒有做，更談不上完整的國際新聞了。其次，對於每一則新聞的發生，外電很多，必須予以整理，而作綜合報導。因爲外電的拍發，和我國國內報紙不同。例如美國總統每週舉行記者招待會一次，到白宮採訪新聞的記者有數百人，他們每一家通訊社和報社，都要派三個以上的記者，到現場採訪。當總統說出一段重要的話，立刻要離開現場，趕到電話和電報機旁，將這段話立刻傳遍全世界。於是，外電對一則重要的新聞，都是一句一句發出來的。中間不可以漏掉一句，也不可以錯掉一句，這是編輯人最要用心閱稿和處理的。如果不加以消化，不予以連貫，教中國的讀者，如何能看懂國際新聞？第四，國際新聞編輯要準備中英文人名地名對照片、東西方時間換算表、各國領導人物名錄、世界名人大辭典、英漢字典、各國錢幣名稱、及一本世界地圖。

四、處理時的注意事項。國際新聞的讀者，都是高級知識分子，所以國際新聞的處理，更應注意下列事項：

1.國際新聞版容量有限，但內容很廣，所以必須採取精選精編的主張。對於次要的國際新聞，用「簡訊」、「珍聞」、「集錦」和「鱗爪」的方式刊出。

2.國際新聞非常廣泛，應以地域或性質，分類配合，合併刪節編出，版面排列新聞，亦應有條不紊，便於讀者閱讀。

3.國際電訊中的重要按語或解釋，有助於新聞的瞭解，不可刪除。

4.要充分發揮愛國立場，在國際政治上，不可敵友不分，對我不利的國家新聞，應加按語，或以其他解釋的方法，予以補救，以澄清觀感。

5.在標題和新聞中，對人名、地名的譯名，必須統一，外國人名地名，如非必要，不可簡稱，以免混淆。如杜魯門不可簡稱杜氏，因為他不姓杜。巴拿馬不可簡稱巴國，因為巴西和巴拉圭，會生誤會。

6.新聞中的外國語法，必須改正。

7.新聞和標題中，都要注意時間的換算，國際新聞中的時間有三種，一是當地的時間，二是格林威治標準時間，三是換算成臺北的時間。一般用法，是以當地時間爲主，另在括弧中註出臺北時間。

8.在國際新聞中，專欄和通訊的處理，要密切注意配合新聞，因爲國際新聞的專欄，大都是解釋性的，如果新聞發生在三天以上，編者必須在專欄前加一段按語，使讀者不會顧此失彼，甚至感到突然。前後呼應，是編報中非常重要的連繫。

第五節　經濟新聞的處理

人們的經濟活動，在生活中的地位已非常重要，人生於世，沒有一個階段一個時期的生活，與經濟不發生關係。近年來，各國自農業社會發展到工業社會，經濟生活的尖銳化，更來得明顯，幾乎是每一個人的一呼一吸，莫不和經濟活動有關。因此，有專門經濟性的報紙出現，而各報更少不了「經濟版」。

一、**經濟新聞的分類**。近年經濟新聞發展迅速，與人類經濟生活的改善，有非常密切的關連，除了重要的經濟新聞可作政治新聞處理外，它可分爲下列六大類：

1.財經措施：這是由財政、經濟，貿易、金融各單位，發表政策性的措施，對民生影響，非常密切，如所得稅的開徵，外銷廠商的配額，利息的降低，匯率的升值，還有有關財經法規的公佈與施行等。

2.工商新聞：有關工業生產和商業發展的新聞，在工業起飛，商業企業化的時代，工商新聞的範圍很廣，例如《經濟日報》，每天有兩個版的工商新聞。

3.農牧新聞：農林、漁牧，是農業生產的要項，我國以農立國，但對農業的改進，農產的外銷，農村機械化的推動，和農技援助落後地區等，都是非常有價值的新聞。

4.社團活動：農、工、商業的社團，全國有數以千計，而且這些社團，都有三級組織，例如工會，有全國總工會、省市工會和地方工會，組織龐大。這些社團活動的新聞，亦為重要的經濟新聞。

5.經濟生活：與人們生活有關的新聞，如行情、市場動態、房屋新聞、利息、公債、股票、證券市場、徵信、發明和專利等新聞，均屬經濟生活。

6.交通新聞：如航空、電信、郵政、鐵路、公路、海運以及各種交通器材的生產和運銷，是人們日常生活的媒介，也是經濟生活中不可缺少的。交通新聞可說是「上窮碧落下黃泉」的新聞，範圍太廣泛了。

二、經濟新聞的來源。以經濟新聞不同的特性而分，經濟新聞可分為四種來源：1.政府、機關的發佈稿，2.各公會和市場的消息，3.通訊社稿，4.記者的採訪。由於我國近年來經濟成長，各方重視經濟新聞，第一類中政府經濟金融機構，都主動發佈新聞。第二類是各公會市場的報告，更是和人們有切身關係的經濟新聞，例如行情報告、股票市場的新聞。這種報告，通常是每天上午九時開盤和每天下午五時收盤，都作有檢定性的報告，不會有任何出入，有一定的市場價格，用不到記者去採訪的。在經濟性新聞中，這類新聞雖較刻板，但卻是構成經濟版的重要一環。第三類是通訊社的發稿，這類新聞雖有價值，但往往以經紀人的利益爲重，編輯最好是列在參考消息之列，以免爲某種目的所愚。但這也是反應某一些物資的市場動態，可以推測出未來經濟市場上的漲落。第四類本報記者的採訪，應偏重在經濟生活方面，例如由於經濟政策決定而採用的經濟措施，人們對經濟生活方面的愛好，經濟市場的供求趨向，股票價值和工商業經營的良窳，以及產品的優劣，這不但可以給人們生活上有參考的價值，也是促進提高生活水準的一種有效暗示和鼓勵，所以在經濟新聞中，這是要報社主動去運用的。還有產地的新聞，也要靠駐外記者去採訪。

三、**編輯應有的素養**。第一，經濟新聞的編輯，必須有豐富的經濟知識，這種專業知識，較之國際、軍事編輯的專業程度還要深。因爲在今日的經濟生活中，已到了高度競爭的階段，很多人爲了要更好的經濟生活，常依賴經濟新聞的指導。第二，要有靈活的頭腦，和對數字的適應性。因在經濟新聞中，數字是不可避免的，所以必須正確，編者對數字要特別適應。第三，要隨時注意經濟新聞的變化，如行情的漲跌，貨幣匯兌的升降，並且要有預測和判斷新聞動向的能力。第四，要準備經濟資料，如公會名錄、貨幣對照表、經濟術語的名稱、和世界各大經濟中心（如紐約、東京、倫敦、巴黎等地）的市場動態。

四、處理時的注意事項。

1. 注意新聞和標題中的數字。

2. 經濟新聞本身，因爲數字太多，新聞報導不免枯燥，所以在標題上，要求生動，應以動態做標題，非必要的數字，不必標出。

3. 適當運用花邊，以增進版面的活潑性。

4. 對工商業利害衝突的報導，要客觀、公正、不受人利用，更不可以金錢交換新聞。

5. 編輯不兼營商業，不拉廣告，分析股票、行情，不可存有不當企圖。

6. 不預測物價和股票的漲落，以免助長投機，當記者有這些稿件交來時，不予刊載。

7. 報導物價動態的新聞，不外漲，跌和平穩三種狀態，但在報紙的標題上和新聞的敘述上，應用各種不同的字，代表漲、跌、平來運用，並運用類似的成語，增加標題的吸引力。

第六節　社會新聞的處理

社會新聞並不是單指犯罪新聞，犯罪新聞祇不過是社會新聞的一種，所以，我們對於社會新聞的處理，首先不能帶着黃色的眼睛去看它，而貶低了社會新聞的價值。社會新聞是一種社會現象，從這種現象裏可以發覺社會問題，所以，在新聞的比重上，在版面的劃分上，社會新聞是相當重要的一種新聞；對於讀者的感受上，社會新聞是最受歡迎的一種新聞，因爲它與每一個讀者，莫不息息相關。因此，我們對於社會新聞的處理，應該特別重視。

社會新聞是最活潑的新聞，也是最受讀者歡迎的新聞，我們可以稱之謂：「新聞中的新聞」，正如中央銀行是「銀行中的銀行」一樣。因爲任何新聞發生了問題，立刻會轉變成社會新聞。目前在臺灣的報紙，大都一個固定的社會新聞版，相沿成習，讀者已知道這一版的新聞，是最富刺激性的新聞。所以，每逢有突發的、轟動的、有人情味的、重大犯罪的新聞，都集中在焦點版，使社會新聞的涵義，更爲擴大，稱之謂「新聞中的新聞」，應無不當。

一、**社會新聞的種類**。一般人的見解，以爲社會新聞就是犯罪新聞，這是完全不對的；如果說犯罪新聞是社會新聞的代表性新聞，倒亦無不可。因爲提起社會新聞，首先便會想到犯罪新聞。社會新聞的種類很多，當然以犯罪新聞爲大宗，今例舉於后：

1.犯罪新聞：犯罪新聞包括從新聞當事人行爲的發生，到治安、司法機關的查判，全部稱爲犯罪新聞。如風化案件、婚變案件、盜竊案件、自殺案件、兇殺案件，以及商業行爲上的詐欺案件，都屬於犯罪新聞。總之，在刑法和民法所引的犯罪，都足以構成新聞。

2.災變新聞：在社會新聞中，災變新聞佔極大部分，因爲天有不測風雲，人有旦夕禍福，在報章上，這些風雲和禍福，卻是最令人關心的新聞，包括天災中的颱風、地震、豪雨、洪水、蟲害、旱災、酷寒等；人禍中的戰爭、車禍、海難、空難等。這些新聞是人不能控制的，是突發的，不能預防的，一定有傷亡損害的，所以新聞性特別高。

3.人情味新聞：這種社會新聞，是對社會有善良的影響，足以激發人心向上，與犯罪新聞暗示墮落完全不同。所謂人情味新聞，就是發乎人的本性，使其他的人同受感動發生共鳴的新聞。例如拾金不昧、捨己救人、扶弱鋤強、孝行不匱、助人爲樂等，都是人情味的新聞。

4.社交新聞：所謂社交新聞，就是社會上的交際新聞。例如婚喪喜慶、人來人往、地方慶典、拜拜以及各種慈善性質的行動和晚會等。

5.宗教新聞：在宗教自由的國家，對於宗教新聞，應該平均刊載。宗教是人類藉以安慰心靈的，也屬於精神食糧的一種。但有些報紙，將宗教新聞列爲文教新聞的一種，也未始不可。

6.羣眾活動新聞：這種新聞，最富於刺激性，它可以發生在任何階層，祇要構成轟動的事實，立刻便變成社會新聞。例如：學生反對政府的措施，應該是政治新聞，但一有罷課和遊行的行動，便變成了社會新聞。又如電影明星抵埠，本屬於文教新聞，但當影迷湧向機場，形成萬人空巷時，便變成了社會新聞。

7.醫藥新聞：人對生老病死，最爲關心，近年來醫藥發達，醫學新聞也成爲社會新聞的重要一環。醫藥新聞包括新醫療科技、特殊外科手術、人類死亡威脅最大的病症、中醫藥術的新發現、和醫療上的感人新聞。

8.環保新聞：近年來，環保意識抬頭，成爲社會新聞的另一股洪流，舉凡空氣汚染、河川海洋汚染、垃圾問題、食品檢查、農藥施用等，均已列入人類環境保衛的範疇。而這一類社會新聞，已引起讀者的高度關切。

二、社會新聞的來源。社會新聞要靠記者自動採訪，雖然有治安機關和司法機關主管社會新聞，但這些機關發佈的新聞，不盡完全可靠，因爲他們爲了辦案的關係，有時候不能太早透露，有時候不能完全發表。更何況很多社會新聞來自社會各階層，它沒有一定的對象，也沒有預見的可能，一旦發生，便成新聞。所以，社會新聞可說是一種突發的新聞。因此，社會新聞的產生，必需依賴報社記者的直接採訪。社會新聞既然依靠記者的直接採訪，因此，記者必須和若干可能發生社會新聞的機關團體，有密切的連繫。例如治安機關、司法機關、自治團體、衛生機關和醫院，各交通機構、旅館公共場所，以及寺廟教堂。這是一個相當廣泛的面，在日本，採訪社會新聞的工作，並不專賦予記者，日本各報在上述各機構裏，都佈置有「線民」，一有新聞，立即會得到報告，而報社的改寫部門，會將各種報告寫成新聞，再由採訪人員出動去證實。而在我國各報採訪社會新聞的工作，尚不夠機動，不要説各公共場所沒有連繫，就是連治安司法機關，每天也僅以電話連絡，這是我國社會新聞仍嫌不足的地方。

三、犯罪新聞的淨化。 談到犯罪新聞的「淨化」問題。新聞的「淨化」，其實並不是犯罪新聞需要「淨化」，其他新聞又何嘗可以隨便，衹不過因為人們的觀念中，犯罪新聞是生來骯髒的新聞，非加以「淨化」不可。但事實上，「淨化」問題的所以發生，是因爲新聞寫作上涉及道德的問題。如果新聞的本身，是一件洗也洗不乾淨的鐵的事實，要將它「淨化」也不可能；如果新聞本身並不太髒，在記者筆下卻爲了「討」讀者之「好」，加以繪形繪色，那就不可寬恕了。所謂「淨化」問題，也就產生在這種情況下，所以，要求新聞的「淨化」，不僅是社會新聞如此，其他新聞也不宜「渲染」，要達到新聞淨化的目的，必需從兩方面做起：

1.消極的：編輯部要有一定的政策，爲了教育的目的，報格的維護，寧可犧牲發行，而決不犧牲原則，如當不堪入目的社會新聞來到，不妨割愛。但這一做法，也違背新聞的原則，因爲新聞雖然可惡，卻是事實，報紙如果沒有報導，豈不有虧職守？因此，這種消極的做法，實有商榷的餘地。

2.積極的：①在文字上可以作少數修辭，編輯自己將「粗俗」的字，加以潤色，將不宜於公佈於眾的事，加以刪除，但以不害新聞全體的完整性爲原則；②在文字上需要重新改寫的，交給負責改寫的採訪人員，重新整理；③在新聞標題上，儘量避免色情字眼，以含蓄和委婉爲主，使雅俗共賞，樂而不淫，哀而不傷；④平時對於採訪人員，施以適量的新聞道德教育，例如利用採訪會議、專題討論社會新聞，加強記者對法律的認識，對道德觀念的建立等等。

各報對犯罪新聞的淨化，也都有編輯上的方針，《聯合報》對犯罪（社會）新聞的淨化，該報「編採手册」上有八點規定：

1. 淨化社會新聞爲本報之政策，但淨化是作原則上的處理，並非不予重視。
2. 不誇大渲染事實，不描寫犯罪的方法和過程，即爲處理社會新聞的主要原則。
3. 不將犯罪者描述爲英雄，以免對社會發生不良影響。
4. 從教育的觀點，報導犯罪事件，多做原因分析，促使社會注意。
5. 少年犯罪，不刊登其姓名及地址，亦不刊佈照片。
6. 不刊載一般強暴婦女案件。如嚴重影響社會安全，或與重大刑案有關時，則不發表被害人的姓名、住址及照片。
7. 自殺新聞應愼重處理，企圖自殺事件，以不報導爲原則，更不詳細記述自殺的方法。
8. 報導犯罪新聞，要以悲天憫人之心爲出發點，切忌幸災樂禍，用字輕佻。

《中央日報》對犯罪新聞的處理，在該報「編寫手册」中，也有十項規定，其目的也在淨化犯罪新聞：

1.淨化犯罪新聞，爲本報政策之一，但淨化是作有原則的處理，並非不予重視。
2.不詳細報導犯罪的方法和過程。
3.不將犯罪者描述爲英雄，以免對社會發生不良影響。
4.不牽涉無辜。
5.不妨害偵查人員的工作，不洩漏偵查機密，使犯罪者獲利。
6.無論自殺、嫌犯，應尊重法定人員的宣佈，不可越俎代庖，擅自判斷。
7.犯罪人非經法院宣判，不得稱爲罪犯。嫌疑人、嫌犯、被告，必須區分清楚。偵查期間，尤須慎重，勿造成凡被傳訊者均屬嫌犯之錯覺。
8.婦女被非禮、侮辱及十歲以下少年犯而惡性不重者，以不發表其全名及詳細住址爲原則。
9.報導犯罪新聞，要以悲天憫人之心爲出發點，切忌幸災樂禍，用字輕佻。
10.要從教育的觀點，報導犯罪事件，多做原因分析，促進社會注意。

四、編輯應有的素養。社會新聞的編輯，也和社會新聞的記者一樣，雖然他們編寫的新聞報導出來，是眾多讀者所歡迎的新聞，但他們在一般人的心目中，總覺得沒有其他編採人員那麼光彩，甚至有些人用有色的眼光看他們，認爲是「黃色」編輯和「黃色」記者，心理上的歧視，將使社會新聞記者和編輯，承擔了多少壓力！所以，處理社會新聞的編輯，第一、重視法律責任，要有廣泛的法律知識和社會學者的素養。在處理社會新聞，尤其是犯罪新聞的時候，必須有依據，尊重個人，即使對犯罪者，亦不容在標題上和文字中，予以污辱。也不揭人隱私，除非在法律的審理中是必需的。第二、重視道德責任，要有深厚的國學修養和精湛的製題技巧。社會新聞的標題，要求動人、刺激而有趣味，但又不可涉及淫穢和庸俗，所以在中國文學、文字修辭上，應有深厚的造詣，這樣才能使標題用字淨化。第三，重視社會責任，自動調節社會新聞版面上犯罪新聞的數量和篇幅，要作經常性的自我檢討，以免危害社會善良風俗，而形成社會暴戾之氣過盛。

五、處理時的注意事項。社會新聞的牽涉很廣，處理社會新聞時要較其他新聞加倍小心，但最重要的是：

1.每天編報前，先參閱其他報紙當天對同樣社會新聞的處理，截其長補己之短。
2.刪改新聞中的不潔、不雅、不妥字彙，以昇華、純淨的字彙來取代。
3.在法律未判決前，稱涉嫌之罪犯爲「嫌犯」、「疑兇」，切不可直呼「兇手」、「犯人」。
4.在標題中不用直接形容詞形容當事人，例如說一個女子多次出嫁，用「人盡可夫」來形容。
5.犯罪行爲的照片，有恐怖和惡劣印象者，均要割愛。
6.不刊起訴書全文，否則應將被告答辯書同時刊出。

第七節　體育新聞的處理

體育新聞在有些新聞分類中，常和文教新聞並列，因爲它新聞的來源相同，處理的原則也一致。但由於這兩種新聞本質上有不同之處，文教是靜態的居多，而體育是動態的爲主，所以硬將他們合爲一類新聞，沒有必要。再加上在歐美日本的報紙，都有體育（Sports）版而不設文教版，都重視體育而不重視文教，與國內的情形恰恰相反。近年來，國內各報已均闢有體育版，而且對體育新聞的重視，也日盛一日。

一、**體育新聞的特質**。體育新聞是最活潑的新聞，它有些地方與軍事新聞相似，但軍事新聞是有客觀環境的限制，體育新聞卻是可以超越國界，突破時空，可以高度發展的新聞，它的特性，不是其他新聞可以比擬的。

1.羣體性：體育新聞是與羣體共存的，它隨時與羣眾活動在一起。例如少棒在美國進行，國內的觀眾犧牲睡眠，守候在電視機旁以待終局，贏一球則喜，輸一城則憂。又如看籃球比賽，進一球則全場雀躍，失一球則全場嘆息。這些行爲，沒有人支配，沒有人命令，但都是羣體一致的行爲。這種羣體性，是其他新聞所沒有的。

2.創造紀錄：體育新聞的每一項比賽，永遠在創造新的紀錄，這種新紀錄，給人鼓舞，也構成新聞。不論是學校、地方、區域、國家間的運動會，每次都創新很多紀錄，而使讀者念念不忘。

3.另一個戰場：體育的發達與否，和國家的強弱有極密切的關係，所以運動場是另一個戰場。今天美、俄、德、日的運動紀錄，都領先各國，由此可反映出這些國家是有深厚潛力的國家。在國際性的比賽中，獲得第一的選手接受頒獎時，要升這一選手所屬國家的國旗，要唱這一選手所屬國家的國歌，這就使人得到莫大的鼓舞。

4.發揚公平競爭：體育是公開競技，講究的是體育道德和運動員精神，還有公平競爭。所以，體育新聞的報導，在不知不覺間發揚了這些美德，這也正是當今社會中最需提倡的精神。

二、**體育新聞的種類**。體育新聞可以分爲四類：一是體育行政，就是有關體育新聞的措施，各種運動會和賽事的策劃，體育建設工作的推動。二是體育比賽，這是體育新聞的主體，體育上的競技，有很多種類，每一種運動，都有比賽的規定，如田徑賽、游泳賽、球類比賽和技擊競賽等。三是健身活動，這種活動沒有場地限制，不受時間約束，而且是個別和全民同時進行的。四是體育評論，在體育新聞中，不但可以夾敘夾議，也可另寫體育評論，因爲體育新聞是可議論的新聞，有得失而不涉及利害。

三、**編輯應有的素養**。體育新聞的編輯，必須酷愛體育，但並不一定是體壇老將。第一，對所有體育活動有廣泛的知識，體育項目眾多，但卻可區分爲田徑、球類，游泳、技擊、射擊和體操等，體育上的健身活動，包括有登山、野營、健行、釣魚、狩獵等，這些知識，必須豐富。第二，熟諳各類體育活動的比賽規則。第三，自行保存各種體育比賽成績之紀錄，以供編輯時參考。第四、經常參觀各項體育比賽，與愛好體育羣眾站在一起，可使這羣體的新聞在處理上更活潑生動。

四、體育新聞的來源。體育新聞多賴記者採訪得來，除非公開的運動會、特殊的比賽，通訊社不會普遍發稿。其次是體育團體發表的預告和過程上的稿件。國內體育新聞本不發達，就因爲體育新聞的來源有限。要開發體育新聞，必須要提倡全民體育。如果祇培養體育明星，不但我國體育設施和經費上的條件不夠，也會使體育成爲奢侈的點綴，而不產生廣泛的影響力。

五、處理上的注意事項。外國各報都有體育版，我國國內的報紙亦有體育版，但版面多嫌太小，發揮不出來。

1.體育新聞的標題、版面，都須力求生動活潑。

2.比賽的結果，必須列入導言中。

3.體育新聞要儘量配合照片。

4.重要的球類比賽，預先要作實力分析，體壇點將，人物介紹。

5.要分清世界紀錄、世運紀錄；洲際紀錄、洲運紀錄；全國紀錄、全運紀錄；全省紀錄、省運紀錄等。

6.新聞標題雖要刺激、活潑，但亦要兼顧公正，不能太有火藥氣，更不可有抑揚之處。

7.善用戰爭上的名詞，能使標題鏗鏘有力。

第八節　藝文新聞的處理

文化和教育，是國家社會樹立的根本，風氣所趨，莫不與教化有關。所以在一個國家中，用之於教育文化的經費，憲法有明文規定，就是因為百年樹人，是國家的根本大計。在一個社會裏，教化的功能更是無所不至，社會的隆汚，都繫於教化。所以自古以來，談到教育和文化，大家都認為是頭等大事。對報紙來說：報紙本身就是屬於社會教育的一環，那麼，對於藝文新聞的重視，自不待言。而且，對淨化社會新聞來說，藝文新聞有潛移默化的功能。

在國內的報章上，藝文版已自然單獨成為一版，不若過去和體育合為一個版。藝文新聞的來源，大都是各文教機關、團體和學校。大凡在文教機關服務的人和學校師生，對新聞和文學都有特長和愛好，如果發展報紙的文化教育新聞，新聞的來源一定非常豐富，而藝文版也一定能為大眾所歡迎。

一、**藝文新聞的種類**。文化和教育的新聞，種類繁多，影響力也非常廣泛，大約可分為五類：

1.文教措施：包括教育政策、教育法規、教育活動，重要的文教措施，可作政治新聞處理。

2.學術新聞：這是指學術研究上的成就，不論是自然科學、社會科學的學術活動及演講，個人研究的創見發明和展覽等，都應加以報導。

3.學校生活：關於學生升學、學業指導、業餘課外活動、考試新聞、青年運動以及學校介紹都屬於學校生活，並可專闢「學府風光」專欄。

4.藝文活動：舉凡戲劇、音樂、藝術的活動，都是一種藝文活動，這類新聞，是讀者精神生活很重要的一面。而且我國爲文化古國，藝文方面有特性，亦應多加報導。

5.影劇新聞：影劇新聞本來也可包含在藝文活動中，但由於這一類新聞過於活潑，且新聞量也很豐富，各報常另分娛樂版，所以在藝文新聞中，它已脫離藝文範圍而獨樹一幟。

二、藝文新聞的來源。文化教育機關和娛樂團體衆多，由於這些機關團體水準較高，常自發新聞稿，但十之八九爲自我宣傳與表揚，不適合報社採用。報社對藝文新聞，應取以自己的角度去採訪。藝文新聞方面，着重在專訪與特寫，也需要報社的記者自己去發掘。而在影劇新聞方面，也常有自我宣傳的稿件，編者不可不慎。尤其是影歌星的生活，涉及個人隱私，如有流言蜚語，均非新聞材料，時下都以此爲號召，實亦不妥。而且這些感情糾紛，影劇人士的「人生如戲」，即使採訪得來，悲歡離合，又豈可認真。總之，藝文新聞雖有發佈稿、通訊稿，但仍以自己記者的採訪稿爲主。

三、編輯應有的素養。藝文版的編輯，他自己要有文化人的氣息，對藝文工作深具熱忱。第一，具備教育、文化、藝術、影劇方面的廣泛知識。因為文化與歷史、美術、音樂、戲劇有密切的關係，所以，編者還得有這多方面的修養與愛好。第二、經常參與或參觀各種藝文活動，可從記者的專訪中，考察是否夠深度，因為有些文教專欄，浮光掠影，讀者不會發生興趣。第三、教育新聞有一定的規律和進程，編者也要有適當的資料，隨時促醒記者對教育新聞季節性的採訪。

四、處理時的注意事項。文教與藝文新聞，由於範圍太廣，往往各報在文教版以外，還有影劇版或娛樂版，但不以版面為別，一般文化教育新聞的處理，應注意下列事項：

1.文教新聞，日新又新，在知識爆發時代，應注意新的事物，以求進步，不可抱殘守缺。

2.文教新聞與青年學子關係密切，隨時注意青年和少年的身心健康，不論標題和文字中，要富於教育性和啟發性。

3.學術演講，應節刊重要之段落，不宜全文刊載，但刪節時，應刪去與學術無關的部分。

4.影評、音樂評論，必須公正，切忌尖刻。

5.影藝人員私生活，即使有趣味，也以無傷大雅者為宜，涉及私人感情，最好割愛，以免受人利用。

6.為使版面活潑，可增列二、三則小型專題，經常討論文教、影藝方面的問題，解釋這方面的常識，以增益讀者的知識領域。

第九節　地方新聞的處理

地方新聞是指區域新聞而言。區域性的新聞有大有小，不能一概而論。在中央來說，出版在中央政府的報紙，以中央新聞爲政治新聞，而在各省市以下的新聞，都稱之爲地方新聞。出版在各省市的報紙，中央和省的新聞都可以劃入要聞版，而以縣市以下的新聞爲地方新聞。但有一個共通原則，就是區域性的新聞，一定是屬於地方新聞。

地方新聞就是當地發生的新聞，稱之謂本市（地）新聞（Local News），在一般人的心目中，認爲都是些雞零狗碎的事情，不值得報導，但在新聞學的理論上，愈是發生在我們周圍的事情，愈值得去報導，因爲讀者關心這些與自己切身有關的事。

但不論什麼新聞，一定有它發生的地點（Where），也就是新聞導言構成的六項要素之一，如以此而論，任何新聞都是地方新聞了。其實不然，地方新聞的構成，必需具有三個要件，第一、它沒有外來的因素，如有外來的因素，即使發生在當地，也不是地方新聞。例如國際青年商會亞洲區域會議，在本省臺中市舉行，這是國際性的新聞，而不是地方新聞；同樣，如果國際青年商會臺中市分會，在臺中市舉行月會，便成了地方新聞。

第二個要件是這一新聞發生後，對其他地區不發生影響，才是地方新聞；如果對其他地區有影響力，便不是地方新聞。例如科威特實施石油禁運，新聞雖發生在科威特，但他禁運的影響卻遍及全世界；同樣，如果美國明州州長因爲能源缺乏，踩了腳踏車上下班，這就是地方新聞。

第三個要件是所發生的新聞，沒有繼續發展的趨勢，如繼續發展，便不是地方新聞。例如美國西海岸的碼頭工人罷工，如果祇罷工一兩天，問題便解決了，這祇是西岸一時碼頭停駁現象，不致有嚴重後果，這是地方新聞；但如果這罷工事件繼續發展下去，引起全世界的貨物不能在美國西海岸進口，便不是地方新聞了。

一、**地方新聞的特質**。地方新聞的特質，可以從優點和缺點兩方面來看。它所具備的優點，是有親切感和富趣味性。地方新聞出自當地，當地的人不會不留心當地的事，即使旅居在他鄉的遊子，也一定最關心自己家鄉的事，美國編輯人柯貝爾（Neal Copple）在他所著的《深入報導》一書中，曾以美國內華達州建立飛彈基地爲例，內州的人們是深富地方色彩的，而且是美國「孤立主義」者的家鄉，當地人對建立飛彈基地，從千萬里外與敵人競賽軍備的事，並不關心。他們所關心的，是棉花的收成可好？豬隻的外銷如何？內州的油田有沒有增產？今晚有什麼電視節目？內州的棒球隊有沒有打敗洋基隊？而這些，卻都正是道道地地的地方新聞。

講到趣味性，這是構成新聞的必要條件，雖然其他國際性、全國性的新聞也有趣味性，但總不及地方新聞那麼自然。例如在學校裏一位好學生默默幫助另一位窮苦的同學，將自己的便當兩人共用，三年如一日；又如母親爲了教養子女，自己茹苦含辛，毫無怨言，六位子女都學成歸來，有三位博士，兩位碩士，一位學士等。地方上有不知多少自然流露出來的趣味，感人至深。再如社會上有一些大風浪，激盪到地方上每一個角落，發生一點一滴的漣漪，亦莫不興趣盎然，這都是大新聞裏所不會發現的。

但地方新聞的報導，也有一些不可避免的缺點，其中最大的缺點，是屬於寫作上的瑣碎與零亂，同時它缺乏對社會的責任感，這都使地方新聞有「不能登大雅之堂」之譏。例如農會的配肥、收購餘糧，水利會的改訂水費標準，在一般人的心目中，這些都不是有份量的新聞，但與當地農民，卻有極爲密切的利害關係。此外，往往爲了新聞而不顧後果，例如產地物價微昂，在地方上也許覺得產地物品很充裕，爲什麼要提高價格，但每一地方上的物價上漲，就會引起都市物價暴漲的後果。

二、處理的原則。報紙發行，是以都市爲重點，以地方爲面。我們雖然不能忽略都市新聞，但也不能輕視地方新聞，因爲生活在都市的人也大都來自地方。因此，對於區域性質新聞的報導，我們必須有若干原則。

1.注意地方人士有關連的新聞：例如水利會的供水，農會的配肥，地方上的慶典，這都是地方人士所關心的事。地方上的人士不管它美國總統是誰，他們最關切的是自己的生活。

2.地方上所發生的事故：過去小地方沒有報紙，人們都以傳話的方式，來傳達地方上所發生的事故。例如什麼地方失竊，什麼地方瘟雞，什麼地方發生了桃色事件，不消半日，傳遍遐邇。

今天地方上可以看到當天的報紙，我們不要以地方上的小事故，那裏值得大驚小怪，而殊不知道地方上的人，最關心他們身邊那些瑣事。

3.地方建設的宣傳：在我國農村落後，地方的建設，需要鼓勵，一則可以使地方上的人覺悟到自己福利的爭取，二則可以互相觀摩，促進工業。國父地方自治以鄉鎮爲推行自治的單位，我們要達到民有、民享的目的，必須使地方從事建設。

4.地方新聞的質量問題：有些報社，認爲地方新聞重質不重量，這是一種錯覺，因爲要滿足地方人士的新聞慾，必須質量並重，而且是量重於質。一條地方新聞，即使你寫得堪與世界文學名著媲美，也是曲高和寡；如果我們能寫得詳細，頭頭是道，絲絲入扣，即使插入地方細語，也一定深植人心。

三、地方新聞換版。臺灣各報對地方新聞的報導，近年來多採取換版的方式，早在二十五年前，《新生報》就有通訊版換版出報的措施。那時候，通訊版分爲三個版，每版有十批左右新聞，共計三十批左右。三個版分爲北部版、中部版和東部版，分別刊載新竹以北、苗栗以南、和臺東花蓮的地方新聞。民國五十年間，各報競爭激烈，地方版換版的措施，也均次第進行。《中央》、《聯合》、《中時》、《新生》、《中華》各報，普通都是以臺北的電影廣告，爲改換地方版的版面。各報地方版，仍都以北部、中部、東部、南部四個地方版爲原則。民國六十二年以後，《聯合報》首先擴充地方版，《中國時報》急起直追，臺北的報紙便大舉「南侵」、「東進」，使各地地方報大受威脅。

其次，臺北各日報地方新聞版的內容，經分析如下：

1.《聯　合　報》：專欄——地方公論、街頭巷議、市政漫談、高市談片、新聞透視、市場漫步、讀者投書、專題報導、鄉情點滴、八卦山下、文化剪影。

新聞——地方政情二五%，地方建設及經濟新聞二九%，文教體育新聞三〇%，社會新聞一六%。

2.《中國時報》：專欄——衡情論理、新聞集粹。

新聞——地方政情八%，地方建設及經濟新聞一一%，文教體育新聞六%，社會新聞七五%。

3.《中央日報》：專欄——地方短評、新聞剖析、鄉鎮零訊、各地繽紛。

新聞——地方政情及議會新聞四〇%，地方建設及經濟新聞三二%，文教體育新聞一二%，社會新聞一六%。

4.《新　生　報》：專欄——無短評，地方點滴、及武俠小說一篇。

新聞——地方政情一五%，地方建設及經濟新聞三六%，文教體育新聞二八%，社會新聞二一%。

5.《中華日報》：專欄——就事論事（不定）、地方零訊。

新聞——地方政情一四%，地方建設及經濟新聞三二%，文教體育新聞二一%，社會新聞三三%。

從上面的內容分析中，可以看出各報地方新聞版的一種性質和趨勢：

1.發行的目的：爲什麼各報要發行地方版，不可否認的，發行爲目的之一，而且還是很重要的目的。發行愈多的報紙，地方版的分版也愈多。換句話說：因爲報紙的篇幅有限，它不能以有限的篇幅，來滿足各地方讀者需要新聞的欲望，因此，要抽換與當地沒有關係的其他地方的新聞。

2.地方有意見：除了《新生報》和《大華晚報》外，各報的地方版都有一篇「短評」，《聯合報》因爲分版多，所以配合地方版對象的不同，也有不同的短評。《自立晚報》雖不以短評方式出現，但在她的「地方輿情」中，卻以最多的篇幅（六批），通訊的方式，來反映地方的意見。而且這些輿情都持之有恆，每天見報，可見受到地方上相當的歡迎與重視。

3.重視地方建設：各報地方版的新聞，有一個共同趨向，大家都重視地方建設和經濟發展的新聞。由此可以看出，我們臺灣各地，都在致力於建設，而與整個國家的建設相配合。尤其在十大建設以後，各報的地方版，都鼓吹不遺餘力。

4.犯罪新聞化整爲零：自從臺北各報爲了淨化版面，減少第三版有關犯罪新聞的刊載以來，各報不免將地方版作爲犯罪新聞的另一出路。有幾家報社的地方版，以犯罪新聞爲主體，翻開地方版來，幾乎滿紙都是犯罪新聞，觸目驚心。當然，地方人士知識有限，也喜歡道長説短，一些男女之間的桃色糾紛，更津津樂道，所以多刊犯罪新聞，正可投其所好。這也許是與發行的目的有關，但將犯罪新聞化整爲零，分佈到各個地方版去，對地方善良純樸的風俗，不無不良影響。

5.分版的缺點：地方新聞分版，雖有好處，但也有缺點，最大的缺點，就是沒有一個讀者能知道當天全部的新聞。雖然當地人喜歡知道自己左右前後所發生的新聞，但他們也要知道在其他地方所發生的新聞。例如旅居在臺北的南部地方人士，他們也想知道故鄉的事，卻因爲地方分版而不可得。同時，地方新聞的選擇，編者和記者雖然也各有眼光，但不免偶有重大的地方新聞，散落在地方版上，而糟蹋了這一則新聞。因爲有一些重要的新聞，起先都是發生在地方上，逐漸演變成爲全國性的新聞。

四、處理的方法。關於地方新聞的處理，有三種方法：

1.集合編法：因爲地方遼闊，有些新聞既發生於甲地，也發生於乙地，所以可以同類合併，採取集合編法。集合編法可分爲數種：一是以新聞內容爲集合編法的經，可以一個標題，合編同類新聞；一是以地方爲綱，將同一地方的新聞，冠以一個地名，如「××零訊」；一是以時間爲目，將某一天發生的事和將要發生的預告新聞，集合編入。第三種用法較少，適合於邊遠地區。

2.分版編法：將不同地區，分若干版面，每一版面容納某一地區的新聞。但因爲地區眾多，分版編法往往要顧及發行上的配合。因此，在國內報紙篇幅限制的特殊情形下，常採取換版分版方法。換版方法固然可以容納較多的地方新聞，但也有一大缺點，就是甲地看不到乙地的新聞，讀者不易完全滿足。

3.重點編法：這是比較合理的編法，就是將重要的新聞，依然歸入各類性質的新聞版面中去。例如：重要的社會新聞和文教、經濟新聞；都分別分入社會文教、經濟版，其餘各類的地方新聞，則再採取分版或集合編法。

第十二章　新聞圖片的處理

在報紙版面上，圖片的處理是一種藝術，處理得當，它可以增加版面的美觀；處理不得當，也會破壞版面的完整性。所以在處理圖片的時候，必需要顧及新聞，又要顧到版面，決不可任意插圖，以免畫蛇添足。報紙上的圖片，包括漫畫、圖表和新聞照片，而本章所論，僅爲「新聞照片」。

第一節　新聞攝影淺釋

「新聞攝影」已逐漸成爲「攝影學」中的一項專門技術。因爲普通攝影學中，講求的是畫面美觀，再就是攝影的技術，舉凡光圈、速度、距離，這些對「新聞攝影」來說，不是完全沒有意義，而是意義不像普通攝影那樣重要，「新聞攝影」最重視的，是如何採取與新聞有關稍縱即逝的珍貴鏡頭。因此，「新聞攝影」必須具備五個要點：

一、配合新聞：「新聞攝影」顧名思義，必須要和新聞相配合，不論是以新聞爲主，或用新聞來作說明。如果不和新聞配合，就是一般的攝影，不必稱之爲「新聞攝影」了。但單單配合新聞，還不能算「新聞攝影」，例如新聞的主角沒有現場照片，而去資料室或當事人那邊找一張舊照片，這當然不是「新聞攝影」；有的圖片雖是與新聞配合，但不能增進新聞的效果，反而削弱新聞的力量，這些雖是「新聞攝影」，也不能採用。

二、爭取時效：「新聞攝影」的時效，高於一切，沒有時間的觀念，就沒有價值。一張新聞圖片，當天刊出和第二天刊出的效果就完全不同。時效是取其鮮度。但有的新聞圖片也有長時間的價值，爲報紙一用再用。例如重要新聞人物，在其演說、活動時，配合其圖片，不一定當時攝影，而反覆使用。但最好不要用已經用過的照片，對讀者來說，總難免久而生厭。

三、富有趣味：新聞圖片和新聞本身的條件一樣，不但要美觀、生動，爭取時效，也要富有趣味。趣味也包括一時的、畫面的和深長的三種，一時的趣味是直覺的，例如《經濟日報》曾刊出一位姑娘穿了迷你裙的照片，在裙子後面有一幅外國人的臉部，這種趣味的直覺，報上照片的標題是「有頭有臉」（見下圖）；又如舉行空降

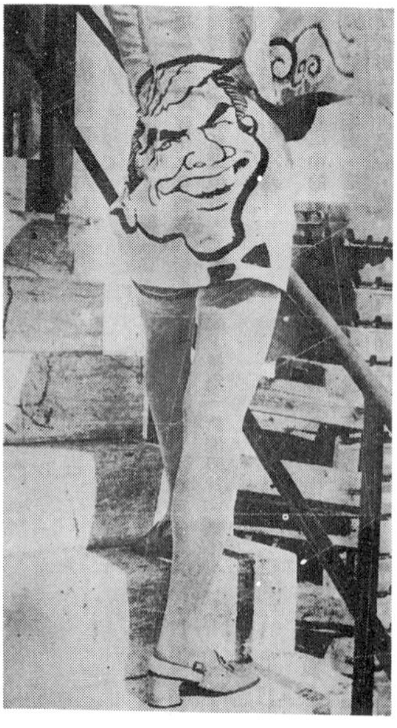

演習，朵朵降落傘滿天飛舞；或神龍演習中的「炸彈開花」，這種趣味是畫面的；而有些新聞圖片的趣味，是寓意深長的，如在聯合國最後討論「中國代表權」問題時，我外交部長登機離臺的背影。照片標題是「任重道遠」。在畫面上來說，那來趣味，但從意義上來說，趣味深長。

四、取材生動：在「新聞攝影」的取材中，要有最特出最生動之處，而不必有背景，因爲新聞照片不是風景片。在畫面的美觀中，還要特別生動。例如拍人物，要每一個人有每一個人的表情，這種表情也可遇而不可求，更要能抓住新聞的要點，才愈看愈有意義。生動的新聞圖片，可以增進新聞的效果，可抵千百句文字的描述。如美國經濟萎縮中，紐約、加州和伊利諾埃州的參議員在會議中討論的情緒，照片中表露無遺。（見下圖）

五、強調特點：在新聞攝影中，必須強調特點，有些畫面是出乎想像以外的，而居然能攝入鏡頭。例如「中央通訊社」拍攝的一張「高瞻遠矚」照片，描寫六十年雙十國慶，在臺北市淡水河邊舉行戰技表演時，數萬市民前往參觀，獨有一人，爬上電桿頂，優遊自得。（見下頁附圖）

第二節　選圖與取材

報紙上選用新聞圖片，是新聞編輯中隨時要遭遇到的，因爲攝影記者對某一新聞的發生，假如拍攝了三十張照片，當他從暗房裏沖洗出來，因爲技術和畫面的關係，也許他自己淘汰了十張，到了採訪主任的桌上，主任檢閱之下，認爲其中十張也不夠新聞要求，因此，送到編輯檯子上，賸下了挑選出來的十張。但依據版面的分配，這一則新聞選用的圖片，最多衹能用二張，編輯就要從這十張中，選用二張。在編輯新聞的時候，時間非常侷促，如何選圖，這是要有果決眼光，否則不是「滄海遺珠」，就會「濫竽充數」，兩者都不免造成遺憾。

如何選圖?首先，要閱讀一遍與新聞圖片有關的新聞，從新聞的重點中，再決定新聞圖片的選用。例如說：日本社會黨的一位親共議員，當他發表親共演

說時，一位愛國青年，手持尖刀行刺，要爲國家除害。在場的新聞記者很多，也拍了不少照片，但祇有一張（見上頁圖）得了日本新聞攝影獎，因爲這張照片中，那青年正手持尖刀，要刺向這一滿臉惶恐，眼鏡已正在掉落中的社會黨議員的腹部。編輯在選圖的時候，要選的是有尖刀的圖片，正要刺的圖片，議員惶恐失落眼鏡的圖片，而不要躺在地下的圖片，也不要嫌兇在逃的圖片，更不可要議員演說時的圖片。其次，選圖的時候，要用反淘汰的方法，就是不選要用的，先淘汰一定不可用的。如先淘汰畫面不清的，再淘汰主題不明的，再淘汰圖中有不可遮蓋的缺失的。然後再在準備要用的最後幾張照片中，平攤在桌子上，仔細端詳，決定選用的一張或數張。

取材的方法，至少有三種：

一、**裁剪**：每一幀新聞圖片，不會盡善盡美的，但我們選好了圖片，並不是立即可以運用，還要加以剪裁。剪去不需要的部分，強調與新聞特別有關的部分。

剪裁的標準，與版面的大小有關。爲了配合版面上的地位，必須加以剪裁；其次是新聞的份量，新聞份量不大，照片拍得再好，還是要裁剪，因爲如果不去掉不必要的一部分，照片一經縮小，便印刷不清晰。而最重要的，剪裁是要強調新聞的特點，將其他不必要的部分一一剪去。例如當時的嚴家淦總統以一幅故宮名畫贈給夏威夷大學校長，見下頁附圖上面的一張照片，畫面上的人太多，右旁還有酒會飲料桌子，右後面站了侍從人員，在嚴前總統與夏大校長中間有隻皮鞋的腳影，照片的左邊，有另一攝影記者的手，更屬敗筆，所以，這張照片必須剪去這些不必要的

畫面。剪裁後的下圖，是嚴前總統和夏大校長秘書交談，和夏大校長手持畫册的笑容。因爲剪裁後，畫面可放大，一切效果都顯出來了。

二、**拼接**：照片的拼接，本來是對讀者的障眼法。例如在二十年前，中共宣傳毛澤東渡長江，那年毛某已六十一歲高齡，長江在漢口那一段也並不是條河川，水流洶湧，他如何能渡？但在中共報紙的照片上，赫然顯示了毛澤東的自由式泳姿。後來外國通訊社揭穿，毛某這張照片是將毛頭剪下拼接上去的。

爲了加強新聞的效果，也採用拼接製版的方法。例如在亞運會時，一些運動員在競技中姿勢優美，但人頭太小，看不出得分人是誰，因此，編者將得分運動員的人頭剪下，貼在這一運動員姿勢最美的照片上去，張冠李戴，雖然失去了新聞照片的真實性，但卻有「卡通」畫面的效果。

照片的拼接，要做到「天衣無縫」，如果剪接而露出痕跡，便弄巧成拙了。例如用多幅照片連接成一幅全景，有的報紙刊出時，一眼就知道是拼接起來的。所以照片的取材，非到不得已時，還是不要時常拼接。

三、**假借**：新聞圖片既要新聞配合，如果新聞發生時記者不在場，或在場而沒有拍攝到新聞照片，或拍攝到新聞照片不符合要求時，則將如何處理？這時候，就要靠新聞圖片的資料，否則便不能達成「圖文並茂」的新聞高潮。例如：在尼克森擔任美國總統的時候，可以說是歷居美國總統中經過滄桑最多的一位，當他宣告辭職時，滿臉憂傷，假如一家報社錯過了這鏡頭，沒有拍到現場的照片，則將如何辦?那爲了要配合新聞，就要在尼克森過去的照片中，找一張和他辭職時神情相符合的照片，可以假借。至於名人演講，當時沒有拍好照片；又如發生在名勝區的社會新聞，當現場被封鎖後，也可用過去的照片來代替。

第三節　圖片的編緝

新聞圖片的編輯，有一定的法則，才能加以適當處理，表現在版面上。圖片的編輯，一種是原則性的，在第一、二節中已討論過。一種是技術性的，本節所討論的，就是屬於圖片編輯技術方面的問題。

一、修稿：任何一張圖片，都要予以修整，方可發稿。修稿的部分，有幾種原因，一是屬於照片沖洗時發生的沙點、或白或黑的點狀沙粒，使照片發生瑕疵，編者不可就將照片製版，印出來便模糊不清。而要用白粉或墨汁，將粒狀沙點修去。二是勾出輪廓，由於光線和背景的關係，人物的輪廓不明，例如白色的帽子和白色的牆壁，拍攝下來分不清楚，製版後難免使讀者覺得照片中的人少了半個頭。或有眉目不清，嘴角不清，都要修整。對於有重要關鍵的照片，更要修明。例如有一輛機車，要賣十六萬元，比一部一千二百西西的轎車還要昂貴，記者拍下機車旁的牌價，但上面數字模糊。如果要用這張照片，一則要修稿，強調售價，便要將價格阿拉伯字完全修清，使讀者一目瞭然。

二、**決定網線**：一張照片要印在報紙上，必須經過照相製版，而照相上要加網紋，油墨方能附着，顯出黑白和明暗面來。網線的選擇，在一般報紙上常用五種網線，即四十五線、六十線、八十線、一百線、一百二十線。愈是細密的網線，要印愈光滑的紙；愈是粗糙的紙，就要用粗網線。所謂六十線，就是在每一英吋中分爲六十條的網紋。在原理上，製版時網線愈密，印出來的東西愈像，愈真實，也愈清晰，但用之於報紙，卻適得其反，因爲白報紙紙質粗糙，如果用一百二十線製版，墨漬會累凝在一處，看不清照片所印爲何物了。

茲將紙張，照片明暗，所用網線列表於後：

紙張	照片程度	用輪轉機印	用平版機印
國產白報紙	清晰	四十五線	六十線
	太淡	八十線	一百線
	太暗	六十線	八十線
加拿大報紙	清晰	六十線	八十線
	太淡	一百線	一百二十線
	太暗	八十線	一百線

三、計算版面：在國內報紙，一欄是一英寸高，所以做二欄高的照片，就以二英寸高計，三欄三英寸，以此類推。報紙的版面是二十英寸高，十五英寸寬，所以在中文報的版面上，照片總和的版面，不能超過全版面的五分之一，每一張橫式的照片不能超過五英寸高七英寸寬。因此在計算版面時，配用照片張數之多少，應先有一個範圍。

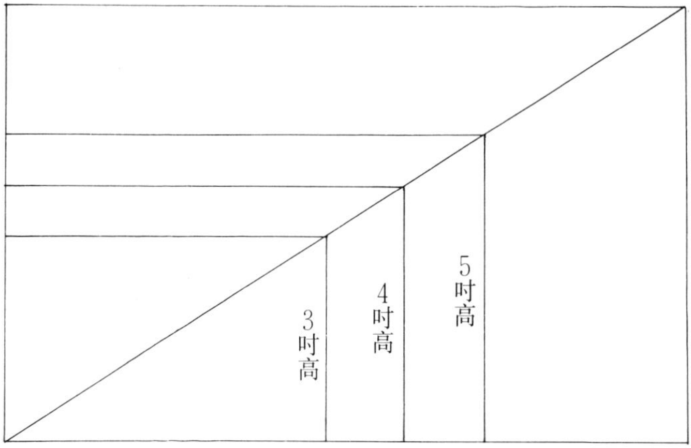

至於每一張照片的發稿，先在照片正面，將要採用的部分裁剪妥當，再翻過照片背面，在背面畫一條對角線，以英尺量照片下邊到對角線，適合我們需要的高度，再從對角線相交處，量到另一邊的距離，就是照片的寬度。（見上圖）

在計算圖片版面時，最忌諱的是尺寸完全相同的圖片，在同一個版面上出現，因爲在凸版印製中，圖片是壓版完成的，尺寸相同的照片，常易換錯。臺灣某報有一次在第二版刊了兩張圖片，上面一張是「某某婦聯會委員合影」，下面一張是七月半大拜拜「大小烏龜滿廟堂」，這兩張照片製版尺寸完全一樣，不幸換錯，婦聯會委員變成了麵粉做的祭

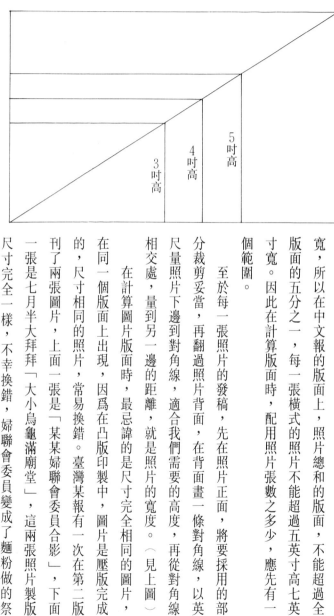

龜，而「大小烏龜滿廟堂」的說明，卻都是地方首長的夫人。

四、選定位置：圖片在版面上的位置，以上半版中央爲最明顯位置，其次是左上角，目力容易接觸，再次右上角，是新聞頭條位置；再其次爲版面中上部分，拼在版面中線以下的照片，常不能吸引讀者。照片的位置選定還有一個要點，就是要緊接新聞，往往有些報紙新聞在右上角，而照片無法編排，一直被擠到版面中線以下，這是最下策的做法。（見左圖）

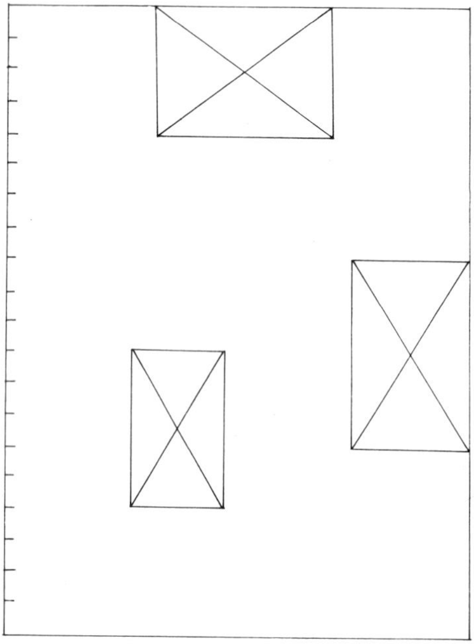

第十三章 發稿

在新聞和圖片處理完成時，排字和拼版開始前，必須經過發稿的過程，發稿是編輯部和打排組中間的「過渡」時期，但這一「過渡」，直接影響到編排工作的成敗，如果計算不當，處理不妥，配合有失，小則引起程序上的紊亂，大則影響出報時間。

發稿首先要瞭解的，就是報紙編輯工作的「流程」，在傳統編排時代，編輯流程以編輯部爲主體，其餘各單位均要配合編輯部的作業。但進入電腦編排時代，電腦作業加強，編輯部全部電腦化之後，更有重大的變化。如**圖一**，這仍是以編輯部爲主體的流程圖，儘管外電和記者的稿件，都以個人電腦（PC）輸入，但從改稿，製題到組版，都仍需編輯人員主導。

編輯部在不久的將來，都將進入全程電腦自動化作業，民國八十一年，《聯合報》四十週年社慶時，已建立了編排全電腦自動化的規模，祇要記者和編輯都學會了中文電腦輸入的方法，就可實現編排全自動化了。

圖一　報紙編輯流程圖

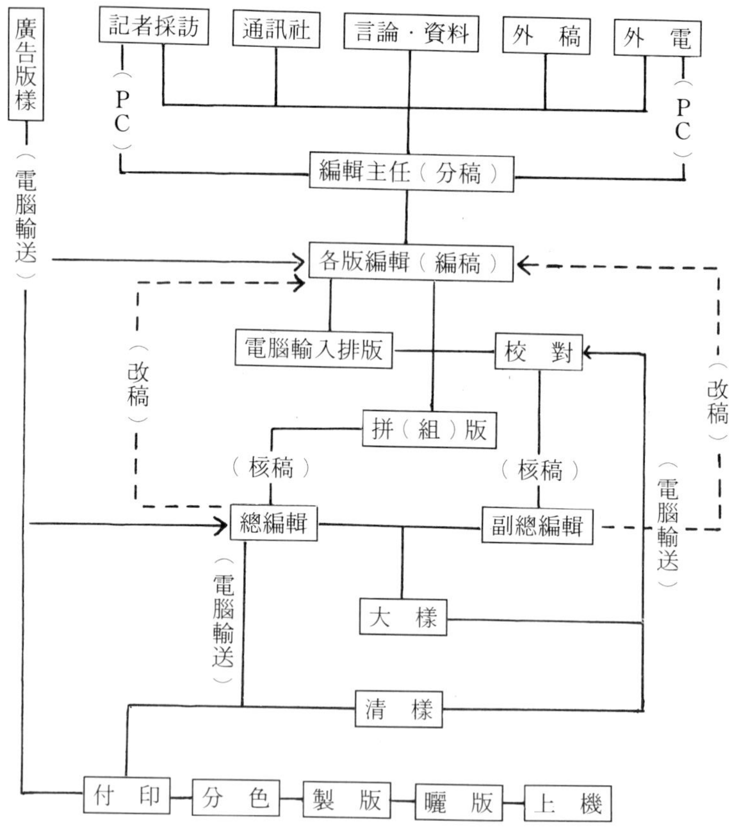
廣告版樣
（電腦輸送）
記者採訪
通訊社
言論．資料
外　稿
外　電
（PC）
（PC）
編輯主任（分稿）
各版編輯（編稿）
（改稿）
（改稿）
電腦輸入排版
校　對
拼（組）版
（核稿）
（核稿）
總編輯
副總編輯
（電腦輸送）
（電腦輸送）
大　樣
清　樣
付　印
分　色
製　版
曬　版
上　機

圖二　以電腦作業為主導的報紙編排流程圖

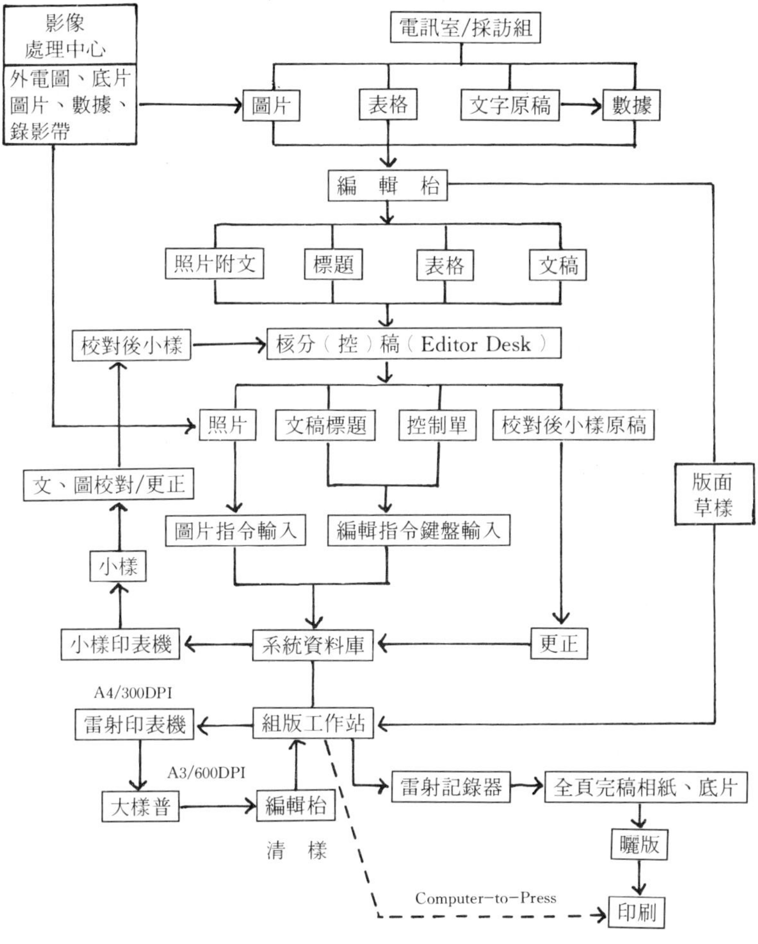

以電腦作業爲主導的報紙編排流程（見圖二）。可以看出編輯人員已成了機械化部隊，一切聽命於電腦，但新聞報導是文學的，不是科學的；是思想的，不是方程式的。編輯在選擇稿件處理新聞時，必須思考、判斷，這都不是電腦可以決定的。而電腦，是在編排的版面上，由打字組版人員加以運用而已。

當然，電腦的發展是潮流所趨，我們不能將中文編排自限在千年以來的畢昇活字排版方法上，但編排由編輯人員主導，實是毋庸予辯的。因此，理想的編輯部作業流程圖見圖三。在理想流程作業中，記者可用個人電腦（Personal Computer）輸入後的文稿傳送到編輯部的電訊處理部門，電訊室將「數據」予以「具像化」——印出一張張整齊的稿樣送到編輯檯，數據資料仍然留在電腦記憶庫內。攝影記者也一樣的可以透過圖片或底片掃描器，將影像數據化後傳送到電訊室再轉成黑白或彩色相片送到編輯手中。至於對無法自行將文稿輸入電腦的作者而言，編輯

圖三　編輯部理想作業流程圖

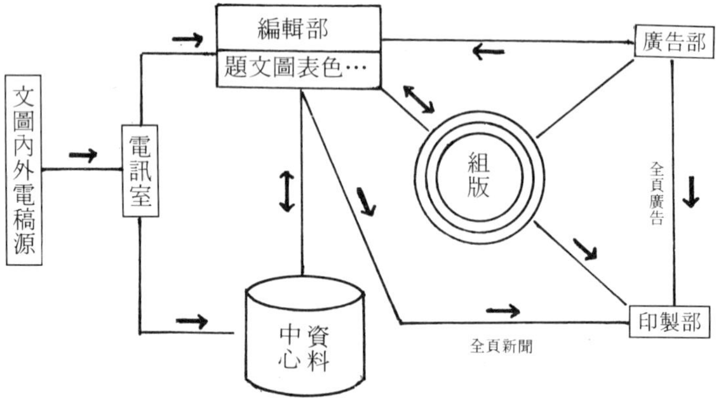

部的資訊收發部門可以代勞——在編輯部「發打」。

目前應用最廣，歷史最悠久的輸入法應該是「倉頡法」——利用一般標準電腦鍵盤上的廿四個字母及一個難（X）字鍵來組合一百廿七個中國字形（字根），是唯一直接「用中文輸入中文」的輸入法。倉頡法又稱「中文字母法」，因爲有了「倉頡字母」，而使中國文字也擁有和西方拼音文字「排序」的功能，因此使用字典，查電話簿、圖書館目錄……等便不需要「數筆劃」或「找部首」了。

和「倉頡法」同屬字根法的還有很多，其中較爲流行的是大易輸入法——使用包括字母、標點符號、數字等四十個鍵、二百四十二個字根來組字；這是比對英文字母的中文輸入法，使用者必須先練好英文打字。此外，「華象」輸入法、「嘸蝦米」輸入法都與字根有關。

發稿單，是各版編輯與排字房直接聯繫的依據（見圖四），傳統編排編輯用的發稿標題紙（見圖五），是編輯製作的標題，一般報社都以三十二開大小的白報紙爲之。在這標題紙上，右上角「一版」是註明版別，「題六」表示六欄高的標題，「文八分三」表示文是八欄改分爲三欄，盤文的型式。標題上註明的「62明」字樣，是兩行主題均爲六十二級明體，也就是超特號的宋體字。第三行標題是「44正平一」，表示用四十四級正體字，也就是一號正體字。

但電腦排版的發稿單，稱之爲「排版控制單」（見圖六），標題紙必須另附上發稿的文前，與此控制單同時交付電腦排版室。在這一控制單上，有四部分需編輯標示：㈠「刊篇」，寫明題

圖四　各版發稿單

第　　版發稿單	
發　稿	：
檢　字	：
初　校	：
複　校	：
拼　版	：
校大樣	：
校清樣	：
付　印	：

發　稿　人＿＿＿＿＿＿＿＿

圖五　發稿標題紙

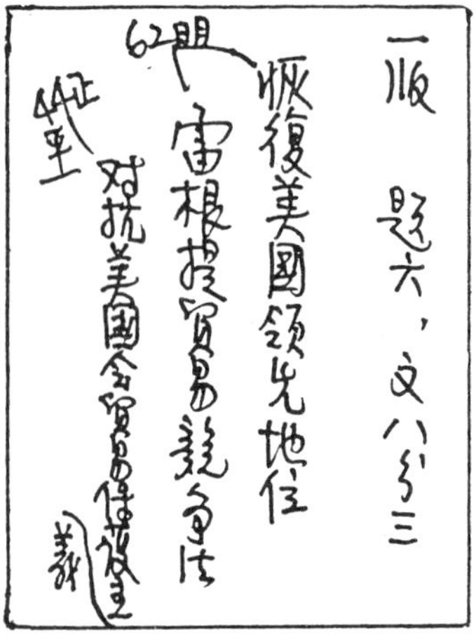

目及行數，㈡「稿型」，寫明是直排，橫排，是題二文一還是全二等，是左向還是右向。㈢「標件」，是花邊欄和圖片用，有一個九個格子的圖示，如標題在文前，就用黑筆塗去第一個格子；如係上下題，就塗去右上第一格或左右第三格。㈣「圖件」，是專供圖片使用的，圖片在文字中的部位定點，就塗去九個格子中的任何一格或二格。其餘「規批距」和「內文開始」，都是排字人員使用的。

圖六　排版控制單

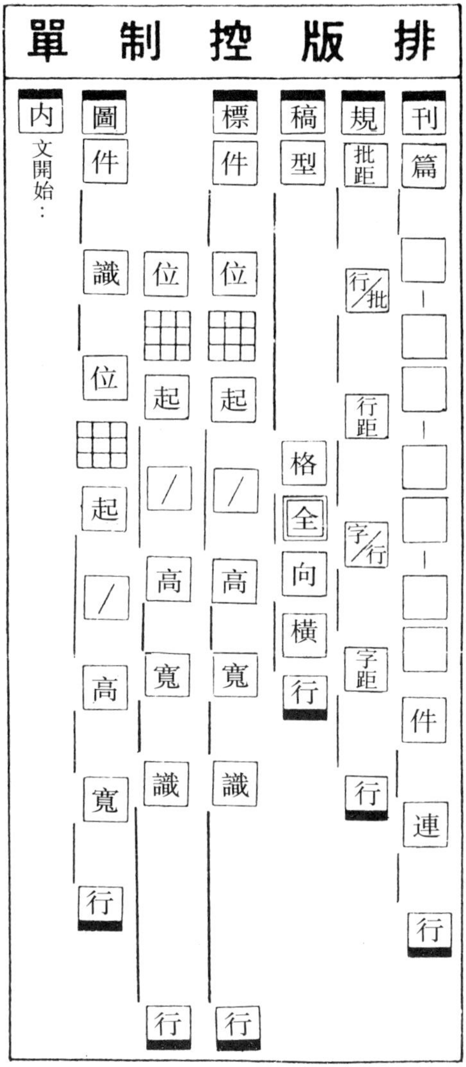

73. 1.　3000×100

第一節　發稿時間

發稿時間的決定，視各版的性質而不同。通常分爲三部分，第一是副刊和專刊，這是沒有限時的版面，常提早一天發稿，第二天白天拼版，與廣告同時完成，甚至比廣告完成的時限還要早。第二是地方通訊版，因爲換版的關係，距離出報地愈遠的地區的通訊版，發稿愈早，通常都在前半夜完成，亦即當晚十一時以前降版，則發稿時間從下午五時許，便要開始。第三是新聞版，這是經過當地記者採訪，和採用外電報導，經過編譯送到編輯台子上時，必須要當晚九時以後發稿。

從發稿到付印，中間的過程共有十個步驟，以順序爲發稿↓檢排↓小樣初校↓小樣複校↓截稿↓拼版↓大樣初校↓大樣複校↓清樣↓付印。其中發稿、截稿、拼版、清樣和付印，由編輯負責，檢排、小樣初校、小樣複校、大樣初校和大樣複校由校對和排字房負責。發稿時間的推算，每版是以付印時爲準，向上倒推，而確定每版的發稿時間。其間的差距視版面的大小而定，列表如下頁。

第二節　稿量控制

新聞版面除去廣告之外，容納的稿量是一定的，即使在每行的間隔中予以調節，從標題的大小中予以限制，但一個版面的容量，決沒有太多的伸縮性。讀者時常對版面發生疑問，爲什麼報紙上每一版的新聞，都是恰到好處，不多不少，這就是編輯在稿量上的控制。

控制稿量不是編輯單方面的，必須要編輯部有關各組和排字房通力合作，更主要的關鍵，屬於主編。

編輯部發稿工作程序單　　　月　　　日星期

版	別	第一版（要聞）	第二版（國內）	第三版（社會）	第四版（國際）	第五版（經濟）	第六版（文教）	第七版（體育）	第八版（本市）	第九版（地方）	第十版（廣告）	第十一版（廣告）	第十二版（副刊）
廣告欄數	預定	10	0	0	10	10	5	5	10	5	20	20	5
	實有												
發稿	標準	10：30	9：00	9：20	10：10	8：30	8：20	8：40	8：10	6：50	4：00	4：00	3：00
	執行	：	：	：	：	：	：	：	：	：	：	：	：
檢排	標準	10：10	9：10	9：30	10：20	8：40	8：30	8：50	8：20	7：00	4：10	4：10	3：10
	執行	：	：	：	：	：	：	：	：	：	：	：	：
小樣初校	標準	11：00	9：30	9：50	10：40	9：00	8：50	9：10	8：40	7：20	4：30	4：30	3：30
	執行	：	：	：	：	：	：	：	：	：	：	：	：
小樣複校	標準	1：30	12：00	12：20	1：10	11：30	11：20	11：40	11：10	9：50	8：00	8：00	7：30
	執行	：	：	：	：	：	：	：	：	：	：	：	：
截稿	標準	1：30	12：00	12：20	1：10	11：30	11：20	11：40	11：10	9：50	8：00	8：00	7：30
	執行	：	：	：	：	：	：	：	：	：	：	：	：
拼版	標準	1：40	12：10	12：30	1：20	11：40	11：30	11：50	11：20	10：00	8：00	8：00	8：00
	執行	：	：	：	：	：	：	：	：	：	：		
大樣初校	標準	2：10	1：00	1：20	1：50	12：10	12：20	12：40	11：50	10：50	9：20	9：20	9：00
	執行	：	：	：	：	：	：	：	：	：	：	：	：
大樣複校	標準	2：20	1：20	1：40	2：00	12：20	12：40	1：00	12：00	11：00	9：40	9：40	9：40
	執行	：	：	：	：	：	：	：	：	：	：	：	：
清樣	標準	2：30	1：30	1：50	2：10	12：30	12：50	1：10	12：10	11：10	9：50	9：50	9：50
	執行	：	：	：	：	：	：	：	：	：	：	：	：
付印	標準	2：40	1：40	2：00	2：20	12：40	1：00	1：20	12：20	11：20	10：00	10：00	9：00
	執行	：	：	：	：	：	：	：	：	：	：	：	：

一、**撰稿**。控制稿量的第一部分，是撰稿的部門，包括採訪組的記者、通訊組的記者、國內外的特派員、編譯組的譯稿、資料組的資料。尤其是採訪部門，更要控制稿量的全局。例如當天發生重大新聞，就要集中全力在這一讀者所最關心的新聞上，稿量會超過平時的一倍，就要删減其他新聞的撰稿量，並知會其他單位，儘量減少不必要的新聞稿，而互濟盈虛。有許多重要新聞是可以預見的，例如國民大會集會、立法院開議、重要文告、運動會等。

二、**分稿**。分稿是控制稿量的第二關，通常報紙的分稿，是由一位副總編輯或由編輯主任負責，因爲分稿的人有能力指揮各版，也有權力移動稿件，如果分稿的人不能控制各版的稿量，分稿便形同虛設。新聞雖然分版處理，但仍有局部的融通性，例如改進大專院校素質，可以分在文教版，也可以分在國內版，甚至可上要聞版。在分稿的時候衡量每一版的篇幅，主動將稿件移動。等到各版發稿到一半的時候，某一版缺稿，分稿的人就要作被動的移稿，就是將某一版稿件較多，而已發排的稿件，移刊另一版，以調節版面。有預見的重要的大量新聞，或事先得到政府、機關和採訪部門的通知，就要立即通知某一版，要預留多少字的版面。這一稿量的控制，就責任在分稿。

三、**編輯**。每一版的主編和編輯，是主要控制稿量的人，因爲每一則新聞，都經過編輯處理而發排，編輯自己應該有一個「稿量統計表」，將每一則發排的稿子，記載出它的標題名稱、題型大小、編排形式和行數。例如：西門火災新聞（標題名稱），題五文分二（題型大小），上下花邊（編排形式），一百四十行（行數）。但如每一則新聞，都要寫得這樣詳細，實不可能，所以，在「稿量統計表」上要用自己的速寫，如下表：

稿量統計表

淨行數	1,100行
—	20
2×1	30
｜｜｜	45
＝×1	60
3×1	170
邊　4/2×8	180
頭　6×5×1	240
4×1	120
｜	25
—2/5—	160
□×3	90
	1,140行

說明：淨行數，就是扣除廣告，全版淨發稿量行數。「—」，表示橫題短行；「2×1」，表示題二文一直題；「｜｜｜」，表示直題全三；「邊4/2×8」，表示邊欄，題為四欄，文為全二，分成八欄高排；「｜」，表示直題短行；「—2/5—」，表示五分二，上下加框；「□×3」，表示照片一張，全三欄高。以此類推。

四、排字房。最後控制稿量的就是排字房，編輯發稿有一定的限量，排字房的檢字技工也有一定的工作量。通常一個技工是檢排三欄半到五欄毛胚，視各報社工廠的規定，例如一大張報紙，共有八十欄，所用檢排技工的人數是十八到二十五人。如果每版編輯所發稿量，超過了檢排技工的工作量負荷，延長了工作時間，不但影響出版，而且要增加工資。所以在排字房，也要計算字數，通常十欄以下的版面，毛胚不能超過十一欄，十欄以上的版面，毛胚祇能超過版面一欄到二欄，如果毛胚過多，超過的毛胚要另計工資。所以，當編輯發稿時，每版發到接近限度時，排字房應通知編輯，稿量已達飽和，而來確實的限制稿量，如果編輯必須有稿要發，也要通知排字房，還有幾欄稿子要發，使檢排的技工，不得下班，以免影響以後的工作進度。雖然，排字房的通知，不一定能戢止編輯部的繼續發稿，但在稿量的控制上，等於是亮起了紅燈。

第三節　截稿時間

截稿時間雖然各版不同，但這是各版編輯在處理編排工作的時候，與排字房連繫和工作上要求的一個標準，超過了這個時間，便會影響到報紙的出版工作，而不是截稿之後，便絕對沒有原稿來了。爲了工作的方便，編輯部還有四種截稿時間。

一、**外埠記者截稿時間**。在百萬人以上的大都市以外的縣市鄉鎮，統稱爲地方新聞的所在地，那些地方新聞的發生，除了重大的社會新聞外，都不會在夜半三更突發。地方上不像大都市，有夜工作的習慣，所以「日入而息」時，新聞便不會再發生了。即使有，不妨明天再說。所以，地方記者的截稿時間，應該提早，以各機關辦公的時間爲準，截稿時間是下午六點鐘。

外埠記者根據這一時間，新聞要在下午六點鐘前，撰發完畢，再配合通訊工具，確實截稿寄發。所以，各通訊版的編輯實際截稿時間，就要計算遞送稿件的時間。例如從臺中發出，六點前的飛機班機，火車班次，汽車時間配合起來，以最快的速度抵達臺北，就利用最快的交通工具傳遞，大約要兩個半小時至三小時，可以到達編輯部，所以，通訊版的截稿時間，訂在下午九時五十分。由於路程長短不同，交通工具各異，所以每一通訊版的編輯截稿時間也就不一樣了。

二、**本市記者截稿時間**。報紙的發行地點，一定在各大都市，都市生活是從下午六時才開始，所以，本市記者的截稿時間，必須延後。在國外，尤其是外國通訊社，記者已養成一種「新聞發生後立即寫稿」的習慣，但本國記者卻沒有這個習慣，尤其是報社的本市記者。他們一天辛勤採訪，都將採訪所得的資料，束諸包中，等到吃過晚餐（或參加酬應）後，回到報社，看過當天的晚報，喝過茶，再聊一回天，大約到八時左右，才開始撰稿，平均每天撰兩小時半的稿件，因此，本市記者的截稿時間，爲下午十一時。

採訪組定下午十一點截稿，因爲和編輯人員近在咫尺，所以採訪組雖然在下午十一時截稿，但仍要留守值班記者，等待最後消息或特發新聞至午夜十二時。採訪組的截稿時間是下午十一時，所以，編輯部的本市、體育、經濟、文教、社會、國內、要聞各版的截稿時間，便都在下午十一時以後。

三、**外電截稿時間**。外國電訊是一天二十四小時不斷向全世界各國用電動打字機自動拍發的，因爲地球上晝夜的時間，各國不同，東西方時間的誤差，最多達到十二小時以上，所以，各國作息的工作時間也不同。國內各日報早已約定，對外電的截稿時間是午夜一時廿分，最後消息爲一時卅分，屆時便將電動打字機關閉，以免影響各報的截稿時間。因此，外電的截稿時間爲凌晨一時廿分。

這一截稿時間，非常有問題，因爲臺北凌晨一時廿分，是美國舊金山前一天下午四時廿分，紐約前一天下午一時廿分，歐洲上午五時二十分，這一時間，美國國內正是最忙時間，新聞也是最多的時間，我國的日報，卻已是截稿時間。因此，國外很多重要新聞，我國的日報要第三天才能報導出來，這是我國國際新聞最大的缺點。

四、編輯部的截稿時間

這一時間，也是編輯部處理新聞的最後時間，逾此時後，編輯部便不再發稿。也就是說，這一時間以前的新聞，都是第二天見報的新聞；這一時間以後的新聞，除非重要的突發新聞，一律犧牲。編輯部的截稿時間，是綜合前三種時間而決定的，而必須在前三種截稿時間的最遲一種爲起算，因此，編輯部的截稿時間爲凌晨一時卅分。

事實上，在凌晨一時卅分後，各版已大部完成，祇有社會、國際和要聞三版，沒有結束。所以，凡是最後消息，都可在一時卅分以前，發在第一版（要聞版）。例如「西門鬧市一時二十分發生火警，正在燃燒中。」，要聞版也可以「最後消息」刊出。

通理十三：「截稿時間」，是編輯工作的里程碑、警戒線，非萬不得已，不予突破，這是一個至高無上的原則，所有編採人員，必須遵守。

第四節　突發新聞的緊急處理

突發新聞的處理，不在一般新聞處理的常軌以內，所以不在「新聞的處理」的一章中討論，而在「發稿」的一章內研究。

何謂「突發新聞」？突發新聞的意義有二：一、在時間上，逾越截稿時間而發生的新聞；二、在意識上，是出乎意外而發生的新聞，謂之突發新聞，而前者的意義，較後者爲重，因此，即使在意料中，但逾越了截稿時間，仍舊稱之謂突發新聞。

突發新聞發生時，已經過了截稿時間，或已在拼版，或版已拼好，在這些情況下，應作不同的處理如下：

一、**預留版面**。當拼版尚未開始時，突發新聞發生，爲了爭取時間，一面發稿，一面拼版，而將這一突發新聞的地位、篇幅，預先留置，繼續拼版。當版面完全拼好時，或看大樣時，甚至已看清樣，才將突發新聞排好，補入預留的版面中，而不影響整個作業的時間。預留版面的行數、標題大小，均要計算精密，不可一改再改，反而影響了工作時間。

二、**改版**。當突發新聞的內容，與另一已發新聞的內容接近，祇要將局部的新聞和標題改發，就可填補整個新聞的缺失，這稱之爲改版。改版的原因很多，而因突發新聞而改版，甚至改拼，是常有的事。不過改版要有決心，並且在刪節增補上，必須視其必要，作最簡捷的處理。

三、**挖版**。版已拼好，突發新聞發生，將一次要新聞抽換，必須挖版。挖版是很費功夫的，有時候寧願改拼而不願挖版。因此，挖版也必須精確計算行數，然後才會事半功倍。

第十四章

版面的處理

拼版的工作，是屬於編輯技術的一種。但在版面的表現上，拼版是編輯工作的總結。如果編輯在其他的工作較不理想，拼版技術高明，可以挽回編輯上一半的失敗；如果編輯在其他工作上做得非常理想，而拼版時困於運用，最後還是失敗。所以，良好的拼版技術，是編輯工作成功的一半。由此可見，拼版在編輯工作上的重要。

拼版的工作，不是編輯一個人可以完成的，他必須倚賴排字工作的合作。所以拼版的好壞，固然在編輯的指導，但如果排字房和編輯不合作，你要將這一題拼在上面，但檢排工作還沒有完成，爲了節省時間，祇好割愛，難免影響了版面的設計。有時候排字工人將類似的新聞標題錯拼，等到大樣打出來，已無法校正，也不免使版面受到損失。因此，拼版工作是編輯上一項問題很多的工作。首先，我們先討論拼版工作的內容。

第一節　版面的計劃

版面的計劃，完全由編輯負責的。編輯先要知道某一版版面的大小，然後才能予以計劃。版面的大小，視廣告而定，廣告多，版面便小；廣告少，版面就大；沒有廣告，就設計一個全版的版面。在中文版廣告的排列，以自左上角到右下角畫一對角線，也就是面對報頭畫一對角線，在對角線的右上方，稱之爲新聞版，在對角線的左下方，稱之爲廣告版，廣告的排列，必須要在對角線的左下方。左上圖就是華文報版版面的圖案；西文報紙恰恰相反，因爲它們是橫排自左至右的關係，自右上角至左下角畫一條對角線，線的左上方是新聞版面，右下方是廣告版面，西文報的廣告應該均向右下方排列。見附圖。

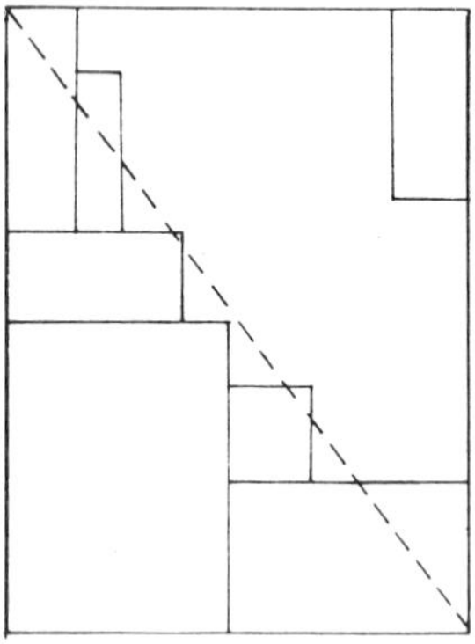

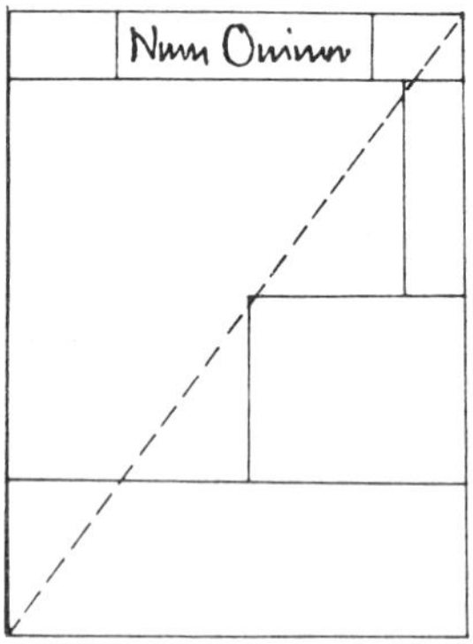

決定了版面的大小，然後在閱稿的時候，留意當天新聞的重要性，來決定版面的型式。例如頭題新聞是採取單一制，還是雙頭題。所謂雙頭題，就是在正頭題前面有一個假頭題。有幾篇邊欄，邊欄應如何排列？一個版面上，最多可容納三個邊欄，再多就不好拼版了，然後，再決定頭題是用橫題，還是用直題，這都和版面的大小有關。

通理十四：頭題的大小，不得大於版面的三分之二，不得小於版面的四分之一。

解釋：例如版面為六欄高，則頭題不得大於四欄；如二十欄的版面，頭題不得小於直五欄。所以要如此比例，完全是要頭題能壓得住版面。

通理十五：小版面的頭題題型，以採用橫題為宜，大版面的頭題，以直題為佳。而橫跨全版的頭條新聞標題，必須採用橫題。

版面的計劃，是編輯隨時隨地看發稿的情形和新聞的內容，而加以改變的。一直到截稿，編輯應將所發的稿件作一總檢討，才能確定最後的版面。在過去大陸和今日海外的中文報，因為版面比較鬆，標題也比較少，版面的設計當然比較容易，編輯發完稿後，祇要畫一個大略的版樣，而不必親臨排字房，都交給排字房去運用。但今天報紙版面擠，字數多，標題複雜，所以必需親臨指導，才能達成拼版的要求。

今天祇有副刊編輯，仍沿用畫版樣的舊習。今天雖然編輯需要親自下工場拼版，但爲求慎重起見，編輯自己仍不妨畫一個版樣，這樣可以使版面的美觀，瞭如指掌。

第二節　版面規則

新聞版面計劃完成後，便要進行拼版，但拼版的進行，必須符合一些規則，這些規則不能違反，否則就破壞了版面的美觀，也造成了版面的錯誤。

一、在同一版面上，不可通欄。（見圖一，對稱版面非常美觀，但有兩通欄橫斬爲三截）

通理十六：拼版時每一欄均不可通線。

解釋：在同一版面上的通欄，就表示版面、上半部的內容與下半部的內容完全不相同，即使是有邊欄的小通線，亦不允許。

例外：1.一則新聞橫跨全版二欄或二欄以上自成一篇的上邊欄或下邊欄。

2.與本版新聞有關的圖片，在版面的上部或下部全通欄。

圖一：對稱版面。這是電腦組版的特殊效果，對於專欄和特寫的處理，較為合適，但在新聞版面上，仍應有機動性走文的規劃。

政策有錯誤 蹉跎歲月

謝長廷：請問，還要等多久？

加入聯合國 章謝大辯論

重返聯合國 全民共識

章孝嚴：但是，不能不擇手段！

章問：台灣為名義，是目的？手段？

謝答：是目的，也是手段。

謝長廷

章孝嚴

謝引用薛毓麒：我沒講過

章：國際人格未中斷

謝：國際組織不承認

章說：當然中共要出去！

謝問：怎麼可能趕中共出去？

愛拼會贏 呷緊弄破碗

章孝嚴：沒有什麼包袱 時間不夠發揮

謝長廷：迴避我的問題 他的包袱較重

謝：不要阻撓共同體形成

章：少提粗糙草率的訴求

化解恩怨 命運共同體

二、上下標題，不可重疊。（見圖二，電腦排版使全頁有七題重疊）

通理十七：在同一版面上，標題不可重疊，直對的標題至少有一欄以上的間隔。

解釋：我國報紙版面上的標題，絕對不可對題，但橫題下直對直題可不在此限，直題下直對橫題，至少亦應有一欄間隔。前題與後題中間，要有三行以上的間隔，前題為直題，後題為橫題時，至少也要有二行間隔。

三、除了短欄加框外，新聞不可跳行。

通理十八：新聞轉折，必須緊接下一行，橫行和直欄間均不可跳越。

解釋：新聞轉折，以在最後一行轉到下一欄最前一行為原則，不可跳行，也不可跳欄。

四、在同一版面上，花框不可並列和重疊。

通理十九：花框不可並列在一起，也不可重疊在一起。

解釋：花框不可相接，如遇到邊欄，花框改為上下加框。

通理二十：中文內文直排自右至左，標題不應自左至右。

解釋：中文編排，必須合於文學倫理，自右自左一亂，讀起來就不順。如內文係自左至右橫排，標題當然亦自左至右。（見圖三）

圖二　直題有七題重疊

造勢動作太頻繁　蕭天讚出局
章孝慈　第三代
安排在第三　有象徵意義
退黨
蕭天讚落榜　蕭家班反彈
如果壓不住反彈　當心嘉義繳白卷
施啟揚　馬英九站排頭
簡漢生　會場運作肩挑大任
陳金讓等須辭選務
國大秘書長　謝隆盛接任？
別劃清界線！
曾珍麗
張貞松曾是華隆集團要人
明光法師因緣成熟
胡晉棠，興教建國
焦再娜甫　周一才知被徵召
高志明

圖三　標題橫排內文直排的混淆方向

突破僵局　兩岸關係漸臻佳境

奇山異水　大陸風景甲天下
今年觀光客將近三千萬

汕頭特區經濟發展神速
萬里歸功於政局穩定

青海礦災12死5傷

政治藩籬擋不住民族血肉相連
台港大陸電影人亟盼同地較技

國防綠化校園
中共宣稱「軍訓」北大成效顯著

興建千間「華僑樂園」
廣州香港合資20億人民幣

《一句話兩岸》
- 中共中央軍委辦公廳主任由李際均升任。
- 法國前外長戴維恩抵北京訪問一週。
- 廣州已獲准設股票市場。
- 大陸再添14個對外國觀光客開放的城市。
- 上月大陸出口逾62億美元。
- 北京決定全國食糧價格加大市場調節的分量。
- 廣東醫藥集團經營不善，首次出現虧損。
- 大陸茅台假酒充斥。
- 北京政府指示全面搜尋台灣去世老兵大陸親屬。
- 香港鏡報指王震等中南海四老人促鄧小平公開反省。
- 大陸愛滋病擴散迅速。
- 武漢市出版「國共兩黨關係通史」。

第三節　標題的分佈

我們在討論標題的時侯，曾經討論過標題在版面上的數量問題。而現在討論拚版的時侯，標題的數量對於標題的分佈，也有極大的關係。

標題除了在版面上的數量要確定外，在版面上的位置也非常重要。中國報紙的版面，講究平衡，不像外國報紙的標題，往往集中重點在上半部，有時侯下半部成爲真空狀態，這是非常不美觀的。而我國報紙的標題，散佈在版面上，也有一定的原則。

標題的分佈，在版面上以勻稱爲第一要義，其次再講求對稱，橫題和橫題不可連接使用，要有三欄以上的間隔。這些雖是不成文法，但在版面的處理上，是有其理由的，因爲標題分佈不勻，不但損害版面的美觀，讀者閱報時，也會深感不便的。

版面上最美觀的標題分佈，是斜梯形式的分佈，如附圖。

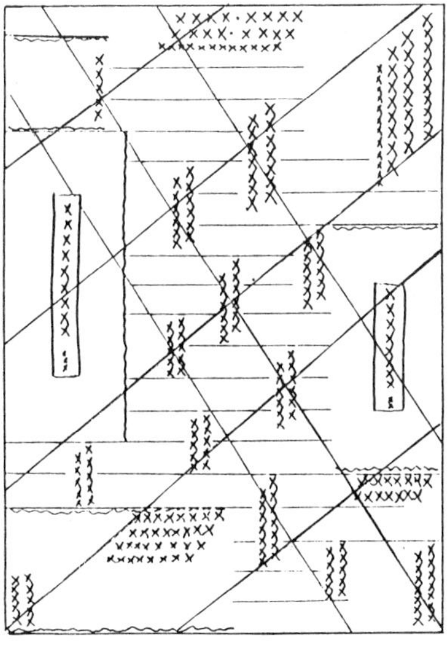

第四節　版面的運用——點眼法

標題在版面位置的分佈，我們已有了一個概念，拼版時可以不致錯誤。但從整個版面來說，如真正要求版面活潑，不可忽略點眼法。

何謂「眼」，在新聞版面上，有特出的地方，就稱之謂眼。例如全二，全三欄的新聞和花邊新聞，以及邊欄等，都可以構成「眼」。版面上有了「眼」，不但顯得活潑，版面也可賴以平衡。在一個版面上，小的版面應有二個以上的「眼」；大的版面要有五個以上的「眼」。否則，版面便顯得呆板，見下圖：（有×的方框就是「眼」，用全二、全三、全四排列）。

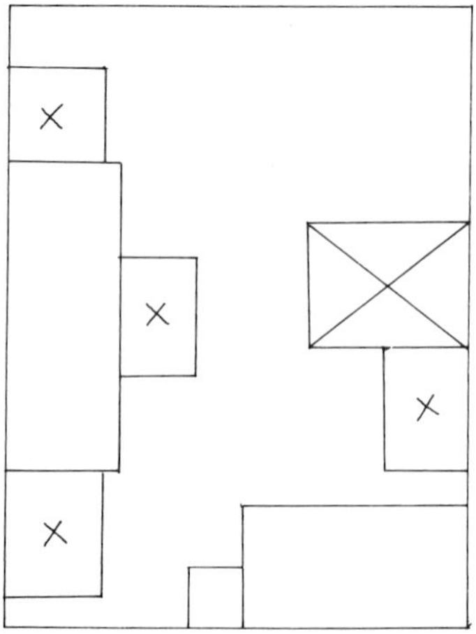

版面上「眼」的分佈稱之謂「點眼法」，一般新聞編輯人也許對這個名詞，會感到一點生疏，但善於「點眼」的編輯，方能善於「拼版」。點眼有若干原則：第一，「眼」的分佈必須均勻。所謂均勻就是上下左右都要有「眼」，不可將「眼」點在一起，換句話說：不可以將「眼」集中在一起，如果將「眼」都集中在一起，版面便失去平衡，顯得有的地方太臃腫，有的地方太消瘦。第二：除了邊欄之外一個，「眼」不能和另一個「眼」重疊或並列。如果將「眼」重疊，版面便會形成半身不遂的毛病；如果並列，拼版的轉折要發生問題。第三，避免在「眼」的邊上，再接一個同樣大小的標題。例如在一個三長的「眼」後，緊接着一個題三文一的新聞，這是不美觀的。

第五節　拼版要訣

除了標題，點眼之外，拼版還須要注意的地方很多。

第一，除非有突發的新聞，拼版應儘量在全版新聞完全檢完後，開始拼版。否則，容易遺漏新聞，或將重要的新聞倒置於不重要的地位。

第二，拼版的計劃必須有腹案，不能在拼版時三心兩意，貽誤戎機。

第三，拼版時的轉折，必須依照中國文字自右至左，回轉時必須緊接下一欄，除短欄花框外，不可跳行，以免讀者混淆欄別，而接錯新聞。

第四，在一個版面上，新聞不能中斷，然後再予轉接。

第五，每一則新聞結束，必須檢查，如因版面容納不下而割斷時，必須在句點後割斷。

第六，標題需要改換，則將標題倒排或反排；標題需要改字，則將要改的字倒排或空出，編輯在看大樣時引起注意，而不致錯失。

除了上面六點之外，拼版的瑣碎事還是很多，而必須在排字和拼版時隨時發覺隨時改正；有很多錯誤，往往發生在拼版匆促之間。因爲拼版的時間，必須有限制，十欄以下的版面，不可超過半小時；十欄以上的版面，拼版也不能超過五十分鐘。而以二十分到四十分鐘，是最標準的拼版時間。如此匆促的時間裏，要將版面的許多重要決定完成，這的確是不輕易的工作。所以編輯在拼版的時侯，切不可掉以輕心，認爲這不過是雕蟲小技，如果這樣，永遠不會產生完美的版面。

第六節　改　版

拼版完成之後，如果需要改版，要看動的手術大小，動小手術時，祇要在機器房打紙型前略加整理；動大手術時，必須拆版重拼。在編輯工作上，最好不要改版，因爲這是浪費時間，增加工作的事。祇有在下列情形下，必須改版。

第一，發生突發新聞，其重要性在一般新聞之上。在這種情形之下，不改版是不行的。因此，要將原有的新聞拆去，或者改小。算準字數，避免在不需要更動的新聞上多所變動，而斷然改版。假如所發生的新聞，比原來的頭條新聞還有價值，則改頭題亦在所不惜；但要變更頭題在拼版完成之後，常是「不智」的事。因此，在萬不得已的情形下，決不改版。

第二，新聞編輯錯誤，不得不改版。因爲編輯工作，常在時間限制下完成了排字房的工作，也往往在沒有良好連繫的情形下，造成各種錯誤。如果錯誤發覺在校對之前，尚可補救；如果發覺在拼版以後，便必須改版。新聞編排的錯誤有數種：一是新聞的標題與文字誤接；一是花框新聞與普通新聞誤排；一是拼版時將別的新聞誤接。要改正這些錯誤，最簡單的是變換標題，儘量避免變換文字，即使文字非換不可，也可另做一小標題，將錯誤接承的一段文字，設法和前文分開便可。

第三，版面發生問題時，如不美觀、通線和其他事故，必須改版。版面的美觀、合理，常是每一位編輯所希求的。往往因爲標題分佈的不如意，而需要略加整理。除非有重大障礙，改版還是最好不去輕易嘗試。尤其當版面發生碰題、橫題太多、或標題大小不勻時，這些都應事先計劃，臨時拼好版才發覺而改版時，已經來不及了。

總之，拼版是學理和技術互相融會貫通後所從事編輯工作的最後階段，如果事先沒有好的版面計劃，豐富的編輯經驗，往往是不容易在拼版時得心應手的。我們不要以爲拼版是排字房技工的事，而版面的好壞，卻完全繫於編輯人之手。

第十五章　校　對

一張報紙的好壞，不僅要看它的內容，還要注意它的錯字，即使內容是字字珠璣，但一眼看去，錯字連篇，這一張報紙便一無可觀了。晚近中文報刊，由於字體過小，排字過密，工作要求的速度過高，編輯和校對的程度不夠，因此，要找出一張沒有錯字的報紙，實不可能。過去有某報的社長，大發狠心，要「消滅錯字」，訂下很多獎懲的辦法，但結果祇弄得編輯部「雞飛狗跳」，錯字還是沒有消滅掉。又有人認爲：中文的用字過多，同音異義字又不少，難免總有些錯。但報紙是大眾傳播工具，錯字一多，以訛傳訛，將來在中文字的運用上，不知要錯到伊於胡底了。

第一節　編輯與校對的關係

編輯與校對的關係，在報社一般人員的心目中，編輯高高在上，校對地位較低，校對應該一個字一個字去對，而編輯可以大而化之的劃上幾筆，而一旦發生錯誤，一切責任都推在校對的身上，這是莫大的錯覺。一張報紙要沒有錯字，必須各方面配合，而決不是校對單方面的責任。要報紙沒有錯字，必須要嚴謹工作組織。

第一，原稿要清晰，不論是來自何方的稿件，不清晰的稿子寧可不用，否則要重抄一遍，如果直接發排，排字房的技工檢出來的小樣一定錯字百出。尤其有些記者寫的稿子，行文如天馬行空，着字像龍飛鳳舞的稿子，最好將記者轉業，因爲這種稿子，不但排字房吃不消，校對更會疲於奔命。

第二，編輯要切實改稿。十之六七的編輯先生，疏於改稿，甚至有少數編者，疏於閱稿。因爲搶時間的關係，讀一遍「導言」，就將標題撰下而發稿，將來發生了錯誤，負責的校對會再去請教，不負責的校對就依樣畫葫蘆。有些編輯認爲校對拿原稿去問，是一件失面子的事，有時不免發脾氣，更使校對裹足不前了。

第三，編輯要主動校稿。編輯和校對之間，不可有階級的觀念，因爲編校工作是一體的，一位擔任編輯的人，絕不可以將校稿的責任完全推在校對的身上，否則就難免滿紙錯字了。我國名報人前《世界日報》社長成舍我，就是最注重報紙要沒有錯字的人，他校閱大樣的時候，全版一字一讀，從不馬虎。他擔任世界日報社長，每天一早上班，必花費二小時的時間，從報上第一個字一直讀到最後一字，不論編輯、採訪、校對、廣告所發生的錯誤，一一錄出，條諭改正，這種辦報精神，在中國可說是絕無僅有的一人。

第四，校對要勇於負責。擔任校對工作的人，必須要勇於負責，祇要有一點懷疑的字，必須立即請教校對長和編輯，決不姑息。同時，對原稿裏的錯字，自己認爲絕對有把握的，也要代爲改正。校對可以分爲三等，第一等的校對會捉錯字，就是專挑出錯字來，包括原稿上的錯誤，第二等的校對就祇會對錯字，照原稿來劃，看不出編輯和記者的錯誤；第三等的校對就要掉錯字了，這種校對心粗氣浮，有錯字都看不出來。

要消除報紙上的錯字，一定要加重校對的責任，要加重其責任，必須提高其地位，增加其待遇，因此，才能進一步改進其素質。近年來，大學新聞科系和研究所出來學有專長的人，也有不少從校對做起，這是非常好的現象。但校對的素質提高了，待遇和地位不調整，就產生了畸型的現象，要徹底改變人們對校對的觀感，還是不可能的。我們認爲：要做好校對工作，必須要編校合一，就是每一位助理編輯和編輯，必須出身於校對，沒有做過校對的人，不得擔任記者和編輯，這樣，就可使校對有晉升的希望而努力於工作。

第五，檢排錯字要減少。中文活字排版，年來逐漸感到檢排技工的缺乏，因此，小樣錯字的增加，影響到校對的工作。在一般水準上，每千字的小樣，錯字不應超過五個字，千分之五的錯字率，校對工作就較爲輕鬆。如果檢排技術不夠，每千字的錯字到十個字，校對工作就要加倍，如每千字錯字率達到千分之五十時，即錯五十字，校對工作就要加重十倍。所以，錯字的多少，檢排技工的水準有直接的關係。

第二節 小樣

由原稿變成鉛字，打印出來的一張樣子，名叫「小樣」。小樣是最原始的樣子，在一般的排印單位，對小樣非常重視，因爲一切錯誤，都最容易發生在小樣上。如果小樣上的錯誤沒有改正出來，就會一直錯到出版。在報社的編輯部門中，校對工作分爲三部分，第一部分是初校，第二部分是複校，第三部分是看大樣。第一、二部分純由校對人員負責，第三部分由校對、編輯和總編輯共同負責。而「小樣」就是第一、二部分的主要工作對象，它分爲初校和複校。

一、**初校**。初校的工作，最爲繁重。在一般的標準下，「小樣」上和原稿相比，其錯誤在千分之五以下，才合乎水準。也就是說：小樣上的錯誤，每一千字不能超過五個字，如果一張小樣上的錯字連篇，那麼，這一位檢排技工便不合格。由於近來排字技工缺乏，往往學排字不到半年，就正式到報社上班，檢出來的小樣，每一千字的錯誤竟高到五十字以上，這樣的小樣，連改正錯字的空間都沒有了，報上的錯字如何能避免？

小樣不但原始錯字不可超過千分之五，還要打印清晰，打樣時不可油墨太少，要濃淡合度，打樣時也不可移動，模糊不清。校對拿到小樣時，一定要將原稿檢出，對於一般的稿件，可以不對着原稿看，而以讀校的方法，遇到人名、地名、日期、數字，和專門名詞，要對原稿。如果自己認爲沒有把握，就必須一字一句地對，但那樣很費時間。

校樣所用的符號，與本書第三章第四節「編輯用符號」大致相同，不再贅述。茲將「小樣」改正後附錄於後：（見下頁附圖）

二、**複校**。複校的工作，是將小樣初校校正後，再打一張清小樣，送校對人員複校。複校的人最好不是初校的人，他從頭至尾再讀校一遍，但遇到人名、地名、時間、數字和專門名詞，還要對原稿。如果複校的人仍是初校的人，也有好處，因爲讀第二遍，總可以再有一次印象，這視各報的制度而定了。複校決不可掉以輕心，一定要一字一字讀下去，因爲這一校樣過去，就不再回頭了。複校時讀校完畢後，再將初樣小樣上的校正處，再複核一遍，如都已校正，則在初校小樣上一一劃去，如還有錯字，在複校小樣上再改正。複校小樣如錯字仍多，送排字房再改一次；如錯字衹有一兩個，則留置在校對室，作看大樣時改正之用。

初校小樣已很乾淨，也可不經複校，但對於特別重要的稿子，必須複校，如社論、專論和三欄標題以上的稿子，即使初校時一個錯字都沒有，也應複校。因爲再讀一遍，也許會發現新的錯誤。近年來有很多報社，已不複校小樣，僅初校小樣一次，直接到大樣時才改正，這是時下中文報錯字特多的最大原因。

千餘大學教授致函卡特
促請審慎處理對匪關係
副本由部份教授致送美大使館

【台北訊】一千零五十三位在各大學執教的專任教授，聯名寫信給美國總統卡特，從外交、軍事、經濟、人權、中美關係各種觀點闡明美國如果與中共「關係正常化」所可能產生的不良後果，建議卡特總統對與中共進行關係正常化一事三思而行。

這封信定今天郵寄美國白宮一部份教授並定下星期一前往美國駐華大使館拜會安克志大使，致送給卡特總統信件的副本

在這封信上署名的大學教授有台大一百八十一人、政大二百十三人、師大二百四十六人、中興大學二百零七人、成大八十二人、清華大學五十三人、東吳大學二十一人、文化學院二十人、淡江學院一人、中央大學二十九人。

該函內容如下：

卡特總統閣下：

當閣下派遣范錫國務卿前往我國大陸與中共進行關係正常化談判之際，吾人基於中美共同利益及世界和平前途，謹向閣下提出以下觀點，敬請指教：

㈠從外交觀點言，若貴國之與中共關係正常化，旨在籠絡中共以制俄，形成均勢，則貴國與中共現在既有之聯絡辦事處，已足資應付。今貴國曲意示好於中共，而欲破壞現狀，則不僅限武談判無望，世界和平亦將岌岌可危。抑有進者，目前中共內外困頓，其有求於貴國者多，而貴國實無求於中共，今若與之關係正常化，既不利於貴國，又失信於盟邦，豈是善策？

㈡從軍事觀點言，貴國擁有對敵人毀滅性之核子武力，而貴國既無意與蘇俄一戰，亦無意被侵犯，又何必棲棲遑遑，一意結納中共？若謂貴國欲藉中共控制下之人力，以為必要時與蘇俄進行傳統性戰爭，試問對方如在傳統戰爭中失敗，能仍不使用核子武力否？反觀中共有鑒於蘇俄陳兵大陸邊境，是以汲汲於拉攏貴國，無非企圖假手貴國以壯大其[illegible]，他日羽毛豐滿，必將翻臉成仇，是則貴國此舉，何異於養癰為患？

㈢從經濟觀點言，自貴國與中共互設聯絡辦事處，以進行貿易與文化活動以來，四年之間，有何成效可言？若謂此乃雙方之外交關係尚未正常化之故，然以日本承認中共之事例為證，其與中共之貿易，不惟迄無積極之進展，且自去年以來，雙方前此既有之貿易額，亦在大幅銳減之中。是知貴國若以經濟貿易之理由，而謀與中共關係正常化，則其結果，又豈止是徒為加重貴國[illegible]之負累而已。

第三節　大樣

所謂大樣，就是將新聞和廣告都拼成一個版，然後打出來的稿樣，名叫大樣。大樣是一張報紙的毛坏，報紙的型式已經完成。大樣也要分成三次校對，一是初校大樣，二是複校大樣，三是清校大樣。玆分述於後：

第一、初校大樣。等編輯拼好版後，排字房將複校的錯字改正，連同拼版後的第一張大樣，送回校對人員，進行初校大樣。這時要注意的：一、檢查大樣上的每一條新聞，是否都經過初校和複校？二、檢出初校或複校的校樣，核對每一則拼在版面上的新聞。如果某一則新聞是編輯後來加發的，來不及初校或複校，則需特別注意一次校正。三、劃大樣時，要將每則新聞與初、複校樣的同一部位，很快地校過。四、如有剩餘時間，將重要新聞重讀一遍。五、注意新聞的標題和文字是否一致？六、注意拼版的轉接是否合理？七、注意文字和標題中，有沒有倒屁股鉛字？附錄大樣報版於後：（見下頁附圖）

第二、複校大樣。複校大樣是主編一個版的編輯的責任。排字房將校對室初校大樣送出後，等到校對完畢，憑對大樣的錯字完全改正後，再打一張大樣給編輯。編輯看大樣，要在十分鐘時間內，完成最後審查的工作。當然，編輯無從在十分鐘短促的時間內，再去重讀每一則新聞，但

蔣主席勉地方黨工人員
要以服務態度展開黨務
轉化一般性黨政關係為地方建設關係
轉化一般性羣衆關係為全民服務關係

【台北訊】中國國民黨主席蔣經國要求地方黨務工作同志，要大公無私，光明磊落，以豁大的胸懷，服務的態度，嚴謹的生活和勤奮的工作，來開展黨務，轉化一般性的黨政關係為地方建設的關係，轉化一般性的羣衆關係為全民服務的關係。

蔣主席昨天中午，在中興山莊和台灣省地方黨務工作同志以及從政黨員同志聚餐，勉勵全體同志加強服務民衆，安定社會秩序，培植善良風氣，協助地方建設。

蔣主席要求黨務工作同志，體認中國國民黨是一個革命民主政黨，也就是一個開放的服務的政黨，所以基層工作同志要不計名利，貢獻精誠，協助從政同志，一切力量投入基層，一切工作集中於為廣大民衆服務。

蔣主席指出，在新近一次的地方自治選舉中，部份的縣市長是新任，部份是連任，而縣市黨部主管同志，新近也經調整，所以希望各縣市的黨務工作同志，更加要大公無私，光明磊落，以豁大的胸懷，服務的態度，嚴謹的生活和勤奮的工作，來開展黨務，轉化一般性的黨政關係為地方建設的關係，轉化一般性的羣衆關係為全民服務的關係。蔣主席認為，黨和羣衆的關係，正如同魚和水的關係，魚不能無水，黨也不能離開羣衆，否則即成為無生命、無基礎的組織。因之，從事地方黨務工作，必須深入羣衆，瞭解羣衆，幫助羣衆。

蔣主席強調，國難當前，日復一日，他本人毅然接受黨的徵召，接受國民的付託，被選為中華民國第六任總統，就是為的作為一個革命黨員，作為一個中國國民，不能自外於革命的艱務的責任。因之，希望同胞、同志，不要作形式上的要求，尤其不宜有任何鋪張的舉動，而共同努力謀求更進一步的團結、安定和進步，以達成我們復國建國的使命。

蔣主席同時警惕地方從政同志，要認識共匪統戰、分化、破壞的陰謀，提高警覺，來維護地方社會的安定。

蔣主席指出，地方建設是國家建設發展中的一環，希望地方從政同志能使地方建設在安定中求進步，以團結來求發展，刷新政風，繁榮地方，更要貫徹中央決策，造成全面的大團結、大進步！

對於與匪進行締約談判
福田聲明未作決定
並強調堅守五基本立場
須與所有國家維持友好

【本報東北亞特派員于衡東京廿七日專電】日本自民黨今天在會議中討論日本進一步與中共簽訂「和約」的有關問題，但未獲結論。福田赳夫在會中報告說，他已決定進一步與中共談判和約，唯黨內意見未能統一，現尚不能作最後決定。

以灘尾弘吉為首的自民黨及對與中共談判和約的「慎重派」，今日繼續反對，他們最重要的理由是，與中共談到附有反霸條款的和約，將激怒蘇俄，逼迫蘇俄向日本採取報復行動，不符合日本的國家利益，同時也影響東南亞及東北亞的均勢。但大平正芳則主張及早與中共進行和約的談判。在「慎重派」與「促進派」的雙派壓力下，福田有遷就促進派的趨向。

【法新社東京二十七日電】日本首相福田赳夫今天表明日本政府對恢復「日、中（共）和平友好條約」締約會談的基本立場。

由於中共堅持這項「條約」中應列入反霸條款，締約談判自一九七五年九月以來一直中斷。

據政府人士說，福田今天向執政黨自民黨及反對黨領袖說明的日本政府五點基本立場如下：

——這項「條約」是應一九七二年發表的「日、中（北）聯合聲明」的呼籲而締結。

——日本政府認為，最好是在全面分析有關日本與中共的情勢後，再重新展開締約談判。

——這項「條約」對日本加強其在中國大陸的外交立足點而言極為重要。

——這項「條約」將有助於確保亞洲的和平與安定。

——日本政府不會背棄其立場，此一立場為：日本必須致力與所有國家維持友好關係。

福田在與自民黨領袖會晤後，分別會晤了在野黨社會黨及民主社會黨的領袖，向他們說明他與中共恢復會談的決心，並尋求他們的合作。

卡特今年不訪東亞
白宮否定卡特擬與匪頭晤談傳說
孟代爾下月只訪問澳紐菲及印尼

【本報華盛頓特派員施克敏廿七日專電】「美國新聞與世界報導」雜誌說，卡特總統想要與中共頭子華國鋒會談，但是白宮一位新聞官在答覆本報記者詢問時則說，卡特總統已說過，他今年沒有空到東亞訪問。

「美國新聞與世界報導」是在「卡特個人外交的紀錄進度」一篇專文中，指出卡特想與高級共黨領導人布里茲涅夫及華國鋒會談，「不過這種會談要先看外交談判的進度而定。」

白宮新聞官湯生對這項報導，不予證實。但說，卡特總統在上個月宣佈派副總統孟代爾代表他前往東南亞及太平洋地區訪問時，曾特別指出，今年他沒有時間到東亞訪問，所以才派孟代爾副總統前往澳大利亞、紐西蘭、菲律賓及印尼等國訪問，孟代爾東南亞之行，定四月卅日啟程。

「美國新聞與世界報導」同時在「一篇中耳語」一欄中報導說，駐北平的外國外交人員說，華國鋒將在今年下半年訪問歐洲，特別是東歐國家中的羅馬尼亞及南斯拉夫，以煽動這些國家脫離蘇俄的影響力。

這家雜誌另外在「世界消訊」一欄中報導說，北平政權加強與日本及西方世界的關係；以及與美國關係更為密切的前題，一項「反莫斯科軸心」，正在形成之中。

馬里克指共匪
干預印尼內政

【美聯社雅加達廿七日電】印尼副總統馬里克今天指控中共支持印尼地下共黨人員。

馬里克告訴一群外國記者說：「中共可能已干預印尼內政。」

上週，國防部發言人曾指控中共干預印尼內政，因它對過去數月間印尼學生的反政府活動表示同情。

馬里克說，雖然如此，印尼仍準備與中共進行「關係正常化」。一九六七年，印尼指控中共參予一九六五年印尼共黨武裝政變，導致印尼中止與中共的關係。

【中央社雅加達二十七日專電】印尼消息，[illegible]的「羅盤報」今天強烈譴責共匪電台本月間的一項廣播，支援煽動印尼學生繼續在印尼進行顛覆活動。

該報說，共匪的廣播並透露在印尼社會繼續發展現有的矛盾。

該報呼籲提高警覺，防範匪共的分化陰謀。

美元兌價又瀉
日德表示憂慮
韓外貿貨幣擬增列日圓

【合衆國際社東京廿七日電】缺乏日本銀行的支持，美元今天在東京外匯市場上又狂跌到另一次二次大戰後的最低價位。

在收盤前不久美元價跌到二二二．二五元，後來以二二二．三〇日圓收盤，這較上週五的先前低價位二二八．二〇還低。

美元這項新低價位表示，自一九七一年十二月美元對日圓的兌換率訂為三〇八以來，美元對日圓的價值已貶值百分之卅六．七。

交易人士說，今天上午的現貨交易約為三億九千四百萬美元，日本銀行約購入二億美元。

福田今天在參院告訴記者說，「美元的貶值正在造成目前全世界的金融危機」。

大藏大臣村山達雄在參院預算委員會表示，日本應增加輸入，並且為了調整國內經濟的收支盈餘，應使國內經濟更形擴張。

【中央社波昂二十六日美聯電】西德總理施密特在訪問中表示擔心，因美元幣值下跌造成的世界貨幣不穩定情形，可能使西德政府不能達到一九七八年經濟成長目標。

【中央社漢城二十七日美聯電】消息人士今天說，韓國計劃在短期內，指定日圓和其他二十四種外國貨幣為韓國外貿帳戶的法定貨幣。

計劃中的指定日圓，主要是受了日圓對美元日增的強勁地位的驅使，與韓國的國際貿易受美元的牽制太大。

匪將誘惑泰國
進行反俄政策

【法新社北平廿七日電】中共將接待泰國總理克利安薩，進一步加強其反俄外交。克利安薩將在廿九日正式訪問北平。

克利安薩將軍訪問北平，是中共和泰國自一九七五年七月一日「建交」後雙方第一次重要會晤，這也是兩個新政權的首度接觸。

中共最近曾採取很多對抗蘇俄在東南亞影響力的主動，以消除蘇俄在中共南疆造成的任何威脅。

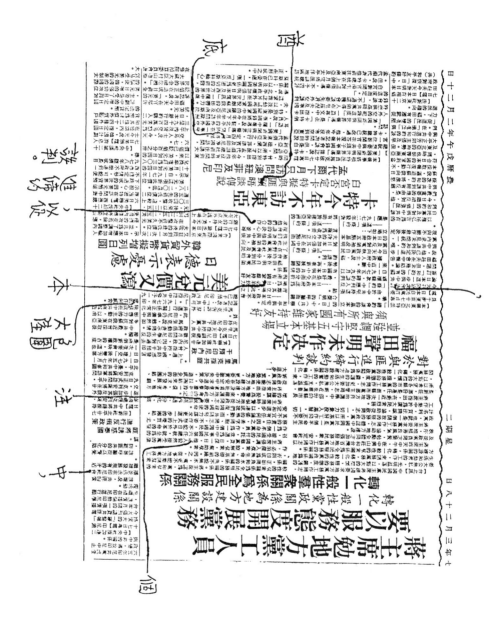

對於重要的新聞，和自己手編時認爲有問題的地方，要加以特別注意。看大樣的責任有三：一是新聞的標題，必須細細審閱，作最後一次必要的改正；二是對整個版面，是否還有更動或添減的必要？三是對於文字轉接，文字和標題的內容，還有什麼錯誤沒有？如果在這三方面都沒有問題，編輯就在大樣上簽字，交給總編輯或負責編輯總責任的副總編輯或編輯主任，去清校大樣。

編輯看大樣時，最重要的是不能在大樣上改得太多，要在二十分鐘以內的時間，閱完一張大樣，如果這兩點做不到，則排字房、機器房和編輯部門，將有數十人守候這張大樣而遲遲不能降版，這是千萬不能掉以輕心的事。

第三、清校大樣。清樣，就是大樣複校後，由排字房改正再打兩張清樣（三五一頁），一張交校對長最後清查，一張交總編輯最後清查。清大樣的工作，是編輯部門最後的工作，也是編輯部版面負責人的最後責任。清大樣時應該注意的事是：一、新聞版面上各版之間的連繫是否有錯誤？二、新聞是否在各版重複出現？三、新聞標題有什麼不妥，需要修改的字句，立即予以修改。四、每段文字轉接之處，有無錯誤？如果這四項都沒有問題，這一版的編輯工作便全部完成，而負責在大樣版面上簽字後，立即送交副總編輯或總編輯核閱清樣，校樣的工作，到此爲止。而校樣最重要的，就是細心。如果能將校樣工作做好，才能奠定一位優秀編輯人員的基礎。

我們對校樣的工作，要有這樣的認識，報上的錯字才會減少。

總編輯清查完畢後，在清樣上簽上「付印」兩字，並註明付印時間，全部編校工作於焉完成。

附誌清樣於後：

縣內二千九百餘件新違建
縣府定十一月起執行拆除

警員喬裝混入職業賭場
十七男子聚賭一網成擒
主持人及房東三人被移送法辦

充作急難救助基金
樹林各界人士
掀起捐款熱潮

整建林家花園

配合浮洲大橋落成通車
樹林鎮兩條計劃道
公路局將撥款開闢

一對高中學生情侶
公車之上過份熱絡

工業策進會昨日建議
速核定兩處工業用地

母親被騙五萬餘元
請求院長幫忙追回

被扣車輛生銹了
請問何時才清理

縣府將在屈尺地區
興建國民住宅

六五年上期地價稅
課徵率已決定

無錢選狀縣運選手
雙溪鄉所公告徵求

三重中央北路兩側
決定禁設攤販

糧食局決續補助農戶
鋪設水泥曬穀場

平溪鄉觀音山風光明媚
張聯科計劃闢為風景區

余柏信所拾鉅款
李益昨向警領回

鶴田實向每日新聞投書
盛讚我國安定進步

少年自強活動
昨在板橋舉行

北

火

維持通車。

付印 10:50

縣方正在這一地區，建濱加以調查中。

下編

新聞編輯的新趨勢

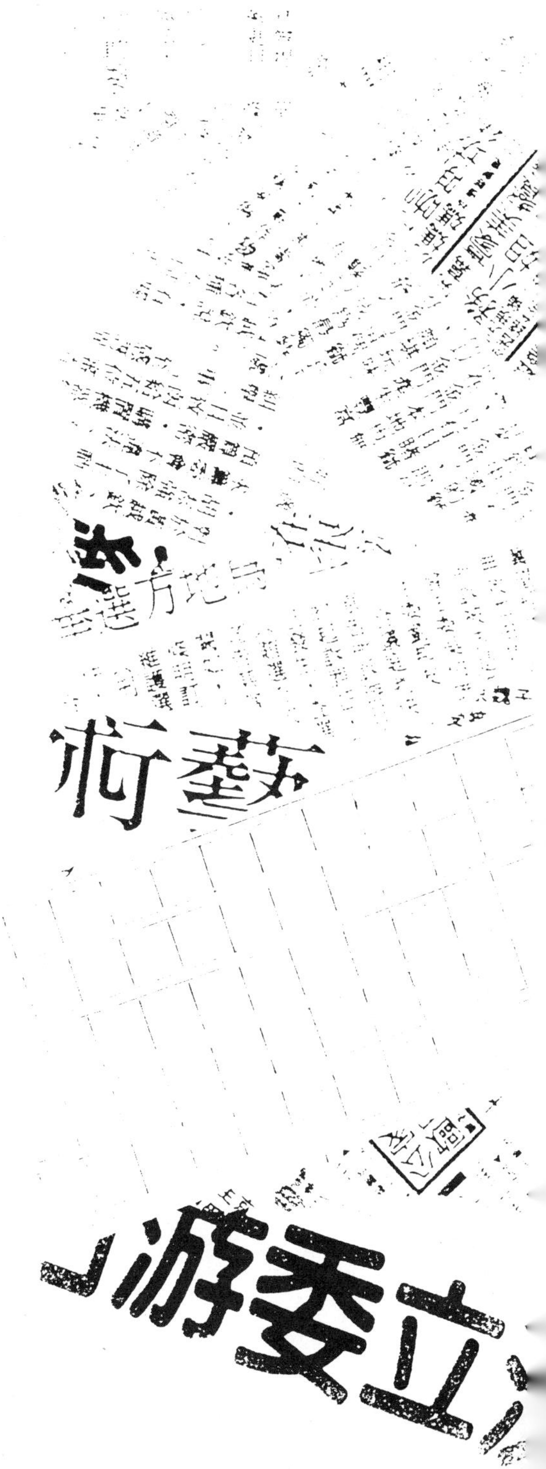

第十六章 新聞編輯的倫理

作爲一位新聞編輯人員，不但要有卓越的新聞編輯技巧，還要有強烈的倫理觀念，而新聞編輯的倫理觀，不僅對本身的工作有所交代，並要對社會、國家、民族、人類、歷史有所交代。因爲報紙是社會大眾傳播的公器，它的一字一句，莫不與社會的進退汲汲相關，如果新聞編輯人員沒有倫理的職業道德，一字所著，影響所及，不是當時就可「了結」的，也許十年百年以後，仍不能予以補救。有人說：文字孽更甚於其他孽障，不是沒有道理的。

編輯倫理是新聞倫理學（Journalistic Ethics）的一部分，它綜合了新聞道德、新聞自由、新聞自律、新聞法規和社會責任的一些理念，要求每一位從事新聞編輯的人，要充分發揮他的倫理觀念，將有益的、有用的、有價值的新聞報導，傳播給讀者。

第一節　新聞取材的標準

新聞的取材，是新聞編輯人首先觸及倫理觀念的一件工作，編輯人對新聞取材，必須有一個可以遵行的標準，但由於報社立場的不同，編輯人的生活背景不同，教育程度的不同，對新聞認知的不同，因此，各別對新聞的取材也各異。不過，依據新聞價值的客觀標準而言，其間仍可在異中取同，而客觀標準的衡量，就非要有倫理觀念不可。

新聞取材的標準，可分知性和感性兩方面。一則新聞報導，要讀者樂於接受，樂於傳播，必須有「知」的價值，和「感」的刺激，一則很有知性的新聞，不一定有感性；一則很有感性的新聞，不一定給人知的滿足，唯有知性和感性兼顧的新聞，才是有價值的好新聞，也是編輯人所要取材的新聞。

所謂知性，可從三方面來衡量：一是確實之知，二是解釋之知，三是資訊之知。

採訪記者爲求新聞迅速，往往搶得新聞的時效，而忽略了新聞的正確性。而編輯人員必須要求新聞的確實，寧可放棄迅速，而必須把握確實。有疑問的新聞報導，必須加以證實；否則寧可不取。

解釋新聞，是幫助讀者閱讀，加深讀者對新聞的了解。解釋新聞的背景，增加新聞的可讀性，但決不是評論新聞。一則有來龍去脈的新聞報導，才是完整的新聞報導，這才是編輯人所取材的新聞。

至於資訊，更爲重要，豐富的資訊，可以使讀者確信這是真知。在十九世紀末，美國有一位記者在《太陽報》上寫出了兩句名言：「狗咬人不是新聞，人咬狗才是新聞。」由於這兩句話，誤導以「反常」的事爲新聞，正常的新聞反而被人忽視。但在今天的資訊時代，應該重新認定新聞的價值：「有正確而充實的資訊，才是新聞。」

所謂感性，也可從三方面來衡量：一是迅速，二是趣味，三是反應。迅速的新聞，讀者的感受就會有刺激，一則新聞報導不夠迅速，相對的感應也就緩慢了。例如波斯灣大戰的新聞，全世界各報各電台，都要爭取最新的戰報，當伊拉克的飛毛腿飛彈射向以色列上空時，被愛國者飛彈空中攔截而炸毀，這一霎那在全世界讀者的心目中，這是最「過癮」的新聞，而「過癮」就是感性。

感性新聞的取材，第二是趣味，美國名記者羅勃・尼爾（Robert M. Neal）曾說：「有趣味的新聞，才能得到讀者的讚嘆。」這一「讚嘆」，就是感性。在新聞寫作中，趣味是必備的要素，而在新聞編輯的取材上，趣味也成了必備的條件，如果沒有趣味的新聞，就會失去感性。

感性的第三方面是反應，新聞報導有反應，才能看出它的重要性，所以當一則新聞發生時，要立即注意它可能產生的反應，是即時的，還是延續的；是暫時的，還是不斷的；是平淡的，還是激烈的；是少數的，還是多數的。愈是延續的、不斷的、激烈的和多數的，就愈重要。

通理廿一：新聞的取材，正確第一，且需適宜於刊出，以對讀者負責。

臺灣自從一九八八年元旦「報禁」開放後，新聞自由跨進了一大步，同時，自由的放任也相對地升高，許多編輯和記者，都誤認為新聞報導應享受不受任何拘束的充分自由，因此，社會上對新聞業有「製造業」、「修理業」和「販賣業」之譏。所謂「製造業」，就是以捕風捉影和無中生有新聞，來愚弄讀者；所謂「修理業」，就是對有關新聞人物，有關機關和團體，作主觀的批判，尖酸刻薄，無所不用其極；所謂「販賣業」，就是不察其他傳播媒體所報導的是否事實，不作求證，直接「販賣」，這是不負責的做法。有許多新聞，有背道德倫理，有悖善良風俗，有不良後果衍生，所以，新聞的取材，必須以正確第一，且必需適宜於刊出。

我國已故名報人，即《大公報》的主持人之一張季鸞先生，當年曾以「四不」明告國人，他說：

一、不黨：純以公民之地位，發表新聞和言論，此外無成見，無背景。凡其行為利於國者，擁護之；其害國者，糾彈之。

二、不賣：不以新聞和言論作交易，不受一切政治性的金錢補助，亦不接受政治方面的投資和入股，以免報紙囿於感情，斷不為金錢所左右。

三、不私：記者應忠於報紙固有之職務，不作他圖。易言之，報紙無私用，向全國開放，爲公眾喉舌。

四、不盲：夫隨聲附和，是謂盲從；一知半解，是謂盲信；感情用事，是謂盲動；昧於事實激烈評詆，是謂盲爭。即使認識不夠，也不陷於盲。要眾人皆醉我獨醒，眾人皆濁我獨清。

第二節　新聞來源的守密

通理廿二：新聞編輯應排除一切困難，盡力為新聞來源守密

新聞來源的保守秘密，雖然不能說是新聞編輯人員的第二生命，但也與編輯工作有「存亡與共」的重要性。一位編輯人員如果輕易洩露新聞的來源，或隨便傳播新聞當事人的隱密，這都是不道德的。

新聞編輯的守密，正如神父聽取告解之後，要爲告解的人嚴守秘密一樣，這是新聞編輯人員的神聖責任。

在世界各國的新聞道德規範中，都有新聞來源守密的明文規定。玆摘誌如下：

一、聯合國國際報業道德規約第三條：「……在法律許可的最大限度以內，新聞記者，對於新聞之來源，可以代守秘密，而不宣洩。」

二、中華民國報業道德規範（六十三年九月一日新聞評議會通過）第二條第九款：「新聞來源應守秘密，爲記者之權利。『請勿發表』或『暫緩發表』之新聞，應守協議。」

三、美國新聞記者道德規律，在一九七三年修正前第五條：「新聞記者應保守機密，亦不許在法庭或其他司法機關與調查機關之前，說出秘密消息來源，即使他已轉到其他報社工作，亦不得公開其與雇主共同保守之秘密。」一九七三年修正後「道德」項第五條：「新聞記者確認，保護新聞來源的秘密是記者應守的道德。」

四、日本報業信條第六項：「……公眾之消息來源以及據以判斷事件與問題之基礎，悉以報紙爲主。新聞專業之社會性質與新聞記者之特殊社會地位，即因此種特性之確保，至爲重要。……」

從以上摘錄的資料中可以看出，新聞來源守密，是各國新聞記者一致的體認和要求，也是新聞記者應有的權利，但這一類道德規範，守密的程度各有不同，守密的性質也各異，值得研究的有下列二點：

第一：是新聞編輯人對於他所刊出的新聞，當政府有關機關（包括法院）追究其來源時，堅不透露。這是新聞編輯人的職業道德，因此很多新聞編輯人，常因此而觸怒了法庭，被判入獄。

有些記者也許會在法律前低頭，有些記者寧願坐牢，也不洩露秘密，這在美國已屢見不鮮，一九七二年間，美國最高法院正式判定「新聞記者沒有爲新聞來源守密的權利」，但美國的記者，依舊不放棄這一神聖的權利。美國記者認爲，醫生爲病人守密，神父爲信徒守密，記者也應爲新聞來源守密，如果這一防線被衝破，那麼，新聞記者的採訪和刊載（編輯）將大受威脅。

新聞編輯爲什麼要爲新聞來源守密：一、爲了當事人的安全。凡是引起追究新聞來源的新聞，一定有相當利害關係的新聞，透露新聞給記者的當事人，如果洩露了他的姓名和身分，也許會影響他的職業、名譽和地位，甚至有關他的生命安全。二、爲了繼起的新聞。如果洩露了新聞來源，那麼供給新聞來源的人決不會繼續提供線索，採訪的路線就會中斷。三、影響報紙聲譽。將新聞來源外洩，當事人和讀者都會不信任這一家報紙。

第二：遵守「暫勿發表」或「請勿發表」的約定。不論在國外國內，新聞發佈的當事人，有權要求記者，不要發表這一則新聞的「背景」，就是「請勿發表」（Off the record）來源。這種新聞來源的守密，是記者和當事人約定，新聞不予見報。如果新聞記者將這一背景透露給了新聞編輯，編輯卻認爲這是應該發表的新聞，而不徵求記者的同意，發表了這一則新聞。如這種誤會發生時，新聞來源仍要守密。假如一旦涉及法律問題，編輯切不可交出新聞來源，而甘受法律處分。

在美國的新聞來源守密，雖有道德規範規定，但這畢竟是道德的而不是法律的，在法律前面，法官調查必需答覆，這是法治國家的金科玉律，新聞編輯也不得抗拒法律。如果交不出新聞來源，那就是記者和編輯報導不實的新聞，法庭就據以判罪。一九七三年以前，美國新聞記者道德規律中，鼓勵記者對抗法庭；到一九七三年以後，祇作了消極的「記者應爲新聞來源守密」，而不涉及法律了。

因此，編輯爲新聞來源守密，如果司法機關起而干涉，將如何處理？這是一個值得研究的課題。我們認爲：法律面前，人人平等，新聞記者要爲新聞來源守密，但當法庭調查時，應將新聞來源告訴法庭，不過，這裏必須強調的，法庭要爲報社守密。因爲法庭知道了新聞來源的秘密而加以洩露，也是不道德的。如果法庭不能爲新聞來源守密，那就不必強制新聞編輯供述他的新聞來源。

第三節　原稿的刪改權

通理廿三：凡刊載在新聞版面上的一切原稿，新聞編輯有權刪改。

新聞編輯的任務，就是負責新聞版面的處理，他對於刊載在新聞版面上的一切原稿，當然有權刪改。爲什麼？

第一、編輯人有法律的責任。任何稿件一經刊出在報端，在法律上應負責任的人，就是發行人和編輯人，如果原稿不能删改，而要編輯人負責任，那是不合理的，不應該的，也是不可能的。如果有一篇記者寫的新聞稿，其中有不妥當的記載，或有誹謗的可能，編輯一定要將它删改。如果有一篇社論，違背了報社的立場，甚至於國家的利益，編輯人豈能不删。甚至一則廣告，雖不在新聞範圍之內，如果涉及法律上的問題，編輯也要抽換或剔除。

第二、編輯不受外力的干擾。報紙是社會公器，不是一人所私有，所以不論新聞官、報社老闆，要將稿件直接交刊時，編輯不但有删改原稿之權，還有拒絕刊登之權。例如某一新聞官要干涉新聞的發佈，侵害了讀者「知的權利」，編輯可以拒絕；或某一新聞官要歪曲一則新聞的內容，預先告訴各報編輯，某一新聞以某機關發佈的爲準，這也不是編輯可以接受的，編輯必須根據新聞的事實，秉公處理。又如一位報社老闆，要爲他私人的事業或個人的名望在報上刊載過分宣傳的新聞或文稿，編輯對這些宣傳資料，必須顧及報社對社會的影響和讀者的反應，不可不删改。

第三、編輯要尊重報紙的風格。報紙的風格和一個人的風采一樣，如果原稿的删改工作，做得不夠嚴謹，報上所刊出的稿件，一定非常蕪雜，而不能建立報紙良好的風格。删改原稿，就是要每一件原稿適合於報社既定的水準，報紙所刊載的稿件，都能達到一定的水準，這一報紙便有價值，在讀者的心目中才有份量。

第四、編輯要滿足讀者。原稿的刪改，是使讀者滿意的方法之一，能爭取讀者的信任，編輯必須從充實內容上着手，但如果原稿不予刪改，便很難完成精編的任務，不能精編，讀者一定不會愛好這一張報紙。

第四節　隱私權的尊重

對隱私權（Privacy）的確認，是近代新聞事業的一大進步，新聞編輯對此應有深刻的體認。

所謂「隱私權」，就是個人的私生活，不容侵犯。美國對隱私權的重視，遠過於我國。有一位美國女子學院的校長，有一次路過臺灣，記者問她美國大學的男女學生同住一個宿舍，不會發生「意外」嗎？她說：美國男女同學住在一幢宿舍內，並不是住在一個房間內。宿舍內一層男生，一層女生，但由於大家重視「隱私權」，不會侵入彼此的領域內去。美國有一種良好的習慣，就是不願探聽別人的隱私，即使是新聞記者和編輯，採訪新聞和刊載新聞，均適可而止，不會以揭人隱私爲能事。

但發生在一九七三年間的美國「水門事件」，尼克森以總統之尊，不得不引咎辭職，外表看來，這是一場政治風暴，尼克森受不起大家的攻擊，而辭去了總統之職；實質上，他是用不正當的方法，侵犯了別人的隱私權。因爲民主黨總部在水門大廈的部署，尼克森命部下前往竊聽，這嚴重侵犯了別人的隱私權。

通理廿四：隱私權是人權之一，應受尊重，記者不應侵犯新聞當事人的隱私權。

民國六十三年九月一日，我國新聞評議會通過的「中華民國報業道德規範」中，對有關「隱私權」的條文有四：

一、該規範的「新聞報導」一項中第三條：除非與公共利益有關，不得報導個人私生活。

二、該規範的「犯罪新聞」一項中第三條：少年犯罪，不刊登姓名、住址和照片。第四條：一般強暴婦女案件，不予報導，如嚴重影響社會安全，或與重大刑案有關時，亦不報導被害人姓名、住址。

三、該規範的「新聞評論」一項中第四條：與公共利益無關之個人私生活，不得評論。

馬星野氏所訂的「中國新聞記者信條」中第八條：吾人深信，新聞事業爲最神聖之事業，參加此業者，應有高尚之品格。……誓不揭人陰私！……

美國報紙編輯人協會道德信條第六項「求公允」中之第一點：報紙不可侵犯私人之權利與傷害私人之感情，以滿足大眾之好奇心。

美國新聞記者公會道德規律中「公平競爭」項下第二點：新聞媒介應嚴防侵犯個人的隱私權。

聯合國草擬的國際報業道德規約草案中第三條：擔任傳達新聞之人，爲盡他的職責，必須符合其職業上的完整人格，與尊嚴態度。凡是關於個人私生活的記載及評論，有妨害此人之名譽者，除非爲着公共利益之原因，必不可刊載。……

爲什麼要重視「隱私權」？我們根據上面各國的新聞道德規範中，可以體會到，「隱私權」是維護個人的尊嚴，身爲新聞記者，更不應侵犯個人的尊嚴。所以在新聞的報導中，凡有涉及個人隱私的地方，都不允許公諸報端。

在美國，記者爲了報導一位聞人在野餐中的吃相難看，報導一位議員候選人的母親有不名譽的事，報導一個電影明星的私生活，都會涉及誹謗。但在我國，報端侵犯個人「隱私」的事，反而名之曰「權威的獨家新聞」，報導不厭其詳，使個人尊嚴受到徹底的摧殘，常不以爲怪。如果人與人之間一切公開，沒有一點隱私，相信這個社會不知要變得如何了。（參閱本書附錄第六節）

第五節　更正的處理

新聞的更正，就是對個人或團體侵權的補救。也是報章上所刊登文字發生錯誤時的校正。任何報刊，不會一點錯誤沒有，如發生錯誤而不予補救，受損害的人就不會甘心的。報章上的錯誤是怎樣發生的呢?不外有下列的原因。

一、錯誤的原因:錯誤的原因有五:

1.原稿的錯誤。原稿來自各方,編輯必須核閱方可發稿,如編輯一時不察,便發生錯誤。有的原稿是無意的錯誤,如筆誤、漏字、寫錯;有的原稿是有意的錯誤,如發稿人懷有某種目的,有意歪曲事實,編輯沒有發現,而造成錯誤。還有原稿寫作過於潦草,排字房和校對以猜測而編排,編輯未予改正。

2.採訪的錯誤。記者在採訪的時候,沒有一一求證,使有些稿件發生了偏差,到了編輯臺上,記者業已下班,編輯無法改正,有時候也不發覺有錯誤,一旦刊出,引起當事人的不滿。

3.排字的錯誤。也就是所謂「手民誤植」,手民就是排字技工,檢字錯誤常會發生,如將「中央」檢成「中共」,「大使」檢成「大便」,「總裁」檢成「總栽」,這種錯誤,報社如不更正,會發生不可原諒的責難。

4.校對的錯誤。這種技術上的錯誤有二種,一種是校對沒有校出,一種是校出而改字改錯。因爲報上的鉛字過小,往往上下兩字誤換,隔行兩字誤換。以致本來祇有一個錯字,誤換後反而變成兩個錯字。

5.政治性的錯誤。有些並不是真正的錯誤,但因爲時機不宜,將正確的新聞更正,這是報社萬不得已的苦衷。例如:新加坡總理李光耀過臺北,主管新聞機關曾通知各報,應李總理之請不必透露他的行蹤。但某報總編輯知道此事，副刊編輯未接到通知，用了一篇「李光耀過臺北」的散文，該報「惶恐」不已，第二天在報紙上更正：「本報昨日副刊所載『李光耀過臺北』一文，係作者誤撰，特此鄭重更正。」這就是政治性的錯誤，反將正確的事更正成錯誤。

通理廿五：新聞報導如有錯誤，編者必須迅速更正，以還給因新聞而受害者以公道。

二、更正的方法： 討論到新聞更正的處理，有那幾種方法？在更正的態度上來分，可以分做「自動更正」和「強制更正」兩種。

何謂「自動更正」，就是報社自己發現錯誤，以負責的精神，自動更正。例如在大陸撤退來臺時，《中央日報》發自廣州的電訊，常爲臺灣某報所截用，《中央日報》乃拍發一錯誤電報，僞托中央政府發表何××爲駐美大使，第二天刊出後某報方知截來電報錯誤，而何××爲《中央日報》一高級職員，某報第三天祇好自動更正，並向何××致歉。這就是「自動更正」。

何謂「強制更正」，就是報社不知發生錯誤，被當事人來函要求更正，如該報不予更正，當事人以法律脅之，該報不得不更正。

從更正的性質上來分，可分爲「顯性更正」和「隱性更正」兩種：所謂「顯性更正」，就是正面的更正，將報上所發生的錯誤，正面明白更正。例如某報刊載一則社會新聞，將一位華僑被一對無聊夫婦串通「仙人跳」，但記者將被告原告弄錯，造成這位華僑由被害者變成害人者，編者當然不知姓名弄錯，報社祇好在原版更正「本報昨日所刊某華僑被『仙人跳』新聞，查係手民誤植，將被告原告倒置，以致某華僑名譽受損，特此鄭重更正」。這種更正一目瞭然，稱之謂「顯性更正」。

所謂「隱性更正」，就是不願重述新聞的原文或原題，避重就輕更正：「本報昨日第二版第三欄第十行第四字，『哀』字係『衷』字之誤，特此訂正。」這種更正，讀者如不查閱前一日報紙，則根本不知道更正的什麼，稱之謂「隱性更正」。

再從更正的處理上來分，可分爲「直接更正」和「假借更正」兩種：所謂「直接更正」，就是被刊錯新聞的當事人，投書報社，報社以「來函照登」的方式刊出，編者不改一字，完全以當事人的意思爲之。有時候，在原版以新聞方式處理，但並未改寫原文，仍依來函全文摘錄在內，稱之爲「直接更正」。所謂「假借更正」，有兩種方式，一是假借新聞刊出，報社爲了掩飾更正，將當事人來函改寫成新聞刊出，已不是當事人來函的原來面目，而是重發一次新聞，不過今天的新聞和昨天的新聞相反而已，報社已盡了更正的責任，而讀者看不出是更正，當事人卻也得到了洗刷。另一種是假借「讀者投書」刊出，例如在中共混入聯合國前，我留美學生在「時報廣場」反對示威，《紐約時報》第二天的新聞形容「寥寥數人」，我駐美大使以新聞圖片爲證，去函更正，《時報》第二天以「讀者投書」刊出。這兩種「假借更正」，常爲報社所樂用。在出版法中，明文規定更正的條文。出版法第十五條：「新聞紙或雜誌登載事項涉及之人或機關，要求更正或登載辯駁書者，在日刊之報紙，應於接到要求後三日內更正或登載辯駁書，在非日刊之新聞紙或雜誌，應於接到要求時之次期爲之。但其更正或辯駁書之內容，顯違法令，或未記明要求人之姓名、住所，或自原登載之日起逾六個月而始行要求者，不在此限。更正或辯駁書之登載，其版面應與原文所載者相同。」

依據我國出版法第十五條的規定，分析如下：

1.有權要求更正的主體是「新聞紙或雜誌登載事項涉及之人或機關。」

2.主體所要求的事項是「要求更正或登載辯駁書」。至於其他要求，如道歉、賠償等，均不在此範圍內。

3.更正的期限「在日刊之報紙，應於接到要求後三日內」；「非日刊之新聞紙或雜誌，應於接到要求時之次期爲之。」這一期限的要件，必須在「接到要求後」，而不是錯誤新聞或文稿刊出後之三日以內。

4.可以不予更正的條件：①「更正或辯駁書之內容，顯違法令。」②「未記明要求人之姓名、住所。」③「自原登載之日起逾六個月始行要求者。」從這三項條件中，報社可不必更正，例如：當事人爲了辯駁他的清白，而涉及另外一人的隱私，如公開刊載，將引起另一起誹謗；又如要求更正的函件，違背國家利益，或有悖政府規章法令者，均可不必更正。其次對於當事人隱匿姓名時的無頭更正函，也可不理會。時下各報對更正函的處理，常要求當事人簽名蓋章，記下身分證號碼，這也超越了出版法的範圍。最後，錯誤的文字已刊出六個月以上，要求更正也可不予理會。

5.刊載更正的版面：「其版面應與原文所載者相同」。在出版法上規定與原版面相同，沒有規定與原文的地位和篇幅相同，所以，報社常避重就輕。

在我國的出版法中，對更正的實質問題，和編輯的權益問題沒有考慮在內，這是唯一的缺點。聯合國在一九四八年的日內瓦新聞自由會議中，特別擬訂了一項「國際新聞錯誤更正權公約」，在該公約中第一條規定：「……欲更正之新聞事實，不得附加註釋，或表示意見……。更正書不得包含與更正新聞無關之文字，須力求簡潔。不得超過該項新聞原稿字數的二倍。」在這一公約的規定中，可以得到對更正書的實質，加以限制；也暗示了，如果超越了這一範圍，編輯可以採取兩種行動，一是不予更正，一是將更正書中與更正新聞無關之文字，全予刪除。

我國出版法中第二個缺點，是「辯駁書」，一旦有辯駁書的成立，而又沒有字數的限制，這必然引起文字上滔滔不絕的辯駁，這對報紙和雜誌來說，是非常不利的。

第六節　社會責任的擔負

新聞事業爲社會公器，它不是屬於任何私人的企業，所以，從事新聞工作的人，不可以營利爲目的，對社會要有責任感。近代新聞自由之推行甚爲風行，常過猶不及，忽略了社會責任。因此，美國新聞界產生了「社會責任論」，以抗衡放任的新聞自由。各國的新聞記者信條和道德規範中，也都列舉了很多禁例，其目的，也是維護社會的安全，引發新聞記者的責任感。

通理二十六：新聞編輯應課以社會責任，以免當代及世代受到精神汚染。

新聞編輯是新聞工作中的主要人物，因爲報紙的每一個版面，必須經過新聞編輯，他們的取捨直接形成對社會的影響，所以與其說記者在採訪上和寫作上要有道德觀和責任感，倒不如說這種觀念和責任，應由新聞編輯作最後的維護。所以，編輯的「社會責任」有五：

一、**國家安全的維護**。報紙是受政府核准的出版物，在一定的地區下發行，而這一地區，也受到政府的保護，不論於公於私，均應對國家安全的維護，盡一點力量。如此說來，豈不是沒有一張報紙會反對政府的措施了嗎？如果有與政府不同的意見，報導了政府的缺點，豈不是危害了國家的安全，其實大謬不然。沒有一個政府是十全十美的，沒有一個政治家是毫無瑕疵的，但祇要爲了全民的利益，應該剷除危害到國家安全的因素，而並不是動輒以國家安全的理由，來危害新聞自由，這其間的取捨，完全要本諸編輯人的愛國心和良知來決定。例如在臺灣光復之初，本省外省人間不無隔閡，利用社會新聞來傳播這一種分裂（陳素卿自殺案）；在大陸撤退來臺的時際，散佈失敗主義的流言（吳國楨棄職案）；利用地域政治的觀念，鼓吹「臺灣獨立」運動（釣魚臺運動案）……。對這些報導應秉公慎審處理。至於揭發走私、販毒、貪污、行賄，不能視有政府官吏牽涉在內，就與國家安全有關，而扼殺新聞報導的自由。

二、社會秩序的維繫。社會秩序的不容破壞，也是報紙應該遵從的原則。社會的秩序是靠社會上每一份子來維繫的，如果新聞工作者專門嘩眾取寵，以推廣報紙爲目的；小題大做，以不實報導引發讀者的興趣；推波助瀾，來引起社會大眾的不安，這是新聞工作者所不應如此做的。例如在選舉中記者的報導爲一部分候選人所利用（中壢選舉糾紛案）；以社會缺乏物資而引起物價波動（缺少硬幣案）；疑神弄鬼而使社會人心惶惶（中和鬧鬼案）……。報紙固然不可誤信流言而破壞社會秩序，但對破壞社會的一切因素，必須使其暴露而無所遁形。例如教員設神壇詐財騙色，警察刑求一案雙破，盜竊橫行警方不能有效截止等，雖然警察是人民的保姆，但當他們不能維繫社會秩序時，一樣要受到批評和報導。

三、教育大眾的工具。我國民智開化甚早，但由於西洋文明的輸入，與近代科學的發展，國人對新觀念、新思潮的建立和吸收，又嫌不足。報紙是社會的公器，應該負起社會教育的作務。而讀者信賴報紙，已是不容爭議的事實，報上所説所記，莫不被讀者視爲圭臬。所以，報紙不能有嚴重的錯誤，這是影響世道人心最大的「言教」，如果報紙也以訛傳訛，必將引起紛擾，而更將貽害無窮。

美國故總統傑弗遜是主張新聞自由最力的人，他維護新聞自由報導，有很多名言，常爲後世新聞自由論者所引用，同時，他對新聞事業的教育大眾方面認爲：「報紙是啓迪人心智的最佳工具，他改善讀者成爲一個理性的、道德的和社會的人。」

今天報紙所刊，除了新聞報導之外，有各色各樣的知識，就是在新聞報導中，也包含了各色各樣的知識。不論是政治、經濟、軍事、教育、文化、體育、國際、社會、法律、醫藥、天文、地理、歷史、自然科學，以及人生哲學，可以說一份報紙所能給讀者的知識，沒有任何一本書可以比擬的。在這其間，教育大眾的功能，豈可抹煞。也唯其如此，作爲一個新聞編輯，將如何適當提供這些知識，善盡這一責任，真是令人有任重道遠之感。

四、**服務人羣**。一份現代化的報紙，不能與讀者脫節，而且要經常提供服務。美國普立茲新聞獎中，有一項「公眾服務獎」，就是頒給一些對社會提供最佳服務的報紙。報紙對社會人羣的服務，分爲兩種，一種是透過新聞的報導，或推行一種運動，而獲致服務人羣的效果。例如木柵老泉里數年前是臺灣唯一沒有電燈、自來水的村落，經過新聞的報導，改善了這個社區的生活，這就是報紙對社會提供的服務。第二種是由報社直接對人羣提供服務，例如在報紙增闢各項專欄，如「法律知識」、「職業介紹」、「婚姻解答」等，還有設置獎學金，濟貧專戶，救災信箱等，也是服務人羣的一個類型。廣泛的說，報紙整體就是一種服務工作，連同報上刊登的廣告，使讀者在消費方面有良好的參考資料，這也是服務。因此，報紙不能刊登誇大和不實的新聞和廣告，就是依據對讀者忠實服務的原則而來的。

五、**維護善良風俗**。大眾傳播事業直接和讀眾、聽眾和觀眾發生交通，所以，對社會風氣，有非常重大的影響。例如報上所刊時裝款式，介紹電影，指導游泳，甚至報導花邊新聞，常喜歡選用性挑逗的裸露照片，就經常給讀者灌輸了色情；如報導社會新聞，描寫犯罪行爲，過分渲染不良少年尋仇，就無形間崇尚了暴力；再如影歌星的不健康婚姻關係，對伊麗莎白泰勒的八次結婚，甘迺迪遺孀的一嫁再嫁，瑪格麗特公主與青年歌手冶遊，報上不惜長篇累牘，一報再報，不知不覺讚美了不正常的男女關係。

我國民間有儉樸之風，亦屬善良風俗，但近年來，已爲報紙破壞無遺，時下鼓吹消費，生活奢靡，不論是新聞和廣告，已一掃儉樸無華，崇尚浪費浮華，紙醉金迷，燈紅酒綠，美其名曰現代生活。美國實際上就是我們最好的鏡子，貿易赤字每年二佰億美元以上，美鈔在國際間身價貶落，國內失業問題不能解決，能源危機對她影響最大，就是因爲美國是個偏重消費的國家，沒有儉樸的優良風俗。如果今天我們還嚮往這種風氣，將來社風氣敗壞，人心要重振便很吃力了。

美國新聞學者，討論社會責任，偏重形而上的，理論太多，與外國國情亦不盡相同，所以在新聞編輯的道德觀上，我們不作高論，僅就實際問題討論社會責任，也是新聞編輯在日常工作間應多加體認的。

第七節　編輯自律的重要

在新聞編輯的倫理觀念中，新聞編輯必須要自我約束——自律，才能提高報紙的品質。尤其在新聞自由思潮高張的今天，身爲新聞工作者，既不可以放棄新聞自由的權利，也不可濫用新聞自由，對新聞自由而言，道德、法律都不能濟其窮，唯有倫理觀上的自律，才能將新聞自由發展到最恰當的程度。

聞名於世的美國《紐約時報》，是舉世公認新聞最具權威，同時該報維護新聞自由更不遺餘力，因爲他們奉行的信條有二：

1.本報所刊新聞均適宜於刊載（All the news that's fit of print）。

2.公正報導新聞，無所畏懼、無所偏愛；對任何黨派和利益的介入，亦無所顧忌。（To give the news impartially without fear or favor, regardless of any parly, sect or interest involved）。

以上所提「適宜刊載」、「無所畏懼」、「無所偏愛」和「無所顧忌」，就是嚴格的新聞自律。

該報秉持的編輯倫理，還不僅止於此，更進一步該報能體認自由，民主與愛國的不可分。在一九五一年間，在該報服務二十五年以上的一羣資深編輯，檢討報業的職責，有一段這樣的話：

「報紙應該客觀而決不冷漠；有力而決不脅迫；獻身於真理而非偏激；政治上要坦誠公正，明是非而不偏於黨派；觀察世局，影響世局，而不失美國人的原則與立場。……尤其在歷史上危急存亡之秋，凡事應以國家爲首要，自由方能確保。」

新聞編輯編輯人員的自律，比追求新聞自由還要重要，因爲祇有勇於自律的編輯人，才不會踐踏自由；也祇有能自律的編輯人，才能確保新聞自由。自律和自由決不衝突，也不矛盾，它們是相輔相成的。

臺灣自從「報禁」開放以來，言論和新聞報導的自由，已大幅提升，具有自由放任的趨向，身爲新聞編輯人，要從那些地方自律呢？

通理廿七：新聞編輯自律，包括守法、守紀、愛人、愛國，以提高報紙的品質。

所謂守法，這是身爲新聞工作者的基本觀念。記者和編輯都是公民，公民必須遵守法律，不能自外於法律成爲不法之徒。新聞報導在法律許可之內，可以享有自由，於是洩漏國家機密，攻擊和誹謗人身，鼓吹暴力，無事生非，造謠生事，均爲法律所不許。

所謂守紀，就是職業的倫理，身爲新聞編輯人，有編輯職業的倫理，也就是在法律之外，自己遵守的紀律，這些紀律，在聯合國的「國際報業道德規約」、「世界中文報協共同信條」、「中華民國報業道德規範」和「中國新聞記者信條」中，都有詳盡的列舉，足以使新聞編輯人自律守紀。

所謂愛人，一位新聞編輯人，在處理新聞的時候，應以愛人爲出發點，不可入人於罪，不可恨之入骨，要以超然的立場，就事論事，要以「痌瘝在抱」的心情，爲每一新聞當事人謀取人權的保障。以愛人爲出發點，新聞的品質自然會提高。因爲新聞編輯人的愛人心胸，當報紙在社會流傳時，才會達到社會公器的要求，才會使社會祥和發展，而不是一個暴戾凶殘的社會。

最後談到愛國，更是新聞編輯人不可缺少的情操。我們在本節之先已將美國《紐約時報》資深編輯人的主張提出，他們說：「尤其在歷史上存亡危急之秋，凡事應以國家爲首要，自由才能確保。」在臺灣的中華民國的國民，有一部分忽略了這一真理；更有一少部分新聞編輯人，拋棄了這一責任。誤以爲國家是限制新聞自由的，殊不知新聞自由之於國家，正如毛之於皮，古諺說：「皮之不存，毛將焉附？」這就是很明白的道理。

國家與自由，並不相剋，反而相存，國家的存在，就是爲保障自由而來的。當然，這個國家立國的基礎，必須在自由、民主和法治的基礎上。有些政客和獨裁者，竊取了國家的統治權，人民就失去了自由和民主，使國家蒙塵。如果在自由、民主和法治大行的國家，新聞編輯人就要珍惜在這個國家中所享有的新聞自由。在臺灣的中華民國，無可否認的，她是一個民主國家，所以，新聞編輯人必須愛國，更不容少數報人，連國家的認同都沒有，還談什麼自由和自律呢？唯有愛國的報紙，才是有價值和高品質的報紙。

第十七章 中文電腦排版與新聞編輯

中文電腦排版的發展，近年來已突破一些瓶頸，正大步向全自動化的目標上邁進；相對的，由於中文電腦排版的試用成功，新聞編輯的實務，又將有一劃時代的革新。中文排版，不再拘泥於九個世紀以來的活版檢字排版，這將給中文編輯工作者，帶來新的發現與創新，也許不出數年，新聞編輯的理論和實務，都將隨着中文電腦排版的進展，而改變得面目全非。

第一節 中文排版的演進

在討論中文電腦排版之先，我們先要回顧一下中文排版的進展。因爲中文電腦排版的要求，是迅速、簡便、自動化，但在原理上，仍不能脫出中文排版傳統下來的一些重要原則，尤其不能無視於中文單字和字彙的組合。相反的，中文電腦排版必須迎合這些傳統和組合，才能適應中文新聞編排的需要。

古代竹簡刻字。中國文字最早的記載，在沒有發明筆、墨和紙張之前，是用竹簡刻字來應用，這在中國的歷史上，已有明白而確定的記載。用竹簡記事、行文、著書之說，早自唐堯以迄先秦。我國大思想家孔子的時代，也用竹簡。由於竹簡刻字不易，所以留傳下來的斷簡殘篇，再加上秦始皇的焚簡（書），直到今天，可以說這一歷史陳跡，除了在古書中有所記載外，已找不到當年的竹簡了。到了宋代印刷術的發明，也可以說是受了「竹簡思想」的引發，不過竹簡上刻的字是正面字，而印刷術中的刻字是刻的反面字，再將它印在紙上或布帛上，就成了正面字，而且可以印出很多的同樣的版本來。所以，竹簡刻字雖然「愚笨」，但卻是後代印刷術的先驅思想和作爲，不可不記。

竹簡刻字傳播文化，大約有一千五百年之久，在這一時期中，歐西尚沒有文化可言，更遑論文明。但中國在這一時期，已有人類的文明生活。由於竹簡刻字困難，所以古代人不論記事、朝議、通信、著書，都是要言不繁，這就是中國古代的文字、語句和文法，要將一個字代表很多種意義。如果在那一時代的用字加以電腦化，就不會像今天中文電腦這樣困難了。

布帛、紙張的手抄本。直到秦代，大將蒙恬行軍時，爲了傳訊和上奏的方便，在內蒙古用羊毛做成了毛筆，這是中國文化上的一個重大貢獻。因爲毛筆的發明，古代的中國人就立即揚棄了笨重的竹簡，讀書人也不必攜帶成捆的竹簡遊學天下了。應用毛筆可以用各種不同的染料（取之於礦物和植物），用來書寫在布帛上。中國布帛的歷史很久，虞舜的夫人就是以織布聞名於當時的，而古代的中國人，「男耕女織」是一定的家庭生活方式，布帛是不虞匱乏的，有了布帛，就可用毛筆來記事、通訊、行文和著書了。

不久又發明了墨，以松煙和膠水混合而成，取之不竭，用之不盡，中國人用布帛手抄書籍，已非常風行。直到漢代，蔡倫發現了紙，更使文字的記載和傳播，有了更方便的方法，於是漢、唐以來，中國文學有了輝煌的成就。但文化的傳播，都靠手抄，有篇很好的文章，大家競相抄誦，傳播起來仍舊是艱辛異常。但文字的運用，因爲已不用竹簡，書寫在紙上很方便，用字也愈來愈多。

這一布帛紙張手抄傳播文化的時代，自秦、漢、晉、南北朝、隋、唐以迄宋代，大約有二千五百年之久。

中文活字排版與印刷術的發明。大約西曆一〇〇〇年時，我國發明印刷術，在世界文明史上，大放異彩。印刷術傳入歐西，到一六六〇年，德國始有第一張活版排字的日報——《萊比錫日報》出版。

印刷術的發明固然了不起，但宋代畢昇發明中文活字，卻是印刷術的基本工作，沒有活字排版，也可印刷，但卻沒有活字排版那麼靈活和順利，當時畢昇創造中文活字，比今日中文電腦排版還要了不起，因爲今日電腦排版，不過是中文排版在電腦上的應用，而畢昇的發明，卻是中文排版的起步。換句話說，如果沒有中文活字排版，也不會有今日的中文電腦排版。

中文活字排版，是用木刻的四方直柱字，順序排列在字柱中，每行固定在一定的範圍內，易於改錯，改排，增減字數，每一個字用過後，還可連續使用，減少每印一次都要刻字的麻煩。這種中文活字排版的印刷術，不久傳入日本，以致世界上若干國家，誤以為印刷術是日本發明的，例如美首都華盛頓的美國歷史博物館中，就陳列了日本人發明印刷術的活字排版印刷模型。中文活字排版從宋代畢昇開始到清末，有八百多年的歷史。

中文檢字和打字排版。中文檢字排版，是活字印刷到了日本和歐西，用合金鉛字（鉾鉛合金）來代替木刻字，清末又從日本傳入中國。鉛字的鑄成，利用銅模，每一銅模鑄有一凹進的正面字，用高溫的鉛合金灌進去，鑄成一個凸出反面字的鉛字。鉛字鑄成後，排列在木架的框內，稱爲「盤」，中文按部首排列，常用字有四千多個，分爲二十四盤。檢字工人從字架上，一個個鉛字檢下來，依照編輯所要編的文稿，排成鉛字的「毛胚」，再將「毛胚」拚成一個版面，或書版，或報版。

日本人認爲中文字過於複雜，所以他們採用了一部分中文字，而明治維新後，逐漸增用日文的片假名字母，來代替平假名的中文字。日人又爲了改進中文排版技術，一九四〇年代起仿照英文鑄字排版技術，發展成中文成行排字術。就是先將中文字以點打孔，再經過孔的選字，一行一行的從鑄字機上鑄出來，便於中、日文的報紙排列，稱之爲中（日）文「LINOTYPE」。在臺灣出版的《聯合報》，在六〇年代曾引進日本中文 LINOTYPE 的排版技術，編排副刊，但績效不彰。

日本發現中文 LINOTYPE 排版技術不理想，就從中文打字排版技術着手，研究中文打字的字盤和技術，到了八〇年代，發展成兩種中文打字排版的技術，一是 MONISAWA，一是 SHAKY，這是兩家中文打字機公司，他們的技術大同小異，中文字盤的組合，也以中文部首爲主，融合日人配合日文的方便而組成。他們用照相打字排版的技術，來應用在書版上，因爲報版的時間緊迫，文字改變太多，照相打字還不能充分適應。

這一技術傳進我國後，分別在中國大陸和臺灣，日人用簡體中文和繁體中文兩種字盤，目前除了中國大陸和新加坡外，都採用中文傳統的繁體字，但照相排字來打報紙的標題字很理想，字體美觀，變化多，速度快，處理明快利落；但用來打排一般文章和新聞的內容，就發生不易改動和成本過高的毛病。因此，臺灣一般書版和雜誌採用照相打字排版，而一般報社仍用檢字排版，海外各華文報爲節省開支，則採用一般中文打字排版，標題字則採用照相打字。

中文打字排版由於打字機件結構不精密，即使是中文「電腦」打字機，也不能將每一行中文字排列得和檢字排版一樣整齊，一般劃一，所以比較嚴謹的印刷品，包括報版在內，都不願採用一般中文打字排版。

第二節　印刷術的革新

談到印刷，是和編輯有十分密切和不可分割的關係。我們一張中文報紙的完成，從發稿到出版這一階段，都屬於印刷。這一階段的過程是這樣的：

發稿──檢排字──加條（行與行的間隔）──檢排題──打小樣──初校──改小樣──複校──改複樣──拼版──打大樣──校大樣──改大樣──打清樣──改清樣──打付印清樣──終校──改終校樣──付印──壓版──烘紙型──澆版──修版──上機器──開印──出版。

以上二十六個步驟，缺一不可，從發稿到付印，屬於編印合作部分，從壓版到出版，純屬於印刷部分。但如果出版發現重大錯誤，或發生重大突發新聞，立刻要銷毀原版，重新改版，小改則從終校開始，大改則要從發稿開始。

編輯與印刷既有如此密切的關係，如果研究新聞編輯而不涉及新聞印刷，則不免有紙上談兵之譏，如不研究印刷，則對於編輯技術的改進也是空談。到目前爲止，印刷術的改進可分爲三大系統。

一、**熱系統印刷處理**。所謂「熱系統」，就是指印刷處理要用高溫來鑄字。在彩色平版印刷被中文報業採用之前，我國報紙印刷，都採用「熱系統」（Hot System）。「熱系統」印刷的單位，第一要有各種字型的銅模，如一個報社採用十四種字體和字型，則必須具有十四種不同的銅模。銅模是在一個銅柱上，鑄有一個凹進的正面字，用來鑄字便成爲一個反面的鉛字。銅模的鑄造，由於銅的質地，刻鑄的方法，優劣大異，目前中文銅模的製造以日本爲佳，採用國製銅模在字體上和使用壽命上，都不及日本製的銅模。

第二是鑄字機，日本製造的萬能鑄字機也比較優良，近年來國產鑄字機經一再改良，祇是精密度、速度和機器壽命還趕不上日本製的鑄字機。鑄字機要用電源六百度的高溫，將鉛料熔化，銅模放在機匣內，用自來冷水冷卻，一個一個字鑄出來，平均每分鐘可以鑄五十字，每小時可以鑄三千字。

第三是字盤，字盤放在字架上，字盤是一門大有研究的學問，不知花費了多少人的心血，研究出了「二十四盤」的體系，但今天《聯合報》是另一種組合，《中央日報》是用的「十六盤」，這都是改革出來的。如有「二十四盤」，「十六盤」等，還有上海字架，大陸字架，臺灣字架，這些字盤和字架，都是習慣於某一報紙運用。例如説，一份經濟性質的報紙和一份文教性質的報紙，字盤那能相同。字盤不同的原因，就是常用字放置的位置不同，要在一個檢排技工在雙手範圍之內可以取得的字，其距離愈近當然速度愈快。技工將鑄好的字，再一一放置在字盤裏。

第四是檢排拼版，從字盤裏檢出所要用的字，排列成行，再將一組組排好的字，拼到一個版面裏去，完成一整版時，使送到澆版房。

第五澆版，澆版是將一張耐高溫的紙型紙（國人不會製，購自日本歐美），作半弧型放入澆版機中，以一千度高溫將鉛熔化後，然後將鉛熔液注入機中，充滿後成一半弧型鉛版，修整後裝上輪轉機的轉筒上，即可印刷。

以上的處理，必需運用高溫鑄成鉛字，也必需運用高溫澆出鉛版，所以稱之爲熱系統印刷處理。

二、冷系統印刷處理。所謂冷系統印刷，不但不用高溫，而且在工作過程中，必須保持二十度以下的低溫，所以稱之謂「冷系統」（Cold System）。它處理的過程是用中文打字排版，中文字盤上的鉛字，用打字方法，打在薄卡紙上，再將打好的字樣貼在版面上，標題用照相打字的方法，打成各式各類的字體，也貼在版面，再用照相將版面攝製下來，曬在有顯影藥物的鋁版上，利用有字畫地方的酸類吸收油墨，而製成的版直接印刷（輪轉機）。在整個過程中不用任何高溫，且在攝影，沖洗部分，還要使用冷氣，才能保持照相軟片的靈敏度。

三、電子系統印刷處理。電子系統（Electric System）處理印刷，是美國利用電子機械來革新報紙編排印刷的工作，由全美報業發行人協會（America Newspaper Publishers Association）來資助一家賓州研究機構進行的，目前該研究機構所得的成果，是將打字、編號、排字和校樣的工作，都經過電子處理，不再用過去的編校手續，也不必再排版。幾乎所有參加該協會（ANPA）的全美和加拿大的報紙會員單位，都對這種電子處理編排印刷的工作，感到莫大的興趣，因爲這樣處理而印行的報紙，既清晰、又快速，而且很少差錯，也使報社得到更多的好處。一九七四年間，有來自十二個國家三十位新聞記者，參觀了這處賓州研究機構所從事的編排印刷的革新工作，已審知報紙都將利用電子機械處理，以完成編排印刷的工作。這些記者們，發覺電子處理編排印刷，已經很有效果的應用在今天美國的報業上。

美國報業發行人協會的這一個研究機構，設在賓州的依斯頓，全美已經有幾百家報紙，不論是小的地方報紙和大城市的全國性報紙，都正在用新發明的電腦排印機，他們稱之謂「電視攝影排字機」（Video display terminals），包括攝影排字機和平版印刷的設備。這研究機構在新聞事業上的大革新，給全美和加拿大一千零六十四家報紙是一大刺激。

這一套新的編排印刷改革，是將過去「熱處理」的排印工作，轉變到用「電子處理」。這種新的改革，記者的稿子不是打在紙上，而是在打字時轉變爲一連串的電子跳動，進入電視幕上，編輯從螢光幕上，看到稿子有錯誤的地方，直接用按字鈕的方式，改正螢光幕上的錯誤，然後，電腦連字而組成正確的稿子，可以貯存起來，再及時放映到所有的報紙單位。報紙收到影像，透過攝影排字機，製成金屬版，轉送到平版印刷機去印成報紙。

屬於發行人協會的會員報紙中，包括美國和加拿大，已有七百具電腦，分別處理新聞，其中九十六家會員報紙，擁有四百七十八具「電視攝影排字機」，這種機器對大城市的報紙來說，一次可以出到幾十萬份的報紙，目前《聖路易快郵報》已在這樣做，而在小地方的報紙雖祇印二千份的，也一樣可以用這種機器。

這一研究機構還在進行三項工作，一是設法將這種「電子攝影排字機」推廣到普及應用，以減輕成本。其次是用一小部分的錢，去有效的分析各報使用這種新機器的情形，作爲改進的參考。還有，該機構以每週爲單元，舉辦大學生研習會，寓學習於工作，試排一種四頁的報紙，來探討「冷處理」型式下的電子編排、印刷和攝影技術。

主持這一研究工作的是彼得羅曼諾，他說：「五十年前報紙的編排印刷是靠手工的，用電動排字機來編排印刷已經是一種革新，現在突然要改用電腦排印，我們會發覺必須要以很高的速度來迎接它。所謂電腦，攝影排字，平版印刷，電子編輯，貯存複印系統，和電子改稿，當然都是劃時代的改革。就以一九七二年來說，美報發行人協會下的會員報業單位，已有二千架攝影排字機，現在都在應用『陰極線管』的電子機器，編排印刷的速度已比過去快了二百倍。」

新的發明和革新，遺留下三個問題，一個是編輯人員的出路問題，他們要經過甄試，才能適應新的機械應用；其次是勞工問題，報紙要裁減排印技術工人；第三是新機械昂貴的負擔。但研究中心認爲，這些問題都可解決，編輯人員熟練了這種電子機械的運用後，他們都會各安其位。勞工問題，各報可在五年之內逐漸使勞工轉業或退休，而不必立即解僱。至於費用負擔，也會因機器的普及而逐漸降低下來的。

從上面美國報業在編排印刷技術上的改進，可以連想到中文排字技術的改進，如果透過電腦作業，將稿件轉變在螢光幕上，再透過攝影排字機，製成平版而印刷，則中文檢排的累贅和困難，便可迎刃而解了。

第三節　中文電腦排版

英文電腦排版印刷術，自二次大戰結束以後，即積極發展，它的進程是將英文打字機和電腦結合在一起，由於英文打字是由二十六個字母發展而來，電腦處理比較容易，因此，凡是用字母組合成文字的國家，如德文、法文、拉丁文、西班牙文、俄文和日文，均可以此類推，發展電腦排版，唯獨我中文國家，最常用字達四千餘單字，罕用字也有五千字之多，如果沒有一家電腦能處理九千多個單字，則中文電腦就無法成爲事實。

中文電腦排版的突破。國內外研究中文電腦排版的專家、學者很多，卻由於都着眼在部首、筆劃、分割等排字方法上，一直無法突破。而且設計出來的中文字體，拙笨難認，不但不能用在書版和報版上，就是一般傳單和廣告上，也不實用。直到電腦的「軟體」和「終端機」相繼問世，中文電腦的排版技術，才得以突破。

近年來，中文電腦排版技術，有了長足的進步和突破，在我國和日本方面，至少已有三種中文電腦排版系統，在臺灣各報已分別應用。這三種系統是：㈠聯合報系中文電腦排版系統㈡日本寫研（SHAKY）中文電腦排版系統㈢日本森澤（MONISAWA）中文電腦排版系統。

㈠《聯合報》系中文電腦排印系統，最先（一九八〇年）是由該報自己發展出來的，採用美國Data General公司的硬體，國內東吳電腦公司的軟體發展而成。直到一九九一年，該報創刊四十週年，電腦排印系統全部更新，編輯和採訪工作，全部運用個人電腦（PC），以大易法輸入中文，逐步形成電腦拼版連線作業，爲中文排印技術，創下劃時代的改革。

㈡《中央日報》電腦排印系統中的拼版技術運用，尚在《聯合報》之前，除了以一般中文個人電腦輸入外，以電腦聯線輸入排版系統，利用「老鼠電腦」走文，進行拼版。因此，編輯將版面規劃爲，固定的方塊、邊欄和照片，設定在版面上，其餘需要走文排版的地方，由編輯（或拼版人員）控制「老鼠電腦」，拼版的速度比紙上拼版可以快兩倍。

㈢日本寫研中文電腦排版系統，係日本寫研公司發展而成，硬體和軟體均爲該公司自力完成。該系統分爲輸入機、校正機、輸出機和排版機四部分，還有附屬的製字機和繪圖機，製繪字圖均可直接輸入電腦應用。輸入機所用字盤，常用字部分爲四千字，另有罕用及組合字鍵用摺疊式，約爲五千字左右，全部共九千餘字。每一字鍵有上下兩格，每格十五字，共三十字。因此，左側選字號碼鍵亦分上下兩部分，共爲三十字號碼，使用時配合右手鍵上選字。該系統每分鐘可輸入四十字左右，熟練技工可輸入每分鐘五十字。排版祇限在四開小型報（即八開一個版）。

㈣日本森澤中文電腦排版系統，係由日本森澤公司，採用英國西門子電腦公司硬體，森澤軟體發展而成。該系統輸機體積較《聯合報》及寫研要大，字盤約佔一中型寫字檯（四尺半長二尺半寬），字盤在右側，每一字鍵爲十五個中文字，有常用字四千個，罕用字三千餘字，該系統排書版較實用，排報版尚有缺點。

九〇年以後，臺灣各報均已採用中文電腦排字。

中文電腦排版系統。中文電腦排版系統，以寫研電腦爲例，分爲三個部分，一是輸入，二是校正，三是輸出。

輸入部分就是將原稿輸入電腦。作業的打字人員用右手按鍵，每一鍵上有三十個常用中文字，所以，他必須同時用左手選字按號碼鍵，選擇三十個字中的一個字。這一輸入作業，打字人員要接受專業訓練，熟記九千個中文字字鍵的位置，他才能同時用左、右兩手的食指，選擇出一個正確的中文字，輸入電腦。這種中文打字的速度，平均每小時二千四百字，比一般檢字和打字作業要快一倍。中文字輸入時，爲節省空間，不分段落，不分字體，爲節省時間可不斷輸入。

第二部分校正，當第一部分輸入後，第二部分的螢光幕上，可作校對之用，如有錯字、漏字、多字，加添、減少，均可在第二部分校正作業，校正的字盤爲不分小盤，將全體九千字在一個個排列整齊的字鍵上分佈，每個字鍵上仍有三十個中文字，打字人員先將要校正的部分固定，按鍵標出錯誤之處，錯誤處便有閃燈指示，再用左手按字盤，右手按字號，再按改正鍵，改正處勘正後，閃燈自動消失。

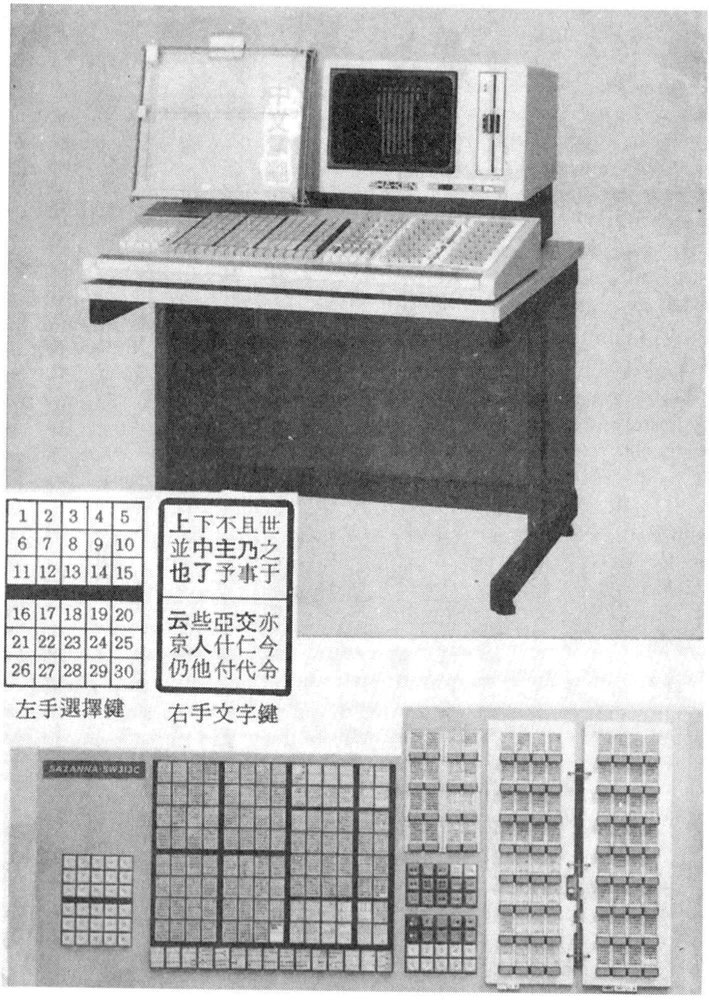

附圖說明：

上圖爲輸入機、螢光幕、輸入後隨時可以校正；中圖爲字鍵（三十字）和選字號碼鍵（三十號碼），雙手同時配合選出要輸入之字；下圖是字盤，左方大盤是常用字和符號，共三千三百六十字，下端爲指令版。右方爲罕用字，以摺疊法收入電腦。

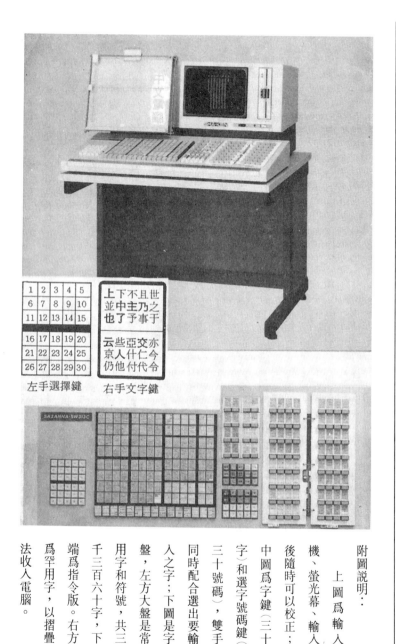

第三部分爲輸出，輸出處仍有第二次校正字盤，與第二部分同。此外，第三部分除螢光幕、字盤外，還有指示器和複印輸出字條機。第三部分的指令，有分段，每行字數、字體、及符號及劃線、加框等，經過指令，它會自動將連接排在一起輸出的字，各分段落，每行字數，指定字號等一一顯露出來，然後再下輸出的指令，在輸出的白紙上，就印妥了原稿所需要的「小樣」。

第四節　中文電腦排版的利弊和處理

電腦排版與傳統排版的比較。在中文傳統排版方面，不論活版檢排、打字排版或照相打字排版，都有以下的缺點：㈠字體和字型無法變化。㈡字的大小無法變化。㈢每種字體和字號，都必須有一套字盤，儲存不便。㈣在同一行列中，如有不同字體、字號，操作上非常不便。㈤版面如有變動時，必須從頭重做，不好改版。㈥校正時費時且不便，有時候根本無法改正，必要重新檢排和打字。㈦無記憶裝置，不能儲存，拆排後再用時又要重新檢字或打字。

而中文電腦排版的組成，輸入的原稿是記憶在磁碟中，要應用時，聽候所發指令，用何種字體、字號大小如何、欄的改變如何，一聲令下，立即改變。而且記憶在電腦中，可以一用再用，三用四用都不會消失。

中文電腦排版的性能與特色。中文電腦排版的性能有三：

㈠字體和版面的變化多：

①文字符號之大小，從四、五點（POINTS）至七十二點，以每半個點爲增減，共有一百卅六種變化。

②字體，已完成的有十多種，每種又分細、中、粗、特的變化，電腦字體的明體，就是傳統字體的宋體。將來會有更多字體。各種字體都可變化爲左傾斜或右傾斜，也可拉長和壓扁，以增加排版的美觀和活潑。

③直排與橫排，均用指令變化。

④可劃出十種不同寬度的橫直線，以適應版面需要。

⑤可指令「齊左」、「齊右」、「齊上」、「齊下」和「齊中」的編排。

㈡校稿、改稿、改版均快速而方便。

①中英文可以混排。

②可預留圖片空位。

③在十二吋的範圍內，可做多欄式的組排。

④在校稿時，文字插入或刪除，電腦上均能自動上（左）移或下（右）移。段落也可接受指令後改變，加減文字後，頁碼也會自動前後移動。

⑤在五個字內的字彙，會自動找字或改字，例如將「臺灣」一律改爲「中華民國」，將

「孫文」改爲「孫中山」等，下一個指令，全文中所有「臺灣」或「孫文」，均會自動改正。

⑥自動編排頁碼和版序。

㈢其他優點：

①傳統排版必須定稿後爲之，而電腦排版可寫好多少稿立即輸入，在校正機上改稿。

②中文電腦排版的速度，比檢字排版快⅓，比打字排版快¼時間。

③已輸入之文稿，永久記憶，隨時可將報版改排爲書版，改出單行本。也可將資料輸出，隨時應用。

拼版的障礙。在中文電腦排版中，從輸入、改正和輸出三部分中，的確使中文排版有了很大的進步，但在第四部分終端機中，要完成拼版的工作，卻並不理想。因爲華文報紙拼版和英文報紙拼版，大不相同。英文報採用橫排，它不忌諱標題對題，它也沒有盤文加框，它的版面單純，而在華文版的版面上，在在均講究美觀，要美化華文報紙的版面，電腦排版的障礙有三：

1.事先的版面設計。如要電腦拼版，事先要劃版樣，這個版樣，不是傳統編排報章那樣大約用紅筆勾劃一番，大約將標題的部位、邊欄的部位、小方塊的部位、照片的部位和廣告的部位確定，拼版的技工就會在這個「大約的部位」中，拼出一個美觀的版面來。但中文電腦排版，就要劃極精確的版面，每欄一行也不能多，每行一字也不能少，在編輯來說，在有限的編報時間下，要詳細精確劃版樣，是不可能的。何況中文標題很多不規則的，橫直相間，電腦版面上的指令實在不易下達。

2.版面呆板而不活潑。華文報紙的特色，就是版面生動、活潑、動人，一個版上標題、花邊和美工的運用，可達到十分完全和引人入勝的地步。但中文電腦拼版，用單純的線條，將版面分割成一小塊一小塊，標題既不能多方變化，美工也無法着力，版面便呆板而且單調，缺乏生命力，將使華文報的特色一無發揮。

3.改版不易。新聞版面時常因突發的新聞要改版，尤其在拼好版後，要作大幅的改動，電腦拼版必須重新設計，重下指令，不像傳統排版那樣靈活。

由於上面一些障礙，中文電腦排版，不能應用在華文報紙的拼版上，華文報紙要應用中文電腦的三部分，就是輸入、改正、指令和輸出。將輸出的文字，由編輯來執行紙上拼版的工作。但一般書版，仍以中文電腦編排拼版爲劃一、美觀和迅速。

中文報紙電腦排版是國立交通大學計算機工程研究所開發完成的一套「中文報紙全頁組版系統」，編者可在電腦終端機上藉電腦計算能力，很快完成排版，再印製出大樣，頗具實用性。

中文報紙全頁組版系統分兩階段進行，首先完成小樣排版，建立新聞目錄，再依編輯者意願將各小樣版拼入半開大的大樣中，然後再將半開內全頁影像存入磁碟機內，以雷射印表機印出。

這套系統以交通大學計算機中心 VAX-11/780 爲主電腦，在繪圖終端機上進行半自動的

「人機交談」，操作者發出組版命令，可由終端機螢幕上看到模擬版面。

在螢幕上分六個區，操作者可直接在螢幕上做編排工作，左上區爲小樣新聞特性區，即分別新聞編排的結果，基本上有「全、題、轉、分」等四種排版格式；左中區爲組版命令歷史顯示區，每下一個命令，這區就顯示剛才所下達的命令，讓操作者不致重複。左下區爲組版命令區，這一區共有十四個命令。中區是模擬版面區，被選到要排入版面的小樣新聞，最初會在這裏顯示；右上區是模擬版面區，爲廿二欄，每欄一百十五行文字的報紙版面；右下區是錯誤訊息區。

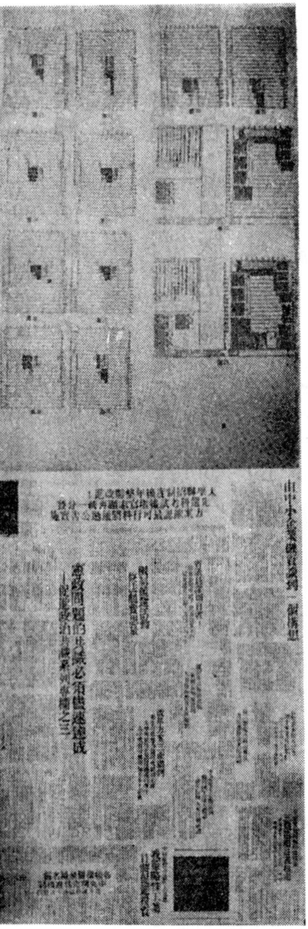
上圖：在終端機上編排情形；下圖：印出來的半開報紙。（本報記者 李清煙攝）

每則已編好的小樣新聞都有序號，需要用那一條新聞直接鍵入即可，除非全題或方塊新聞，一般新聞電腦可協助走欄找位置；如果不滿意可隨時在終端機上調整。

在軟體中也設計一組命令，保留一定長寬度，供應對突發性新聞之用。當版面設計妥當，再配合已建立的中文字形檔、花邊檔，將它存在磁碟機內，最後印製出來。

上述電腦拼版，全部完成一個版約需五小時到六個半小時，在每日出版的報紙作業上，仍是無法應用的。而且拼出的版面，不能隨心所欲。如要克服這些困難，必須先行設計好若干版面（例如一個月卅個版面），用「削足適履」的編法，將新聞來適應預先設計好的版面，這樣可減少時間上的障礙。

紙上拼版的處理。中文電腦排字完成後，編輯要執行紙上拼版，然後將拼好的版面，指導美工予以美化。紙上拼版的步驟如下：

1.發稿輸入。編輯將新聞原稿修正後由打字員輸入電腦。輸入時編輯要重估字數，當達到一個版面的容量再加二成的文字輸入後，便不再發稿。

2.螢幕校正。由打字技術員初校後，發出指令，將每一則新聞反映在螢光幕上，編輯複校，包括字數、內容、編排型式，都可一一改正。

3.輸出小樣。將校好的小樣輸出，由編輯將它與標題夾在一起。標題用電腦照相打字機打出，準備拼版。

4.拼版。版樣紙上印有欄數，每欄內有淺藍或淺黃色的行數字數標示，便於拼版。版樣紙用上膠機上膠，編輯貼版時，如有錯誤，尚可撕下重貼。拼版要依據拼版處理的原則，和傳統拼版的原則無異。而每一行每一欄都要完全對正，不能歪斜，以免損及版面的美觀。

5.美工。編輯在版面上，標題四周，都要預留適當的空位，便於美工美化版面。而邊欄、加框等花邊的運用，都要切合版面的嚴正而美觀，美工必須有編輯學術的薰陶，編輯也要有審美觀念的素養，那麼，在中文電腦排版時代的來臨，華文報業仍將保持它傳統上的特色和優點。

第十八章 新聞編輯的展望

新聞編輯的工作，近三十年來已發展成完全屬於專業的工作，他們不但要有本身工作的技術，還要具備專門知識的培養，和一個現代人的基本要求。新聞編輯必須要走在時代的前端，要能洞燭先機，成爲社會進化的推動者，所以，新聞編輯的任務日重一日，要求新聞編輯的嚴謹也與日俱增。過去，新聞編輯是一種技術上的工作，而今天，新聞編輯是學者、專家，也是一種極具社會權威性的工作。

但我國的新聞制度，處處扼殺了新聞編輯的重要性，例如報社的外勤主義，新聞政策的干涉主義，社會上各階層對新聞記者的成見，都影響了新聞編輯的工作革新。要革除社會、報社和讀者的偏見，展望新聞編輯，實有其真正的價值和地位。

第一節　編採制度的商榷

中文報業最大的制度上的缺點，就是編採制度的分立，在中文報社中的編輯部，一定將編輯組和採訪組分開，其理由是編輯組主內，主持編務；採訪組主外，主持採訪。這樣，可使互相制衡，互相監督。但其缺點，編採分開而不協調，往往不能抓住新聞的重點而發揮，不免影響了新聞內容的好壞。

在英美的報社中，編採制度是合一的，而且採訪必須由編輯來指揮，以便發揮編採工作的充分功能。如果編輯和採訪的分工而不能合作，必將抵消報紙的完整功能。英美的報社編採合一制度已行之多年，採訪記者從來不會對編輯的指揮表示對抗，所以由編輯指揮記者。已成習慣。但我國的記者，常認爲編輯是內勤，他們對外面的情況一無所知，怎能指揮記者?所以記者對編輯發生對抗作用，因此，我採我的，你編你的，而且更有甚者，我採的新聞不可隨便丟掉，有時候也做好標題，必須如此發表，這都是記者不明瞭自己的任務和使命，以爲外勤第一。

爲什麼要提高編輯的職權，因爲報紙最後的審核權在編輯的手中，一張報紙版面上的表現，完全要靠編輯的構思、才華和理想，等於一家餐館，雖然有很充裕的資金，很堂皇的佈置，很親切的招待，但如果沒有獨特的名菜，顧客是不會滿意的。而一家報社的編輯，就是廚房裏的掌廚，他們必須烹調很多名菜，來滿足老饕的食慾。

其次，在我國的編採制度上，缺乏新聞比較的研究，因此削弱了敬業的精神。我們知道，編採工作不像其他職業那樣，衹是一種普通的職業，業者爲了生活而工作，就不必尋求職業上的進展。但在報業上，編採人員無法獨善其身，他們必須兼善天下，以他們的聰明才智和工作熱誠，來促進社會的進化。所以，編採制度上要加強比較研究，才能使這一工作更合於社會的需要。不論是新聞採訪的得失，新聞編輯的良窳，如果能不斷比較研究，一定能使報紙的內容進步，而使讀者獲益。

新聞比較的範圍，可分爲四部分：

一、新聞完整性的比較：當天見報的新聞，那些是獨家報導，那些是遺漏的，這比較可以調查出記者的勤惰。

二、新聞寫作優劣的比較：將同一新聞，就其寫作上比較其得失，可以測驗出記者的能力。

三、新聞處理的比較：在整個版面上，比較新聞處理的重點，在版面上所佔的地位，評量其得失，可以證明編輯的見解與決心。

四、新聞標題的比較：將同類新聞的標題，互作比較，可以測驗出編輯的技巧和學養，進而鼓勵在職進修，使報紙的版面精益求精。

最後，在我國編採制度上值得一提的，就是資料室的充實。歐美日本的報社，都非常重視資料室，日本《讀賣新聞》在抗戰期間，人物資料中有我國團級以上軍官的照片和資料。《紐約時報》社長賽茨柏格來臺訪問時，特別要求參觀各大報的資料室。沒有完備的資料室，就證明這家報社的出品不值一觀。一張令人滿意的報紙，不但要充分報導新聞，還要充分解釋新聞；要充分解釋新聞，就要有完整而豐富的資料室。

第二節　新聞編輯上的新潮思想

中文報的編輯，已有傳統的型式，這些型式是好是壞，還不能作定評；但至少這些型式是歷史性的，而且也是早期報學所遺留下來的痕跡。當然，近代歐西的報學觀念，也一定會影響中文報的傳統，但有若干方面，中文報已不但想打破傳統，而且有從新聞規範中「突圍」之勢，這在中文報的新聞編輯上，是福是禍，卻也多少可以預見的。因此，儘管新聞編輯在新潮思想的影響下，要想從傳統的型式中「突破」，但我們必須審慎研究，這些「突破」的新潮思想是否是必要的？

第一、新聞與廣告觀念的混淆。近代人類對經濟生活的重視，是不可諱言的，受了資本主義經濟思潮的影響，這一思潮的衝激，報紙當然也不能免疫。因此，廣告便侵犯了新聞。新聞界的「衛道者」，大聲疾呼新聞與廣告不可混淆，廣告不可侵犯新聞，但今天中文報的編輯，是否能以「衛道者」自居呢？是否有力量來衛這個「道」呢？有數位某中文專業性的編輯訴說：「專業新聞版的頭條視廣告價格的高低而決定的。」也有報紙將廣告編排成新聞邊欄的型式，在最後註上「（廣告）」兩字，有些報紙根本連這兩個字也被廣告客戶「要求」掉了。更可笑的，報社的記者，分成普通的採訪記者和工商記者兩種，所謂工商記者就是以招攬廣告爲主的記者。長此以往，又何嘗不會產生「工商編輯」呢？

第二、新聞與副刊的混淆。近年來，常有一些似通非通，以懂非懂的「新聞專家」，提倡「報紙雜誌化，雜誌報紙化」。果如此，則何必分報紙和雜誌呢？報紙是指日報，雜誌是指期刊，它們的分野是在新聞與副刊的截然劃分。例如說：有一份報紙，它天天出版，但報上沒有新聞的寫作，一開頭便是風花雪月，這不能算報紙，衹是天天出版的雜誌，如上海過去的方塊出版物就是。例如有一些期刊，它不但刊載「專訪」，而且還有新聞，新聞和副刊的版面，截然劃分，它不是雜誌，而是定期出版的報紙。中文報新聞版被副刊侵入的地方，已逐漸擴大，目前娛樂版、文教版和婦女版，都有副刊新聞混淆的現象。

第三、副刊編排的新潮化。由於平版照相印刷的技術影響，副刊編排都以粗黑花邊和書版編排的型式出現，對版面的美觀來言，和副刊的氣氛來說，都有明顯的破壞，但在新潮的思想下，仍有部分讀者會接受。因此，當某一報社採用新潮思想的編排，其他報社亦步亦趨，今天中文報的副刊版面，已面目全非，倒是香港的中文版，並不如此新潮。我們新聞編輯的責任，不但要將報紙編好，同時要推動一種社會風氣，更要重視民族文化和中文的特質，而不能看到歐美和日本雜誌的新潮思想，便盲目應用到中文報的版面上去。新聞編輯的改進，必須有一定基本原則，不違背新聞處理的法則，不悖於民族文化的精神，否則，新聞編輯不但不能改進，而且要每下愈況了。

第三節 編輯人制度

在報紙和雜誌社，有兩位法定的負責人，一是發行人（Publisher），一是編輯人（Editor），發行人是登記證所有人，編輯人是報章內容的實際負責人，他要策劃一份報紙或一份雜誌，可以說是新聞事業的核心人物。

編輯人有自由的意志，職業環境不受約束，和律師、會計師一樣，應該屬於自由職業，但我國內政部對編輯人的身分，並不重視，他們被歸納在記者一起，稱之爲「工商服務業」，雖然在資本主義的社會制度下，工商業也受到應有的尊敬，但要編輯人專以「工商服務」爲業，無論如何也說不過去。

要提高編輯人的地位，也就是提高報業的地位，報業不同於一般工商業，因爲它除了具備企業經營的條件外，還要擔負文化上的使命，它不能以營利爲目的，所以，編輯人應有獨立的意志和精神，否則，報紙就無法樹立「特立獨行」的風格。

一位獨立的編輯人，他不應屬於那一家報社的，而是受某一家報社特約禮聘而來的，他不是公務員，也不是職員，他是一位獨立的報人。因此，編輯人必須具備以下的品格和學養：

一、**忠愛國家**。一位編輯人，要有國家至上、民族至上的觀念，不論在什麼環境下，忠愛自己的國家民族，決不屈服於強敵，亦不諂媚外鄰，養浩然正氣，惜名節，守忠信，愛國家。

二、**公正不阿**。對社會、對團體、對機關和政府，不受壓力，也不被利誘，公正不阿，成爲一位獨立的編輯人。不可有偏見，也不可有成見，對一切新聞均以善意視之，即使是一樁重大刑案，也要剔除自己的好惡，超然物外。

三、**知識廣泛**。一位編輯人，要吸收各種知識，雖不深究，也須瞭解，不可一知半解，更不可一無所知。平時要儘量在工作中學習，學習中工作，任何新聞報導，一定要在極短暫的時間內，完全理解。

四、**文筆犀利**。編輯人不但要知，還要能寫，寫得要有內容，寫得要深刻，最好能不落俗套，更不可人云亦云。編輯人永遠要能接受別人的意見，融化爲自己的意見，同時要執着自己的意見，努力不懈。

五、**反應靈敏**。頭腦靈活，工作迅速，也是編輯人必具的條件，對每一件新聞報導，反應要快，決策要快，處理要快。編輯人要像一匹駿馬，他永遠不停馳騁，即使在休息的時候，也不躺下來。精神和時間，是編輯人的天賦。

展望我國新聞編輯的制度、人事、技術和學識，正百廢待舉，由於新聞編輯對國家社會的責任很重，所以，寄望不論在任何方面，要予以重視、注視和珍視，要予以革新，培養人才，建立制度，使我國的新聞編輯學有更新的創建。

附錄

一、中國新聞記者信條

中華民國三十九年一月二十五日臺北市報業公會成立大會通過
中華民國四十四年八月十六日中華民國報紙事業協會成立大會通過
中華民國四十六年九月一日臺北市新聞記者公會第八屆會員大會通過

一、吾人深信：民族獨立，世界和平，其利益高於一切。決不為個人利益、階級利益、派別利益、地域利益作宣傳，不作任何有妨建國工作之言論與記載。

二、吾人深信：民權政治，務求貫徹。決為增進民智、培養民德、領導民意、發揚民氣而努力。維護新聞自由，善盡新聞責任，於國策作透徹之宣揚，為政府盡積極之言責。

三、吾人深信：民生福利，急待促進。決深入民間，勤求民瘼，宣傳生產建設，發動社會服務；並使精神食糧，普及於農村、工廠、學校及邊疆一帶。

四、吾人深信：新聞記述，正確第一。凡一字不真，一語失實，不問為有意之造謠誇大，或無意之失檢致誤，均無可恕。明晰之觀察，迅速之報導，通俗簡明之敘述，均缺一不可。

五、吾人深信：評論時事，公正第一。凡是是非非，善善惡惡，一本於善良純潔之動機，冷靜精密之思考，確鑿充分之證據而判定。忠恕寬厚，以與人爲善；勇敢獨立，以堅守立場。

六、吾人深信：副刊文藝、圖畫照片，應發揮健全之教育作用，提高讀者之藝術興趣，排除一切誨淫誨盜、驚世駭俗之讀物，與淫靡頹廢、冷酷殘暴之作品。

七、吾人深信：報紙對於廣告之真僞良莠，讀者是否受欺受害，應負全責。決不因金錢之收入，而出賣讀者之利益、社會之風化與報紙之信譽。

八、吾人深信：新聞事業爲最神聖之事業，參加此業者，應有高尚之品格。誓不受賄！誓不敲詐！誓不諂媚權勢！誓不落井下石！誓不挾私報仇！誓不揭人陰私！凡良心未安，誓不下筆！

九、吾人深信：養成嚴謹而有紀律之生活習慣，將物質享受減至最低限度，除絕一切不良嗜好，剪斷一切利害之關係，乃做到貧賤不移，富貴不淫，威武不屈之先決條件。

十、吾人深信：新聞事業爲領導公眾之事業，參加此業者對於公眾問題，應有深刻之了解與廣博之知識。當隨時學習，不斷求知，以期日新又新，免爲時代落伍。

十一、吾人深信：新聞事業爲最艱苦之事業，參加此業者應有健全之身心。故吃苦耐勞之習慣，樂觀向上之態度，強烈勇敢之意志力，熱烈偉大之同情心，必須鍛鍊與養成。

十二、吾人深信：新聞事業爲吾人終身之職業，誓以畢生精力與時間，牢守崗位。不見異思遷，不畏難而退，黽勉從事，必信必忠，以期改進中國之新聞事業，作福於國家與人類。

二、中華民國報業道德規範

自由報業爲自由社會之重要支柱，其主要責任在提高國民文化水準，服務民主政治，保障人民權利，增進公共利益與維護世界和平。

新聞自由爲自由報業之靈魂，亦爲自由報業之特權；其含義計有出版自由，採訪自由，通訊自由，報導自由與批評自由。此項自由爲民主政治所必需，應予保障。惟報紙新聞和意見之傳播速度太快，影響太廣，故應慎重運用此項權利。

本會爲使我國報業善盡社會責任與確保新聞自由起見，特彙舉道德規範七項，以資共同信守遵行：

一、新聞採訪：

㈠新聞採訪應以正當手段爲之，不得以恐嚇、誘騙或收買方式蒐集新聞。並拒絕任何餽贈。

㈡新聞採訪應以公正及莊重態度爲之，不得假借採訪，企圖達成個人阿諛、倖進或其他不當之目的。

㈢採訪重大犯罪案件，不得妨礙刑事偵訊工作。

㈣採訪醫院新聞，須得許可，不得妨害重病或緊急救難之治療。
㈤採訪慶典、婚喪、會議、工廠或社會團體新聞，應守秩序。

二、新聞報導：

㈠新聞報導應以確實、客觀、公正爲第一要義。在未明真相前，暫緩報導。不誇大渲染，不歪曲、扣壓新聞。新聞中不加入個人意見。
㈡新聞報導不得違反善良風俗，危害社會秩序，誹謗個人名譽，傷害私人權益。
㈢除非與公共利益有關，不得報導個人私生活。
㈣檢舉、揭發或攻訐私人或團體之新聞應先查證屬實，且與公共利益有關始得報導；並應遵守平衡報導之原則。
㈤新聞報導錯誤，應即更正；如誹謗名譽，則應提供同等地位及充分篇幅，給予對方申述及答辯之機會。
㈥拒絕接受賄賂或企圖影響新聞報導之任何報酬。
㈦新聞報導應守誠信、莊重之原則。不輕浮刻薄。
㈧標題必須與內容一致，不得誇大或失真。
㈨新聞來源應守秘密，爲記者之權利。「請勿發表」或「暫緩發表」之新聞，應守協議。
㈩報導國際新聞應遵守平衡與善意之原則，藉以加強文化交流，國際瞭解與維護世界和平。

㈩對於友邦元首，應抱尊重之態度。

三、犯罪新聞：

㈠報導犯罪新聞，不得寫出犯罪方法；報導色情新聞，不得描述細節，以免誘導犯罪。

㈡犯罪案件在法院未判決前，應假定被告無罪。

㈢少年犯罪，不刊登姓名、住址，亦不刊佈照片。

㈣一般強暴婦女案件，不予報導；如嚴重影響社會安全或重大刑案有關時，亦不報導被害人姓名、住址。

㈤自殺、企圖自殺與自殺之方法均不得報導，除非與重大刑案有關而必須說明者。

㈥綁架新聞應以被害人之生命安全爲首要考慮，通常在被害人未脫險前不報導。

四、新聞評論：

㈠新聞評論係基於報社或作者個人對公共事務之忠實信念與認識，並應儘量代表社會大多數人民之利益發言。

㈡新聞評論應力求公正，並具建設性，儘量避免偏見，武斷。

㈢對於審訊中之案件，不得評論。

㈣與公共利益無關之個人私生活不得評論。

五、讀者投書：

㈠報紙應儘量刊登讀者投書，藉以反映公意，健全輿論。
㈡報紙應提供篇幅，刊登與自己立場不同或相反之意見，藉使報紙真正成爲大衆意見之論壇。

六、新聞照片：
㈠新聞照片僅代表所攝景物之實況，不得暗示或影射其他意義。
㈡報導凶殺或災禍新聞，不得刊登恐佈照片。
㈢新聞或廣告不得刊登裸體或猥褻照片。
㈣不得僞造或篡改照片。

七、廣告：
㈠廣告必須真實、負責，以免社會受害。
㈡廣告不得以僞裝新聞方式刊出，亦不得以僞裝的介紹產品、座談會紀錄、銘謝啓事或讀者來信方式之刊出。
㈢報紙應拒絕刊登僞藥、密醫、詐欺、勒索、誇大不實，妨害家庭、有傷風化、迷信、違反科學與醫治絕症及其他危害社會道德之廣告。
㈣刊登醫藥與醫療廣告，應經主管官署審查合格。
㈤徵婚廣告應先查證屬實，始得刊出，以免讀者受騙。

㈥新聞編採與評論人員不得延攬或推銷廣告。

八、附則：

本規範如有疑義，由中華民國新聞評議委員會解釋。

三、世界中文報業協會共同信條

世界中文報業協會會員報紙為維護新聞自由履行社會責任，願衷誠遵行下列共同信條：

一、自由：新聞自由是人類的基本權利，應該堅信不渝。

二、責任：責任隨自由而來。報紙上一字一圖都應對社會負責，不得違反社會公眾的利益。

三、獨立：報紙應保持獨立的立場。

四、同情：報紙之新聞報導與評論，應以發揚人類同情心為出發點。

五、正確：報紙應努力作正確的報導。每一則新聞都應完整和客觀，不可偏頗、歪曲、誇大，或故意隱瞞及遺漏。新聞標題應和新聞內容相符合。報紙內容出現錯誤時應迅速更正。

六、公平：報紙對社會上任何個人或集團應持公平態度，對爭論中的問題應作不偏不袒的處理，且應容忍並尊重與本身觀點相左的意見。

七、誠實：新聞、評論和廣告三者應明確劃分，不得僞裝、混淆以欺騙讀者。

四、聯合國國際報業道德規約草案

前言：新聞自由與出版自由，乃人類之基本權利。凡聯合國憲章中所指出之一切人類的自由，均應以新聞及出版之自由爲其基石。因此，要求一切參加新聞事業各項工作的人，要經常地自動地重視真理，努力求真。在新聞之報導上，評論上，均能做到真確無誤之境。

一、凡爲公眾供給消息之人，不許將任何事實，有意作歪曲之報導，或將事實真相重要部分，故意隱藏扣壓。

二、新聞記者，不應當把私人的利益考慮，置之於公共利益考慮的前面。凡有意之漫　、侮辱、誹謗、及無根據之指責，不負責的抄襲，都是報業從業人員的職業性犯罪。凡是謠言，或未證實之消息，應說明這是謠言，或並未證實。凡是文字發表，發現其中有不正確之處，且有損害他人名譽之可能者，應立刻加以更正。

三、擔任傳達新聞負責之人，爲盡他的職責，必須符合其職業上的完整人格，與尊嚴態度。

凡是關於個人私生活的記載及評論，有妨害此人之名譽者，除非爲著公共利益之原因，必不可刊載。不可因爲求大眾好奇心之滿足而刊出有妨害他人名譽之報導。在法律許可的最大限度以內，新聞記者，對於新聞之來源，可以代守秘密，而不宣洩。

四、負責報導及解釋某一個國家情況的新聞記者，對於這一個國家，必需有必要的知識，才能配做正確之報導與公允之評論者。

五、新聞記者的信條，要發生其效力，應由各國的新聞從業員去執行，而不需由該國政府去執行才生效力。

五、現行出版法

中華民國四十七年六月二十日立法院第廿一會期第十二次秘密會議通過
中華民國四十七年六月二十八日公布施行
中華民國七十六年八月二十七日立法院修正三十八條之罰鍰

第一章　總　則

第一條　本法稱出版品者，謂用機械印版或化學方法所印製而供出售或散佈之文書圖畫。發音片視爲出版品。

第二條　出版品分左列三類：

一、新聞紙類：

甲、新聞紙　指用一定名稱，其刊期每日或每隔六日以下之期間，按期發行者而言。

乙、雜　誌　指用一定名稱，其刊期在七日以上三月以下之期間，按期發行者而言。

二、書籍類　指雜誌以外裝訂成本之圖書冊籍而言。

三、其他出版品類　前兩款以外之一切出版品屬之。

第三條　本法稱發行人者，謂主辦出版品並有發行權之人。新聞紙雜誌及出版業係公司組織，或共同經營者，其發行權應屬於依法設立之公司，或從其契約之規定。

第四條　本法稱著作人者，謂著作文書圖畫發音片之人。
筆記他人之演述登載於出版品者，其筆記之人視爲著作人，但演述人予以承諾者，應同負著作人之責任。
關於著作物之編纂，其編纂人視爲著作人，但原著作人予以承諾者，應同負著作人之責任。
關於著作物之翻譯，其翻譯人視爲著作人。
關於專用學校、公司、會計、或其他團體名義著作之出版品，其學校、公司、會所、或其他團體之代表人，視爲著作人。
出版品所登載廣告啓事，以委託登載人爲著作人。如委託登載人不明或無負民事責任之能力者，以發行人爲著作人。

第五條　本法稱編輯人者，謂掌管編輯出版品之人。

第六條　本法稱印刷人者，謂主管印刷出版品之人。

第七條　本法稱主管官署者，在中央爲行政院新聞局。在地方爲省（市）政府及縣（市）政府。

第八條　外籍人民得依本法規定，聲請發行出版品，並遵守中華民國關於出版品之一切法令。但該外籍人民之本國出版法律對於中華民國人民有差別待遇時，不得享受本法所給予之待遇。

第二章　新聞紙及雜誌

第九條　新聞紙或雜誌之發行，應由發行人於首次發行前，填具登記聲請書，呈經核管直轄市政府，或該管縣（市）政府，轉呈省政府核與規定相符者，准予發行，並轉請行政院新聞局發給登記證。

前項登記手續，各級機關均應於十日内爲之，並不收費用。

登記聲請書應載明之事項如左：

一、名稱；

二、發行旨趣；

三、刊期；

四、組織概況；

五、資本數額；

六、發行所及印刷所之名稱及所在地；

七、發行人及編輯人之姓名、性別、年齡、籍貫、經歷及住所。

第十條　前條所定應聲請登記之事項有變更者，其發行人應於變更後七日内按照登記時之程序，聲請變更登記。
前項變更登記之聲請，如係變更新聞紙或雜誌之名稱、發行人、或發行所所在地管轄者，應於變更前附繳原領登記證，按照前條之規定，重行登記。

第十一條　有左列情形之一者，不得爲新聞紙或雜誌之發行人或編輯人：
一、國内無住所者；
二、禁治產者；
三、被處二月以上之刑在執行中者；
四、褫奪公權尚未復權者。

第十二條　新聞紙或雜誌廢止發行者，原發行人應按照登記時之程序，聲請註銷登記。
新聞紙或雜誌獲准登記後滿三個月尚未發行者，或發行中斷，新聞紙逾期三個月，雜誌逾期六個月尚未繼續發行者，註銷其登記。
前項所定限期，如因不可抗力或有其他正當事由，發行人得呈請延展。

第十三條　新聞紙或雜誌應記載發行人之姓名、登記證號數、發行年月日、發行所、印刷所之名稱及所在地。

第十四條　新聞紙或雜誌之發行人，應於每次發行時，分送行政院新聞局、地方主管官署、内政部及國立中央圖書館各一份。

第十五條　新聞紙或雜誌登載事項涉及之人或機關要求更正或登載辯駁書者，在日刊之新聞紙應於接到要求後三日內更正或登載辯駁書，在非日刊之新聞紙或雜誌應於接到要求時之次期爲之。但其更正或辯駁書之內容顯違法令，或未記明要求人之姓名住所，或自原登載之日起逾六個月而始行要求者，不在此限。

更正或辯駁書之登載，其版面應與原文所載者相同。

第三章　書籍及其他出版品

第十六條　發行書籍或其他出版品之出版業，應依第九條第一項第二項之規定聲請登記。

登記聲請應載明之事項如左：

一、出版業公司或書店之名稱、組織、及所在地；

二、資本數額；

三、印製所之名稱及所在地；

四、發行書籍或其他出版品之類別；

五、發行人及編輯人之姓名、性別、年齡、籍貫、經歷及住所。

第十七條　發行書籍或其他出版品之出版業公司或書店之發行變更登記，準用第十條之規定。

第十八條　發行書籍或其他出版品之出版業發行人及編輯人，準用第十一條之規定。

第十九條　機關、學校、團體、及著作人，或其繼承人、代理人、出版發行書籍，或其他出版品者，不適用第十六條至第十八條之規定。

第二十條　書籍或其他出版品，應記載著作人、發行人之姓名、住所、發行年月日、發行版次、發行所、印製所之名稱及所在地。

第二一條　出版品之爲學校或社會教育各類教科圖書、發音片者，應經教育部審定後方得印行。

第二二條　書籍或其他出版品於發行時，應由發行人分別寄送行政院新聞局及國立中央圖書館各一份。改訂增刪原有之出版品而發行者，亦同。但出版品係發音片時，得免予寄送國立中央圖書館。

第四章　出版之奬勵及保障

第二三條　出版事業或出版品合於左列各款情形之一者，應予以奬勵或補助：

一、合於憲法第一百六十七條第三款之規定者；

二、對教育文化有重大貢獻者；

三、宣揚國策有重大貢獻者；

四、在邊疆海外或貧瘠地區發行出版品對當地社會有重大貢獻者；

五、印行重要學術專門著作或邊疆海外及職業學校教科書者。

前項獎勵或補助另以法律定之。

第二四條　新聞紙、雜誌、教科書、及經政府獎勵之重要學術專門著作之發行，得免徵營業稅。

第二五條　出版品委託國營交通機構代爲傳遞時，得予以優待。

第二六條　新聞紙或雜誌採訪新聞或徵集資料，政府機關應予以便利。

前項新聞資料之傳遞，準用前條之規定。

第二七條　出版品所需紙張及其他印刷原料，主管官署得視實際需要情形計劃供應之。

第二八條　發行出版品之出版機構或發行人、著作人、編輯人、印刷人之事業進行，遇有侵害情事，政府應迅採有效之措施，予以保障。

第二九條　新聞紙或雜誌違反第三十二條至第三十五條之禁載及限制事項，發行已逾三個月者，不得再予處分。

第三十條　出版品因受本法所定之行政處分提起訴願時，其受理官署應於一個月內予以決定。訴願人如依法提起行政訴訟時，行政法院應於受理日起一個月內裁決之。

第三一條　爲行政處分之官署，如因處分失當而應負法律責任者，依有關法律辦理。

第五章　出版品登載事項之限制

第三二條　出版品不得爲左列各款之記載：

一、觸犯或煽動他人觸犯內亂罪外患罪者；

二、觸犯或煽動他人觸犯妨害公務罪、妨害投票罪、或妨害秩序罪者；

三、觸犯或煽動他人觸犯褻瀆祀典罪或妨害風化罪者。

第三三條　出版品對於尚在偵查或審判中之訴訟事件，或承辦該事件之司法人員，或與該事件有關之訴訟關係者，不得評論。並不得登載禁止公開訴訟事件之辯論。

第三四條　戰時或遇有變亂或依憲法爲急速處分時，得依中央政府命令之所定禁止或限制出版品關於政治、軍事、外交之機密，或危害地方治安事項之記載。

第三五條　以更正辯駁書、廣告等方式登載於出版品者，應受第三十二條至第三十四條規定之限制。

第六章　行政處分

第三六條　出版品如違反本法規定，主管官署得為左列行政處分：

一、警告；

二、罰鍰；

三、禁止出售、散佈、進口或扣押沒入；

四、定期停止發行；

五、撤銷登記。

第三七條　出版品違反第三十二條第三款及第三十三條之規定情節輕微者，得予以警告。

第三八條　出版品有左列情形之一者，得予以罰鍰：

一、違反第十四條或第二十二條之規定，不寄送出版品經催告無效者，處五百元以下罰鍰。

二、不為第十三條或第二十條所規定之記載或記載不實者，處一千五百元以下罰鍰。

三、不為第十五條之更正，或已更正而與登載事項涉及之人或機關要求更正或登載辯駁書之內容不符，經當事人向該主管官署檢舉並查明屬實者，處二千五百元以下罰鍰。

第三九條　出版品有左列情形之一者，得禁止其出售及散佈，必要時並得予以扣押：

一、不依第九條或第十六條之規定呈准登記而擅自發行出版品者；

二、出版品違反第二十一條之規定者；
三、出版品之記載違反第三十二條第二款及第三款之規定者；
四、出版品之記載違反第三十三條之規定情節重大者；
五、出版品之記載違反第三十四條之規定者。
依前項規定扣押之出版品，如經發行人之請求得於刪除禁載或禁令解除時返還之。

第四十條　出版品有左列情形之一者，得定期停止其發行：
一、出版品就應登記事項為不實之陳述而發行者；
二、不為第十條或第十七條之聲請變更登記而發行出品者；
三、出版品之記載違反第三十二條第一款之規定者；
四、出版品之記載違反第三十二條第二款及第三款之規定情節重大者；
五、出版品之記載違反第三十四條之規定情節重大者；
六、出版品經依第三十七條之規定連續三次警告無效者。
前項定期停止發行處分，非經內政部核定不得執行，其期間不得超過一年。
違反第一項第三款之規定者，得同時扣押其出版品。

第四一條　出版品有左列情形之一者，由行政院新聞局予以撤銷登記：
一、出版品之記載觸犯或煽動他人觸犯內亂罪、外患罪、情節重大經依法判決確定者；

二、出版品之記載以觸犯或煽動他人觸犯妨害風化罪爲主要內容，經予以三次定期停止發行處分而繼續違反者。

第四二條　出版品經依法註銷登記、或撤銷登記、或予以定期停止發行處分後仍繼續發行者，得沒收之。

第四三條　國外發行之出版品有應受第三十七條及第三十九條至第四十一條處分之情形者，內政部得禁止進口。

前項違禁進口之出版品，省政府或直轄市政府得扣押之。

第四四條　違反本法之規定，除依第三十七條至第四十三條之規定處罰外，其觸犯其他法律者，依各該有關法律辦理。

第七章　附　則

第四五條　本法施行細則由行政院新聞局定之。

第四六條　本法自公佈日施行。

六、著者近年有關新聞編輯之著作

㈠新聞報導不可侵犯「隱私權」

——刊於民國七十七年《報學》八卷一期

「隱私權」已為近代先進國家的新聞同業所確認，如果我們報業新聞，還以「揭人隱私」為能事，那麼，我們的新聞事業所享有「新聞自由」，便是不道德的「新聞自由」。

臺灣自從報禁開放以後，報章雜誌在新聞報導上，獲得了「充分」的自由，由於這種自由太「充分」了，就不免流於放任和濫用，而其中最嚴重的問題，就是牽涉到「隱私權」。「隱私權」已爲近代先進國家的新聞同業所確認，如果我們報導新聞，還以「揭人隱私」爲能事，那麼，我們的新聞事業所享有「新聞自由」，便是不道德的「新聞自由」。

何謂「隱私權」？

何謂「隱私權」（Privacy）？這是一個法律上的名詞，就是說「每一個人有他的自尊，別人不可對他個人的私生活，有所侵犯」。最通俗的一個例子，就是當我們要進入別人的房間時，必須先扣門，得到允許才可進入。過去我們以爲這是禮貌，實際上是尊重別人的「隱私權」。以此推論，在我們報導新聞的時候，就不應該儘量去挖掘新聞當事人的私生活，來滿足讀者的好奇心。

在新聞報導方面，「隱私權」的範圍很廣，因爲過去我們將它列入新聞自由和誹謗的範圍裏來處理，祇要不涉及法律上的責任，新聞記者就大膽地去侵犯別人的「隱私權」。在新聞報導上，那些是「隱私權」呢？

一、私人的生活受到侵擾。例如進入私宅、辦公處所，不接受採訪，不願提供資料或作證等。

二、錯誤刊載，破壞個人形象。例如將照片弄錯、刊載不實的報導，公佈錯誤的資料等。

三、竊聽他人的秘密或妨害秘密通訊。例如擅裝竊聽器，探聽別人生活上的秘密，檢查信件等。

四、未經同意公開其私人財物。例如公開或傳播別人的契約、信件、照片、表演、有價證券、財產數量等。

五、未經同意報導其私人生活。例如私人的婚姻狀態、家庭糾紛、異性交往，和不欲公開的私人活動等。

以上這些權利，有的屬於絕對個人的，但對於公眾人物，當他們同意將其私生活公開時，就不算侵犯「隱私權」了。

對「隱私權」的保障

新聞報導中對「隱私權」的保障，各國都有不同的規範。由法律明文來保障的，各國也不同。自一七九一年美國憲法第一條修正案（First Amendment）公佈說，言論和出版的自由，受到了充分的保障，但對妨害個人權利（隱私權包括在內）和名譽的，仍要受到制裁。

希臘的共和憲法（一九二七年公布）中，第十二條規定：「……記述私人隱私的著作人，及登載該事項之報紙發行人，除依刑法處分外，並須負擔民事上的損害賠償……。」

菲律賓在刑法第三五七條規定：「對於揭發他人私生活之事實，並破壞其名譽、道德、榮譽者，記者、編輯人、或發行人，均得處二百至二千菲幣之罰金。」

我國在憲法上，沒有明文保障「隱私權」的條文，但憲法第十二條：「人民有秘密通訊之自由」，這就是信件不受檢查，檢查郵電就侵犯「隱私權」。在我國的刑法中，也都有明列誹謗的條文，但對侵犯「隱私權」，卻沒有明文保障，這也是我國人的「隱私權」不受尊重的最大原因。

在各國的新聞法規中，也有很明確保障「隱私權」的規定：

聯合國草擬的「國際報業道德規約草案」中第三條：「擔任傳達新聞之人，為盡他的職責，必須符合其職業上的完整人格與尊重的態度。凡是關於個人私生活的記載及評論，有妨害此人之名譽者，除非為着公共利益之原因，必不可刊載。」

美國新聞記者公會「道德規律」中「公平競爭」項下第二點：「新聞媒介應嚴妨侵犯個人的『隱私權』」。

美國報紙編輯人協會「道德信條」第六項「求公允」中第一點：「報紙不可侵犯私人之權利與傷害私人之感情，以滿足大衆之好奇心。」

我國有關「隱私權」在新聞規章上的保障，也很明確，但在「出版法」中，卻沒有列舉。「出版法」第五章中，祇涉及出版品登載事項之限制，其中就缺少對「隱私權」的保障。民間共同遵守的新聞規章，就非常明確。

在「中國新聞記者信條」中第八條：「吾人深信：新聞事業為最神聖之事業，參加此業者，應有高尚之品格。誓不受賄！誓不敲詐！誓不諂媚權勢！誓不落井下石！誓不挾私報仇！誓不揭人陰私！凡良心未安，誓不下筆！」在這六大誓言中，保障「隱私權」即為誓言之一。

民國六十三年記者節（九月一日），我國新聞評議會通過的「中華民國報業道德規範」中，對「隱私權」的保障，共有四個條文：

一、該規範的「新聞報導」一項中第三條：「除非與公共利益有關，不得報導個人私生活。」

二、該規範的「犯罪新聞」一項中第三條：「少年犯罪，不刊登姓名、住址和照片。」

三、該規範的「犯罪新聞」一項中第四條：「一般強暴婦女案件，不予報導。如嚴重影響社會安全，或與重大刑案有關時，亦不報導被害人姓名、住址。」

四、該規範的「新聞評論」一項中第四條：「與公共利益無關之個人私生活，不得評論。」

從以上有關法規的規定看來，「隱私權」的保障已有共識，而問題在雖有規定，卻不具法律效率，法規中沒有罰則，所以今天在國內外報章雜誌上侵犯「隱私權」的記載，還是屢見不鮮。

侵犯「隱私權」的實例

對「隱私權」的保障，以美國最重視。雖然在美國憲法中的第一條修正案着重於保障「新聞自由」的條文。但儘管如此，美國對「隱私權」的尊重，卻沒有被「新聞自由」所剝奪。

美國總統甘迺迪的遺孀賈桂琳，一九七二年下嫁希臘船王歐納西斯後，有一名投稿作家蓋里拉，到她的別墅外高處，利用長鏡頭偷攝了許多賈桂琳的生活照片，這些舉動被賈姬發現，心存恐懼，她要求美國情報單位（負責保護前第一夫人及其子女）出面制止，激怒了蓋里拉，他宣稱要提出一百卅萬美元的損失賠償。但歐納西斯夫人立即向美國法院控告蓋里拉，要求賠償一百五十萬美元。由於賈姬是維護她生活上的「隱私權」，蓋里拉雖在法庭上辯稱賈姬是公眾人物，但公眾人物也有她維護「隱私權」的權利，她不同意給蓋里拉偷拍她的生活照片，蓋里拉就不能強着要拍，結果，賈姬勝訴。

一九七四年美國總統尼克森，因為在華府「水門大廈」中，安置竊聽設備，竊聽民主黨總部競選下屆總統的部署情形，被《華盛頓郵報》三名記者發現。他們在取得總統秘書人員的證詞下，揭發了這一聞名於世的「水門事件」，最後在全美輿論譁然下，尼克森引咎辭去了總統之職。尼克森的辭職，是因為他侵犯了他人（民主黨總部）的「隱私權」，這在美國人民的心目中，是不可原諒的。

在美國，已有十三個州都有禁止電話錄音的規定，新聞記者如未經當事人同意，將對方的電話錄音發表，也侵犯了個人的「隱私權」。一九七七年佛羅里達的法庭，判決了施文控告尚賓電視公司，將記者訪問他的錄音，未經他的同意而發表，施文勝訴。由此可見，「隱私權」的保障，在美國受到很大的重視。

至於記者採訪，跟隨政府官員或警方，進入「民宅」，是否構成侵犯「隱私權」？美國法院有兩種不同的裁定。美國佛州有一位母親，看到《佛羅里達時報》，刊載她家中發生的火警，時報上刊出她女兒留在火災現場屍體的痕跡照片，景象悽慘。這位母親控告時報侵入她的住宅，拍下女兒屍痕，有損她的「隱私權」。但佛州高等法院認爲，時報的記者是隨同消防人員進入現場，得到消防人員的同意而拍攝的照片，不算侵害「隱私權」。

但在紐約州法院，曾於一九八一年，也有一完全相反的判例，記者在一宗「山姆之子」的謀殺案件中，被控侵入兇嫌的私宅，當時記者是在警方同意下進入的，警方帶有法院搜索狀。但紐約州法院認爲，警方的搜索狀可以進入兇嫌的私宅，但警方對這所私宅不具所有權，唯有屋主才有所有權，屋主未同意記者進入，記者仍侵犯了兇嫌的「隱私權」。

紐約州還有一宗判例，是哥倫比亞廣播公司（ＣＢＳ）的記者，進入一家法國餐廳，拍攝餐廳不合衛生條件的影片，雖然紐約州衛生局已公布該餐廳衛生不合格，但記者跟着進入餐廳，未得餐廳允許，記者將影片在電視上放出，被該餐廳告了一狀，紐約州法院判ＣＢＳ賠償一千二百美元，因爲記者侵入餐廳，損害餐廳的「隱私權」。

記者採訪新聞，將深入報導的內容，在報章和電視上發表，如果沒有徵得當事人的同意，也嚴重損害了當事人的「隱私權」。例如有一部描寫精神病院的影片，將院中精神病患脫光衣服和心理疾病發作的情形，在影片上完全暴露出來。當這部影片在麻州上映時，州政府下令全面禁演，法院判定這部影片觸犯精神病患的「隱私權」，他們的權利高過大眾關心的重要性。因爲影片中出現的人物，並未簽署同意書；法院又特別說明，即使當事人簽了同意書，也無法律效力，國家有責任保護人民的「隱私權」。從這一判例中，可見「隱私權」的不容侵犯，是不爭的事實。

我國對「隱私權」的忽視

反觀我國內，對「隱私權」的概念，尚未建立，遑論對其重視，因此，便發生了新聞報導上罔顧當事人「隱私權」的常見現象，實在令人對放任的「新聞自由」，耽心不已。

我們今天檢視一下自己的報紙，尤其在報禁開放以後，記者隨心所欲，以挖掘別人的隱私爲能事。例如有一家報社，報導一名有夫之婦，其夫爲海員，經常不在臺灣，這位少婦因患婦科毛病，結識了一位英俊的婦科醫生，日久生情，發生超友誼關係。事爲醫生的妻子知情，雙方談判，醫生拿出二百萬「遮羞費」，與海員之妻一刀兩斷。這本來是一件社會誹聞，雙方都未告到派出所或法院，但被記者知道，大加渲染，將有夫之婦與有婦之夫的一段秘聞，大加描述。在法律上，這是一件「告訴乃論」的案件，雙方當事人不告發，沒有人有權來宣揚這一誹聞，記者當然也不例外。但記者加以描述，使這段畸戀曝光，嚴重影響當事人的「隱私權」。因爲這一新聞的發表，雙方當事（夫婦）和他們的親屬，都將受到精神上和身體上的損害。但這樣的新聞，沒有人會去控告記者，因爲國人不知道要維護自己的「隱私權」。至於刑法中的「誹謗」，又規定「有事實者不罰」，更不會保障當事人的「隱私權」了。

國內記者採訪新聞，常喜歡發掘背景新聞，如果這一新聞的背景，是有關公眾利益，還尤可說，往往祇是在誣蔑當事人的形象，不惜損害當事人的「隱私權」，便沒有可取了。例如有一家有名補習班的老闆，爲了要創辦一所高級中學，送了一輛轎車給市議會教育小組召集人，東窗事發，各報譁然。但有一家報紙，就大肆挖掘這一老闆的背景新聞，包括他過去交往的女友，過去在臺灣鄉間教書的情形，以及開補習班時的學店作風。這些背景，與他賄賂市議員毫無關係，不過要證明的，是使那位老闆「聲名狼藉」。即使其中有大部分是事實，刊法上不涉及誹謗，但卻使當事人的「隱私權」，受到嚴重的損害。國內記者有恃無恐的，是當事人不致告到法院，於是，損害當事人「隱私權」的新聞，就充斥在國內的報章雜誌上了。

在國內採訪新聞，依據電話錄音而發表新聞，是天經地義的，當新聞發佈後，記者會振振有詞地說：「不怕他們告，我有錄音在手上。」這就是國內新聞界對個人「隱私權」的無知。如果錄音是記者擅自錄的，對方當事人並不知情，那麼，電話錄音的發表，就嚴重損害當事人的「隱私權」。

更有甚的，在「吳榮根情債案」中，記者安排吳榮根與女主角劉積順在臺美之間「越洋通話」，將兩當事人的話，都錄音下來，一字不易的刊諸報端。由於兩當事人都不知維護自己的「隱私權」，就被記者洋洋自得地作了一次「獨家報導」。

在同一案件中，女主角劉家所聘的律師，曾一再以公布男女主角閨房中的錄音帶爲要脅，這種錄音帶，是男女主角私生活的一部分，即使女方同意律師這樣做，男方不同意時，還是不能公開，如要公開，就嚴重侵犯了男主角的「隱私權」。

國內採訪，還有翻閱政府首長「紅卷宗」的不良習慣。因爲記者與政府首長很熟悉，可以直入他們的辦公室，當首長因公不在辦公室內，他們就擅翻桌子上的「紅卷宗」。因爲「紅卷宗」所裝的，都是最機密文件，他們得手後，就在報端發表。有某大報的女記者，在教育部某次長辦公廳，翻閱了「紅卷宗」而據以發表新聞，報紙雖然得到了「獨家報導」，但這位次長卻遭了無妄之災，因此而被調職。首長辦公廳裏的卷宗，是政府的公文書，不得允許，不可翻閱，更何況據以發表新聞。這種行爲，嚴重影響當事人的「隱私權」。

「隱私權」如何定位？

「隱私權」在新聞報導中，應該如何定位？這是一個非常難以解決的問題。

有人主張，「新聞自由」應該大於「隱私權」。換句話說，在「新聞自由」的訴求下，「隱私權」不應比「新聞自由」還重要。所以，國內一些比較「自由」傾向的報章雜誌，他們在「新聞自由」的大纛下，侵犯了別人的「隱私權」，一點也不覺得於心不安。

如果我們要追究「新聞自由」的真諦，它至少有兩個要旨：第一、「新聞自由」不是沒有限制的自由，它要受法律和道德的規範；第二，「新聞自由」不能妨害他人的自由，當「新聞自由」侵害到別人的權益，就妨害了那人享有的自由。而「隱私權」，卻正是「新聞自由」中出現的一個問題，如果「新聞自由」獨大，個人的「隱私權」，就將被「新聞自由」摧殘得體無完膚了。

但若將「隱私權」高過「新聞自由」，這也有可議之處，因爲太強調「隱私權」，「新聞自由」便將有名無實，這也是從事新聞工作者所不願接受的。如何在「新聞自由」和「隱私權」中，取得互不衝突的調和，祇有將「新聞自由」和「隱私權」等量齊觀，而以「與公共利益有無關連」爲折衝的標準。就是說，與「公共利益無關」的「隱私權」，得以保障；而與「公共利益有關」的「隱私權」，就必須犧牲。例如，某行政首長有「金屋藏嬌」的傳聞，如果這位首長動用公款，來供他「金屋藏嬌」，這位首長的緋聞被揭發出來，就不能受「隱私權」的保護，記者在「新聞自由」的保障下，可以採訪這一新聞；如果這位首長私人的生活中「金屋藏嬌」，與「公共利益無關」，他的行爲就要受到「隱私權」的保障。又如美國民主黨總統候選人哈特，他與唐娜的緋聞，被新聞記者追蹤採訪，因爲這是在他決定成爲總統候選人以後發生的事，當然與「公共利益有關」；如果記者要追查哈特在成爲總統候選人以前的緋聞，就要涉及妨害個人的「隱私權」了，因爲那時候他不是總統候選人，他的行爲與「公共利益」無關。

其次再討論到「隱私權」與誹謗的關係，揭人陰私，往往與誹謗有關，但在刑法上，揭人陰私沒有被罰的明文規定，而誹謗則法有明文的罰則，所以，當侵犯「隱私權」成立罪狀時，往往是引用誹謗中損人名譽的條文來處罰。而「隱私權」在法律上，應該包容在誹謗以內的。

總之，「隱私權」的存在，道德的重於法律的，一個新聞工作者，重視「新聞道德」應比遵守「新聞法規」還要重要，所以，我們不能因爲侵害到別人的「隱私權」，不會受到法律的制裁，就不知檢束，那麼，這樣的新聞報導，久而久之就會被社會所唾棄。所以在新聞報導上，在新聞道德上，我們要處處記到，不要侵犯新聞當事人的「隱私權」！

㈡「編採合一」之制度與實證

——民國七十八年七月在《中央日報》講辭

在中國的制度內，我們編採是分開的。外國如日本的編採都是合一的，而我們的編採分的那麼開，對新聞採訪工作上所能表現的就差了一點。

三十年前我在《新生報》，第一個實施編採合一的制度，只實施了一年半，又取消了。記得開始實施的時候，我們取消了採訪組，而成立了四個組，第一個是要聞組，那時要聞組的主任是姚朋先生，而我負責省政新聞組，另外還有地方新聞組和副刊組。而「要聞組」是負責重要新聞和國際新聞，編譯和要聞記者均由該組管理。我則負責五個版面 1.本市新聞版 2.社會新聞版 3.體育新聞版 4.文教新聞版 5.經濟新聞版。運用此種編採合一的方法來做，編輯和採訪融合在一起，一起來研究發展，如何採訪，如何發表，最後由於各負責人均調職，結果又恢復爲編輯和採訪兩組的制度。

我將分成五個部分來講編採合一──「編採功能」、「編採合一」、「編採合一的制度來源和定型」、「編採合一的兩大特性」、「編採合一的例證」。

第一部分，講編採合一的功能，嚴格說來，編輯和採訪是密不可分的，編中有採，採中有編。如一位採訪的人，不曉得如何寫新聞，不曉得如何充實資料，不曉得如何使新聞有可讀性，將不會成爲一個很好的記者；如果一位編輯，不懂採訪，不懂如何寫稿，不知如何改寫，如何重寫導言，做標題，與採訪的新聞密切配合，那他的新聞處理絕對無法有所表現。

編採的功能，就是在新聞版面上，突顯出我們新聞的重點，讓讀者一看，就十分清楚。所以編採的功能，一定要運用到編採的分工，同時加強兩者的合作，那才能增加新聞的可讀性。

新聞報導有四種重要的要求1.確實2.迅速3.完整4.有可讀性。而新聞要確實報導就必須加以整合，整合過程中又要非常的迅速，要求完整，往往非一個人或一小部分人來完成任務就可，而可讀性更需大家羣策羣力。

我們時常認爲新聞是先發生事實，然後才有新聞，假如不發生事實，那來新聞，拿事實寫下來是新聞，這是第一個觀念。

第二個觀念，是有聞必錄，不辨真僞。我記得《紐約時報》上有一行字說：「所有的新聞都是適宜於刊載的。」那麼現在有聞必錄的老觀念中，只要有新聞發生，不管其真假，都要登出來，不管對不對。所以現在新聞的氾濫就是這個原因。

第三個觀念，就是要增加其可讀性。一定要加強趣味和感性。記者爲了加強感性和趣味，因此難免會加以渲染，難免加油加醋。所以這樣而誤導讀者發生不良影響。

而編採合一的制度則恰好相反，剛才講的第一觀念中，是先發生事實才有新聞，新聞是根據事實去採訪的，但是並不一定。因爲編採合一的新聞是經過刻意的計畫和製作，例如做民意測驗、民意調查，原本沒有新聞，因爲一調查，新聞就發生了。所以不一定先有事實發生才有新聞，有時經過刻意的計畫可以創造出新聞。

對第二觀念，有聞必錄，很多新聞是不能有聞必錄的，因爲不一定是聽到或看到的都是正確的新聞，每個新聞記者都有自己的感受，有自己的觀點，不是將採訪所看的、聽的完完全全報導，這是靠不住的。因此新聞應該是經過判斷、經過選擇的，不是憑聽看的消息就可以有聞必錄的。新聞應是很中肯而不是誤導讀者。正確的引導讀者，是新聞記者應有的責任。我覺得引導讀者正確的觀念比新聞的特色還重要。同時新聞必須有導向，編採在分工的時候，往往未注意到此事，而編採合一的制度則能注意到導向的問題，而有正確的新聞不會誤導讀者。因此我們的結論是編採在方法上可以分工但是效用上應合一。

第二部分，什麼叫編採合一，爲什麼要採取編採合一：1.由於外勤主義與編輯專權的影響。

2.它可以考量道德、法律與報社的立場。3.可以發揮制衡作用消除編採間失調現象。

編採合一不是一人兼編又兼採，而是編採上分工合作，以主編爲主，採訪配合，而後通力合作的一種關係。編採合一之目的在提高新聞品質與報紙的風格，對讀者而言可以得到健康的新聞。

編採合一制度的成立，可以從美國最早的大主筆（big editor）開始。美國剛開發的時候，新聞事業沒有發達，沒有大的印刷機器，也沒有通訊工具，往往是一個人，他在小鎮上辦一個報，自己撿字、寫社論、採訪新聞，自己開機器印報，這種就叫 big editor。其次，美國新聞報導分三個階段：第一個階段就確立了編採合一的制度，是從一九三五—一九六六年，美國叫解釋報導，何謂解釋報導?就是內幕新聞（inside news），來加強報導，不光是寫現在的事情、寫新聞的背景，這就是新聞記者採訪上編採合一了。

第二個階段是一九四五年二次大戰結束時，一直到一九八〇年左右——深入報導，不但要找背景，還要找很多相關的事情來充實新聞。後來，各報紙上都有深入報導。這兩種報導的形成均有其背景，「解釋報導」是因爲無線電發明，廣播來了，威脅了新聞事業的生機，所以有「解釋報導」；到了二次大戰結束後，電視來了，又威脅我們的新聞，所以有「深入報導」。

近年來又有「調查報導」，*Time* 有調查報導的專員，遇上世界重大新聞，由各地採訪不同的人。我記得有一次「黑色的九月」，慕尼黑舉辦奧運會，以色列運動員住在奧運村裏，巴游拿衝鋒槍衝進去把他們打死了。那時從慕尼黑到開羅到敘利亞的大馬士革，所有的背景新聞都採訪過來，最後跑到華盛頓到總部去改寫這個新聞，這就是編採合一，所以三個報導確立了編採合一。

美國有一個新聞組織叫資料供應社，過去我們這裏有一個金氏資料供應社。比方我今天辦一個農林漁牧性的報紙，我告訴金氏新聞社，我要所有農林漁牧性的資訊，你只要交一百美金或五十美金，它每天就會給你寄來，它都排好、印好的。《中央日報》登的白朗黛漫畫也是資料社供應的。

美國的專欄作家也是編採合一，美國各報館是主編來指導編採，美國編輯地位很高，一定由編輯指導記者，編輯每次稿子發完，就找組裏的人員一起來討論，研究一下第二天將採訪什麼東西。這個很重要，如果第二天不安排好的話，編輯晚上八點到報館上班，有什麼新聞，就發什麼新聞，不理想也沒有辦法叫記者再改變，這就是被動，所以我們一定要在編輯下班前來研究一下花些功夫。

日本的制度又不同，他非常注重編輯權，編輯權在總編輯手裏，絕不能旁落。現在臺灣的報紙發行人、董事長、社長干涉編輯權的實例很多，甚至有些連總經理也干涉編輯權，爲什麼？因爲廣告很要緊，這都不行的。編輯權一定要總編輯單獨考慮，因編輯權很重要，報紙的好壞就在編輯權上。日本的報館，總編輯下面分成政治部、經濟部、社會部、文教部、體育部等部，主管都稱部長，沒有專門的採訪部，美國也沒有，只有我國有專門的採訪部門，來管記者的。

編採合一兩大特性：一是採訪人員有表演的慾望。另一是審核新聞，淘汰不合理的新聞。報紙的可讀性有三個要件：正確、趣味、完整。

編採合一的實例：《華盛頓郵報》對水門案的採訪報導就是一個編採合一的一個很好的例子。由一個主編與二個記者通力合作，完成驚天動地的新聞報導。

我覺得編採合一是值得採行的，它可加強新聞的完整性、可讀性和正確性，提高新聞的品質，樹立報紙的風格，將健康有益的新聞提供給讀者，這是我們新聞記者夢寐以求的。

《紐約時報》有個總編輯說，新聞要走甚麼路子才對，美國有兩種方向，一種是教導讀者，另一種是跟着讀者走，讀者要什麼我給什麼。國內有位報紙的總編輯說，新聞要能對讀者有利、有幫助。我訂這一份報紙，一個月花了三百塊錢，是否對我有益，如果這份報紙對我沒有好處，我爲什麼看這份報，有益的跟健康的新聞是非常重要的，讀者不會訂一份對他沒有用的報紙。

不要斤斤計較於報紙銷路，《紐約時報》的銷售比《每日新聞》少很多，但重要性就不能同日而語。

發行的多寡並不能評定報紙的好壞。銷路發行不是我們的目的，我們的目的是將好的新聞、健康的新聞交給讀者。（曹仲雲、蘇松濤整理）

(三)善用「新聞自由」的重要性

——刊於民國七十八年《報學》八卷二期

近代的華文報業中，臺灣的報業已步上現代化的進程，她擔負了華文報業承先啓後的責任。但我們談到報業現代化，往往將着眼點放在硬體設備上，偏重於電腦排版、彩色印刷等條件，忽略了新聞報導素質的提高。且由於硬體設備現代化的提升，反而促使新聞報導濫用了自由，濫用「新聞自由」的結果，便形成「新聞專權」，這將使我國的新聞事業開倒車。

在民主政治中，「新聞自由」已成爲重要的訴求，已不再是從事新聞工作者和研究新聞學術者專用的課題，而且被大衆所公認，沒有「新聞自由」，便沒有「民主政治」。這一發展，雖然彰顯了「新聞自由」的重要性，卻也增加了「新聞自由」的分歧性。因此，我們必須重新檢視「新聞自由」的真義，才不致誤導「新聞自由」而產生偏差。

自從臺灣報禁開放以來，報業蓬勃發展，從原來卅一家報社，增加到六十多家，從原來三大張的限制，已自由擴展到七大張。表面上看來，「新聞自由」已得到了馳騁的空間；但從實質上看來，「新聞自由」的被濫用，已使國人感到憂心忡忡。再看中國大陸，北平的大學生在天安門廣場遊行示威，以要求「新聞自由」爲第一願望，但他們僅僅要求大陸上已有的傳播工具，要向人民說真話、說實話。海峽兩岸互相比較，兩者「新聞自由」的程度，相差又豈可以道里計！

我們歸納已發生的和理想的「新聞自由」，可以分爲三種類型：第一種是絕對的「新聞自由」，第二種是合法的「新聞自由」，第三種是負責的「新聞自由」，分別縷述於後：

所謂絕對的「新聞自由」，也就是不受限制的、放任的「新聞自由」，一般激進的民主運動人士、唯美派的新聞學者和唯我獨尊的新聞工作者，都主張絕對的「新聞自由」，他們認爲，「新聞自由」是天賦人權的一種，不應受到任何限制。但他們忽略了自由的真義，是在不妨害他人的自由，因爲主張絕對的「新聞自由」，而傷害到其他人的人權和自由，這就違反了自由的真義。

例如臺灣不久前發生的「鄭南榕自焚案」，案發的第三天，遠在美國的蔡同榮教授和許信良會長（PAFA），就發表談話說，鄭南榕是爲「新聞自由」而戰死。我們不妨一一檢視鄭南榕式的「新聞自由」，就可以發現這種濫用「新聞自由」是多麼可怕。鄭自民國七十年起，創《生根》、《自由時代》、《開拓時代》、《民主天地》和《明星雜誌》，都是因誹謗判刑服刑而將雜誌的名稱一改再改，從法律漏洞中去發揮他個人的絕對的「新聞自由」。他先後誹謗了張德銘、許歷農、曹光䨇、郝柏村、陽雲鋼、湯元普、溫哈熊、張錦錕，又主張臺灣獨立，創制新憲法。他自焚後，在訴訟中的各案，才一了百了。但他侵害「新聞自由」的事實，卻不能因爲他主張絕對的「新聞自由」而得到寬容。

除了鄭南榕外，目前臺灣有不少的報紙，爲了發行的目的，不惜走上絕對的「新聞自由」的主張，他們可以假「新聞自由」而脫法，無中生有、誇大渲染、挑撥是非，顛倒黑白，每天都有被報章雜誌傷害的人。如果這種絕對的「新聞自由」繼續發展下去，民主政治就會完全走樣。

第二種是守法的「新聞自由」，也是相對和約制的「新聞自由」，這種「新聞自由」的表現，必須在法律允許的範圍內施行。也就是說，新聞工作者的一切自由範圍，不能超越法律，這也是多年來全世界新聞界和學術界，公認的「新聞自由」。

例如說，新聞不可以不正當的手段取得，不論是脅迫、詐騙、竊取、誘惑、購買、誹謗、造謠，都不是取得新聞的正當方法。但記者爲了所謂獨家新聞，往往不惜採用不正當的手段。如果這樣的「新聞自由」充分發揮，社會大眾一方面喜歡閱聽聳動聽聞的新聞，一方面卻視「新聞自由」爲毒蛇猛獸了。

各民主國家在「憲法」中，都有「新聞自由」的明文規定，我國憲法中亦復如此。中華民國憲法第十一條：「人民有言論、講學、著作及出版之自由」，但在憲法第二十一條：「以上各條列舉之自由權利，除爲防止妨礙他人之自由，避免緊急危難，維持社會秩序，或增進公共利益所必要者外，不得以法律限制之。」這一法律限制，「新聞自由」還有多少合法的空間，所以主張絕對「新聞自由」的人，就非常不贊同以法律來規範「新聞自由」。

事實上，法律有其漏洞，也有其寬容性，很多人會鑽法律的漏洞，利用其寬容性，所以，守法的「新聞自由」就有其缺點，在不同的制度下，有不同的法律，執政的人在立法之初，已限制了「新聞自由」。例如中共在中國大陸，不允許私人辦報，一切新聞來源均操之於公營的傳播機構。中國大陸的學生運動中，他們追求守法的「新聞自由」，只要各傳播媒體說真話、說實話，開放不准民間辦報的禁制，這就是中國大陸守法的「新聞自由」的空間。所以，由於政治制度的不同，守法的「新聞自由」並沒有相同的程度。

以上兩種「新聞自由」，各有其優點和缺點，而在民主社會中，既要充分的「新聞自由」，也要無害的「新聞自由」，要能兩全其美的，就是負責的「新聞自由」，也可說是道德的、良心的「新聞自由」。近代美國新聞學者，都主張社會責任論，就是由於「新聞專權」，對社會發生了重大的危害，要課以「社會責任」。同時要以道德的認知，運用新聞的自律和評議，來救「新聞自由」脫法脫序之窮。但美國記者的採訪新聞，仍不免濫用「新聞自由」。例如對政要花邊新聞的追蹤採訪，妨害到人身自由；爲利益團體所利用，介入地方派系衝突；深入報導時大事揭人隱私等，比比皆是。

新聞報導必須要以負責任的態度來處理，就不可在享有「新聞自由」的過程中不擇手段，也不可因「新聞自由」而使社會大眾受到精神上的污染。負責任的新聞報導，不可以不正確的新聞誤導讀者。最近發生在中國大陸的學生運動，四月二十七日聚集在天安門廣場抗議示威的學生和羣眾，臺灣各報有極大差距的報導：《中國時報》是十萬人，《青年》、《中華》是十五萬人，《中央》、《新生》是二十萬人，《自立早報》是三十萬人，《聯合報》是五十萬人，《台灣立報》是一百萬人。倒底是多少人，沒有人知道，新聞記者是用自由心證的情況下估計的，但從十萬到一百萬，竟有十倍九十萬人的差距，實在估計得太離譜了。這樣對讀者不負責的數字，可以用「新聞自由」作遁辭嗎？

臺灣地區有些報章雜誌，競相刊載不負責任的報導，如「榮星弊案」發生時，隨便發表「涉嫌」人的名單，經查證後，有些市議員根本是無辜的，但他們的名譽和精神，都遭到無可彌補的損害。又如有的報導，刊載「臺灣獨立」的言論和新聞，力辯有「主張臺灣獨立」的自由。「新聞自由」發生了這樣大的差距，使臺灣邁向現代化報業的進程中，堆砌了一重重的絆腳石。這是我們廁身新聞事業的人，應痛切深思的。

不負責的「新聞自由」，與沒有「新聞自由」是一物的兩面，都和「新聞自由」的真正意義背道而馳。中國大陸在中共的統治下，是沒有「新聞自由」，而開放報禁後的臺灣，不負責的「新聞自由」卻大行其道。

「中國新聞記者信條」第八條，可爲負責的「新聞自由」作爲註腳：「新聞事業爲最神聖之事業，參加此業者，應有高尚之品格。誓不受賄！誓不敲詐！誓不諂媚權勢！誓不落井下石！誓不挾私報仇！誓不揭人隱私！凡良心未安，誓不下筆」。所以，真正的「新聞自由」，是負責的、道德的、良心的「新聞自由」！

由此可見，提高新聞報導的品質，善用「新聞自由」，才是我國報業邁向現代化的進程中，最重要的一件工作。

參考書目

(一)中文書籍

一、胡傳厚，《新聞編輯》。臺北：記者公會，民國五十七年。
二、陳世琪，《英文書刊編輯學》。臺北：中國出版公司，民國五十七年。
三、陳石安，《新聞編輯學》，五版。臺北：長風出版社，民國六十四年。
四、記者公會，《新聞圖片佳作選》。臺北：民國六十一年。

(二)英文書籍

一、Allen, John E., *Newspaper Designing*. N.Y.: Harper, 1947.
二、Bastian, George C. & Case, Leland D., *Editing the Day's News*. N.Y.: Macmillan, 1943.
三、Brown, Charles H., *News Editing and Display*. N.Y.: Harper & Brothers, 1952.
四、Evans, Harold (Ed.), *The Active Newsroom*. Zurich: IPI, 1961.
五、Mott, Frank L., *American Journalism*, 3rd Ed. N.Y.: Macmillan, 1962.

六、Neal, Robert M., *Editing the Small City Daily*. N.Y.: Prentice-Hall, 1939.
七、Westley, Bruce H., *News Editing*. Bostson: Houghton-Mifflin, 1972.

㈢期刊、手册

一、《報學雜誌》。半月刊，一卷一期至一卷十期。南京《中央日報》，民國三十七年八月十六日至三十八年一月十六日。
二、《報學》。半年刊，一卷一期至三卷十期。臺北：編輯人協會，民國四十年六月至五十七年六月。
三、《新聞學報》。半年刊，第三、四期。臺北：世界新聞專科學校，民國六十三年六月、十二月。
四、《新聞學研究》。半年刊，第一集至第十三集。臺北：政大新聞研究所，民國五十六年五月至六十三年五月。
五、《編寫手册》。臺北：《中央日報》，民國六十三年一月。
六、《編採手册》。臺北：《聯合報》，民國六十三年十二月。

新聞編輯學 ／ 荆溪人著. －－二次修訂版. －－
臺北市：臺灣商務, 1994［民83］
面； 公分. －－（大學叢書）
參考書目：面
ISBN 957－05－0854－X（平裝）

1.編輯（新聞）

893 83000512

大學叢書
新聞編輯學

定價新臺幣 380 元

著 作 者 荆 溪 人
責任編輯 雷成敏
校 對 者 熊益齡 楊俊峰
發 行 人 王 學 哲
出 版 者
印 刷 所 臺灣商務印書館股份有限公司
臺北市 10036 重慶南路 1 段 37 號
電話：(02)23116118 · 23115638
傳眞：(02)23710274 · 23701091
讀者服務專線：0800056196
E-mail:cptw@ms.12.hinet.net
網址：www.commercialpress.com.tw
郵政劃撥：0000165 － 1 號
出版事業登記證：局版北市業字第 993 號

· 1979 年 10 月初版第一次印刷
· 1987 年 10 月修訂版第一次印刷
· 1994 年 3 月二次修訂版第一次印刷
· 2003 年 9 月二次修訂版第六次印刷

版權所有・翻印必究

ISBN 957-05-0854-X（平裝） 07257001

廣 告 回 信
台灣北區郵政管理局登記證
第 6 5 4 0 號

100臺北市重慶南路一段37號

臺灣商務印書館 收

對摺寄回，謝謝！

傳統現代　並翼而翔

Flying with the wings of tradition and modernity.

讀者回函卡

感謝您對本館的支持，為加強對您的服務，請填妥此卡，免付郵資寄回，可隨時收到本館最新出版訊息，及享受各種優惠。

姓名：________________　　性別：□男 □女

出生日期：____年____月____日

職業：□學生　□公務（含軍警）　□家管　□服務　□金融　□製造
□資訊　□大眾傳播　□自由業　□農漁牧　□退休　□其他

學歷：□高中以下（含高中）　□大專　□研究所（含以上）

地址：□□□________________

____

電話：（H）________（O）________

E-mail:________________

購買書名：________________

您從何處得知本書？

□書店　□報紙廣告　□報紙專欄　□雜誌廣告　□DM廣告
□傳單　□親友介紹　□電視廣播　□其他

您對本書的意見？（A/滿意　B/尚可　C/需改進）

內容____　編輯____　校對____　翻譯____
封面設計____　價格____　其他________

您的建議：________________

____

____

臺灣商務印書館

台北市重慶南路一段三十七號　電話：（02）23116118・23115538
讀者服務專線：0800056196　傳真：（02）23710274・23701091
郵撥：0000165-1號　E-mail：cptw@ms12.hinet.net
網址：www.commercialpress.com.tw